文庫

悪貨

武商繚乱記（二）

上田秀人

講談社

目次——悪貨　武商繚乱記（二）

〈螺旋〉の秘密を解くカギ

Keys to unlock several secrets of the RASEN

謎めいた「伝承」

本篇の前後に置かれた「海と山の伝承」は、
全作品が共有する〈螺旋〉のエッセンス。

対立する一族の特徴

◆瞳が青い
◆水に強い
◆猫が好き

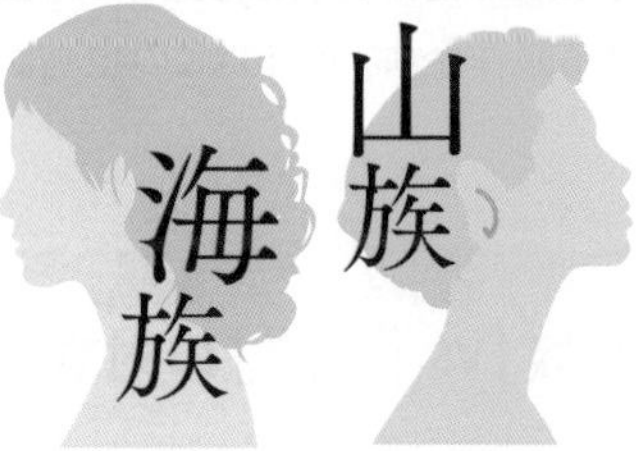

◆耳が大きい
◆野山に強い
◆犬と仲良し

どの物語にも出てくる「超越的な存在」

「海族」「山族」の対立の歴史を
知るキャラクターで、物語によって
性別や年齢、姿形は異なる。

それは誰なのか？

共通のシーンが必ずどこかに

時は夕暮れ、何かが壊れるとき、
8作家8様の演出で「対立」を
めぐる会話が始まる。

物語の後半に出現？

ェクト〉とは

N Project?

「共通ルールを決めて、
原始から未来までの歴史物語を
みんなでいっせいに書きませんか？」

伊坂幸太郎の呼びかけで始まった8作家＝**朝井リョウ、天野純希《すみき》、伊坂幸太郎、乾《いぬい》ルカ、大森兄弟、澤田瞳子《とうこ》、薬丸岳《がく》、吉田篤弘**による競作企画。本作はこの企画から生まれた。

ルール1

「海族」vs.「山族」の対立を描く

ルール2

共通のキャラクターを登場させる

ルール3

共通シーンや象徴モチーフを出す

1冊でも面白いけれど、続けて読むともっと面白い！
〈螺旋〉に隠されたメッセージを、あなたはいくつ読み解けるか。
コラボレーションをより楽しむヒントは次ページから。

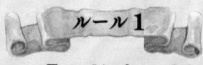

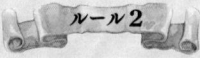

作品をまたいで見え隠れするモチーフ

作家が互いの伏線を拾い合い、物語をつなぐ重要な役割を果たすことも——

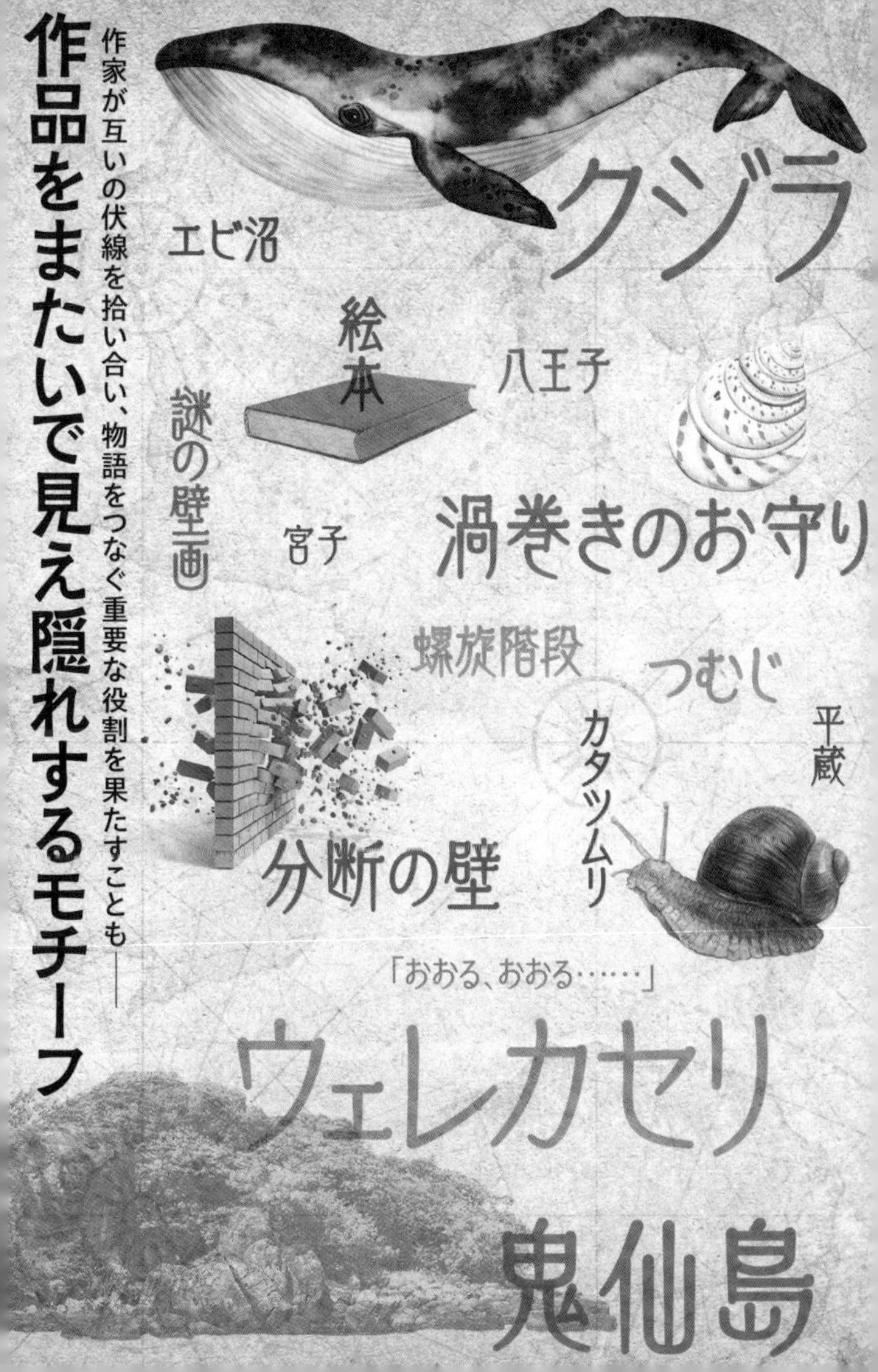

RASEN PROJECT

Chronology

〈螺旋〉年表

★この年表はネタバレを含みます

年表の見方
青の文字……海族　**緑の文字**……山族
オレンジの文字……主な共通アイテム

原始

BC

3000

寒冷化が始まる
イソベリが海岸で集落をつくる
ヤマノベが山から海辺へ押し寄せる
ウナクジラが**イソベリ**の聖地・シオダマリに座礁する
イソベリと**ヤマノベ**の対立、激化
ウェレカセリの描いた**壁画**が発見される

昭和後期に再発見され、ニュースに!?

古代

AD

724 **聖武天皇**即位、**光明子**が皇后に
729 **長屋王**の変（**藤原**四兄弟の陰謀）
740 **藤原広嗣**の乱、その後遷都が相次ぐ
752 東大寺大仏開眼供養
753 鑑真来日
756 **聖武天皇**崩御

940 **平将門**の乱、終結
1185 屋島・壇ノ浦の戦いで**源氏**が**平家**を滅ぼし鎌倉幕府開設

イラスト：スケラッコ

中世・近世

1192	源頼朝、征夷大将軍となる
1198	頼朝、落馬（平教経による襲撃？）
1333	鎌倉幕府滅亡　足利尊氏、楠木正成ら活躍
1336	室町幕府開設
1369	足利義満、征夷大将軍となる
1399	応永の乱　大内義弘ら、義満に討たれる
1560	桶狭間の戦い　織田信長台頭
1582	本能寺の変　明智光秀、信長を討つ
1586	豊臣秀吉、太政大臣に
1600	関ケ原の戦い　徳川家康勝利
1603	江戸幕府開設
1837	大塩平八郎の乱　息子・格之助、鬼仙島へ
1863	新選組結成　土方歳三ら活躍

鬼仙島：瀬戸内海のどこかにある島。江戸時代以降、迫害された海族の人間が集まるようになる。

明治

1868	明治維新
1877	西南戦争　西郷隆盛死去（『もののふの国』ここまで）
	平蔵、鬼仙島へ
1890	呉鎮守府開庁
	山神司令長官のもと、榎木新太郎らが勤務
	新太郎の妹・鈴、鬼仙島へ
1891	海軍、鬼仙島を襲撃　灯ら海賊が迎え撃つ

『もののふの国』
天野純希

『蒼色《そうしょく》の大地』
薬丸 岳

	昭和後期	昭和前期
1989 1992	1951 1980頃 1982 1989	1937 1941 1942 1944 1945
平成に改元 **南水智也**、**堀北雄介**、北海道で生まれ、幼なじみとしてともに育つ 絵本『アイムマイマイ』、漫画『帝国のルール』流行	サンフランシスコ平和条約締結／冷戦激化 国内情報機関の強化／**宮子**、スパイとして活躍 **宮子**と北山直人、出会う バブル景気はじまる **宮子**と直人、結婚／**宮子**と直人の母**セツ**の対立激化 紀元前の**壁画**が発見される 直人夫婦、**セツ**と別居 絵本『アイムマイマイ』の制作開始	日中戦争勃発 真珠湾攻撃、太平洋戦争勃発 ミッドウェー海戦／戦局悪化 **浜野清子**、お守りとともに宮城県にある高源寺へ疎開、**那須野リツ**と出会う **清子**、帰京／東京大空襲

螺旋を背負ったカタツムリのヒーローが活躍する。

渦巻き状の模様が彫り込まれた木製の首飾り。各時代で登場する。

2011 智也、雄介、北海道大学に進学
2012 古文書に鬼仙島の記述が確認される
2014 「嬉泉島」が海山伝説の聖地に
雄介は渡航を計画

『死にがいを求めて生きているの』
朝井リョウ

近未来

2030頃 人工知能ウェレカセリの研究が進む
バンド・γモコ《ガンマ》流行、作曲担当の田中カタナ死去
水戸直正、檜山景虎、自動車事故で家族を失う
2032 大停電により、情報のアナログ化が進む
2050 γモコの杏アント死去
ウェレカセリの開発者・寺島テラオ死去
水戸直正、寺島テラオの最後の手紙を運ぶ
2071 壁が建設される

東京を東西に分断する長大な壁。

『スピンモンスター』
伊坂幸太郎

未来

2085 SSS〈スーパー・シミュレーション・システム〉が未来を予測、
その後、映画『眠り姫の寝台』の脚本が作られる
2089 〈レイドバック〉施行により技術の進化がとまる
2092 東京に不眠症が蔓延
2095 壁の崩壊がすすむ
シュウ、睡眠コンサルタント〈ドリーム8〉に勤務、
眠り姫の秘密を追う

『天使も怪物も眠る夜』
吉田篤弘

〈螺旋〉の舞台

RASEN Map

8つのバトルが燃え上がる！

海族 vs. 山族

昭和前期

都会っ子vs.山っ子

乾 ルカ

コイコワレ

疎開先の村で出会った二人の少女による宿命の対決！

平成

「生きてるだけ」vs.生産性

朝井リョウ

死にがいを求めて生きているの

平成を生きる若者たちの絶望と祈りの物語

古代

藤原氏vs.天皇家

澤田瞳子

月人《つきひと》壮士《おとこ》

母への想いと、出自の葛藤に引き裂かれる若き聖武天皇

伊坂幸太郎

下記2篇は「シーソーモンスター」に収録

近未来 **配達人vs.国家**

スピンモンスター

ある天才科学者が遺した手紙を携え、二人の男が世界を救うべく激走する！

昭和後期 **嫁vs.姑**

シーソーモンスター

バブル期の気弱な勤め人の悩みは嫁姑の過激すぎるバトル

未来

吉田篤弘

眠り姫vs.睡眠薬開発者

天使も怪物も眠る夜

2095年、東京は不眠に悩まされていた。睡眠薬開発を担う青年は謎の美女と出会う

織田信長vs.明智光秀

中世・近世

天野純希

もののふの国

千年近くにわたりこの国を支配してきた武士、その戦いの系譜

明治 **海賊vs.海軍**

薬丸 岳

蒼《そう》色《しょく》の大地

明治海軍と海賊の戦いの中で、少年と少女の運命が交錯する

原始 **イソベリvs.ヤマノベ**

大森兄弟

ウナノハテノガタ 不明

生贄の運命から逃れた女の登場に、死を知らない海辺の一族が戦慄する

中公文庫

死にがいを求めて生きているの

朝井リョウ

中央公論新社

目次

死にがいを求めて生きているの

少年が息を荒らげ、山を登ってくる。砦で女が彼を迎え、どうしたのかと訊ねると、

「これ、何？　下で見つけたんだ。カタツムリの殻かな」と言う。

女はそれを節くれだった指で受け取り、かざす。

日が透けた。

「これはたぶん、貝殻。貝」

「貝って」

「貝は、海のもの」

その途端、隣で寝そべっていた黒犬がむくっと頭を上げた。

少年は分かりやすいほどにおびえ、顔に手をやらんばかりだ。

「海のものがどうして山にあるの？　海と山はまざらないいんじゃないの」

「まざるとかまざらないじゃなくて、ぶつかるの。わたしたちは海の人と会えば、衝突するようになっているからね」

海にあるはずの貝がどうして山にあったのか。昔、海の人間がこのあたりに来た印なのか。もしくは海に行った何者かが持ち帰ったのか。

確かなのは、そこで大なり小なりの争いが起きたことだ。

山の者と海の者の対立は、太古から未来まで繰り返され、その衝突のひとつひとつに物語がある。

海と山、両者を自在に行き来する唯一の者、争いを見届ける者がいつかそう語ったという。

「仲良くやればいいのに」

少年が言った時、海の集落でも、海の子供が海の大人に同じことを口にしていた。

仲良くやればいいのに。

「会ったらいけないんだ」

どちらの大人もそう答えるほかない。

――海と山の伝承「螺旋」より

1　白井友里子

自動的に、運ばれていく。

電車に乗っているのだから、そう感じるのは当たり前かもしれない。友里子《ゆりこ》は、空《あ》いた席に腰を下ろしながら、ふくらはぎを座席から少し遠ざけた。冬の電車、特に座席から足元にかけて効いている暖房は、暑いを通り越して熱くさえ感じられる。

今考えれば、あのときも、環境が変わって三年目だったな——友里子はそう思い返しながら、はずした手袋を鞄の中に仕舞った。本当はコートも脱ぎたいけれど、両側にぴったりと人が座っているので我慢する。

高校に入学して、三年目のころだった。クラスメイトと机をくっつけ合わせてお弁当を食べているとき、そのうちの誰かが、「次の授業なんだったっけー?」とぼやいた。友里子は、プリクラが貼られているペンケースを開け、内側から四つ折りになっている紙を取り出した。一週間分の時間割が書かれている表だ。

「英語じゃん？　午後イチの英語とか地獄すぎ」友里子の返答に、クラスメイトたちは「それな」「萎《な》えた〜」とそれぞれ好き勝手に反応した。それは、毎日繰り返されているような、いつも通りの光景だった。

電車が、次の駅に止まる。平日の十七時台だからか、満員になるということもない。何人かが降りて、何人かが乗ってくる。また、電車が動き出す。

自動的に、運ばれていく。

繰り返される一週間分の時間割を眺めていると、ふと、その時間割表が、まるで工場のベルトコンベアのように見えた。いま、どれだけの熱量で午後の英語の小テストを拒絶しても、明日の体育の持久走に文句を言っても、この時間割の上を歩いてさえいれば、あさっての自分はその二つを無事、やりおおせているのだ。それは、自分の足で日々の凸凹を乗り越えている、という感覚からはひどく距離があった。幼いころから憧れた、看護科のある高校に合格したときのあの巨大な喜びは、三年も経つと遠くで光る豆電球ほどの存在感しか発してくれない。

一か月後の自分も、半年後の自分も、木曜日の昼休みには、こんなふうにクラスメイトたちと机をくっつけ合っている。嫌いなトマトを残したお弁当を仕舞い、チョコやキャラメルを誰かにあげたり誰かからもらったりしながら、午後の英語を嫌がり、次の日の体育を面倒だと思っている。そのことが、怖いような、途方もないような、そんな気持ちになった。

友里子は、窓の外を見つめる。

あのときのクラスメイトとはもう、あまり会っていない。看護科のある高校は、そうではない進路を選んだ人と比べて一、二年早く正看護師になれる。当時はそのことに優越感を抱き、自分は看護師の中でも選ばれた人間なんだとさえ思っていたけれど、社会人三年目を迎える今、もう少し遠回りをしてもよかったかもしれないと感じる。去年の年末、中学の同窓会に行ってみたら、四年制大学に進学した同級生はこれから就職というタイミングらしく、みんな期待と不安で心が弾《はじ》け飛びそうになっていた。地元から離れる予定の子も多く、大きな変化を迎える直前の人間特有の生命力が眩《まぶ》しかった。

電車が発している熱をごっそり洗い流せるほど、大粒の雪が舞っている。北海道の冬は長い。だけど、凍結した道とカレンダーの上を交互に歩いていれば、この国で一番長く厳しいと思われている冬でさえ、いつのまにか通り抜けることができる。

ずいぶん前に別れた彼氏にもらったスマホケースの中で、携帯の画面が光った。迷惑メールだ。今時メールなんて、迷惑メールか、一度も読んだことのないメルマガか、それくらいしか届かない。

あくびを口の中で嚙《か》み殺す。このあとは深夜勤なので、食事をしたらすぐに眠らなければならない。友里子は、座席の背もたれに体重を預けると、そっと目を閉じた。そうしつつも、この貴重な眠気を、電車内で消費してしまわないように気を付ける。

看護師になって三年目、二十二歳になった今、日常の中の様々な瞬間で、あの高校三年生の昼休みのときのような気持ちになることがある。そんなときは、こんなふうに思う自分はつまり十七歳のころから何も成長していないのだと過去の自分から教えられているようで、ほんの少しだけ息が苦しくなる。


テレビの前に、誰もいない。

「翔大《しょうた》は？」

友里子の声が聞こえていないのか、台所に立つ母は特に返事をしないまま手を動かし続けている。友里子は、暖房の効いていない廊下を早足で駆け抜け、脱いだコートを納戸のハンガーにかけた。また数時間後にはあのコートを着て家を出るのだが、綺麗《きれい》好きの母はたとえ数時間でもコートがリビングに置きっぱなしであることを嫌がる。

「翔大は？」

リビングに戻ってきた友里子は、真っ暗なテレビ画面を見ながらもう一度訊《き》いた。

「え？　ああ、おかえりー」

母の間延びした声が、暖房が作り出したあたたかい空気の中に混ざる。他の都府県に暮らす人たちと出会うと「北海道の冬とか死んじゃいそう」とかなんとか大袈裟《おおげさ》なことを言われるが、室外が特別に寒い分、室内の環境を整える知恵と技術はかなり優れている。

「珍しくない？　翔大がこの時間テレビ観てないの」

友里子はそう言いつつ、テレビのリモコンの電源ボタンを押す。翔大が毎週楽しみにしているアニメを放送しているチャンネルに合わせると、もう、エンディングテーマが流れ始めていた。

「そうなのよねえ」

「帰ってきてはいるの？　友達の家とか？」

二十二歳の友里子には、年の離れた弟がいる。弟は十二歳年下だ、と話すと、たいていの人が、「あれだ、サザエさんだ」と言うけれど、そう言うことによって現実的に頭を過《よぎ》る様々な事柄から目を逸《そ》らしていることが丸わかりで、こっちが恥ずかしくなってしまう。

「帰ってはいるんだけど、部屋から出てこないんだよね」

もうすぐ夕飯だってのに、と、母が台所のタオルで手を拭《ふ》いている。二十一歳で私を産んだ母は、今年四十三歳になる。中学生のころは、授業参観に来た母を見たクラスメイトたちに「お姉さんみたい」と驚かれることが誇りだったけれど、翔大を産むとついに、母を形作る様々な部位が年相応に萎《しぼ》んだり垂れ下がったりし始めた。

「なんで出てこないの？」

「理由訊いてもだーんまり」

「えー？」

十八時になり、先ほどのアニメとは打って変わって、セカンドライフを楽しむ素人《しろうと》に焦点を当てている番組が始まった。日勤を終えて病院を出ると、家に着くのは大体十八時前後になる。日勤は（規程によると）十七時まで、勤務先の病院と家の距離はドアトゥドアで四十分ほどだが、患者を相手にしている分、退勤時刻は日によってまちまちだ。

「しょーたー、ごはんよー」

母が二階の部屋にそう呼びかけるが、特に返事はない。

「さっきからこの調子」

「ちょっと行ってくる」

友里子は階段をのぼり、弟の部屋のドアの前に立った。防寒がしっかりされている家とはいえ、二階の廊下はやはりとても寒い。

「翔大？」

ドアをノックする。反応はない。

「入るよ？」

まだ小学四年生の翔大の部屋には、もちろん鍵《かぎ》なんてついていない。友里子はゆっくりドアを開けながら、自分の声や姿形が、従姉《いとこ》の奈央《なお》ちゃんのそれに変貌しているような感覚に陥った。奈央ちゃんは小児科の看護師で、小さな子どもと会話をすることがとても上手だった。小学生のころ、なぜかクラスメイトの女子たちから何度も仲間外れにされていた友里子は、十歳以上も年の離れた奈央ちゃんによく話を聞いてもらっていた。だから、翔大と話すときはいつも、頭の中で奈央ちゃんの声が響く。

奈央ちゃん。少女のころに憧れていた、やさしくて美人の奈央ちゃん。奈央ちゃんが鬱《うつ》になり看護師を辞めた年、友里子は国家試験に合格した。

翔大は、電気が消えたままの部屋の中、ぐちゃぐちゃの布団の上でうつ伏せに寝転んでいた。ベッドを覆《おお》う布団という皮を、その小さな全身を使って剝《む》いているうちに力尽きてしまったように見える。

「どしたの？　アニメ終わっちゃったよ？」

声をかけると、肩甲骨を生やした薄い背中がもぞもぞと動いた。ここまで歳が離れていると、弟という感覚は薄い。だからといって息子という感覚でもないので、ただただ愛しいいきもの、というのが一番近いかもしれない。友里子はベッドの脇にしゃがみこむ。

「ご飯いいの？　お母さんいろいろ作ってたよ」

「うん」

「食べないの？」

「わかんない」

翔大は、またもぞもぞと体を動かす。ベッドの皮が、また少し剝ける。

友里子はそっと立ち上がり、なんとなく音を立てないように、部屋から出て行った。わかんない、が出たら、長いのだ。翔大のほうから部屋を出てくるまで、待つしかない。これまでも何度か、こんなことがあった。

翔大は小学四年生の男の子にしては、体が少し小さい。そして、このくらいの男の子は、体の大きさと心の強度が比例する気がする。身体以外に手に入れているものが大人より断然少ない分、子どもの世界のルールはシンプルだ。

「どうだった？」

「いつもの感じ。また学校でいやなことでもあったんじゃない。明日、休みたいって言い出すかもね」

どうしようかねえ、と悩ましげに呟《つぶや》きつつ、母は、盆に載せた夕食をダイニングテーブルまで運んでくれる。白飯、味噌汁、冷やしトマト、切り干し大根にサバの味噌煮。実家から通える距離に勤務先があって良かったと心から思う瞬間だ。

いじめられている、というわけではないが、翔大にはどうやらたくさん友達がいるわけではないらしい。そういう感覚は、つい数年前まで学生だった友里子のほうが、両親よりもよくわかる。翔大がよく家に連れてくる友達も、翔大と同じくらい体が小さくて、強い度数のめがねをかけている。二人とも、グラウンドで球技をして遊ぶような雰囲気ではない。

「食べたらすぐ寝る？　お風呂入る？」

そう訊いてくる母は、すでに、風呂の自動給湯ボタンに指を添えている。

「お風呂にする」

「薬は？」

「あー……飲んどく」

母が、引き出しから取り出した薬を、盆のすぐそばに置いてくれる。

トマトを口に含む。瑞々《みずみず》しい酸味が唾液《だえき》を呼び寄せる。

日勤、深夜勤、準夜勤、休日。友里子の日々は、この四日間の塊《かたまり》が連なって出来上がる。この塊の連鎖にしがみついてさえいれば、あとはくるくる、自動的に季節が巡っていく。

切り干し大根に手をつける。甘い味付けに、早くも白飯に手をつけそうになるが、友里子はぐっと我慢をして、咀嚼《そしゃく》を続けた。

働き始めた当初は、午前八時半から午後五時までの日勤を終えたあと、午前零時半から午前九時までの深夜勤に出向くなんて有り得ないと思っていた。それに、帰宅して夕食を摂《と》ったあとは少しでも眠っておくべきだと頭ではわかっているのだが、このあと深夜勤があると思うと脳が興奮してなかなか寝付けなかった。だからといって、睡眠導入剤を飲むこともできなかった。寝過ごしてしまうのは怖い。

味噌汁で切り干し大根を流し込むと、からっぽだった胃の中が少し落ち着いてくるのがわかる。友里子は、まずトマトを全て食べきってしまおう、と箸《はし》を動かす。食べてすぐに眠らなければならない日は特に、野菜を先に食べるようにしている。

「翔大ー、ごはん食べなさいよー?」

母の声に、先ほどにはなかった棘《とげ》が生え始める。友里子には、背中にぐっと力を込め、その棘の襲来に備えている翔大の姿が容易に想像できた。翔大はきっとお腹を空《す》かせているけれど、あんな態度を取ってしまっている以上、すぐに一階に下りて来づらいのだろう。トマトと切り干し大根、それぞれの器が空《から》になる。友里子はやっと、サバと白飯に手をつける。

野菜を先に食べちゃえば、そのあと炭水化物食べてもあんまり太らないんだって——高校三年生のとき、一緒にお弁当を食べていたグループの中で、まず全てのおかずを先に食べてしまう子がいた。「最後ご飯だけで食うとか地獄かよ」「あんたこのあとどうせ食べるお菓子で帳消しだって」周りはみんなけらけら笑っていたけれど、もともと太りやすい体質に悩んでいたその子は絶対に食べ方を変えなかった。絶対痩《や》せて、絶対彼氏作る——その子の、シンプルだけど、だからこそまっすぐ強い目標は、高校最後のクリスマス直前に果たされ、高校卒業直前に散った。彼氏ができたときはみんなでカラオケに行ってお祝いをしたけれど、別れたときは特に何もしなかった。

甘い味噌味に、やわらかくふくらんだ白飯がよく合う。あたたかいお茶で胃の中の平和を保ちながら、友里子は、夜勤を乗り切るためのパワーの源となる炭水化物を摂取していく。

食後すぐに眠らなければならない日は、あの子の言っていたことをこっそり真似している自分がいる。絶対に痩せて、絶対に彼氏を作るそのために、お弁当のおかずを先に全て食べてしまっていたあの子。

絶対痩せて、絶対彼氏作る。

絶対。

「ちょっと上行ってくる」

母が、たんたんたんと小気味いい音をたてながら階段をのぼっていった。翔大もこの足音を聞いているに違いない。

今日は、朝一番に、電車に接触して緊急搬送された大学生が、死んだ。ずっと容体が悪化したままだった二〇八号室の荒木《あらき》さんが、息を引き取った。植物状態が続いている三〇五号室の南水《みなみ》さんは、週二回の温浴刺激と運動プログラムを経ても、相変わらず自発運動は見られない。

「翔大？」

母の声が、二階から降ってくる。続いて、コンコン、と、木製のドアに手の甲の骨がぶつかる音が聞こえる。

コンコン。

自分は何のために、トマトと切り干し大根を先に食べたのだろう。誰のために、何のために、太ることを回避しているのだろう。

四日間の塊をひたすら渡り歩いていると、ふと、自分にはこれから「絶対痩せて」から会いたいと、「絶対痩せて」少しでも綺麗になった体で重なり合いたいと思う人なんて現れるのだろうか、と考える瞬間がある。看護学校に通っていたときは、イケメンの医者と付き合えたりして、なんて青い頭でこしらえた甘い期待を友人同士で差し出し合ったりしていたが、病院で働くという現実に触れて、そんな夢想は百人に一斉にロウソクの火を吹き消されるように消え去った。

奈央ちゃんが鬱になったのは、看護師になって何年目のことだったのだろう。そう考えかけた脳に、友里子は慌てて蓋《ふた》をする。

「翔大、いい加減下りてきなさいって！」

翔大の説得を諦《あきら》めた母が一階に下りてくるころ、友里子は食事を終えていた。脱衣所に向かい、服を脱ぐ。暖房の行き届いていない脱衣所は寒いけれど、ブラジャーを外す解放感が嬉《うれ》しい。

時計を見ると、午後六時二十七分。五時間後には、この家をまた出なければならない。自動的に、運ばれていく。今日と変わらない、どこかへ。

四日前も、全く同じ時間に、全く同じ場所で、全く同じことを考えていた気がする。友里子は、同じようにローテーションしている下着を洗濯ドラムの中に放り込むと、右足の爪先から浴室へ踏み出していった。


また、来てる。

友里子は、見慣れたその後ろ姿に安堵《あんど》感すら抱きながら、

「堀北《ほりきた》さん」

と声をかけた。

「あ、どうも」

堀北が、友里子に向かってぺこりと頭を下げる。

「椅子《いす》、使えばいいのに」

友里子は備え付けの椅子を勧めるが、「いや、大丈夫」と堀北は断る。立ったままの堀北は、いつからそうしていたのだろう、ベッドの上で動かない青年の四肢をじっと見つめている。

三〇五号室、南水智也《ともや》。体だけを見るとまるでただ眠っているかのようだが、どうしたって視界に入るチューブの数々が、そんな状況ではないことを何度だって教えてくれる。

「本当に、よくいらっしゃってますね」

「そうです、かね」

咎《とが》められていると感じたのかもしれない、堀北の返事が少し遅れた。担当患者を巡回する際、この部屋だけに長居をするわけにはいかないのだが、友里子はつい、足の動きをきちんと止めてしまう。

南水智也が緊急搬送されたのは、都内の病院だった。その後、彼の実家に近い札幌《さっぽろ》市内の病院に移されたのだ。東京都内の知り合いのマンションか何かで転倒し、打ち所が悪かったのか搬送された時点で意識不明の状態だったということだが、それ以来重度の脳挫傷による植物状態が続いている。

「今日は、ちょっと表情が明るい気がするんです」

「そうですか」

正直、表情の違いなんてわからない。友里子には、昨日と全く同じに見えるし、きっと明日も同じだろうと思う。だけど、堀北の祈りのような言葉を否定することなんて、できない。

この病院に移されてからそこまで日が経っていないにもかかわらず、堀北が見舞いに来た回数は数えきれないくらいだ。友里子は大学四年生という日々がどれほどの忙しさなのかよく知らないが、曜日によってある程度決まった時間帯に現れるため、おそらく空いた時間はすべて見舞いに注いでいるのではないだろうか。平日の夜か週末になると、南水の親族やおそらく恋人だろう女性がやってくるが、それ以外の時間はほぼ常に堀北がいるようなイメージだ。平日の昼間の病院という空間で、堀北の姿はよく目立つ。

南水は血腫《けっしゅ》除去術の施行後も、意識が戻らない状態が続いている。視覚反応や聴覚反応もなく、食事はチューブを使った経管栄養だ。少し前から自律神経系のコントロール機能の向上を目指し運動プログラムの一部を実施しているが、まだ効果は見えていない。堀北は、友里子が行う全身清拭《せいしき》を手伝ってくれたり、自主的に病室内を掃除したりしている。目を覚ました南水から何かを頼まれる瞬間を心待ちにしながら、今の自分にできることを探っているように見える。

南水に対しあまりに献身的な堀北は、看護師の間でも有名な存在になりつつあった。美しい友情だと捉《とら》える人もいれば、もしかして単なる友情だけじゃないんじゃない、と勝手に妄想を膨《ふく》らませるような人もいた。友里子はそんな噂話《うわさ》には参加しないようにしていたのだが、堀北のあまりにかいがいしい様子が気になって、ある日、思わずこう話しかけていた。

「とても大切な人なんですね」

友里子のほうに振り向く堀北の表情からは、突然話しかけられたことによる戸惑いが感じられた。だが、本当はずっと誰かに話したかったのかもしれない、なかなか病室を去らない友里子に対して、堀北は、ぽつぽつと南水との関係について説明してくれた。

「男同士で親友とかあんまり言わないと思うんですけど、俺は智也のこと親友だって思ってて……家も近くて、幼稚園からずっと一緒だったんで、家族みたいっていうか、もしかしたら家族よりもいろんなこと一緒に経験してきたって感じで」

なのに、あのときだけは、すぐそばにいたのに、助けてあげられなかったんです。

やがて堀北は、友里子から目を逸らしてそう呟いた。小さなころからずっとずっと一緒で、二人でいろんなことを助け合ってきたのに、あの瞬間だけ、助けることができなかったんです。二十年間の中で、あの一瞬だけ、俺はどうすることもできなかったんです。そのことがずっとずっと許せなくて……こいつの人生が止まった瞬間に何もできなかったから、せめて、こいつの人生がもう一度始まる瞬間には、絶対に立ち会いたいって、そう思ったんです。

堀北と南水の間に横たわる歴史を、友里子はほんの少しだって推し量《はか》れていない。そのような立ち入ったことは、看護師として聞くべきではないと胸に刻んでいる。

友里子は、椅子に座ることもせず旧友を見守り続ける堀北の姿を見ながら、思う。

自分はあのとき、なぜ、堀北に声をかけたのだろう。とても大切な人なんですね、なんて、決して質問形式ではないけれどそれ以上の情報を引き出したいという気持ちが丸わかりの言い方をしてしまったのは、なぜなのだろう。

患者ひとりひとりの人生にあまりに寄り添いすぎてしまうと、奈央ちゃんのように、きっとどこかで何かが破裂してしまうことは知っているはずなのに。

「ちょっと、窓開けていいですか」

堀北に話しかけられ、友里子は「あ、もちろん」と返事をする。

「こいつ、冬が好きだったから。風を浴びたいと思うんです」

堀北が病室の窓へと近づいていく。捲《まく》られている袖《そで》から、筋の入った若者らしい腕が伸びている。

真っ白な病院の中で、若い男の健康的な肉体は、それだけで目立つ。堀北はおそらく、今は、南水の病室に通うことを生活の中の最優先事項としているのだろう。友人と遊んだり、恋人とデートをしたり、夢を追ったり、肉体全部を使って楽しめるあらゆることを差し置いてまで、堀北は意識不明の親友のそばにいる。

せめて、こいつの人生がもう一度始まる瞬間には、絶対に立ち会いたいって、そう思ったんです——窓から入ってくる風が、かつて堀北の口からこぼれた言葉の匂いを、もう一度白い病室の中に立ち上らせる。

絶対に立ち会いたいって。

絶対に。

「今日もあの曲?」

南水の枕元に携帯電話を置いた堀北に、友里子は話しかける。

「はい。無駄かもしれないけど、少しでもこいつが目を覚ますきっかけになったらなって」

堀北が言い終わると同時に、異国情緒あふれるメロディが携帯電話から流れ始めた。南水が好きだという季節の風の中に、少年のころの南水が好きだったという曲の音符たちが織り込まれていく。

五感が機能していても、全身麻痺のため〝植物状態〟だと思われてしまっているケースもある――担当医師からそう言われてから、堀北は毎日、かつて南水と一緒に歌っていたという曲の音源を彼の耳元で再生し続けている。小学生時代に、当時仲の良かった三人グループでハマっていた海外のアニメの主題歌らしい。同世代のはずだけど知らないな、と話す友里子に、堀北は「地域によって放送されてなかったりしたんですかね、アニメってそういうことありますよね」といつもより少し早口で応えた。

アニメ。

翔大はあれから、学校を休んでいる。誰が話しかけても、ふさぎ込んだままだ。

「うちの弟も」

アニメが好きで、と、言いかけて、友里子は思わず口をつぐんだ。看護師として患者や親族の話を親身になって聞くことはあっても、その逆はありえない。

「弟？」

「あ、いいえ、気にしないでください」

友里子はさりげなく時刻を確認する。一室の巡回にここまで時間をかけていてはいけない。頭ではそうわかっているのに、友里子の足はなぜだかなかなか動かない。

「懐《なつ》かしい曲だな、って、思ってるのかな、智也」

二人にとっては聞き覚えのあるメロディの向こう側で、堀北が、捲っていた袖を元に戻している。


その日は日勤にしては珍しく、定時に帰宅することができそうだった。ラッキー、と弾みかける気持ちを抑えながら私服に着替えていると、

「あ、ここにいた」

同じく日勤だった先輩が、更衣室に入ってきた。お疲れ様です、と、友里子は会釈する。

「今、ちょうど、ナースステーションに荒木さんがいらっしゃってたよ」

「アラキさん？」

友里子は、ほぼ着替えを済ませてしまった自分の体をちらりと見る。患者さんからの呼び出しとはいえ、今からまた白衣に着替えるのは、少々面倒くさい。

「ほら、先々週だったっけ、癌《がん》で亡くなられた、二〇八号室の。その御両親」

「あっ」

二〇八号室の荒木さん――頭の中で言葉をもう一度なぞる。一週間と少し前、自分が日勤に入る直前に亡くなってしまった患者だ。朝の申し送りで、深夜のあいだに容体が急変し、そのまま亡くなったこと、そして、空いたベッドにはすぐに別の患者が入ることが併せて伝えられた。

「少し落ち着いたから、お世話になった方々に挨拶したいって。私服でいいと思うよ」

友里子が気にしていることなどお見通しなのか、先輩が言う。

「しっかし律儀な人だよねえ、わざわざ挨拶って」

先輩の声に適当に相槌《あいづち》を打ちつつ、友里子は看護師ではなくなった姿で更衣室を出た。

ナースステーションの入り口には、何かを手に持った小柄な男女が所在なげに立っていた。近づいてくる友里子を見つけると、二人はにわかに「あっ」と表情を輝かせる。

「わざわざ申し訳ございません、ちょうど今着替えてしまったところで」

「いえいえ、白衣じゃないと印象変わりますねえ」

白いマスクを顎《あご》までずり下げた女性を見ながら、友里子は、荒木さんの両親ってこんなに老けていたっけ、と思った。

「このたびは本当に」

「いえいえ、そういうの、もう大丈夫なんです」

神妙な表情を作る友里子に対して、荒木の両親はさっぱりとした口調で話す。

「このたびは本当にお世話になりました。皆さんにきちんとお礼を申し上げようと思いまして」

おそらく菓子折りが入った紙袋を差し出されるが、このような差し入れは病院の規程で受け取れないことになっている。「申し訳ございません、お気持ちだけで」毎回同じようなセリフで遠慮しなければならないのは、心苦しいが仕方ない。

仕方ない。ここで起きている全てのことは、仕方がないことなんだ——看護師になりたてのころは、日々、患者が亡くなるたびにそう自分に言い聞かせていた。

「入院中は本当にお世話になりました。先程お会いできた横内《よこうち》先生にも伝えたんですが、息子は担当が横内先生と白井《しらい》さんで本当に良かったと思っているはずです」

気丈に振る舞う荒木の両親を見ながら、友里子はどんどん安堵していく。二十代の一人息子を亡くす、ということがどれほどショックな出来事なのか、いくら想像したところで足りない。どうしたってその心に寄り添うことができないなら、と、想像することを丸ごと手放した自分の罪が、礼の言葉により軽くなっていく。

いえいえ、とんでもないです、そうですか、ありがとうございます――ほとんどこの四つの言葉でラリーをやりおおせると、

「今日はもうお仕事終えられてるんですよね？」

と、荒木の母親が微笑《ほほえ》んだ。

友里子は一瞬、全身がぐっと強張《こわば》るのがわかった。もしかしたら、自分を食事にでも誘おうと考えているのかもしれない。でも、少しでも早く帰宅して、深夜勤のために体を休めたい――そんな思いが、冬場の水たまりのように、心の表面をぱりっと薄く凍らせる。

「そうですね、今日はもう終わりです。このあと」

深夜勤なんですけどね、とさりげなく時間がないことを伝えようとしたところで、荒木の父親が口を開いた。

「この時間にお帰りってことは、このあとすぐまた夜勤ですよね。お話、立ち話で済みますからご安心ください」

「あ……お気遣い、ありがとうございます」

心の内を見透《みす》かされたようで、友里子はそれ以上言葉を発することができない。荒木さんの両親は見舞いに通い続けるうち、いつしか看護師たちの勤務体系にも明るくなっていたらしい。

「癌の全身転移がわかったころ、白井さん、絶対大丈夫ですって、息子にも、私たちにも、

何度もそう言ってくれたでしょう。私たちみんなで全力を尽くすので絶対に大丈夫ですって。私たち、その言葉にすごく励まされていたんですよ」

なあ、と声をかけられた母親のほうが、ええ、と、いつのまにか目に涙を溜《た》めて頷《うなず》いている。

絶対大丈夫です。そんなことを言っていた自分がいたのか。

入退院を繰り返し、長い闘病生活の末に亡くなった荒木は、産休に入った先輩から担当を引き継いだ患者だった。当時、友里子はまだ社会人一年目をやっと終えようとしているころで、そう年齢の変わらない若者が衰弱していく様子に日々胸を痛めていた。荒木は友里子より五つ年上で、両親の他にも、たまに、学生時代のサッカー仲間だという男友達、会社の同僚たちが見舞いに訪れていた。抗癌剤の副作用で抜けていく髪の毛を見て、ますます親父《おやじ》に似ちゃうよ、と友里子や見舞いに来た友人たちに笑って話すような人だった。

ということを、友里子は今、たった今、思い出した。

「本当に、お世話になりました」

荒木の両親が、友里子に向かって頭を下げる。確かに、父親の頭頂部には、もうほとんど髪の毛が残っていない。

私たちみんなで全力を尽くすので絶対に大丈夫です。

絶対。

あのときの自分は、確かにそう思っていたのだ。社会人一年目の自分は、四日間の塊の連鎖に呑《の》み込まれる前の自分は、確かにそう思っていたのだ。きっと、心臓の真ん中が真っ赤に焼けて、肋骨《ろっこつ》の内側に焦げ付いてしまうくらいきちんと熱く、患者ひとりひとりに対して、絶対、絶対と唱《とな》えていた。

奈央ちゃんみたいに。

一人分の体が一杯になるほどの優しさを誰にでも注いでしまうような奈央ちゃんこそ、看護師にふさわしい人物なのだ。だけど、だからこそ、救えない命を受け止めきれず、心を病んでしまった。いつのまにかどんな死にも何も感じなくなった私は、時計の針の上に乗って自動的に運ばれているだけの私は、本当は看護師になるべき人物ではなかった。だけど、だからこそ、何度も唱えた本気の〝絶対〟をいちいち裏切られたとしても、こんなふうに平気で立っていられるのだ。

最後にもう一度頭を下げる荒木の両親の向こう側から、見舞いを終えたらしい人々が病院の出口へ歩いてくるのが見える。友里子は、その中に堀北の姿を見つけた。

豚の生姜《しょうが》焼き、千切りキャベツ、筑前煮、味噌汁、白飯。深夜勤に向けての就寝前、夕食を摂っているときだった。

「隆紀《たかのり》くんが転校するみたい」

夕飯時になってもなかなか二階へ下りてこない翔大のことを気にしつつ、母がそう呟いた。

「タカノリくん？」

そう、と、母が相槌をため息に乗せる。

「翔大の友達の。うちにも何度か来たことあるでしょ」

「あの、小柄のめがねの？」

「そうそう」

友里子は頭の中でタカノリくんの姿を思い出す。もし翔大のクラスの男子が背の順で並ばされた場合、翔大かタカノリくんが一番前で腰に手を当てることになるだろう。

「あの子がもうすぐ転校しちゃうんだって」

母が、「ご飯できたよー」と、二階に向かって声を放る。わかった、という翔大の返事がかろうじてリビングにまで届くものの、実際にはなかなか下りてこない。

「親の転勤とか？」

そんな時期でもないけど、と思いながら、友里子は筑前煮に手をつける。

「そうみたい。いきなりだったから大変～って、スーパーで会ったお母さんが言ってた。引っ越しってなるとホント大変だろうね、もう転勤なんてないと思ってたみたいだし」

異動、産休、退職、逝去。大人になると、毎日顔を合わせていた人が突然いなくなるという出来事が、子どものころに比べてぐっと増える。

「それでね、翔大が学校行きたくなくなっちゃったのは、それが原因なんじゃないかって」

だから、子どもにとっての誰かがいなくなるという喪失感を、その大きさを、大人になるにつれて見失いがちになる。

「そこまでショックだったんだねえ」

咀嚼した筑前煮を味噌汁で流し込むと、次は千切りキャベツに手を伸ばす。からっぽだった胃に、細かく砕《くだ》かれた野菜たちがやわらかいクッションを作ってくれる。

「ショックっていうか、ねえ」

母が、舌の上であらゆる選択肢を転がしながら、自分自身を傷つけることなく相手には正しく意味が伝わる言葉を選びとろうとしていることがよくわかる。

「あの子、学校で隆紀くんくらいしか仲いい子いないみたいだから。外で遊ぶのとか、あんまり好きじゃないでしょ。別にいじめられてるってわけじゃないと思うけど」

耳をすませば、母の舌の上から転がり落ちていった言葉まで聞こえてきてしまいそうな気がして、友里子はわざとシャクシャクと音を立てて千切りキャベツをさらに細かく嚙み砕いていく。

「中学校に入ったら絶対に隆紀くんと美術部入るんだーって、あの子ずっと言ってたからねえ。あのアニメの絵も、二人でよく教室で描いてたんだって。隆紀くんのお母さんが言ってた。だからもう見たくないのかもね」

絶対に隆紀くんと美術部入る。

絶対に。

「しょうたー、ごはーん」

母がもう一度、二階に向かって声を張り上げる。さすがにずっとご飯を食べないわけにもいかないのか、たん、たん、と、軽い肉体がそれぞれの段に体重を預ける音が聞こえてきた。今日も学校を休んでいたのだろうか、リビングに現れた翔大は、グレーのパジャマに小さな全身を覆われている。

友里子の姿を見つけた瞳が少し揺れたが、特に言葉を発することもなく、翔大は友里子の隣の椅子に腰を下ろした。

「寝てたの？」

「うん」

「学校は？」

「うん」

友里子が話しかけても、翔大は曖昧な返事しか差し出してこない。十歳の男の子にしてはもともと体が小さいほうだが、今はまるで、強い力で何度も絞《しぼ》られた雑巾みたいに、水分や生命力やそれに付随するあらゆるものが削《そ》ぎ落とされてしまっているように見える。

翔大の分の夕飯が、友里子の隣に並べられる。いくら細かく噛み砕かれるとはいえ、この細い首の中をこの食べ物たちが全て通っていくなんて、なんだか想像しにくい。

「翔大、友達、転校しちゃうの？」

友里子がそう訊くと、翔大は、豚肉を含んでもそもそと動かしていた口を一瞬止めて、

「うん」

と頷いた。肉と、白飯。お腹を空かせた男の子がまず箸をつけるものは、いつだって変わらない。

「それで、学校行きたくなくなっちゃった？」

翔大に話しかける友里子を、台所にいる母が見つめている。

「わかんない」

小さく呟くと、翔大は、そのてのひらには大きく見える器を持ち上げ、味噌汁を啜《すす》った。

翔大の言う、わからない、は、もう何も話す気がない、と同義だ。翔大は、話したくないことや、考えたくないことがあると、すぐにわからないと言ってその物事と向き合うことをやめてしまう。そんな姿を見ていると、翔大に友達が少ないのは、体が小さいとか、外で遊ぶことが好きじゃないとか、そういうことだけが原因ではないような気がしてくる。

「でも、休み続けてると、どんどん行きづらくなるよ？」

「そうかな。わかんないけど」

諦めたのか、母が皿洗いを再開する。翔大は、細くて小さい顎で、精一杯、エネルギーの塊を噛み砕いている。

翔大の不安は、きっと、母よりも自分のほうが理解してあげられるはずだ。友里子は、キャベツをほとんど食べ終わってからやっと、生姜焼きに手をつけた。

きっとこれまで、翔大にとって、タカノリくんと二人一組でいることで何とか乗り切ることができた場面がたくさんあったに違いない。友里子は、少女時代に何度も経験した、クラスメイトの女子による仲間外れを思い出す。だけど、女子が行うそれは、誰にでも訪れる通過儀礼のようなもので、唯一の親友、しかも代替の利かない相棒が急に自分のそばからいなくなるという経験は、友里子にはなかった。

「ごちそうさま」

これといった会話もせず食事を終えると、友里子は席を立った。入浴を済ませ、少しでも長く睡眠をとらなければならない。翔大は、筑前煮に入っていた苦手な椎茸を、箸でいつまでもつついている。

脱衣所に向かい、服を脱ぐ。脱衣所は寒いけれど、ブラジャーを外す解放感が気持ちい い。下着を洗濯ドラムの中に放り込み、時計を見ると、午後六時二十七分。五時間後には、この家をまた出なければならない。

そう思ったとき、ふと、体の動きが止まった。

四日前も、全く同じ時間に、全く同じ場所で、全く同じことを考えていた。そんな気がする、という曖昧さを許さないほど、確実にそうだった実感がある。

自動的に、運ばれている。

外気に触れている両方の胸が、冷たく、固くなっていく。

時間割の通りに歩いていればよかったあのころは、自動的に運ばれているならば運ばれているでよかった高校三年生のあのころは、まだ、ゴールがあった。遥《はる》か彼方ではあったけれど、その回転には高校卒業という名の終わりがあった。だけど今は違う。自動的に運ばれていった先に、何があるのかわからない。

いや、何があるのかわからない、と思いたい。転がっていったその先に、未知なる自分が存在してくれていると思いたい。野菜を先に食べるということを続けていれば、痩せられて、素敵な彼氏ができるような、そんな変化を信じられる自分でいたい。

絶対痩せて、絶対彼氏作る。

私たちみんなで全力を尽くすので絶対に大丈夫です。

中学校に入ったら絶対に隆紀くんと美術部入るんだ。

絶対。絶対。絶対。

小さな足が、階段を上っていく足音が聞こえる。きっと、翔大だろう。椎茸はきちんと食べたのだろうか。

そのとき、友里子の頭に、ある考えが浮かんだ。二人を会わせたところで、何の意味もないかもしれない。見当違いかもしれない。だけど、あの人も、絶対、と口にしていた――そんなことを思いながら浴室へと踏み出した右足の爪先は、四日前のそれとはほんの少しだけ違う体温を携えているような気がした。


学校には行きたくないが、家の外には出たかったのだろう。友里子が誘うと、翔大はするりと部屋から出てきた。

「どこ行くの？」

「もうちょっとで着くよ」

日勤、深夜勤、準夜勤を経て、今日は休日だ。それなのに、昨日までの三日間と同じように、友里子は病院の中を歩いている。違うのは、白衣ではなく私服ということと、翔大を連れていること。

「翔大に会わせたい人がいるの」

唯一の親友の転校が決まり、意気消沈している翔大。そんな翔大に、母も、自分も、毎日帰りが遅い父も、どう言葉をかけてあげるべきか考えあぐねていた。自分がどんな言葉をかけたって、きっと、これくらいの年齢の男の子の絶望を埋めることはできない。みんな、そんなふうに思っていることが、なんとなくわかった。

友里子は、ある部屋のドアの前で立ち止まる。三〇五号室。

「ここ？」

「うん」

コン、コン、と、二度、ノックをする。引き戸に手をかけると、何度聞いても耳に馴染《なじ》まないメロディが、入り口にいる二人の足元にまで流れ着いた。

よかった、今日もいる。友里子は、ほっと安堵の息を漏《も》らす。

「堀北さん」

「あ、どうも……って、あれ？　私服？」

こちらを振り返った堀北が、驚いたように目を見開く。友里子が私服であること、そして、友里子の後ろに隠れるように立っている翔大の存在に、面食らっているようだ。

「弟さん？」

こんにちは、と、堀北がぺこりと頭を下げる。

「あれ？　知ってたっけ？」

弟いること、と友里子が言うと、堀北はさりげなく、南水の枕元で流していた音楽を止めた。

「前、ちらっと言ってたから。こんなに歳離れてるとは思わなかったけど」

勤務中ではない、というだけで、いつもよりも会話がスムーズになる。こうして私服を着た状態で向かい合っていると、堀北が同い年の青年だということがよくわかる。

「どうしたの、今日は」

状況を摑《つか》みかねているのか、堀北の表情からは動揺が消えない。

「ごめん、いきなり。翔大――弟を堀北さんに会わせたくて、いきなり来ちゃった、ごめんね」

くいくい、と、カーディガンの裾が後ろに引っ張られる。

「だれ？」

翔大はまだ、友里子の後ろに隠れている。基本的に、初対面の人、特に大人が苦手なのだ。

「翔大」

振り返った友里子は、翔大の背中に手を添える。そして、その小さな体を、堀北や、南水が眠る白いベッドのほうへと押し出す。

「この人は、堀北さん。お姉さんの友達」

友達、という紹介に、堀北が「初めまして」と乗ってくれる。友里子は心の中で堀北に礼を言う。

「ここでぐっすり眠ってるのが、南水さん。この人は、堀北さんの大切な大切な友達なの」

「大切な友達?」

翔大の声が、少し大きくなる。チューブに繋《つな》がれている人間への恐怖より、脳裏に過ったタカノリくんに気持ちが傾いたらしい。

「南水さんはね、いろいろあって、長い間眠らなきゃいけなくなっちゃったの。だからね、堀北さんは、翔大とおんなじで、大切な友達と遊んだりできなくなっちゃったの」

翔大は黙ったまま、ベッドに横たわっている南水の足のあたりを見つめている。

「でもね、堀北さんは、翔大みたいにふさぎ込んでないんだよ。毎日こうして、元気に過ごしてる」

翔大の視線が、少しずつ下がっていく。友里子が何を言おうとしているのか、気づいたみたいだ。

「だから翔大も、きっと大丈夫。それに、いつまでも学校休むわけにもいかないでしょう。翔大もきっと、このお兄さんみたいに前向きになれるはず」

今は私服だから、今は看護師じゃないから、今日は休日だから。友里子は、何度も自分にそう言い聞かせる。担当患者の部屋の中で、看護師の、その身内のこんな姿を見せるべきではないことくらいわかっている。だけど、唯一の親友と離ればなれになってしまう翔大を励ますことができるのは、同じく大切な友人を失いかけている堀北しかいないような気がしたのだ。

「お兄さんは」

翔大が、ベッドを支える白い脚を見つめたまま、言う。

「大切なお友達と遊べなくなって、さみしくないの？」

翔大の小さな口から、もっと小さな声が、ぽとりと落ちる。

「かなしくないの？」

翔大の頭に、堀北が掌《てのひら》を乗せた。

「さみしいよ」

そして、翔大の柔らかくて細い髪の毛を、くしゃくしゃと撫《な》でる。

「かなしいよ」

ず、と、翔大が洟《はな》を啜る音が聞こえる。

「じゃあどうして、元気でいられるの？」

友里子は、震える小さな背中を見つめる。

「ぼく、わかんなくて」

自分の視界も震えそうになるのを、ぐっと、堪《こら》える。

「隆紀くんがいなくなったら、どうすればいいのか、なにを生きがいにすれば、いいのか、わかんなくて」

中学校に入ったら絶対に隆紀くんと美術部入るんだ。

絶対に。

「生きがい」

その四文字が、もう一度耳に届く。その声を聞いて、友里子は驚いた。

生きがい、と繰り返していたのは、堀北でも翔大でもなく、自分だったからだ。

「堀北さんは、いやになったりしないの？」

今、自分が話しているということに、自分の耳で自分の声を受け止めて初めて気づく。

初めての感覚に戸惑うが、話している自分はそれ以上に落ち着いていた。

「思わない？　毎日同じことの繰り返しだなって。自分も世界も、何にも変わらないなって」

堀北が、友里子のほうに視線を移す。

「このままずっと目が覚めないのかもしれないのに、自分は何やってるんだろうって」

友里子は、話すという行動を司《つかさど》っている自分を封じ込めるように、口を閉じた。こんなこと、いくら白衣を着ていない時間だからって、言うべきではない。

堀北が、友里子を見ている。

友里子は、もう諳《そら》んじているほど何度も味わった文章をゆっくりと読み上げるように、思った。

私はきっと、翔大を、堀北に会わせたかったんじゃない。

本当は、自分が訊いてみたかったのだ。翔大をここに連れてきたのは、きっと、そのための口実だった。

日勤、深夜勤、準夜勤、休日。毎日誰かが搬送されてきて、誰かが死んで、絶対に大丈夫と言い張った患者のことさえも忘れて。憧れていた人はこの仕事で心を病み、生死に対して冷たくいられる才能がある自分は時間に運ばれるがまま職務をこなして。あらゆることがただ繰り返されている日々の中で、何が生きがいになり得るのか。毎日ただ臥《ふ》している友人を見つめ続けるという日々、確実に自分よりも変化がない毎日を送っている堀北は、何を生きがいにしているのか。

訊いてみたかった。看護師ではなく、ひとりの同世代の人間として。きっと、自分が、堀北に訊いてみたかった。

「同じことの繰り返しとは、思わないかな」

堀北は、翔大の頭から掌を離した。

「今日が、こいつが目を覚ます日の前日なのかもしれないって思ってるから」

そして、そっと、ベッドの手すりに触れる。

むきだしの命を撫でるような、とても優しい動作で。

「翔大くんも、いつかまた大切な友人だと思える人に出会えるとか言われても、そんなの遠すぎて信じられないよな」

堀北の掌が、また、翔大の頭の上に戻った。

「だったら、今日が、何かが変わる前日なのかもしれないって、思おうよ」

「前日？」

翔大が少し、顔を上げる。

「明日は絶対に出会える、その次の日は絶対に出会えるって、一日ずつ、クッキーの生地みたいに、命を引き延ばしていくんだよ。そしたらきっと、その毎日がすっごくつらかったとしても、ただの繰り返しだとは思わない。ああ、この瞬間のためだったんだって笑う日のための積み重ねだって思える」

明日は絶対に。明日は絶対に。

堀北の掌の中で小さく頷く翔大を見ながら、友里子は思った。

私は、羨《うらや》ましかった。

誰かが死んだわけでもないのに、ただ友達が転校するというだけでご飯も食べられなくなるほど落ち込める翔大のことが。様々なものを擲《なげう》ってまで尽くしたいと思える、救えなかったことを悔しいと思える友人をもつ堀北のことが。担当患者が死んでさえ心があまり動かなくなっていた自分は、今は家から出られなくなっている奈央ちゃんのことですら、羨ましくてたまらなかった。

絶対痩せて、絶対彼氏作る。

私たちみんなで全力を尽くすので絶対に大丈夫です。

中学校に入ったら絶対に隆紀くんと美術部入るんだ。

せめて、こいつの人生がもう一度始まる瞬間には、絶対に立ち会いたいって。

絶対こうなる、と、未来に起こるはずの変化を力強く唱えられるような、そんな変化を引き寄せられる自分の力を信じていられるような、そんな日々をもう一度、自分で手に入れたかった。絶対、と唱えた願いが叶わなければ立ち直れなくなるほどショックを受けたかったし、祈りが実れば我を忘れて喜びたかった。四日間の塊に自動的に運ばれているだけではないと信じたかった。

心の、中心点からの絶対値が欲しかった。

「一日ずつ……」

「そう」

翔大の頭の上で、堀北の掌がぽんぽんと跳ねる。

「そしたら、絶対、出会える？」

「出会えるよ、絶対」

「隆紀くんみたいな友達に？　絶対？」

「うん、絶対」

絶対、なんて、ない。

そんなことはわかっている。きっと翔大でさえわかっている。それでも絶対、と思わず唱えてしまうような瞬間が、自分にも欲しい。そんな瞬間に、自分もまだまだたくさん出会いたい。友里子は、まるで兄弟のように隣に並ぶ二人の姿を見て、そう思った。同い年の堀北の背中が、翔大と同じくらいか弱くも、どれだけ追いかけても届かないほど偉大にも見えることが、不思議だった。

2 前田一洋 ―前編―

向かって左側には、授業で使うための大きな黒板。右側には、時間割を書くための小さな黒板。学校が変わってもそういうのは同じなんだな、と、一洋《かずひろ》はぼんやり考える。前の学校でも、同じように黒板は二つあった。右側の黒板には、日直が帰りの会までに、次の日の時間割を書いておくのだ。ノートに書くときはそこまでおかしなことにはならないのに、黒板に文字を書くとなると、どうしても文字がよれよれになってしまう。そんな一洋のことをよくからかってきたかつてのクラスメイトを思い出した途端、一洋の心は一瞬、どこか遠いところへ飛んでいきそうになった。

そんなことを考えている場合ではないことは、自分が一番わかっていた。一洋は、顔を動かさないようにして周りを見渡す。とりあえず、このあとどうするべきなのか誰かに聞かないと、ていうか転校してきたばっかりなんだから、誰か教えてくれたっていいのに――頭の中の自分はどんどん饒舌《じょうぜつ》になっていくのに、実際の自分はその場に縛り付けられているように全く動けない。

「あ」

すぐ後ろで、誰かが声を漏らした。

「体育、初めてだっけ？」

どうやら、自分に話しかけてくれている、らしい。一洋は少しだけ警戒しながら、「あ、うん」と後ろを振り返った。

この子の名前、なんだっけ、なんだっけ――にこにこ人懐《なつ》っこく笑う男の子を見ながら、一洋はまた頭をぐるぐると働かせる。名札を確認したいけど、制服ではなくジャンパーっぽいものを着ているから、それもできない。

いつのまにか、クラスの子たちはみんな、制服でもジャージでもなく、この男の子みたいにごわごわにふくらんだジャンパーを着ている。まるで宇宙服みたいであったかそうだけど、一洋はそんなもの学校に持ってきていないし、家にだってない。

「スキー板って、持ってきてる？」

その男の子は、また、にこっと笑った。

スキー。いま聞いた言葉は、そのまま、教室の右側にある小さな黒板にも書かれている。4時間目、体育、スキー。体育で、スキー。引っ越す前のクラスメイトたちに話したら、みんなめちゃくちゃ驚くだろう。だけどこの学校の子たちは、特にはしゃいでいる様子もない。

「持ってきてない」

「そっかー、ウェアとかゴーグルとかは？」

「持ってきてない」ていうか、持ってない。一洋は心の中でそう付け足す。

「だよねえ」

男の子が、ひょいと廊下に出て行く。「あ、せんせー、せーんせー！　体育のウェアとスキー板って貸してもらえるんですよねえ？」その男の子は、たっぷりとした袖にほとんど埋まってしまっている腕をぶんぶんと振り回しながら、一洋の代わりに先生を呼んでくれている。

「転校生の子、ウェアもスキー板もないって。どっかに借りる用のやつあるよね？」

その男の子に続いて、一洋も廊下に出る。ジャージ姿の先生をつかまえてくれた男の子の、向こうの窓の、その向こうに広がる雪景色に、まだ目が慣れない。

転校は、初めてではない。広島の学校に通っていたこともあるし、ここに来る前は神奈川の学校に通っていた。小学校を卒業するまではこのままずっと神奈川の学校にいられる可能性が高い――少し前に父がそう言っていたので安心していたのに、またすぐに転校が決まってしまった。だけど、その前の転校もそんな感じだったから、もうそれほど驚きはしなかった。

ただ、何度転校したところで、昨日まで自分がいなかった教室にぽんと放り込まれる感覚には、慣れない。一洋は、想像していたよりもずっとあたたかい廊下の真ん中で、想像していたよりもずっと寒い雪景色を見つめる。

まだ三時間目か。ため息をこぼしそうになるのを、寸前で我慢する。

転校したばかりだと、担当の掃除の場所も、給食の片付けも、体育の着替えや準備をどうすればいいのかも、何もかも誰かに教えてもらうまでわからない。自分だけでできることが少ない場所で過ごす時間は、一秒一秒がすごく長いのだ。

「前田《まえだ》くん」

男の子が振り返る。名前を呼ばれ、一洋は、自分がこの子の名前を覚えていないことがすごく悔しくなる。

「ウェアも板も、今日は貸してもらえるって。職員室に予備があるらしいから、一緒に行こ」

「あ、ありがとう」

先生と男の子の後ろについて、一洋は廊下を歩く。

歩くたび、前を歩く男の子が着ている大きなジャンパーが、がさがさと音を鳴らす。転校して初めての体育がある今日、一洋は、厚手のジャージにダウンジャケット、さらにマフラーと手袋をして登校した。だけどクラスのみんなは、まるで示し合わせたように、宇宙服みたいなジャンパーを着て登校していた。手袋も、一洋が着けているもこもこのやつとは違い、みんなのはもっとごわごわしている。見た目があたたかそうなのは一洋の手袋なのに、不思議と、みんなが着けているもののほうが寒さをきちんと防いでいるように見える。

前を歩く男の子の姿を見るたびに、冬はダウンよ、と自信満々で言っていた母親のことを、一洋はどんどん信じられなくなっていく。自分で着てきたダウンよりも、こっちのほうがカラフルでかっこいいし、何よりあったかそうだ。

ごめん、名前なんだっけ――一洋がいよいよそう声をかけようとしたとき、

「ともやーっ」

廊下の後ろのほうから、大きな大きな声が飛んできた。その声を追い抜かさんばかりに、がさがさがさ、という服の音と、ばたばたばた、という上履《うわば》きの床を叩《たた》く音が、それぞれ弾丸のようにこちらに迫ってくる。

「ともや、どこ行くんだよっ次体育だぜ！」

ともや。そうだ。この子の名前は、みなみともや、だ――家にいる間ずっとにらめっこをしていたクラス名簿、その中のとある一行が一洋の頭の中で光った。転校生がまずやるべきことは、みんなの名前を覚えること。これは、何度も転校を繰り返すうちに学んだ、とても大切なことだ。

「そんな走ったら転ぶってば」

呆《あき》れるようにそう呟いたあと、智也は「前田くんのウェアとか借りに行くの。あ、先生、手袋とかもあるっけ？　あの手袋じゃ、すぐびちゃびちゃになっちゃうよね？」と続けた。一洋は、母がカワイイカワイイと言っていた手袋を無言で見下ろす。

「前田くん？　あー、転校生のことか」

突然現れた男の子が、一洋のことをちらりと見る。この子のほうが、智也より背が高いし、眉毛もしっかりしている。名前は確か、堀北雄介《ゆうすけ》、だ。元気だし声も大きいし、早めに名前を覚えておかなければいけないような気がしていた子、だったような気がする。

「じゃあ俺もついてこっかな～」

一緒に歩き始めた雄介も、智也と同じく、宇宙服みたいな服をがさがさと鳴らしている。窓の外の白が背景になると、ちゃきちゃき歩く二人の姿はまるで、秘密の洞窟へ向かう探検隊のようにも見えた。

この二人、仲いいんだ。一洋は、そのことを少し意外に思う。

何度か転校を経験すると、クラスの子たちをパッと見ただけで、良くも悪くもまず名前を覚えておいたほうがいい子、できれば敵にはしないほうがいい子、それぐらいはなんとなく判断できるようになる。智也はそのどちらにも当てはまらなかったけれど、雄介は、そのどちらにも少しずつ当てはまっていた。ふつうは、そういうグループに当てはまる子同士、または当てはまらない子同士が仲良くしていることが多いけれど、この二人はそんなこと関係なく、仲良しみたいだ。

「いっつも思うけどさあ、校庭でスキーってちょっと物足りないんだよな」

「雄介はそうかもね。僕は結構じゅうぶんかも」

「早くスキー合宿の日になんねえかな」

前を歩く二人の会話に耳をすましていると、智也が突然、こちらを振り返った。

「前田くんは、スキーしたことあるの？」

「ない、んだよね」

一洋がそう答えると、「えーっ、一回も？」雄介がおおげさに驚く。その様子から、一洋は、この子はきっとスキーがうまいんだろうし、スキー以外のスポーツもうまいんだろうな、と直感した。と同時に、やったことはないけれど、自分は多分スキーがへただろうな、とも思った。

「その服とか、二人とも、自分のやつなの？」

せっかく乗り込めた会話の波から振り落とされないように、一洋は言葉を繋げる。

「そうそう。体育でスキーやる日は、もう家からスキーウェア着てきちゃう」

「スキー板もうちから自分のやつ持ってきてるんだぜ。学校のだとなんか滑《すべ》りにくいんだよなー」

一洋は、ここで出会ったクラスメイトたちと自然に会話ができていることに、時間の流れがいつも通りに戻り始める予感に、ドキドキする。転校したてのころに抱く体感的な時間の遅さがどう元通りになっていくのか、一洋は知っている。引っ越した先で会った誰かと、引っ越す前の友達とそうしていたように、普通に話したり、遊んだりするようになったとき。引っ越したあとの体の動きが、引っ越す前の体の動きと同じリズムになったとき。そうなれば、時の流れの感覚もこれまで通りに戻ることを、一洋は知っている。

一階に下りると、職員室はすぐだった。

「忘れちゃった人用に貸せる分はあるけど、ずっと前田に貸し続けるわけにはいかないからな。この週末で、スキー板とかウェアとか、道具一式準備してもらえるようにお母さんに相談してみて」

先生の話に、一洋は素直に頷く。引っ越し直後のお母さんは、いつもバタバタと忙しそうにしている。買ってほしいものがあるなんて言いにくいけれど、言うしかないだろう。持ち物は、できるだけ早くみんなと同じものを揃《そろ》えたほうがいい。

「よし。じゃあ、行こっか」

「あー、楽しみ!」

ウェア、帽子《ぼうし》、手袋、スキー板。先生が貸してくれたもののうち、智也がスキー板を持ってくれている。突然「今日はぜってー一番速く滑る!」飛び跳ね始めた雄介を止める智也の姿を見ながら、ひとりで来ていたら全部は持ちきれなかったな、と一洋は思った。

前の転校ではそんなに驚くことはなかったけれど、今回の転校では驚くことがいっぱいあった。

まず、北海道の小学校は冬休みが長い。今までは一月六日とか七日とか、そのあたりにはもう学校が始まっていたけれど、こっちの学校は一月十七日が始業式だった。冬休みの間に引っ越しをすると決まったとき、大みそかもお正月もゆっくりできないかもしれない、とガッカリした分、冬休みが延びたことはものすごく嬉しかった。前の学校だと今日が始業式だろうという日には、自分だけ家でだらだらできていることをとてもラッキーだとも思ったが、同時にこれまでの友達とは全然違う世界で生きていくことを再確認してしまい、とてもさみしくもなった。

他にも、夕方のニュースのキャスターが全然違う人になっていたり、観ていたアニメの放送時間も曜日も変わってしまったり、これまでの生活と違うところはたくさんあったけれど、何より一洋が驚いたのは学校の校庭にあるいくつかの雪山だ。

初めて登校した日は、一洋の全身は、転校初日特有の緊張と寒さでカチコチに固まってしまっていた。だけど、校庭の雪山を見た瞬間だけは、前の学校の友達と遊んでいたころの自分に戻りかけた。校庭全体が雪に覆われているだけでも驚きなのに、その白い校庭がぼこぼこっと大きく膨らんでいるのだ。直径二十メートルくらいだろうか、山というよりは丘に近いかもしれない。まるで、学校のいろんなところに溜まってしまった雪を、神様がその大きなてのひらでごそっと一所に集めたように見えた。

「体育のスキーは、三月とかまではあるよ。根雪《ねゆき》は、ゴールデンウィークくらいまで残ってるかな」

体育が始まるまでの時間、智也は、一洋の質問にいろいろと答えてくれた。その答えの中にわからない言葉があったりもしたけれど、いちいち尋ねることはしなかった。雄介は、一洋の質問なんてどうでもいいみたいで、昇降口に着いた途端さっさと校庭へと駆け出してしまった。

「とりあえずハの字で、大丈夫、そうそう」

一洋は、先生に言われるとおり、足の裏にくっついているスキー板をどうにかハの字に開こうとする。だけど、右足がうまくいっても左足がうまくいかなかったり、板の側面が雪に刺さって止まってしまったりして、なかなかうまく滑ることができない。自分の足の裏が、自分の意思では操《あやつ》ることのできない範囲にまで勝手に拡大してしまった感覚だ。イライラするし、なにより怖い。少しでもスピードが出ると、喜びよりも恐怖がもくもくと膨れ上がり、自分から尻もちをついてしまう。

「立ち上がるときは、板を横向きにするといいよ」

そう声をかけてくれた。立ち上がっては滑り出し、すぐに転ぶ。そんなことをずっと繰り返していると、智也がようになるわけでもない。「ありがとう」一応お礼を言うけれど、だからってうまくできる外は寒いんだろうな、と少し怯《おび》えていたけれど、智也もそこまで余裕はないようで、早速尻もちをついている。

体育が始まって三十分も経たないうちに、体だけ真夏の中にあるみたいに汗ばんでいる。いのと似ているかもしれない。夏の体育のプールが、実はすっごく寒

体育のスキーは、まず三つのグループに分かれることから始まった。スキーが得意な子たち、普通に滑れる子たち、スキーが苦手な子たち。一洋は、北海道の子どもはきっとみんなスキーがうまいんだろうし、みんなスキーが大好きなのかと思っていたけれど、意外とそうでもないらしい。一洋が一番へたなことは一目瞭然だったけれど、上手に滑れない子は思ったよりもたくさんいた。智也もそのうちのひとりだ。

「横向き、って、けっこう難しい」

「そのまま立ち上がるとまた滑り出しちゃうから、斜面にこう横向きに刺す感じで」

「よっしゃ一位！」

何度目かの挑戦でなんとか立ち上がれたとき、一番大きな雪山のほうから雄介の声が飛んできた。「イェー！」そう叫んでいる雄介の動きだけを見ると、足の裏についている板

にまで、自分の神経がきちんと張り巡らされているかのようだ。上手に滑れる子たちが集められているグループの中でも、雄介はスピードが違う。

「すごいね」

一洋は、手袋と手首の間の雪を払いながら呟く。全身のうち冷たいのは、手袋と手首の間と、顔と耳くらいだ。

「あいつは昔から、運動神経いいからね」

智也はそう言いながら、斜面を横向きに登っていく。上手に滑れるグループには、男子も女子も元気な子が多い。転校初日、この子には嫌われないといいな、と直感した子は大体、大きな板を自分の足の裏の一部のようにして雪の中を行ったり来たりしている。

一洋は、足を止める。

視界を、白い雪が横切っていく。雄介が滑る雪山からは、きゃあきゃあと、同い年のよく知らない子たちが楽しそうに騒ぐ声が聞こえてくる。何度も雪に打ちつけた自分の尻が、じんじんと鈍《にぶ》く痛む。

ほんとに、転校したんだな。

一洋は、ふと、そう思った。クッキーを食べてパサパサになってしまった口に牛乳を含んだときのような感覚だった。一洋は、自分の心の中にこつこつと存在していた違和感のすべてが、しっとりと平面に馴染み始めるのを感じた。

転校すると、こういう瞬間が必ず訪れる。それは大抵、ふたつの感覚が同時に襲ってきたときだ。体育館や校庭など、視界がぱあっと開けた場所で、知らない子たちが楽しそうにしている姿を見たとき。そして、学校の指定により持ち物などが変わり、たとえば前よりも短くなった短パンから飛び出ている太もものあたりがやけにスースーしたとき。両目いっぱいに映る新しい世界と、自分の体に起こっている小さな変化。このふたつが重なってやっと、自分に起きた変化を受け入れることができるようになる。

転校してきたんだ、ここに。

「よし、じゃあ次は転ばないで下まで行くことを目標にしてみよう」

先生の声に、一洋は「はい」と返事をする。スキーが苦手な子たちが集められたグループは、雄介がいるグループに比べると、とても静かだ。転ばないように丁寧に滑る智也の背中の向こう側で、雄介がまた「いっちばーん！」と声を張り上げた。

この学校は体育館にも暖房がついていることを知ったのは、金曜日の終わりにある全校集会のときだった。

「三学期が始まって、一週間が過ぎました。みなさん風邪など引いていないでしょうか」

ステージの上にいる校長先生がそう呼びかけるけれど、特に誰も返事をしない。広い体育館の中、出席番号順に並んでいる生徒たちはみんな、体操座りをしながらも、その中でどうにか校長先生の話を聞く以外の時間の過ごし方を見つけ出そうとしている。

「えー、この間、ある生徒が廊下を走っていたら、私の目の前で転びました。幸いケガはなかったようですが、見ていてかなり危なかったですね。もちろん廊下を走ることはいけませんが、校舎内に持ち込まれていた雪が解け、廊下が濡《ぬ》れてしまっていたようです」

暖房がついているといっても、体育館は広いので、暖かくなるまでに時間がかかるらしい。一洋は、セーターの袖で手の甲を全て覆い隠す。

「外で遊ぶことは大いにかまいません。ずっと教室の中にいるよりも健康的で、いいことです。ですが、解けた雪でびしょ濡れになっている廊下を見て、校長先生は悲しい気持ちになりました。みなさんのお友達がケガをしたかもしれません」

一洋の前には、雄介がいる。雄介は、小学四年生にしては大きな体をぐっとたたんではいるが、その背中がもぞもぞと動く姿を見るに、校長先生の話にもうすっかり飽きていることが丸わかりだ。よく見ると、ニスで輝く床に貼られている様々な色のテープを、爪でこりこりと剝《は》がそうとしている。

「廊下を走らないことは当然ですが、みなさん、校舎に雪を持ち込むことは禁止です。昇降口できちんと、自分の服についた雪を落とすようにしましょう」

「なあ」

「えっ」

　雄介が突然、一洋のほうを振り返った。驚く一洋に、「わっ」と雄介がさらに驚く。一瞬、周りの子たちの注目が二人に集まってしまう。先生に見つからないように、一洋は下を向いた。

「そっか、後ろお前になったのか」

　数秒経ってから顔を上げると、雄介はまだこちらを向いていた。声のボリュームを落とさないところからしても、先生に怒られるかもしれないとか、みんなに見られてしまうとか、そういうことは考えないみたいだ。

「後ろ、いつも智也だったからさー、つい」

　堀北雄介、前田一洋、南水智也。出席番号順に並ぶと、雄介と智也に一洋が挟まれる形になる。ということは、一洋が転校してくるまで、雄介と智也は集会のたびにいつも前後に並んでいたらしい。

　そっか、だからこの二人はタイプが違っても仲が良いのかも――一洋が人知れず納得しかけていると、

「智也！　智也！」

　雄介は、声のボリュームを落とすことなく、一洋の後ろにいる智也に話しかけ始めた。智也は一洋と同じく先生の目を気にしているようで、「声でかいってば」とひそひそ声で

囁《ささや》いている。

「んだよ。あー、じゃあお前伝言して」

ちょいちょい、と、雄介が一洋に向かって手招きをする。一洋を橋渡し役に使おうとしているというのに、雄介はその場を動く気がないらしい。

「今日袋持ってきたから、って、あいつに伝えて」

「袋？」

「そう。言えばわかるから」

そう言うと、雄介はすぐに前を向いてしまう。そしてすぐに、床に貼られているテープを爪で剝がす作業に戻ってしまった。

一洋は、先生に見つからないようにゆっくり後ろを向く。「ん？」声には出さないが、智也がクエスチョンマークを浮かべているのがわかる。

「伝言。袋持ってきたって伝えろって」

「何？」智也が、ぐっと顔を近づけてくる。

「袋」

言えばわかるから、と言われていたものの、訊き返されると急に不安になる。だけど、智也が「ああ」と頷いたので、一洋はほっと安心した。

「行く行く、ありがとう」

　こくりと頷き、その言葉を雄介に伝えようとすると、

「一緒に行く？」

　智也が、前を向く一洋を引き留めるように言った。それも伝言の続きかと思ったけれど、「一緒に行く？」ともう一度訊かれて、一洋はやっとそれが自分への質問だということがわかった。


「よっしゃー到着！」

　智也と雄介は、河川敷に着いたとたん、背負っていたリュックを乱暴に地面に投げ捨てた。雪の上にリュックを置くと濡れてしまうとか、そっと置かないと中身がぐちゃぐちゃになってしまうとか、そういうことは端《はな》から気にしていない。

　二人に倣《なら》って、一洋も、もこもこの上半身からなかなか離れてくれないランドセルを下ろす。放課後、午後三時過ぎ、走る二人を追って辿《たど》り着いたのは、小学校から少し離れたところにある堤防だった。通学路から河川敷に下りるまでの斜面は、もともとは芝生らしいが、今はきれいに雪に覆われている。

　一月の太陽は、一洋の目線と変わらない位置にある。雪の降りやんだ午後三時の光は、この町の全てを溶かしてしまいそうなほど強烈なのに、雪の斜面はその光をも吸い込んで

白く膨らんでいるように見える。冷たい氷の結晶というよりも、天日干しによってふかふかになった布団みたいだ。

「お前、ランドセルなんて使ってんのかよ」

雄介がそう言いながら、道路にどっかと腰を下ろす。スキーの授業のときにも着ていたごわごわのズボンは、雪の上に座っても水が染みてこないらしい。

「うん、今までずっとこれだったし」

「こっちだとそんなの誰も使ってねえぞ」

雄介はそう言いながら、さっきまで背負っていたリュックの中をがさごそと漁《あさ》っている。リュックが濡れてしまうどころか、こうしている間に車が来るかもしれないとか、そういうことも気にしていないらしい。

「冬はウェアとか着るから、ランドセルだときつくなっちゃうんだよね」

そう言う智也も雄介と同じように、その場に座り込んで、リュックの中を忙しく漁っている。

言われてみれば確かに、教室のロッカーにもランドセルはしまわれていなかったような気がするし、現にこの二人もあまり見慣れないリュックを使っている。一洋は急に、白い雪の上にある黒いランドセルがものすごくダサいもののように見えてきた。持ち物をみんなと揃えることは、転校してからまずするべきことの一つなのに。

体操服も自由。カバンも自由。

少し前までの自分なら、きっと、もっと喜んでいた。

「あった！」

揃って声を上げたかと思うと、智也と雄介はそれぞれ、リュックの中に突っ込んでいた右手を抜き出した。その手には、パッと見ただけではわからない、白い塊のようなものが握られている。

「袋？」

マフラーを鼻まで引き上げながら、一洋は訊く。そういえば、全校集会のときだって、二人とも袋、袋、と言っていた。

一洋の呟きなど聞こえていないのか、雄介は、スーパーなどでもらう白い袋を手袋をしたままの手でどうにかまっすぐに伸ばしている。かと思うと、

「あ、智也が持ってるやつのほうがやりやすそうじゃん。よし、おれのと交換な」

智也が持っていた袋を勝手に奪い取り、「よっしゃー！　久しぶり！」とその袋を雪の上に敷いた。そして、まるでそれが座布団だというように、袋の上にどんと腰を下ろした。

「いっきまーす！」

雄介は右手を挙《あ》げると、股《また》の間にある袋の取っ手の部分を握り、えいっと両脚で地面を蹴《け》り出した。

ソリだ。一洋がそう思ったとき、

「袋は、ソリになるんだよ」

同時に智也が呟いた。「おーすげえ滑るー！」そのころには、雄介はもうかなり下のほうまで進んでいた。途中、何かに引っかかったのか、「っおわあああ！」文字にならない声を上げながら袋もろともごろごろ転がってしまっている。

「つるつるしてるから、普通のソリよりよく滑るんだよ」

はい、と、智也が一洋に向かって白い袋を差し出してくる。

家でもよく見るただの袋が、風になびいて、こっちにおいでと手招きをする。

「ありがとう」

袋で滑るソリ遊びは、何度やったって飽きなかった。石ころに引っかかったり、無理に引っ張ったりするとすぐに破れてしまったけれど、智也も雄介も、親に隠れてたくさんの袋を確保してきていたから、数が足りなくなることはなかった。雪が降る季節になると、袋をこっそり集めておいて、こうしてたまにソリ遊びをするらしい。

斜面を滑り降りたら、今度は雪の中を歩いて登る。そしてまたすぐに滑り降りる。普通に滑ったり、正座で滑ったり、立ったままスノーボードみたいにして滑ったり。運動神経のいい雄介が新たな技をたくさん見せつける中、一洋は智也とふたり、いろいろなことを話した。

「前田くんは、転校いっぱいしてるの？」

「うん。広島とか、この前は神奈川」

「かながわ？　ってどのへんだっけ？」

「東京の近く。今までいたとこはこんなに雪降らなかったからさ、すごいね、こんな遊び初めて。やっぱこっちの人はみんな冬が好きなの？」

「そんなことないよ。僕は雪遊びは好きだけど、冬は嫌いかな。ずっと寒いし、体育のスキーも苦手だし」

「そっか。あれ、うまくなりたいなあ」

一洋の手袋や靴は、智也や雄介のそれらとは違って、きちんと水を弾いてくれない。だから、滑ったり転んだり歩いたりするたびにしっとりと冷たさが染み込んできたけれど、途中からもうそんなことは気にならなくなっていた。スキーの授業で何度も尻もちをついたから、お尻だってじんじん痛い。体はすごく熱いのに、手足の指先だけはすごく冷たい。だけど楽しいからいい。楽しいからいいのだ。

こっちに来て、初めて雪を見たときから、本当はずっとこういうふうに遊びたかった。親はどちらも寒い寒いと言って雪遊びをしてくれないし、一洋にはきょうだいがいない。うまくできないスキーで尻を打ちつけるのと、袋でできたソリから転げ落ちて尻を打ちつけるのでは、同じ痛みでもその種類が全く違った。

「げっ、お前、ももひきみたいなの穿《は》いてんじゃん、ダッサー」

ソリ遊びに飽きると、雄介は一洋にちょっかいをかけてくる。ちょっと言動が乱暴なところもあるけれど、それが友達って感じがして、一洋は嬉しかった。

「ももひきじゃないよこれ、タイツ？ってお母さん言ってた」

「こっちの人はそういうの穿かないんだよね、なんか」

「えー、でも寒いじゃん」

「それを我慢すんのがかっこいいんだろー」

まだ馴染めないところはたくさんあるけれど、それでも一洋は、スーパーの袋で雪の上を滑り降りるたびに、自分の心と体がむくむくと元の形を取り戻していくのがわかった。

「あー、疲れたー、あっちー尻いてー」

「ちょっと汗かいてきちゃったよね」

斜面を夢中で往復していると、自分が疲れていることに気が付きにくい。座り込んでみてやっと、自分はこんなにも疲れていたんだ、とわかる。

どんな体勢で座っても、何度も打ちつけたお尻が痛い。

「お尻、じんじんする」

そう呟くと、智也が、

「だね」

と、こちらを向いて笑った。その向こうで、雄介がお尻を押さえながら、「いててて」と呟いている。

今かもしれない。

一洋はふと、そう思った。今この瞬間、本当の意味で、自分の暮らす場所が変わったことを、やっと実感したような気がした。

転校は、学校が変わるだけではない。学校に通っていない時間を過ごす場所だって、変わるのだ。そんな当たり前のことが、はじめはなかなか理解できない。学校が変わったことを実感できるタイミングはたくさんあるけれど、自分が暮らす場所そのものが変わったことを受け入れることは、実は難しい。

「お前、スキーでもいっぱい転んでたし、この中で一番お尻痛いんじゃねえの」

「うるさいなあ」

雄介が一洋の尻を触ろうとしてくる。「やめてってば」一洋は雄介に雪をかけて応戦する。

知らないクラスメイトたち、これまでの学校ではなかったスキーの授業、これまで抱いたことのなかったお尻の痛み。通う学校が変わったことを実感するタイミングは、転校初日から何度もあった。だけど、ようやく今、自分の暮らす場所が変わった、そしてこれからもこの場所で暮らしていくということをきちんと受け止めることができた気がする。

この土地独特の遊びを通して抱いたお尻の痛みを、ひとりで感じるのではなく、誰かと共有することができた、今。新しい何かに出会い、その新しさに出会った自分の戸惑いを、誰かが笑ってくれた、今。

「土日にスキーウェアとか買いに行くの？」

斜面を上りながら、智也が言う。いつのまにか、太陽の色が変わっている。ただ白いだけだった雪の粒にも、夕暮れの端っこが数滴、注ぎ込まれているように見える。

「行く、と思う。お母さんが連れてってくれれば」

「ふうん。行けるといいね」

「ついでになんかカバンも買ってもらえば？　ランドセルやっぱダセェし」

斜面を上り切ると、そこには、一時間ほど前に脱ぎ捨てたカバンが三つ、転がっている。リュック、リュック、ランドセル。

「二人、リュック、色違いなんだね」

一洋は自分のランドセルを持ち上げながら呟く。

体操服も自由。カバンも自由。

自由、という言葉は、すごく嬉しい言葉だった。

「前田くんもこれにしたら？」

よいしょ、と、智也がリュックを持ち上げる。

「水弾くやつだから、雪降っても濡れないんだよ、中身」

「どこで買ったか忘れたけどなー」

帰ろ帰ろ、と、雄介がさっさと歩き出す。袋ちゃんと持って帰れって、と、智也が余った袋を摑んだまま雄介を追いかけていく。一洋は、二人の背中で同じように揺れるリュックを見つめた。

自由。そう言われて嬉しいのは、体操服もカバンも自由だけど、その中でおそろいにしたくなる友達がいるからだ。自分は何色のやつにしよう。そう思ったとき、一洋のお腹がグウと鳴った。


一洋が雪遊びに飽きるまで、そう時間はかからなかった。雪が珍しくなくなると、雪遊びは好きだけど冬は嫌い、と言っていた智也の気持ちがよくわかった。

「あ、ずるいその戦い方」

「へっへっへー」

一洋の操るキャラクターが、智也の操るキャラクターへ器用に攻撃を仕掛ける。このゲームの通信対戦は、前の学校の友達にずいぶん鍛え上げられた。「あー、あ、あーまた負けたー！」思わず自分のゲーム機を投げ出すほど、智也が本気で悔しがっている。その姿を見るのが気持ちいい。

堤防を越えた方角に家がある生徒は、クラスの中でもほんの数人だった。そして、その数人の中に、一洋も、智也も雄介も含まれていた。広島でも、神奈川でも、小学校から家が遠い地区の子たちは不思議と結束が強かったような気がしたけれど、それは北海道でも変わらないみたいだ。

学校が終わったらすぐに家に帰り、ゲーム機を持ち寄って三人のうちの誰かの家に集合する。いつの間にか、そんなふうに遊ぶことが日常になっていた。

「すっごい上手いね、対戦」

「智也が下手なんじゃない?」

「はー?」

智也が一洋をベッドから蹴り出そうとしてくる。部屋のベッドの上に男子が三人いるので、かなりぎゅうぎゅう詰めだ。「下手とか言うなー」自分の家だからだろう、今日の智也はとてもリラックスしているように見える。

「一洋、もっかいやろ、もっかい」

再戦を要求してくる智也を、一洋は「えー? どうしよっかな~」と弄《もてあそ》ぶ。学校が変わってばかりでかわいそうだから、と、クラスメイトに比べて早い時期にゲーム機を買ってもらえた一洋は、ゲームの腕には自信がある。

「スキーは下手くそなくせにな」

すぐそばで漫画を読んでいた雄介が、そう言いながら起き上がる。いきなり苦手分野の話をされて、一洋は心の底がぐっと重くなった。

「そ、それは……スキーは智也だって下手くそじゃん」

「スキーはさすがに一洋よりマシだって」

「ちょっとおれトイレ～」

ひょいと二人を跨《また》いだ雄介が、部屋を出て行く。智也が言うに、雄介はスキー以外でも、スポーツならなんでもできるらしい。サッカーやバスケをするときは、チーム分けのとき、雄介のいるチームにみんな行きたがるという。

ただ、水泳だけは苦手だと、スキーで同じ班の子から一度だけ聞いたことがある。スキーもサッカーもバスケもなんでもできるのに、雄介は二十五メートルを泳ぎ切ったことがないらしい。逆に、智也は、水泳だけは得意みたいだ。その違い以前に、北海道でも水泳の授業があることに一洋は驚いた。

「ちょっと休憩っ」

一洋は、智也のベッドにごろんと仰向《あおむ》けになる。小さな画面に神経を集中させていたからか、目の奥の筋肉が凝《こ》り固まっている感じがする。お母さんからは、ゲームは一日一時間まで、と口うるさく言われているけれど、正直、友達の家にいるとそんな約束は忘れてしまう。「同じく休憩〜」智也も、ばたんとベッドの上に寝転ぶ。スプリングが揺れて、一洋の体が少し浮いた。

部屋の窓の向こうでは、たんぽぽの綿毛のような雪がちらちらと舞っている。その景色の中に、雄介の住んでいる一軒家の青い屋根と、一洋が住んでいるマンションの白い壁が、小さいけれどはっきりと見える。

「だから二人は仲良いんだねー」

「え？」

よく聞こえなかったのか、「何か言った？」智也は寝転んだままそう聞き返してくる。

「いや、実は、転校したばっかりのとき、なんでこの二人が仲良いんだろうってちょっと思ってたんだけど」

出席番号が前後だから。それだけで納得できるほど、智也と雄介の性格的な差は小さくない。学級委員気質の智也、やんちゃで問題児の雄介。スキーのグループだって、一番上と一番下だ。

「家近いからだったんだなって」

ううう、と、一洋はベッドの上で伸びをする。集中してゲームをすると、体のパーツを繋ぎ合わせている部分のひとつひとつが、ぎゅっと縮こまってしまう。

ぽき、と、体のどこかの関節が鳴る。智也は何も言わない。寝転んでいるので、智也の表情は見えない。

　一洋がえいっと起き上がろうとしたとき、

「うんこ出たー」

　ばん、と、乱暴に部屋のドアが開いた。トイレに行っていた雄介が帰ってきたのだ。

「なあ智也ー、なんかおやつねーの、おやつ」

「えー？」

　面倒くさそうな声を出しつつ、智也がベッドから起き上がる。確かに、ちょっとお腹が空いてきたころだ。一洋は壁に掛けられている時計をちらりと見る。四時ちょっと過ぎ。五時にここを出れば、お母さんもたぶん怒らない。

「なあ、智也、おやつおやつ」

「わかったわかった」

　雄介がわがままを言い、智也がどうにかそれに応える——そんなやりとりは、もう飽きるほど見てきた。給食のカレーピラフをもっと食べたいという雄介に智也が自分のぶんを分けてあげたり、掃除当番が嫌だという雄介の分まで智也が掃除をしてあげたり。

　智也は、雄介の言うことに、あまり反論しない。

「早く早くぅ」

「なんか探してくるから待ってて」

案の定、智也がおやつを調達してくれる流れになる。一洋は「ありがとー」とお礼を言いつつも、自分だったらなかなか人の家に行っておやつを持ってこいなんて言えないなあ、とも思う。

でも、そんなことも遠慮しなくていいくらい、仲良しってことなのかも――一洋は、ふぁあ、と、あくびをする。

智也が部屋を出て行くと、今度は、雄介と二人きりになった。雄介は、一階へ向かう智也の背中にありがとうと言うこともなく、さっきまで読んでいた漫画の続きに夢中になっている。

時計の秒針の音が聞こえる。それはまるで、鋭い刃物のようなものが何かを削り取っているかのように響く。

たまに、智也はもっと、雄介に対して怒ったりしてもいいんじゃないか、と思うことがある。智也だってカレーピラフを食べたかっただろうし、掃除をたくさんするのは嫌だったはずだ。この前、スーパーの袋でソリをしたときもそうだった。雄介は、そっちのほうがいいから、と、自分の袋と智也の袋を勝手に交換していた。

そのときも、智也は怒ったりしなかった。抵抗さえしなかった。今だって、頼まれるがまま、おやつを取りに行っている。

「ゲームやんないの？」

いよいよ一洋は雄介に話しかけた。智也と二人きりになることは平気なのに、雄介と二人きりになると、未だに少し緊張してしまう。

さっきから雄介は、せっかく持ってきたゲーム機で遊ぶことはせず、漫画を読んでばかりいる。

「何読んでんの？」

「あー」

「『帝国のルール』」

「えっそれめちゃくちゃ好き！」

一洋は思わず雄介の持っている漫画を覗《のぞ》き込む。やっぱりそうだ。突然、胸の中に懐かしい気持ちが広がる。

「うわー、こっち来てから全っ然読んでなかった。新刊出てるよね、確か」

『帝国のルール』は週刊誌に連載中の、現代ではない時代、そして日本ではない国が舞台になっている少年漫画だ。空想の国の設定らしいけれど、そのあたりのことは一洋にはよくわからない。ただ、次々に現れる敵国を巧みな戦略を用いて制圧し、どんどん自分たちの領域を広げていく主人公たちの姿は、ただただかっこいい。読んでいると、自分たちも主人公たちが所属する軍の仲間のひとりになったような気持ちになって、掌に汗をかいてしまう。前の学校の友達の家でも、友達みんなでよく回し読みをしていた。引っ越す直前にアニメ化が決まってみんなで大騒ぎしていたはずなのに、転校やらなにやらですっかり忘れていた。

「やば、大佐って結局どうなった？　前の巻の最後、敵の攻撃に巻き込まれてたよね？」

「おいっ、おれまだ十二巻だから続き言うなよ！」

雄介がわかりやすく顔をしかめる。確か、十五巻は、主人公の父親代わりでもあるウィンクラー大佐が、敵国からの爆撃に巻き込まれてしまった描写で終わっていたはずだ。思い出した途端、一洋は、物語の続きがどうなったのか気になってたまらなくなる。

「ウィンクラー大佐、かっこいいよねー」

雄介の読んでいる漫画を覗き込みながら、一洋は独り言《ご》つ。今開かれているのは、ちょうど、ウィンクラー大佐が今後の戦略について主人公たちに説明をしているページだ。

「『最小限のリスクで、最大限のリターンを！』」

「っびっくりした！　耳元でおっきな声出すなよ」

ウィンクラー大佐が軍の戦士たちに戦略について説明をするとき、いつも言うのが「最小限のリスクで、最大限のリターンを」という台詞《せりふ》だ。意味はよくわからないけれど、響きがなんだかかっこいいので、前の学校でも友達同士でよくふざけて使っていた。

「お前、ウィンクラー大佐好きなの？」

雄介が一瞬、漫画から視線を離す。

「まあ、うん。ていうかけっこうみんな好きだよね」

ウィンクラー大佐は、主人公が所属している軍の統括部のリーダーで、戦士たちからは『帝国の頭脳』と呼ばれている。いつもクールで落ち着いていて、頭が一番切れるのだ。軍の戦略を練るのはいつも大佐で、てきぱきと完璧な計画を作り上げていく姿はとてもかっこいい。かと思えば、両親が死んでしまった主人公を軍に引き入れ、世話をしてくれるというやさしい一面もあるのだ。

ビシビシ指令を出すので、戦士たちからは冷血漢とも言われている。だけど、いざ実戦となったときには、相手の裏の裏をかいた攻撃を次々に成功させる――そんなウィンクラー大佐のファンは、男女問わずとても多い。確か、公式ホームページで行われていた人気投票でも、主人公を抜いて第一位を獲得していたはずだ。

「ふうん、好きなんだ、大佐」

雄介は漫画を置くと、ズボンのポケットの中をごそごそと漁り始めた。中から財布を取り出したかと思うと、バリバリとマジックテープを剝がしていく。

「これ見て」

雄介が財布の中から抜き出したのは、小さな長方形の紙だった。

「なにこれ？」

「おれの父ちゃんの名刺。ほら、ここ」

雄介が、名刺の右側のほうを指す。そこには、『リスク統括室長』という文字がある。

「えっ、これって」

言葉を失《な》くしている一洋を前に、雄介がニヤリと笑う。

「おれの父ちゃんの仕事。ウィンクラー大佐と似てんだよね」

「ほんとだーっ！」

見せて見せて、と、一洋は身を乗り出す。「統括」という文字は、意味はなんとなくしかわからないけれど、まさにこの漫画の中で覚えた言葉だ。

リスク統括室長。軍の統括部のリーダー。最小限のリスクで、最大限のリターンを！

「すごい、かっこいい！」

リスク統括室長。一洋はもう一度、口の中でそう呟いてみる。会ったこともないのに、雄介のお父さんが、戦闘服のようにも見えるスーツをびしっと着こなし、大勢の部下をまとめあげている姿が思い浮かんだ。

「だろ」

雄介は自慢げにそう言うと、名刺を財布の中にしまった。いつでも見せびらかせるように、持ち歩いているのかもしれない。

「いいなー」

一洋は、自分の父親の姿を思い出す。ウィンクラー大佐とは見た目も話し方も何もかもが違う。仕事だって、リスク統括室長とか、そんなかっこいい名前がつくようなものではなかったはずだ。こっちに引っ越してきてからは、神奈川にいたときよりもさらに帰りが遅くなったような気がする。

「ねえねえ、他の巻ってどこにあるか知ってる？」

「あそこに全巻あると思うけど」

雄介は、顎で部屋のある一角を指した。いつもゲームばかりしていたので、この部屋にいろいろな漫画が揃っていることに一洋は気づいていなかった。

立ち上がり、本棚に近寄る。

「すげっ、全部あるっ！」

最新刊である十六巻を見つけた一洋は、早く読みたい気持ちが先行したあまり、勢いよくその背表紙を引き抜いた。

すると、本棚が、少し揺れた。

「わっ」

一洋は思わずその場から離れる。揺れた拍子に、本棚の上に置かれていた本が一冊、足元に落ちてきた。

漫画や、普通の本ではない。サイズが大きく、すごく薄い。

『アイムマイマイ』――一洋を映す鏡のようにまっすぐにこちらを向いている表紙には、

そんな文字が書かれている。

「どうかした？」

「あ、なんか本落としちゃっただけ、大丈夫」

特に興味もない様子で訊いてくる雄介にそう答えると、一洋は落ちてきた本を拾った。

どうやらこれは絵本らしい。ヒーローが着けるようなマントをはためかせているかたつむりが、こちらに強いまなざしを向けている。

昔、読んでたやつかな。一洋はそう思いながら、埃《ほこり》のついていないその絵本を戻そうと、視線を上に向ける。

本棚の上には、まだ、何冊か、本が載っている。

何だろう、あれ。

一洋は、ちらりとベッドのほうを見る。相変わらず、雄介は漫画を読むことに夢中だ。

一洋が、本棚の上に手を伸ばした、そのときだった。

部屋のドアが開いた。

「何してんの、一洋」

右手にポテトチップス、左手にジュースを持った智也が、まっすぐに一洋のことを見ている。

「あ、ごめん、ちょっと落ちてきちゃって。ていうか智也、雄介のお父さんの仕事なにか知ってる？　ウィンクラー大佐みたいでかっこよくてさ」

　智也がおやつを学習机に置き、一洋のほうに近づいてくる。

「そういえば、智也のお父さんって、どんな人なの？　今日日曜日だけど、おうちにいないの？」

　そう尋ねる一洋が持つ絵本を、智也がつかむ。

「それ、返して」

　ぐいっと、絵本が引っ張られる。想像以上の力強さに、一洋は思わず「あ、ごめん」と謝ってしまう。

「お父さんは今日、どこか行ってる」

　そう言う智也のまなざしは、さっき見た絵本の表紙に描かれていたかたつむりのヒーローよりもずっと、強く、鋭かった。

3　前田一洋　―後編―

　映画館から出ても、興奮が治まらない。一洋は、入り口近くのラックに置かれているチラシを一枚、奪うようにして掴んだ。ついさっきまでそのチラシに載っている情報の全てを観ていたけれど、まだ見つけられていない情報があるかもしれない。胸が高鳴る。

「いやー、すごかったね」

「すごかった！」

　智也と雄介も、どこか視点の定まらない目をそれぞれに輝かせている。公開が発表されたときから三人で観に行こうと約束していた映画『劇場版：帝国のルール』は、ついにこの春休みに公開され、全国でも大ヒットとなっている。映画館のあるショッピングモールに友達同士で行くのは初めてだったけれど、智也についていけば電車の乗り換えも難しくなかった。

「あーすごかった、かっこよかった」「もっかい観てえ～！」頭も体もふわふわな状態なので、三人とも、足の向く先が揃わない。映画を観終わった今は十五時、親には十八時までに家に帰ってきなさいと言われているから、まだもう少し時間がある。しかも、今日は誰の親もついてきていないのだ。友達同士だけで好きな映画を観て、このあと（お小遣いの範囲内で、だけど）好きなことをしていいなんて、あまりの幸せに脳の理解が追いつかない。

「とりあえず、フードコート行かね？」

「さんせー！　マックマック」

ようやく、六つの爪先の方向が揃う。映画館、ゲームセンター、それにハンバーガーもポテトもアイスも食べられるフードコートが同じフロアにあるなんて、五感だけではワクワクを取り逃してしまいそうだ。

友達同士でこんなところに来るなんて、さすがもうすぐ最高学年って感じだ。一洋は、運よく空いていた隅っこのほうのテーブルを、さっき取っておいたチラシを置くことで確保する。春休み最初の週末のフードコートでは、ピピーピピーというタイマー音が至る所で鳴り響いている。

「あー喉《のど》渇いたー」

「マックどこマック」

映画館では、ポップコーンも飲み物も値段が高いので、何も買わなかった。家で昼ごはんを食べてきたけれど、映画を観ている間に体力を消耗したのか、喉もカラカラだしお腹もぺこぺこだ。

じゃんけんで負けた智也がその場に残り、まずは一洋と雄介がマクドナルドへ並んだ。店から漂う油の匂いが、いたずらに鼻腔《びこう》をくすぐる。三人が買ったものがテーブルに揃うころには、一洋はもう、空腹に耐えきれなくなっていた。

「あそこかっこよかったよなあ」一洋の拡げたチラシを見ながら、雄介がてりやきバーガーにかぶりつく。口の端にソースがべっとり付いていることなんて、今は誰も気にしない。

「あそこって？」

「後半の、ウィンクラー大佐が政府のやつらにタンカ切るとこ。あそこから反撃が始まんじゃん」

「あー、マジかっこよかった！」

いまだ興奮を処理しきることができていない一洋は、ぶかぶかのスニーカーをテーブルの脚にガツンとぶつける。コーラが倒れそうになり、慌ててカップを握った右手に水滴が移る。

『劇場版：帝国のルール』でも、ウィンクラー大佐は大活躍だった。原作者が全面的に監修をしたという映画オリジナルストーリーでは、主人公たちがこれまでにないほどのピンチに陥る。物資もない、食料もない、どうやって戦えばいいのかもうわからない――そんなとき、物資や食料やその他様々なものを大量に隠し持っていた政府のトップたちを、ウィンクラー大佐が一喝するのだ。

「『未来の己を守るのではなく、今このときの民のために動け！』」

雄介が突然、右手を挙げて劇中のセリフを暗唱する。隣のテーブルのカップルがちらりとこちらを見るほど、その声は大きい。

「ちょっと静かにしなって」

「そこ！　やばかった！」

「やばかったよな〜！」

一洋も雄介も、智也の制止なんてお構いなしだ。テーブルに拡げられているチラシのイラストを見ていると、映画の世界がまだまだ続いているようで嬉しくなる。

「智也知ってるんだっけ？　雄介のお父さんって、ウィンクラー大佐みたいな仕事してるんだよ」

「え？」

智也の口元から伸びるストローの根の部分が、じゅるるる、と音を立てる。

「ねえねえ、今日は持ってないの？　あの名刺」

一洋がせっつくと、「え〜？」ともったいぶりつつ、雄介はジーパンのポケットから財布を取り出した。そしてべりべりとマジックテープを剝がせば、四隅が折れてしまっている名刺が出てくる。

リスク統括室長――まるでウィンクラー大佐のような肩書が、変わらず、そこにある。

「ほんとだ、似てる」

「でしょ？　すごくない？」

すごくないすごくない？　と何度か繰り返すけれど、そこまで驚いていない智也の様子を見て、一洋は急に恥ずかしくなった。そうだった、この二人は、自分が転校するずっと前から仲良しだったんだ。自分なんかよりずっと、智也は雄介のことを知っているはずだ。

ハンバーガーとポテトをあっという間に平らげてしまった雄介は、それでも物足りなかったらしく、そろそろと一洋のポテトに手を伸ばしてくる。ちょっとやめてよ、と抵抗してみるけれど、結局はいつも通り、「いいじゃんいいじゃん」となんだかんだ雄介に押し切られてしまう。一洋は、苦手なトマトを抜き出したハンバーガーを、まだ半分も食べ終えていない。

雄介は、五年生の終わりごろに、身長が百六十センチを超えた。背の順で並ぶと、後ろから二番目になる。一洋も智也も今はまだ百五十センチ台の前半なので、背の順に並ぶとどちらかというと前のほうだ。

雄介は、体操服のサイズも、靴のサイズも、一洋や智也に比べて一つ大きい。少しぶかぶかに見えるときもあるけれど、それでも周りの男子たちよりも一つ大きなサイズを選んでいるみたいだ。

「あ、そういえば」一洋は、今日の日付を思い出す。「このあと、本屋行かない？　映画館の隣にあったよね、本屋」

「お、また立ち読み競争するか？」

また競争？　と訊き返しながら、一洋は笑う。三人で書店に行くと、大抵、誰が一冊の漫画を最も早く読み終えることができるか、というレースが始まる。仕掛けるのはいつも雄介だ。

「立ち読みもいいんだけど、確か、引っ越す前に観てたアニメの本が出てるはずなんだよね。それ買いたくって」

「あー、あの主題歌からしてわけわかんないやつな」

雄介がぐっと眉間にしわを寄せる。一洋は、神奈川に住んでいたころ、ケーブルテレビで放送されていた海外のアニメにハマっていた。何から何まで日本のものとは雰囲気が全く違うところが面白くて、雄介と智也にも見せてみたことがあるのだが、二人には響かなかった。雄介にいたっては「都会のヤツは観るアニメもおしゃれだもんな～」と未だにからかいの材料にしてくる。

「俺も智也もそのアニメは興味ねえしな。あ、でも『帝国のルール』の最新刊出てんだっけ、この映画と関係ある話が入ってるやつ」

「え、いいじゃんいいじゃん、それ立ち読みできるかもだし！」

行こー！　と拳《こぶし》を突き上げかけたとき、

「本屋はやめとこう」

突然、智也が会話を断つようにそう言った。

「え、なんで？」

一洋が食い下がったとて、「いや、お金使いすぎると怒られるし、とにかくやめとこう」

智也は反対意見を譲らない。

「えー、行こうよ行こうよ行こうよう」

一洋のいささか幼すぎる声を遮《さえぎ》るように、隣のテーブルからドサッと音がした。立ち去ったカップルと入れ替わるようにして、男子中学生の集団が自分たちの荷物でその場所を陣取ったのだ。

リュックやらカバンやらをテーブルに投げ置いた彼らは、「腹減ったー」「お前なんかおごれよ、さっきの罰」とか自由自在に言葉を投げ交わしながら、ばたばたと足音を鳴らして店のカウンターへと向かう。中には、雄介より背が低く見える人も何人かいるけれど、そうじゃない色んなところが、大きい小さいだけでなく自分たちとは違うような気がする。

こういうとき、何をされるわけでもないとわかっていても、一洋の全身の神経はまるで水に濡れた雑巾をそうするようにきゅっと絞られる。あと一年は小学生でいられるけれど、そのあとは、あんな人たちがたくさんいる中学校に通わなければならないのだ。一洋は今から、それが不安でたまらない。

「もうすぐ六年か」

ぎし、と、背もたれを軋《きし》ませながら雄介が呟く。その視線は、さっきの中学生グループに注がれている。一洋みたいに、体のどこかが縮こまっている感じが、雄介にはない。

「クラス、また三人とも一緒になれたらいいね」

一洋がそう言うと、智也が「そっか、クラス替えか」指の脂を拭いた。四年生、五年生と、三人とも同じクラスだったので、今更バラバラにはなりたくない。

「違うクラスになったら」

そう言う雄介が、ポテトの最後の一本を口に放る。

「棒倒しで戦うことになるな」

「またその話?」

智也が呆れたように笑う。「何だよ、またって」雄介は、当然といった顔で腕を組むけれど、一洋も最近、その話にはうんざりし始めていた。

棒倒し。六年生の男子だけが行うことができるこの競技は、運動会の目玉のひとつだ。

北海道では、学年が上がり、クラス替えが行われると、早々に運動会の練習が始まる。これまで通っていた学校は二学期に運動会を行うところが多かったけれど、それではこちらだとほとんど冬に差し掛かってしまうので、五月に済ませてしまう。応援団のメンバーや当日の係の分担を決めたりする時間の中でも特に盛り上がるのは、六年生だけが行うことができる競技について話し合っているときだ。

「だって今年は棒倒し全力でやるしかねえだろ」

雄介が、ストローの先を噛み潰《つぶ》しながら言う。

「組体操、なくなっちゃったもんね」

一洋がそう呟くと、雄介はわかりやすく「はあ〜あ」とため息をつく。智也の表情も、どことなく悲しそうだ。

六年生男子の棒倒し、女子の棒引き、そして、六年生の男女全員で行う組体操。この三つが、運動会のプログラムの後半に並ぶ、六年生だけができる特別な競技だ。これらの競技にかける同級生たちの思いは想像以上に熱く、一洋はその熱に触れるたび、自分が転校生であるということを再認識させられた。

みんな、これまで五年間、歴代の六年生たちが組体操や棒倒し、棒引きに挑む姿を見てきたのだ。そうすると、いつしか、それらの競技をやってこそ六年生だという考え方になるらしい。だからこそ、運動会のプログラムの中から組体操がなくなってしまうことは、この学校の新六年生にとっては大きな大きなニュースだった。

「ありえねーよ、ピラミッドで新記録出すの楽しみにしてたのに」

雄介はコーラの入っていたカップの蓋を取ると、解けきっていない氷をざらざらと口に含んだ。一洋は、チラシのウィンクラー大佐をぼんやりと見つめながら、少し前に観たニュースの映像を思い出していた。

スーツを着たアナウンサーが、真剣な表情で、いま、全国的に運動会の組体操が中止になっているということを伝えていた。特に、大抵どの学校でもクライマックスに用意されている五段、六段のピラミッドによって、骨折などの大きなケガが引き起こされているらしい。一洋はあのとき、朝ごはんに出てきたトマトをフォークの先で弄《いじ》りながら、どこの学校も大きなピラミッドってやるんだな、と思った。

六年生による六段ピラミッドは、町報や卒業アルバムにも必ずその写真が載っている。運動会の中でも、あの瞬間に、一番多くのカメラがグラウンドに向く。今年の新六年生は運動神経がいいので、新記録となる七段ピラミッドにも挑戦できるかもしれない――春休みに入る前からそんな噂が広まっており、特に雄介はかなりその気になっていた。

そんな雰囲気の中、春休みに入る直前、来年度の運動会から組体操が中止となることが先生から伝えられた。一洋はもちろんびっくりしたけれど、自分と同じような顔をしている人が教室にひとりもいないことにすぐに気が付いた。

みんな、一洋よりすごく驚いているか、一洋よりすごくホッとしているか、そのどちらかだった。

「まあ、実際けっこう危なかったしね、あれ」

智也がテーブルの上の映画のチラシを見ながら呟く。

「なんだよ智也、お前中止賛成派かよ」

「賛成っていうか、骨折するのとかは誰だってイヤだろ」

「弱っちいこと言ってんなよ」

がり、がり、と、雄介の口の中で氷が嚙み砕かれる。そりゃ雄介はいいよ、体が大きいんだから、ピラミッドの上のほうに行かされることもないし――一洋は、口の中だけで生みだした言葉を、もごもごとすり潰す。

ニュース番組では、ピラミッドの高さを近くの学校同士で競い合っていることも問題視されていた。大人たちの仕掛ける無意味な対立のせいで、子どもたちの身に危険が及んでいます――そんな発言の内容をわかりやすく示す図式が、アナウンサーの持つフリップに書かれていた。「へえ、今ってこんなふうになってんのね」ちらりとテレビを観たお母さんは、トマトが載った皿以外の食器を、テーブルから全て持っていってしまった。

「今年こそ七段いくかって話だったのに、マジやる気なくなるわ」

雄介が、口の中にさらに氷を追加する。嚙み砕かれる音が大きくなる。一洋たちの学校は、他校とピラミッドの高さを比べるようなことはなかったけれど、新六年生の中でも特に雄介のような元気な男子たちの間では、今年こそこれまでの六年生を超えてやろうという空気があった。ピラミッドは最高でも六段、という校内の常識をこの学年で覆《くつがえ》そうと、体育の先生までやる気になっていた。

「だから、そういうのが危ないんじゃん。去年より高くしようとか、そういう」

智也の声が、少し小さくなる。

「無意味な対立っていうか、競争っていうかさ」

対立、競争、無意味な。

耳が拾った言葉のかけらが、ニュース番組のアナウンサーの声で再生される。

一洋は、包み紙の上にあるスライストマトを見つめる。次のニュースに話題が移った後も結局最後まで食べなかったトマトの形を思い出しながら。

「あーあ、今年の楽しみは棒倒しだけかー」

「棒倒しもけっこうケガ人出るけどね」

一洋は、独り言になるようにぽつりと呟く。白組、赤組、それぞれが支える棒の頂上にある旗を取りに行く棒倒しは、運動会の競技の中でも一番、体の接触が激しい。だから六年生男子限定の競技なんだろうけれど、それでも、複数の生徒が毎年ケガをしている。

「食べ終わったなら出ようか。混んでるし」

フロアを見渡す智也の手元、いつのまにか裏返されていたチラシには、映画『劇場版：帝国のルール』に出てくる新たなキャラクターの紹介が載っている。その下には、今回の話の中で肝となっていた、ウィンクラー大佐が考案した新しい戦略がわかりやすく解説されていた。

遊撃、とか、参謀局長、とか、今の一洋には簡単に読めない言葉も多い。そんな、普段は見慣れない言葉の数々が、小さなイラストの下に書き添えられている。

一洋は、その図解をぼうっと眺める。

遊撃。参謀局長。対立。攻撃局。競争。無意味。対立。

一洋は一度、強く目を瞑《つむ》った。そこにはないはずの言葉が、なぜだか、混ざって見えた気がした。

「一洋」

急に名前を呼ばれたので、体がびくっと動いてしまう。「な、なに?」顔を上げると、雄介がこちらを見てニヤリと笑っていた。

「これ、持って帰っていい?」

雄介が、チラシの端を指でつまんでいる。さっき、一洋の分のポテトを勝手に食べたときのように、その二本の指で、もともとは一洋のものだったチラシをつまんでいる。

「いいよ」

ほんとうの思いを隠して、一洋は頷いた。本屋にだって行きたかったのに、智也にはその気はさらさらなさそうだ。食べたくなくて抜き出したスライストマトの水分が、トレイの上でぎらりと光っている。

「男子、全員いるよな？」

黒板を背にして教壇に手をついている雄介が、一洋たちを見渡す。さっきまでみんなで食べていた給食の匂い、それが混ざり合っている昼休みの教室は、大きな弁当箱みたいだ。

「今から棒倒しの作戦会議するから。いないやついたら教えて」

黒板には、攻撃局、防御局、参謀局、という文字がある。おそらく雄介も初めて書いたからだろう、漢字のバランスがぐちゃぐちゃだ。

「いないやつは声出せませーん」「あれ、藤田《ふじた》いなくね？」「いるいる！」急に集められたクラスメイトたちは、黒板に書かれている文字よりもさらにまとまりがない。せっかくの昼休みなのに教室の中に閉じ込められてムカついているのだろう。

クラスが替わると、教室の中で一番背の高い男子は雄介になった。雄介より背が高かった唯一の男子とはクラスが分かれたのだ。

雄介と一洋が、一組、智也は、二組、三人がそう分かれることがわかったとき、一洋は、最も引かれてはいけない場所に線が引かれたような気がした。

「でもさー」

集められた男子のうちのひとりが、面倒くさそうな声をあげる。

「この次の体育でやるんだろ、棒倒しの練習って。作戦会議とか、そんときでよくね？」

「さんせー」

何人かの男子たちが「確かになー」同意する。それでもこうして一応集まっているのは、集合をかけたのが雄介だからだろう。なんだかんだ言って、このクラスの男子のリーダーは雄介だ。

「ハイ、静かに」

雄介が、パンパンと二回、手を叩く。一洋は、その仕草も、台詞も、そして黒板に書かれている文字も含めて、不思議と見覚えがあるような気がした。

攻撃局、防御局、参謀局。読み方もよくわからないのに、図形として見覚えのある文字たち。

「今こういうこと決めとけば、このあとの体育で赤組より多く練習できるだろ」

大真面目な顔でそう言う雄介に、結局、誰も言い返すことができない。雄介は、クラス替えが行われてすぐの学活の時間に、一組、つまりは白組の応援団長に決まった。立候補したのは、雄介だけだった。

「まず攻撃局だけど」

雄介は、手をついている教壇にちらりと視線を落とした。そこには、メモのようなものが拡げられている。

「これはつまり、相手の棒を倒しに行くやつらだ」

クラスの男子の中でも元気なタイプの人たちが、「それがいいー」「俺も」好き勝手に意見を言い始める。雄介は、声があがっている一角をぐっと見つめると、

「攻撃局長は、俺がやる」

と言った。一瞬、誰も話さなくなる。

雄介は、応援団長になったときもそうだったけれど、いつのまにか、教室の空気をまとめてしまうところがある。一洋は、担任の先生と話すときは未だに少し緊張するのに、雄介はまるで友達と話すかのようにして先生と笑い合う。しかも、不思議と、先生もそれを受け入れているような雰囲気があるのだ。それを大人っぽいと言うのかどうかは一洋にはよくわからないけれど、その理由は、クラスで一番背が高いから、というだけではないような気がしていた。

「お前たちにはもちろん攻撃局をやってもらおうって俺も思ってたんだけど」

賑やかな男子たちのグループを見ながら、雄介が言う。

「攻撃局の中にも、役割が三つある。『土台』『特攻』『遊撃』」

「何？　ユーゲキ？」

雄介が、黒板にチョークを走らせる。遊撃、の、撃、という字は今日初めて書いたのか、

やっぱりバランスが悪い。

「三つとも、それぞれ役割が違うんだ。相手に突進していく順番でいうと、『遊撃』『土台』『特攻』かな。まず『遊撃』が相手陣営に突っ込んでいって、妨害をしてくる相手を散らす。あとに続く仲間たちの道を開ける、みたいな感じ。だからこの中でいうと……原《はら》田《だ》とか長谷川《はせがわ》とか、すばしっこくて攻撃力が高いやつが向いてる」

名指しされた二人が、「イェーイ」とハイタッチをしている。遊撃、という馴染みのない言葉が当てはまる自分が誇らしいのだろう。

「『土台』は、『遊撃』が開けてくれた道を突き進んでいって、いち早く棒に辿り着く役。だけど、そっから棒に登るんじゃなくて、スクラムを組むんだ。全員で棒を倒しつつ、そのあと『特攻』が棒に登るための土台を作る。だから、大木《おおき》とかよっちゃん、ノッチ、そのへんが向いてるな」

今度は、どちらかというと大人しいけれど、体の大きな男子たちの名前が呼ばれる。さっきみたいにハイタッチをするわけではなくても、名前が呼ばれたことが嬉しいのか恥ずかしいのか、それぞれ俯《うつむ》かせた顔を少し赤くしている。

「最後。『特攻』は、『土台』の背中を駆け上って、棒の頂上を目指す。実際に旗を取る役だ」

「えっ」遊撃で名前を呼ばれた原田や長谷川が、またわいわいと騒ぎだす。「ってことは、

『遊撃』は旗取れねえってこと？」

「マジかよ、じゃあ俺『特攻』がいいなー」

教室に集められたときにはそこまで乗り気ではなかった集団が、今ではもう、黒板に書かれている言葉を使って盛り上がっている。男子みんなの士気が上がっていることが、一洋にもよくわかる。

「ハイ、静かに」

雄介がまた、パンパンと二回、手を叩く。そのとき、ぺらりと、雄介の手元に拡げられていた紙がめくれ上がった。

チラシだ――智也と雄介と映画を観に行った日、僕が映画館から取ってきたチラシ。

そう認識してやっと、一洋は、その仕草を、台詞を、黒板に書かれている文字を、どこで見たことがあるのかを思い出した。

思い出して、ぞっとした。

「攻撃局も大事だけど、防御局も大事だから、今のうちそっちも説明しとく。防御局には『棒持ち』『壁』『キラー』この三つの役割があって」

雄介は、『帝国のルール』の、ウィンクラー大佐のマネをしている。映画に出てきたシーンを、映画に出てきた新しい戦略を、棒倒しの中でマネしようとしている。

だけど、と、一洋は思う。一つだけ、どうしても、似ていないところがある。

「『棒持ち』は言葉そのままだな、棒を持って支える役。相手からどれだけ攻撃されても棒を倒さないような、腕力のあるやつがここには必要だ。『壁』は、その棒持ちのすぐ近くで待機して、相手の『特攻』が棒に登れないように阻止をする」

クラスメイトたちを見下ろす雄介の顔は、それこそ『帝国のルール』の話をしているときのように、すごく明るい。

「『キラー』は自由自在に動き回って、相手の『土台』とか『遊撃』とかをとにかく妨害する役目。『特攻』がよじ登らないように、『壁』と協力するって手もあるな。ここはけっこうちょこまか動き回らなくちゃいけないポジションだから——」

ぷっくり膨らんだ鼻の穴、興奮して赤くなっている頰《ほお》。みんなが自分の話を聞いていることが、気持ちよくて仕方がないという雄介の顔。

そこが違う。一洋はそう思った。

ウィンクラー大佐は、自分が考えた戦略を説明するときに、こんなふうに気持ちよさそうな表情をしない。本当は戦いなんてしたくない、戦略なんて考えたくもない、だけどどうしても戦わなくてはならないのだから戦略を考えないわけにもいかない。ウィンクラー大佐は、いつも、そんな矛盾の中にいる。国同士のくだらない対立をなくしたい自分と、その対立の中で働くことで生活できている自分。理想と現実に引き裂かれそうになりながら、ひとつひとつの対立に向かい合っているのだ。

集団のトップに立っていること。使っている言葉、仕草。確かに、似ているところはたくさんある。だけど、たった一つの明確な違いが、全てを台無しにしている。

「――だから、そうだな、藤田とか、一洋あたりがそのへんにぴったりかも」

ふいに、名前を呼ばれた。

ぴったりって、何。

全然、重ならないよ。

雄介くんとウィンクラー大佐は、全然違うよ。

「あ、うん」

心の声は、一文字だって言葉にはならない。一洋は、猛烈に、今の自分をすごくすごく嫌いだと思った。

「それで、参謀局っていうのは」

やっと、黒板に書かれている三つ目の局にまで話が及ぶ。クラスメイトのみんなの体が、さっきよりも少し、前のめりになっているように見える。昼休みを潰されたことへのイライラは、もう教室のどこにも芽吹《めぶ》いていない。

一洋は時計を見る。あと十分。昼休みがすぐに終わってほしいと願うなんて、転校初日以来かもしれなかった。

よく晴れた空の真下にあるのに、四月後半のグラウンドの隅っこには、雪の塊が少しだけ残っている。こんなにも陽射しが降り注いでいる場所に冷たい氷があるということに、一洋の視覚はまだ慣れない。

体育は、一組と二組の合同で行われる。今日は女子が体育館で、男子がグラウンドの日だ。

「先生は？」

「遅いね」

一洋は、クラスメイトときょろきょろ周りを見回す。体育の先生は、授業が始まる五分前には集合していないと怒る。だけど今日は、授業が始まるまでもう五分を切っているのに、その先生がいない。

「今日から運動会の練習なのにね」

そう呟く一洋の声は、雄介をはじめとする男子たちの声にかき消される。昼休み、いつしか自然と話し合いの主導権を握っていたあの人たちは、いつもはいるはずの先生がいないことをほんの少しも不安に思わないのだろうか。

あの人たち。自分が、心の中とはいえ、雄介をそんなふうに呼んでいることに一洋は驚いた。だけど最近は、自分と雄介の間にはもともと友達関係なんてなかったような気もする。自分と智也と雄介は友達だったけれど、自分と雄介は友達だったのだろうか。

「あっ」

そのとき、強い風が吹いた。

一洋がかぶっていた赤白帽子が、頭から抜き取られるようにして飛んでいく。

「あー、あー」

風を吸い込んだ帽子はボールのように丸く膨らみ、ころころとグラウンドの上を転がっていく。「何してんのー」クラスメイトの笑い声を背中で受け止めながら、一洋は腰を丸めて帽子を追いかける。

小さな砂にまみれてしまった帽子は、誰かのかかとに引っかかって、やっと、止まった。

「ごめん、足元に帽子が」

「帽子？」

こちらを振り返ったのは、智也だった。

智也はすぐに身をかがめて、自分の足元にぶつかってきたやわらかいものを拾い上げてくれた。智也と一緒にいた二組の男子たちは、特に帽子を気に留めることなく、楽しそうに話し続けている。

チャイムが鳴る。

「はい」

智也が、帽子を摑んだ右手を、こちらに差し出してくれている。

それは、ほんの一瞬だった。

一洋は、自分がいま誰と向かい合っているのか、わからなかった。

目の前にいる智也は、これまでと変わらない智也の形をしている。転校してすぐに話しかけてくれて、堤防でスーパーの袋でソリ遊びをして、春休みには映画を一緒に観に行った智也、そのものだ。

だけど、その背後には、一洋がこれまであまりしゃべったことのない、二組の男子たちがいる。智也より背が高い子もいるし、低い子もいるし、元気な子もいるし、おとなしそうな子もいる。共通しているのは、その子たちのことを、一洋はよく知らない、ということだ。

「一洋？」

智也が、ぐいと、帽子を摑んだ手を一洋のほうへと近づけてくる。

よく知らない人たちの中にいるというだけで、これまでずっと仲良くしてきた智也が、よく知らない人に見える。その人の背景が変わるだけで、その人の所属している場所が変わるだけで、その人まで変わってしまったように見える。

「ごめんごめん、遅れた！」

突然、職員玄関のほうから体育の先生の声が聞こえた。ばたばたと足音を立ててこちらに近づいてくるたび、首からぶら下げられている笛がピンと張った胸の上でバウンドしている。

「あー、先生が遅刻だ」

「ハイ五分前集合できてませーん」

雄介や、その周りにいる子たちが、まるで友達のように先生を囃《はや》し立てる。先生は、いつも五分前集合を口うるさく宣言している身、バツが悪そうな表情をしている。

「あ、ありがとう」

一洋が帽子を受け取ると、智也はいつものように、「うん」と頷き、二組の男子たちの輪の中に戻った。

一洋は、帽子をかぶり直す。

さっきの気持ちは、なんだったんだろう。背景が変わっても、智也は智也のままのはずなのに。

「ちょっとギリギリまで会議があってな、すまんすまん。ハイ、じゃあ一回集合！　二列ずつ、四列で整列！」

先生が大きな声を出せば、休み時間特有の和《なご》やかな雰囲気はさっきの帽子なんかよりも速くどこかへ吹き飛ばされていく。いつものように、出席番号順に、クラスごとに列を作る。

一組は、先生に向かって右側の二列。二組は、左側の二列。並んでみると、雄介、一洋、智也が、きれいに横一列に並んだ。

「そうだな、何から話すか……」

先生は、体操座りをしている生徒たちを見渡しながら、丁寧に言葉を選んでいるように見える。一洋は、右側にいる雄介が体を動かしたがっているのがよくわかったので、先生がなかなか話し出さない時間がとてももどかしかった。

「まず、今日はもともと運動会の練習、棒倒しとかリレーのメンバー決めとかそういうことをするつもりだったんだけど、それは中止だ」

四列に並んだ男子たちからは、いろいろな声が上がった。けれど、その中でも一番大きかったのは、雄介が発した「は？」というたった一文字だった。

「中止ってどういうことですか？」

まるで、この集団の代表になったかのように、雄介が先生に質問する。声変わりを経た声は、大人のそれと変わらないほど低い。

「ＰＴＡからの要請もあって、今、運動会のプログラムを全面的に見直している最中なんだ。それが決まってからでないと、運動会の練習はできない」

「見直しって？」「ＰＴＡうぜー」「どういうこと？　またなんかなくなんの？」「組体操復活じゃね？」整列しているのは体だけで、それぞれが思い思いに言葉を発し始める。一洋は、左側にいる智也に何か話しかけようと思ったけれど、智也はさらにその左側にいる二組の誰かと喋《しゃべ》っていた。

「先生」

雄介がまた、手を挙げる。

「棒倒しは、なくならないですよね？」

雄介がまっすぐに挙げた手は、まるで旗のようにも見えた。『帝国のルール』で、敗戦国の土地に突き立てられる旗。

「わからない」

先生が、首を横に振る。

「組体操がなくなったって話は、みんな知ってるな。あれは、練習や本番での怪我《けが》を考慮しての中止だ。組体操は、仲間と協力して一つのことを成し遂げたり、団結力や協調性を学ばせてくれる。だけど、確かに大きな怪我につながりやすいところがある」

先生はもう、雄介に向かって話しているわけではない。だけど、雄介の手はまだ下がらない。

「組体操が危ないんだったら、同じように、六年生男子の棒倒し、六年生女子の棒引きだって危ないんじゃないか、やめたほうがいいんじゃないかっていう意見が、実は今、かなりの数届いている。特に棒倒しは、ルール上しょうがないけど、つかみ合いになったり手が出たり足が出たり、確かに危ないところも多い。実際、去年も男子で何人か擦《す》り傷レベルではすまない怪我が」

「おかしいって、そんなの！」

手を下ろしたかと思うと、雄介は、その場に立ち上がった。

「組体操も棒倒しもなくすとか、ありえねえよ！」

「堀北、座れ」

先生に指示されても、雄介は喚《わめ》くことをやめない。「作戦決めたり、こっちはもういろいろやってんのに勝手なこと言うな！　ふざけんなよ！」みんな、地面に尻をつけたまま、怒りを隠さない雄介のことを見上げている。

隣にいる智也も、同じように、雄介を見上げている。だけど、その目の色が、他の人たちとはどこか違うように、一洋には見えた。

青い。

そんなわけないのに、智也の目を見た一洋は、そう思った。

「堀北、座れ」

先生の二度目の指示は、語気が少し強かった。だけど、それでも雄介は動かない。

「どうなるかは、先生たちもまだわからないんだ。今、ＰＴＡの方々も含めて、先生たちみんなでどうすればいいか考えて、話し合ってる。ちゃんと決まったらみんなにもきちんと報告するから、待っててくれ。な？　ってことだから、とりあえず今日は運動会の練習はしない」

ここで先生は、声色を少し明るくした。脇に抱えていたサッカーボールを、とん、と地面に落とす。

「男子は、今日はサッカーだ。まず準備運動からな。広がれ、広がれ」

先生に言われるまま、みんながぞろぞろと立ち上がり始める。「組体操と棒倒しなくなったら、俺ら、なにすんの？」「知らね」聞こえてくる声からは、今の先生の話への不満が伝わってくるけれど、誰も、雄介ほどの熱量を持ち合わせていない。

「堀北、広がれ」

先生がそう言い、みんなの視線が雄介に集まる。雄介の足は、その場に突き立った旗のように、動かない。

一組、二組、男子はそれぞれ十五、六人だ。サッカーの試合をするとなると、各クラス、四、五人ずつ余る。準備運動のあと、一洋は自ら、まず余るほうを選んだ。そうしなくても、どうせ雄介が試合に使える十一人をピックアップしていくことになるので、運動神経に自信のない一洋は余るはずだった。

「パス、パス！」

「ヘイ！　ヘイ！」

グラウンドの中では、ピックアップされた十一人同士が一つのボールに群がっている。テレビで観るサッカーの試合では、こんなふうにみんながみんな同じところに集まっていることは少ないのに、体育のサッカーはどうしてこうなってしまうんだろう。

「ヘイ！　こっちこっち！　パスパス！」

ひときわ声が大きいのはやっぱり雄介だけれど、何本もの足に四方八方を塞《ふさ》がれているボールはなかなか動き出さない。集団が、ボールに合わせる形で移動している。

いま試合に出ていない人たちは、一洋を含め、全員でグラウンドを囲うようにして待機している。ボールがグラウンドの外へ飛び出そうになったとき、そのボールをすぐに止めるべく壁を作っているのだ。

ボールに群がる集団が、少しずつ、一洋の立っている場所に近寄ってくる。全員の足の動きがごちゃごちゃしているので、今、どちらの組がボールを操っているのかも、よくわからない。

集団の中には、雄介も、智也もいる。

転校した時には、同じクラスだった二人。

少し前の春休みにも、一緒に映画を観に行った二人。

一組と二組、白組と赤組に分かれた二人。

今は、対戦相手として、一つのボールを取り合っている二人。

その二人の遥か向こう、グラウンドの隅っこには、春を背景にした雪の塊がある。

「あっ」

一洋が声を漏らしたときには、もう先生が笛を吹いていた。ピー、と、鼓膜に太い直線を引くような音が響き渡る。

グラウンドの上に、雄介が倒れている。右の足首を押さえながら、顔をしかめている。

「堀北、大丈夫か？」

ぼうっとその場に立っている一洋の背後から、先生がグラウンドへと入っていく。試合に出ていないメンバーの中で、ボールに一番近いところにいたのは、一洋だ。

一洋は、ほんの一瞬だったけれど、雄介の足がサッカーボールの上に乗った瞬間を見た。そのまま足を捻《ね》じって、倒れたところも見た。

「多分捻挫《ねんざ》だ、保健室に行こう」

先生が、雄介を起き上がらせようとして手を差し伸べる。だけど雄介は、その手を借りず、なんとか自力で起き上がろうとする。

「いてえ」

右足を使わないようにして立ち上がると、雄介は、もう出ない絵具をひねり出すように声を漏らした。

「誰かに、足、引っかけられた」

雄介は、ボールを囲んでいた男子たちを睨《にら》む。「え？」先生の戸惑いは、雄介の目の鋭さをさらに加速させた。

「誰だよ、俺の足引っかけたヤツ！」

違う。

一洋は、声に出してそう言ったつもりだった。だけど実際には、その口は全く動いていない。

確かに、見た。雄介の右足は、ボールの上に乗っていた。そのままバランスを崩して、足を捻《ひね》ったんだ。

「お前か？」

一番近いところでボールの取り合いをしていた相手――智也に、雄介は一歩近づいた。

「違うよ」

「お前、わざと引っかけたんだろ！」

智也の否定は、雄介には届かない。

「組が別々になったから、お前、わざと！」

「何言ってんだ、堀北」

先生が、雄介を智也から離そうとする。だけど雄介は、痛くない左足だけで、どうにか智也に近づいていく。

「棒倒しで勝つために俺にケガさせたんだろ！　なあ！」

　智也が、そんなことするわけない。

　今度は、大きな声で叫んだつもりだった。だけど実際は、呼吸をすることすらままならない。

　小さな小さな雪の塊が、グラウンドの隅っこに、ある。

「お前がやったんだろ！」

　一洋は、雄介の怒声を聞きながら、春を背景にした雪を見つめる。

　智也はもともと、雄介の足をわざと引っかけるような人じゃない。クラスが替わって、智也と一緒にいる友達が一洋のよく知らない人たちに変わったからといって、智也の背景が赤組に変わったからといって、智也自身が、これまでの智也じゃなくなるわけじゃない。

　そんなこと、昔からずっと親友の、雄介が一番わかってるはずなのに。

　なのに、どうして。

「やってないよ、雄介」

　智也が、まっすぐに、雄介のことを見つめている。

　グラウンドの隅にある雪の背景は、春だ。だけど、あの雪は、触ればきっと、きちんと冷たい。

4　坂本亜矢奈　―前編―

亜矢奈《あやな》は思わず、掲示板の前で立ち止まる。

「でさー、あたしそんとき笑いこらえきれなくて思わず声出して笑っちゃってさー……ってあれ？　ちょっ、いま超ひとりごと言ってたんだけど」

そのまま喋り続けていた礼香《れいか》が、真っ赤な顔でこちらに戻ってくる。礼香は声が大きいので、周囲からははっきりとひとりごとを話しているように見えただろう。

「あ、ごめんごめん」

「いきなり立ち止まるの禁止！　あたし今マジ不審者だったから」

「わりといつも不審者じゃん？」

亜矢奈が軽くあしらうと、「こうしてやる」礼香は亜矢奈のスカートをぺろんとめくった。やめてよっ、と亜矢奈は慌てて周りを見渡すけれど、近くに男子生徒はいないようだ。

なんだかんだ、礼香はこういうところ、ちゃっかりしている。

夏服のスカートは、冬服のそれより生地が薄い。そのことについてクラスの男子がこそこそ話しているのを聞いてしまったことがあるけれど、放課後ほぼ毎日水着姿になっている身からすると、生地が薄くなったスカートくらいで騒いでいる男子たちはなんだかかわいらしく見える。

「やけにすっきりしてんね」

礼香も、亜矢奈と同じように掲示板を見つめる。テストが終わり、全教科の答案用紙が返ってくるこの時期、いつもならばここにはたくさんの順位表が貼られているはずだ。教科別、全教科総合、それぞれ上位三十名だけが学年別に貼り出されるので、いろんなクラスの子たちがここに集まり、わいわい騒がしくなる。亜矢奈も礼香も自分の名前が載ることなんて滅多にないような生徒だけれど、ここで意外な人の名前を見つけて驚く時間はそれなりに楽しかった。

「あたし一回だけ名前載ったことあるからね」

「マジ？　教科は？」

「保体」

「やっぱ」

亜矢奈も礼香も、順位の貼り出しがなくなったことに関しては、別に賛成でも反対でもない。だけど、と、亜矢奈は思う。

「なくなったらなくなったで、さみしいね」

担任の先生からテスト順位の掲出がなくなると聞いたのは、一学期の期末テストが終わってすぐのころだった。保護者からの意見があり今後は成績上位者の掲出はしないことに決まった――クラスの生徒たちにそう告げる担任の先生の目は、あんまり見たことのない色をしていた。

目の色。亜矢奈は、そっと礼香の目を見つめる。その中にグラデーションのない、黒。

名前を貼り出されない生徒の気持ちを考えたことがあるのか。勉強とは本来、順位を上げたいという気持ちですべきものではない。名前が掲示された生徒に対して、嫉妬《しっと》からくるいじめが発生するかもしれない――順位の貼り出しについて、そんな意見が保護者たちから寄せられた、という噂だ。最近、こんなふうに、学校生活のあらゆる行事から順位がつけられる場面がなくなりつつある。体育祭は勝敗を決めないようになったし、合唱コンクールもグランプリ投票がなくなった。体育祭はどっちでもよかったけれど、合唱コンの投票がなくなったのは悲しかった。このままだと部活とかもなくなっちゃうかもね、と礼香は笑っていたけれど、亜矢奈はそれだけは笑えなかった。

クラスのみんなは、またか、という顔をして、担任からの説明をおとなしく聞いていた。亜矢奈は、順位の貼り出しくらいで誰かをいじめたりするほどこっちだって子どもじゃないんですけど、くらいのことは感じていたけれど、口には出さなかった。他のクラスメイトたちも、何か言いたげな表情をしつつも、亜矢奈と同じように口をつぐんでいた。

一人の男子を除いては。

「うっわ、マジだ」

後ろから、男子の声が聞こえる。亜矢奈は思わず、さっき礼香にめくられたスカートの裾に手を当てた。

「マジで貼り出しなくなってる。ありえねー」

「あ、ほんとだ」

亜矢奈は、ちらっと、自分たちの後ろに立っている男子二人のことを見る。

堀北雄介と、南水智也。

あのとき、担任に対して口を開いたのは、クラスの中で堀北雄介だけだった。

「順位貼り出されないとかマジでモチベ下がるわー」

「そうか？」

「これで俺の成績落ちたらPTAのせいってことになるからな」

「それは関係ないでしょっ」

堀北の言い分に我慢ならなかったのか、礼香がくるりと振り返り、ツッコむ。

「うわっびっくりしたっ」

「堀北って、順位表なくなります〜って担任が言ったときもひとりだけキレてたよね。マジガキなんだけど」

「キレてねーし別に」

堀北と礼香が話し始めてしまうと、亜矢奈はその会話に入っていくことができなくなる。自然と、体が、一歩分後ずさってしまうのだ。

亜矢奈には、怖い男子と怖くない男子がいる。堀北のことはなぜだか、怖い。

低い声、ぼこっと飛び出た喉仏《のどぼとけ》、半そでのシャツからにょきにょき伸びている腕に生えている毛、影を作る筋肉のすじ、なんだかいつも汗っぽい感じ、大きな足音、乱暴な言葉遣い……男子に対して、怖いと思ってしまうところはたくさんある。特に堀北は、クラスの中でも男子っぽい行動が多いので、教室にいるときもできるだけ離れたところにいたいと思ってしまう。

「つーかおめーこそこんなところに立ち止まってなんなんだよ、順位貼り出されてたとしておめーの名前なんてぜってー載ってねーじゃん」

「うっさいなあ、あたしだって名前載ったことくらいあるんだからね」

「どうせ主要五教科以外だろ。総合で載ってから言えよな」

「ムカつく～！」

礼香は、男子に対して何の恐怖も抱いていないらしい。相手が堀北みたいな男子っぽい男子でも、女子と話しているときと比べて親密度が全く変わらない。それどころかむしろ、コミュニケーションの相手が男子っぽい男子であるほど、礼香の醸し出す親密度は上がっているかもしれない。

　だけど、と、亜矢奈は思う。

　自分と同じようなことを考えている女子は、クラスにも何人かいる。その子たちにもそれぞれ、怖い男子、そこまで怖くない男子、というのがいて、堀北は大体、怖い男子、に分類される。それどころか、堀北が所属しているサッカー部の男子を全員まとめて、怖い男子、に分類している子だっている。

　だけど亜矢奈は、サッカー部の男子が、というよりは、堀北のことが特に怖い。怖いというよりも、近づくと、体のどこかが強張るような感覚を抱く。

「ま、堀北って確かに頭だけはいいもんね。授業中いっつもマンガ読んでるくせにさ。『帝国のルール』って内容面白いけど表紙ダッサいよね」

「ダサくねえよマジふざけんな、つーか頭だけはって何だよ頭だけはって」

「言葉の意味の通りですけどお？」

「腹立つ顔」

　堀北を挑発する礼香の顔は、確かに神経を逆なでするような意地悪な笑顔だけれど、プリクラを撮るときのキメ顔よりかわいくも見えるから不思議だ。

　亜矢奈は、強張り始めた太ももを、さりげなく撫でる。

男子が怖いという女の子たちと話していると、決まって誰かが、思い出したようにこう言う。

亜矢奈ちゃん、男子のこと怖いのに、よく水泳部なんて入ったよね。

毎日男子の前で水着姿になるなんて、私、絶対無理。

「坂本《さかもと》」

「えっ、うん」

急に名前を呼ばれたので、変な声が出てしまった。だけど、声をかけてきた相手——南水は、そんなことは特に気にしていないようだ。

「聞いてる？　今日、プール十六時までしか使えなくなったって」

「え、そうなの？　今日ってリレメン決めるためにタイムアタックするとか言ってなかったっけ？」

「んー、そうなんだけど」

隣でわあわあ言い合っている二人に、南水の声がかき消されそうになっている。

南水智也。

この夏、三年生が引退したら、きっと水泳部の部長になるだろうと言われている同級生。

「顧問はそのあとランニングとかするかもしれないって言ってたけど、みんな体操着とか持ってきてないよな」

「あー、ないだろうね」

「だよなあ」

　大会前なのにどうすんだろ、とつぶやく南水の喉仏が、堀北と同じように、きちんと上下する。

　同じ男子なのに、どうしてこの人のことは怖くないんだろう。

「もうこいつうるせえ、行こうぜ智也」

　堀北が、肩を組むように南水の首に腕を回した。萎《しぼ》みかけていた緊張に、息が吹き込まれる。すぐにこうやって男子同士で密着したがるのも、男子の不思議なところだ。

「お前に構ってるヒマねーの」礼香の上履きを踏む真似をして、堀北がこちらに背を向けた。多分わざとやっているんだろうけど、背中のほうだけ夏服のシャツを出しているので、その後ろ姿はだらしなく見える。

「マジ口悪いよね堀北って。きゃーきゃー言ってる一年とかにほんとの姿見せてやりたいよ」

　そう言いつつも、礼香の頰はさっきよりもあったかそうに、そしてふっくらと盛り上がっている。みんなに見せてやりたい、と言いつつ、自分が知っている堀北の姿を独り占めしていたい気持ちが丸分かりだ。礼香はどの男子と話していても基本的には楽しそうだけれど、堀北や、他のサッカー部の男子と話しているときは特にテンションが高くなる。

「あいつがなんで頭いいのか謎すぎ」

すかすかの掲示板にちらりと視線を飛ばすと、礼香は「うちらも戻ろっか、教室」上履きの底を鳴らして歩き出した。堀北雄介。南水智也。この二人のフルネームは、この場所で、よく見た。二人とも、運動部所属の男子なのに頭もいいから、二年生の中でもちょっとした有名人だ。

鏡のように光る廊下の上を、南水と堀北が歩いている。

「あの二人さあ」

礼香はまっすぐに前を見つめたまま、呟いた。

「なんで仲いいんだろうね」

前を歩いている二つの背中。ひとつは、シャツをてろんと出している。もうひとつは、ちゃんとした位置でズボンを穿いている。同じアイテムを身に着けているのに、その姿から受ける印象がこんなにも違う。

「小学校同じなんじゃなかったっけ?」

「うーん、まあそれもあるだろうけど」

あまり納得いっていないようすで、礼香がぺたぺたと歩を進める。礼香の言いたいことはわかる。中学生になると、小学生のころとは違い、雰囲気の似た子たちが自然と仲良くなるようになる。かつては通学路が同じだからとか、班が同じだからとか、そういう外的要因で決められたグループ内でも友達はできたが、年齢を重ねるにつれて自分の中にある要素以外でつながる人間関係は少なくなっていく。

歩くたび、夏服のスカートが膝を撫でる。

あの二人はどうして仲がいいのか。どうして堀北は怖くて南水は怖くないのか。どうして男子が怖いのに毎日水着姿になるような水泳部に入ったのか。どうして礼香は自分以外にあまり女友達がいないのか。どうして南水に近寄ると、体の奥が熱くなる感じがするのか。十四歳という季節は、毎日毎日、どうして、どうして、どうして、が積み重なっていく。目を瞑っていたって歩けるような校舎の中、わからないことがいっぱいある。亜矢奈は、そんなアンバランスな季節の真ん中を歩いている自分たちのことが、嫌いではない。

「ねえねえ、堀北の名札見た？」

「名札？」

そうそう、と、礼香が口元を緩《ゆる》ませる。

「あいつの名札、逆さまになってたじゃん。あれって恋人募集中って意味なんだよね」

「えーっ、そうなの？」

思わず大きな声が出てしまったけれど、肩を組んだまま歩いている男子二人は特に気づいていないようだ。

「そうそう。吉見《よしみ》部長が言ってたもん」

「偶然かもよ？」

「まあそうかもしれないけどさー」

吉見部長、そういうこと詳しそう。亜矢奈はそう思いながら、自分の胸元にある名札を見る。坂本、という文字が、正しい向きで、前を向いている。

「堀北って、好きな人とかいるのかなあ」

そう呟く礼香の胸元に光る名札は、逆さまのまま、校舎の電灯の光を弾いている。

水に、受け入れてもらえない日がある。泳いでいると、亜矢奈は時々、そんなふうに思う。

準備運動のあとは、ウォームアップとして百メートル泳ぐ。このときは、タイムとかフォームとか、そういう細かいことは気にしない。その日の体と水がどのくらい滑らかに繋がるか、それを探る感覚で泳ぐ。この時点で、今日はよくないと感じる日は、なぜだか本当に最後までよくない。やる気がないわけでも、体調が悪いわけでもなく、ただただ水と水の間を上手にかき分けられないのだ。そうなると、どこのレーンに移動したとしても、水は体を受け入れてくれない。うまく泳げない、というよりは、プールの中に数億、数兆とある水の分子の中に、体を滑り込ませることができないという感覚だ。水を押し出すことで生まれる力が、水によって邪魔されるというのは、ものすごくもどかしい。

ターンをし、プールの壁をキックする。その動きから生まれた勢い以上のエネルギーで、自分の体が水と水の間をすり抜けているのがわかる。うん、今日は、いい感じ。亜矢奈は、泳ぎの気持ちよさに身を委ねる。プールの中にぎゅうぎゅうに敷き詰められているはずの水の粒たちが、自分の体の形の分だけ、常に場所を空けてくれている感じがする。

子どものころから不思議と、水泳だけは得意だった。もともと運動神経が悪く、ボールなんて投げられないし受けられもしなかったのに、水泳だけは誰に教えてもらわなくとも人並み以上にできた。入部当時、礼香は「部活は何でもよかったんだけど、水泳やってるとスタイルよくなるって聞いたから」なんて言っていたけれど、亜矢奈には水泳部しかなかった。

学校にはプールがないので、市のスポーツセンターのプールを二レーン、借りている。思いっきり平泳ぎをしていると、たまに、隣の一般開放レーンを利用している人を蹴ってしまったりして、ひやっとする。

「集合」

アップの百メートルを泳ぎ終えると、男子の笠原《かさはら》部長が部員を集めた。その横には、女子の吉見部長がいる。

「今日は十六時までしかプール使えないから、タイムアタックは明日に延期。このあとはいつもどおり十本ずつ泳いで、プルキック五本ずつね」

市のプールを借りているときは、部長の呼びかけがあっても返事を声に出してはいけない。男女、三学年合わせて十一人という小さな部だけれど、声が揃うとそれなりに響いてしまう。

笠原部長は平泳ぎを得意としているからか、肩幅ががっしりとしていて、後ろ姿が特にカッコいい。吉見部長は女子にしてはしっかりした体格をしているけれど、笠原部長の隣にいるとかなり細く見える。

ふと、礼香と目が合う。

――吉見部長と笠原部長、付き合ってるらしいよ。

いつか聞いた礼香の囁き声が、水に濡れた耳の中で蘇る。

その噂を聞いたときはにわかには信じられなかったけれど、こうして並んでいるとお似合いのカップルに見えてくるから不思議だ。にやにやしている礼香から目を逸らしながら、亜矢奈はどうにか水泳部の活動に集中しようと思う。

二人が付き合っているという噂を初めて聞いたときは、正直、三年生は最後の大会前なのに、とか、ていうか受験生なのに、とか、まるでうるさい母親みたいなことを考えた。だけどすぐに、そんなふうに考えるのは、そうなりたいと思っている自分の心にブレーキをかけるためかもしれないと思った。

気を抜いたら、考えてしまう。

好きな人と両想いになるって、どういう感じなんだろう。

自分がもしあの人と付き合えたら、どんな気持ちになるんだろう。

「じゃあ、四種十本」

ピッ、と、鼓膜を直接叩くようにホイッスルが鳴る。列の先頭にいた三年生が、勢いよく飛び出していく。等間隔で鳴り響くホイッスルの音に押し出されるように、同じような格好をした、同じ形の人たちが、同じ動きをし始める。

亜矢奈は壁を蹴る。水が自分を受け入れてくれる。今日はせっかく調子がいいのに、タイムアタックが延期なんてもったいない。

付き合ってるってことは、吉見部長って、笠原部長と手つないだりキスしたり、そういうこともしてるのかな。

泳いでいるときは、思考がぶつ切りになる。何か一つのことを継続して考えることはできないけれど、無心になることもない。焼いている最中のホットケーキみたいに、ぷつ、ぷつ、といろんな感情が湧き上がっては、すぐに消えていく。

付き合うって、どういうことするんだろう。自分が好きな人に、好きって言ってもらえるのって、どんな気持ちになるんだろう。

二十五メートルなんて、あっというまだ。ターンをしながら左隣のレーンに移る。それぞれ一方通行の二つのレーンを使って、ようやく、五十メートル泳いだことになる。十本泳ぐ間には、隣同士のレーンで、何度も何度も部員たちとすれ違う。その中には、当たり前だけれど、男子部員もいる。

頭、首、胸、二本の腕、二本の脚、同じようなキャップ、同じようなゴーグル、同じような水着。同じ種目を、同じレーンで、同じように。水着姿になると、人間は本当にみんな同じ要素でできていることがむき出しになる。唯一の特徴になりうる髪の毛をキャップの中にしまってしまえば、シルエットはほとんど変わらない。

だけど、どれが南水の体なのかということは、泳いでいる最中でも、すぐにわかる。

もうすぐ。

亜矢奈は、自分の思考をぶつ切りにしようとする。だけど、南水のことになると、思考は途切れてくれない。

今。

南水の体と自分の体が、すれ違う。

その一瞬、自分の体が、ぐっと熱くなる。

教室にいるときは、その場で着替え始めた男子なんかがいると、亜矢奈は意識的に目を逸らす。着替えている最中に見えてしまう体毛とか、骨とか筋肉とか、こちらにまで届いてしまいそうな臭いとか、そういうものがすべて不潔に感じるからだ。

だけど、プールにいると、教室の中ではあんなにも気になっていたすべてのことがどうでもよくなってしまう。それがどうしてなのかは、いまだによくわからない。

四種、十本。その間に何度も、隣同士のレーンで、南水とすれ違う。礼香とも、笠原部長とも、吉見部長とも、他の部員たちとも、同じ回数だけ、すれ違う。

南水とすれ違う回数が一回だけでも多くなればいいのに。練習中にそんなことを考えてしまう自分に、亜矢奈は今日も少し、呆れた。


「ねー、ヤバいヤバいヤバい」

自販機コーナーにジュースを買いに行っていた礼香が、ばたばたと音を立てながら戻ってきた。

「どしたの」

「うける、堀北いんだけど」

うける、と言うには幸福感があふれている表情で、礼香は話し続ける。

「なんかあたしがコレ買おうとしたら後ろに並んでて、堀北も同じの買うつもりで後ろに並んでたっぽいんだけどあたしが買った瞬間売り切れになってマジタイミング神かよって感じで」

興奮しているのか、声が大きいし早口だ。周りの子たちが、ちらちらとこちらを見ているのがわかる。

「礼香、ちょっと声おっき」

「あいつもここ通ってるとか全然知らなかったよねー一人で来てんのかな?」

礼香は、周りの視線を気にすることもなく話し続けると、トートバッグから弁当箱を取り出した。オレンジ色のランチクロスに包まれたそれは、食べてすぐお腹が空いてしまいそうなほどこぢんまりとしている。

礼香は、一学期の期末テストでがくんと成績を下げてしまったらしい。本人は「スマホ買ってもらっちゃったら、もう勉強なんて無理無理」と笑っているけれど、両親が想像以上に心配したのだろう、地元で成績が上がると評判の塾の夏期講習に夏休みの間だけでいいから通えと命令されたという。

「堀北、もともと黒いくせになんかさらに日焼けしてたんだけど。サッカー部ってみんなマジで黒いよねー遠くから見たら黒い塊」

いただきまーす、と、礼香が小さく手を合わせる。亜矢奈も、カバンから取り出した弁当箱の蓋を開けた。好きなおかずばかりで嬉しいけれど、また、体が少し強張っている。

一人で塾なんて行きたくない、という礼香のわがままに付き合って、亜矢奈も同じ夏季講習に通うことにした。とはいえ亜矢奈も塾が必要ない成績というわけではなかったので、ちょうどいい機会だった。

だから、自分はこの夏期講習に来た。ここに来るだけのわかりやすい理由が、ある。

「亜矢奈？」

礼香に声をかけられる。「何ぼーっとしてんの。早く食べないと昼休み終わっちゃうよ」

塾の子たちは、みんな、教室の中で思い思いに昼食を摂っている。亜矢奈たちみたいにお弁当を持ってきている子もいるし、そのあたりのコンビニで買ったものを食べている子もいる。もちろんこの教室にいる全員が同い年なのはわかっているけれど、他の中学の子たち、特に友達同士で集まらずにひとりで堂々とご飯を食べている子は、自分たちよりもとても大人っぽく見える。

「いただきます」

学校だと給食ばかりなので、こうしてたまに食べるお母さんのお弁当はおいしい。だけど、あそこにいる子やあっちにいる子がコンビニで好き勝手に買ったのだろうサンドウィッチや菓子パンは、もっともっとおいしそうに見えるから不思議だ。

「ていうか、復習コースなのにわかんないとこ超いっぱいあったんだけど。笑えない状況」

「礼香、めっちゃ寝てたもんね」

「バレた？」

けらけら笑う礼香の私服は、かなり露出度が高い。丈の短いデニムのホットパンツに、襟ぐりが大きく開いているサイズが大きめのTシャツ、横にひまわりのついているサンダル。他の中学の子がたくさんいるから、礼香なりに張り合っているのかもしれない。

亜矢奈と礼香が通うことにした「中二の一学期総復習コース」は一週間だけのプログラムだ。総復習、という名前だったので少し油断していたけれど、内容は思ったよりも難しい。

亜矢奈は教室の中を見渡す。相変わらず知らない子たちばかりで、さっき礼香が会ったと言っていた堀北の姿は見当たらない。そんな亜矢奈の疑問を察したのか、右手で箸を、左手でスマホを操りながら礼香が言った。

「あいつ、たぶん頭いいコースのほう。ジュース買ったあと、あっちの教室入ってったから」

隣の教室で行われている「中二の二学期先取りコース」は、復習コースよりもレベルが高い子ばかりが集まっているらしい。パンフレットに載っていた紹介文には、塾に入る前に受けるテストで一定の成績を収めないと受講は不可能、なんて書かれていた。難関高校受験希望者向け、という文字からも、自分とは関係のない世界だということがよくわかった。

「堀北くん、あっちのコースに入るためのテスト、受かったんだね」

「マジであいつ何で頭いいんだろうね」

似合わないよね、と文句を垂れつつ、礼香はやっぱり幸せそうな表情をしている。ウケる、であろうが、ムカつく、であろうが、堀北に関連する話であれば、礼香の頰はピンク色に膨らむ。

「確かに、頭いいよね」

亜矢奈はそう呟きながら、頭の中にぼんやりと浮かぶ疑問の手触りを確かめる。

堀北は頭が良い。テストの成績上位者が学校でも貼り出されていたころは、必ずといっていいほど、順位表にその名前が載っていた。

一方、亜矢奈も礼香も、順位表とは無縁の生活だった。さらにそこから成績が落ちたから、まだ二年生だというのにわざわざ夏期講習に通っている。

「……堀北くん」

亜矢奈は、疑問を口に出してみる。

「塾なんて、通わなくてよさそうなのに」

「え？　なんか言った？」

亜矢奈の声が小さかったのか、礼香が亜矢奈の顔を覗き込んでくる。よく見ると、目の周りにアイラインを引いているみたいだ。眉毛も、夏休みに入る前より細くなっている気がする。

「あっ、そういえばさー職場体験どうする？　亜矢奈もう行き先決めた？」

「ううん、なんでもない」

「あー、まだ決めてないや」

「あたしも。そろそろ決めなきゃヤバいよね」

二年生は、夏休みの宿題の中に職場体験というものがある。親の勤めている会社、知り合いのバイト先、どこでもいいので、半日ほどその職場を体験し、レポートにまとめるというものだ。これをやれば夏休みの最大の敵でもある自由研究を免除されるということで、ほとんどの二年生が血眼《ちまなこ》になって自分たちを受け入れてくれそうな職場を探す。

「体験させてくれそうなとこ、なかなか見つかんないんだよね」

「あたしもー。お父さんに聞いてみたけどなんかムリめだったし」

「うちも。今から自由研究やんのとか絶対いやだしね」

部活、宿題、塾。まだ受験生ではないのに、なんだかんだ言って夏休みは忙しい。受験勉強があり、そして彼氏がいる吉見部長は、どれほど忙しいんだろう。

彼氏。

自分の想像に、自分で蹴《け》躓《つまず》いてしまう。堀北くんがここに来ているっていうことは、もしかしたら。

南水くんも、いるのかもしれない。

「あーあ」

食べ終わった弁当を片付けた礼香が、椅子の背もたれに思い切り体を預ける。

「なんか祭りとか花火とか行きたいんですけどー全然遊んでないよマジでー」

礼香はそのまま両肘《りょうひじ》を机に乗せ、軽く組んだ指の甲に顎を乗せた。そうすると、たらんと垂れたTシャツの首元から、今にもブラジャーが見えてしまいそうだ。

「堀北って彼女いるのかな？」

「え？」

亜矢奈は慌てて、礼香の胸元から視線を動かす。

「いないんじゃない？　わかんないけど」

実際、そんな噂は聞いたことがない。恋の噂は、あの校舎の中を最短距離で駆け巡る。

「今度ジキブチョーに聞いてみてよ」

「えー？」

礼香は、南水のことをジキブチョーと呼ぶ。水泳部の次の部長を任されそうだからジキブチョー、らしい。

「亜矢奈仲いいじゃん、ジキブチョーと」

「どこが！」

いきなりそんなことを言われて、どう対応したらいいのかわからない。亜矢奈はさらに礼香から目を逸らす。

「別に仲良くないって。同じ部活ってだけじゃん」

「そーお？　なんか出てるけどね、仲いい感じ」

「はー？」

何言ってんの、と笑いつつ、亜矢奈は母が弁当に入れてくれていたリンゴをぱくつく。口を大きく動かして、緩みそうになる口元の形をごまかす。

なんか出てる。

勘違いかもしれないけれど、自分でも、たまにそう思ってしまうことがある。南水とは自然に目が合うことが多いような気もするし、そんなときは、向こうもどこかハッとしたような表情をしているように見える。

意識するあまり、そんなふうに感じられるだけなのかもしれない。南水も、自分に対して不思議な繫がりのようなものを感じているのか、確かめたくなるときもある。だけど、本当のことを知りたい気持ちよりも、何も知らないままでいたい気持ちのほうが、ずっとずっと大きい。

「なんか、教室で二人が顔見合わせてるとこ、見たことあるし」

教室で二人が顔見合わせてるとこ。

礼香のあいまいな言葉から、ある一瞬の記憶が明確に蘇った。

「いつだったかなーキミたちが意味深に見つめ合ってたアレ、なんか担任が喋ってるときとかだったと思うんだけど」

「ごめん、ちょっとトイレ」

亜矢奈が席から立ち上がると、「あーじゃあコレついでに捨ててきてー！」礼香が空っぽのペットボトルを差し出してきた。その手首には、細いチェーンのブレスレットが巻かれている。しょうがないなあ、と笑いながら、亜矢奈は逃げるように教室を出た。

白いポロシャツに、裾の部分を折ったジーパンに、去年から履き続けているスニーカー。塾の廊下を歩きながら自分の格好を見下ろすと、亜矢奈は、久しぶりに大きく息を吐いた。

礼香が言っているのは、たぶん、あのときのことだ。

「あ」

特に尿意を催していたわけではないが、一応トイレへ行くために曲がろうとした廊下の角――その壁に、紙が貼られているのが見えた。

順位表。

亜矢奈は知らない名前ばかりが載っている紙を、ぼんやりと見つめる。どうやら、「中二の二学期先取りコース」を受講している人たちのものらしい。復習コースとは違って、先取りコースは受講中毎日行われる小テストの順位がこうして貼り出されるみたいだ。復習コースでよかった、と、亜矢奈は心から思う。

8位　堀北雄介

両目がその文字を捉えたとき、べこ、と、聞きなれない音が聞こえた。音のしたほうを見ると、右手に握っているペットボトルが、へこんでいる。

――今後は成績上位者の掲出はしないことに決まった。

あのとき。

一学期の期末テストが終わってすぐのころ、担任の先生が順位表の貼り出しをなくす理由を説明していたとき。

担任の先生の声が蘇る。そして、そのあとに聞こえてきた音も、どんどん、順番に蘇っていく。

クラスの中でたった一人、堀北が席を立った音。「順位表は貼り出すべきだと思います。競い合うことがやる気になる人だっていると思います」担任に向かって毅然《きぜん》とした態度で抗議をした声。なぜだか胸の中で激しく鳴っていた心臓の鼓動。堀北がヒートアップすればするほど、亜矢奈の心臓は、ドッドッドッ、と、胸の中から飛び出してしまうのかと思うほど激しくバウンドした。

なにこれ。苦しい。誰か。助けて。思わず教室を見渡した、そのときだった。

南水と目が合った。

あのとき亜矢奈は、堀北の声を捉えている耳と、南水の視線を捉えている目、その二つがあまりにも乖離《かいり》しているような気がした。二つともが、同じ顔の中にあるなんて信じられなかった。

そして、南水と目が合った途端、激しく暴れていた心臓が落ち着いたことも、はっきりと覚えている。

「痛っ」

ゴミでも入ったのかもしれない。急に、左目に痛みが走った。亜矢奈は急いで女子トイレに駆け込む。礼香と一緒のときじゃなくてよかった。蛇口をひねり、丸めた掌に水を溜める。その中に、開いた左目を沈ませ、ぱちぱちと瞬《まばた》きをする。

まだ痛い。ゴミではなく、まつ毛くらい大きなものが入り込んでしまったのかもしれない。亜矢奈は、右手の中指を左の頰骨の上に、左手の中指を左瞼《ひだりまぶた》の上に添えると、左目をゆっくりと開いた。

そして、右手のひとさし指で、左目のコンタクトに触れる。少しだけ、動かしてみる。

本当に、礼香がいるときじゃなくて、よかった。亜矢奈は胸をなでおろす。私がカラコンをしていることを知ったら、私よりもおしゃれでいたい礼香は機嫌を悪くするかもしれない。

痛みは、すぐに治まった。近くにあったゴミ箱にペットボトルを捨て、亜矢奈は女子トイレを出る。

だけどすぐに、その足は止まった。

堀北が、順位表の前に立っている。

堀北くんも来てたんだね。さっき礼香が会ったたって言ってたよ。そっちのクラス、やっぱり難しい？——頭の中ではたくさん、かけるべき言葉の選択肢が浮かんだ。だけど亜矢奈は、何も言えず、そこから一歩も動くこともできず、順位表を見つめる堀北の横顔を凝視し続けた。

堀北の目元が、す、と細くなる。

その口元が、緩む。

甘く、冷たく。

「亜矢奈なにしてんのもう始ま……あ、堀北！」

礼香の声がした。

すると、堀北の横顔が、ぱっと、いつものやんちゃな男子中学生のそれに戻った。

「マジうちら遭遇しすぎなんですけどー」

教室から出てきた礼香が、亜矢奈ではなく堀北のほうに近づいていく。

「おめーが俺についてきてんだろ、ストーカーストーカー」

「はー？　何それありえなーい」

握りしめていた右の掌から、力が抜けていく。

いつものようにじゃれ合い始めた二人はすぐ近くにいるはずなのに、亜矢奈はなぜかとても遠くにある景色を眺めているような気持ちになった。


午後六時だとさすがに、太陽の位置がずいぶんと低い。夜はすぐそこまで来ているというのに、ガラス扉から差し込む陽射しは正義の味方のビームのように強烈で、スポーツセンターの入り口付近はそこだけ夏の真ん中を切り抜いたように明るく照らされている。

「うわっ、まぶしっ、亜矢奈先輩、おつかれさまでしたー」

一緒に更衣室を出た後輩たちが、スポーツセンターを出ていく。歩いているのにまるで飛び跳ねているように見える後ろ姿が、はつらつとしていてかわいい。

「あ、南水せんぱ、部長、おつかれさまでしたー」

「わざわざ言い直さなくていいから」

入り口にあるベンチに座っていた南水が、後輩に声をかけられ、顔を上げる。飲んでいたらしいペットボトルが口から離れ、掌の中の小さな水面がふらふらと揺れた。

亜矢奈は、二人掛けのベンチに座っている南水に右手を挙げる。

「おつかれ」

「おお、おつかれ」

亜矢奈は、なんとなくその場に立ち止まる。まだ更衣室にいる礼香を待たなければならないけれど、南水の隣に座るのはなんだか気が引けた。

南水は、夏服の白いシャツのボタンを上から二つ開けて、その薄い胸板にぱたぱたと風を送り込んでいる。

「まだいたんだね」

結局その場に立ったまま、亜矢奈はビニールバッグを肩に掛け直した。女子部員は、引退記念タイムアタックのあと、更衣室で吉見部長を質問攻めにしていたので、男子部員よりかなり着替えるのが遅かったはずだ。笠原部長のどこが好きなんですか、どっちから告白したんですか、もうキスとかしたんですか、同じ高校行くんですか、ていうかキス以上のこともしたんですか。

「男はみんな帰ったけど、俺はなんか母親が近くにいるらしくて、迎えに来てくれるって言うから。待ってる」

「そうなんだ」

　少しの沈黙のあと、南水は、「そっちは？」と訊いてきた。

「礼香待ってる。あの子、ドライヤー長いから」

「あー、長そう」

　南水はふっと笑うと、水色のペットボトルの蓋を閉め、ベンチの端に寄った。

　一人分、スペースが空く。

　亜矢奈は、何も言わずに、そこに座った。

「笠原部長、いまさら自己ベスト出してたね」

「な。笑ったわ、あれ」

　中体連の北海道大会敗退、つまり三年生の引退が決まってから行われる引退記念タイムアタックは、この水泳部の伝統だ。最後の大会を終え、すべてのプレッシャーから解放されるからか、このタイミングで最高記録を出してしまう三年生がほぼ毎年現れる。一、二年生は気の抜けたタイムアタックを楽しみながらも、会の最後に発表される次期部長を予想してそわそわしているのも毎年恒例のことだ。

「あ、部長就任、おめでとうございます」

　亜矢奈が少しふざけた調子で頭を下げると、

「おめでとうございますって言われてもなあ」

　南水は照れたようにぽりぽりと額《ひたい》を掻《か》いた。全員の予想通り、南水が男子部の部長に任命された。女子部の部長は、亜矢奈でも礼香でもない、もう一人の二年生の女子に決まった。礼香は部長発表前、「あたしだったらどうしよー」と騒いでいたけれど、後輩たちからそれは絶対にないと思いますよと遠慮気味に断言されていた。

「あっという間に一番上の代だね」

「なー。がんばんないとな」

今年は、男子は笠原部長と南水、女子は吉見部長が地区予選の標準記録を突破し、北海道大会に出場した。北海道大会では誰も全国大会出場のための標準記録を突破することができなかったけれど、ほかの中学の水泳部の人たちと競い合っているその姿は、まるで別人のように見えてカッコよかった。

競い合っている、姿。

どん、と、脳を誰かにノックされたような気持ちになる。亜矢奈は、自分の胸元を、一筋の汗が伝っていくのを感じた。

人は、競い合うことによって、自分の能力を伸ばすことができる。人と比べ、勝ち負けにこだわることによって、実力以上の力が発揮されることもある。

だけど。

「堀北くんと、塾で会った」

気がついたら、亜矢奈はそう呟いていた。

「え？　塾？」

「礼香と夏期講習に行ったんだけど」

誰かがスポーツセンターから出ていく。自動で開くガラス扉が、がーっ、と、動く。

「その塾の上級コースに、堀北くんがいたの」

開閉する扉の隙間から流れ込んでくるセミの鳴き声が、二人の足元にまでたどり着く。

「順位表が貼り出されるコースに、通ってたみたい」

――順位表は貼り出すべきだと思います。競い合うことがやる気になる人だっていると思います。

「そうなんだ」

「うん」

亜矢奈は、自分が何を言いたいのか、どうして南水に向かってこんな話をしているのか、なぜあのとき教室で聞いた堀北の声が耳の中で蘇っているのか、すべてが、よくわからなかった。

だけどそれは、脳のどこかが、今はよくわからないままでいるべきだと言っているからかもしれない、とも思った。

誰かがスポーツセンターから出ていく。外の世界から、セミの鳴き声が流れ込んでくる。

南水の顔が、すぐそばにある。

頭、目、鼻、口、顎。横顔を構成している要素は、塾の廊下で見た堀北のそれと全く同じだ。だけど、不思議と、何もかもが違うようにも見える。

長いまつ毛、それに守られている二つの瞳。

亜矢奈は一度、ぐっと強く瞼を閉じる。また、コンタクトレンズを着けている目が、痛んだような気がした。

「名札」

目を開くと、南水がこちらを向いていた。

「え？」

「さっきから気になってんだけど……名札、逆さまになってるよ」

亜矢奈は自分の胸元に視線を落とす。ポケットの上部に安全ピンで留めている名札が、上下逆さまになっている。

「え？　あ、ほんとだ。いつからだろ」

「シャツ替えると、そうなっちゃうときあるよな」

名札の裏についている安全ピンに、右手の親指を添える。指の腹、一番やわらかい部分に、少しだけ冷たい銀色の細い金属がめり込んでいく。

いっそのこと、聞いてしまおうか。

亜矢奈は、魔が差したように思った。南水に聞いてみたかったことは、堀北が塾にいたことだけではない。

逆さまの名札の安全ピンを押すと、ずっとずっと聞いてみたかったことが、自分の胸の中からも押し出されていくような気がした。

「ねえ、南水くんって」

「ごーめん亜矢奈、お待たせーって……何、お取り込み中？」

長い髪をふわふわと揺らしながら現れた礼香が、わざとらしく口元に手を当てている。

礼香は最近、緩いウェーブがかかっているように髪の毛をブローすることにハマっているらしい。

「そういうんじゃないから」

礼香と入れ替わるようにして立ち上がった南水は、携帯を確認しながらスポーツセンターを出ていこうとする。親の迎えが来たのかもしれない。

亜矢奈は、安全ピンから手を放す。止まっていたらしい息が、一斉に、口からあふれ出した。

「あ、ジキブチョー、あ、もう部長か、ねえねえ、職場体験ってもうどこ行くか決めた？」

「決めたけど」

自動で開いたドアの真ん中で、南水がこちらを振り返る。

「えっマジ？　どこ？　それうちらも交ぜてくんない？」

全然決まってなくてさー、と、礼香がサンダルの底を鳴らす。亜矢奈は、その向こうに立っている南水が、自分のことを見ているような気がした。

着けているコンタクトレンズを射抜くように、自分の本物の目の色を、見透かされているような気がした。

5　坂本亜矢奈　―後編―

「ねー待って、堀北歩くの速くない？　いつもそんな？」

「お前がおせーんじゃねーの？」

「いちいち言い方ムカつくんですけど！」

礼香の楽しそうな声が搾られたレモンのように軽やかに飛び散る。職場体験は一応学校の行事なので、制服を着なければならない。だけど礼香は先生の目がないのをいいことに私服を着ているときのようなメイクをしている。制服とメイクという組み合わせは、お互いの存在感をやけに引き立て合っているように見える。

「あたし会社とか入るの初めてかも。キンチョー」

「絶対してねえだろ」

「もー、してるってばぁ！」

前を歩く礼香と堀北は、ズボンのすそを捲《まく》っていたり、スカートを短くしていたり、先生に見つかったら直せと言われるようなアレンジをそれぞれの制服に加えている。後ろを歩く亜矢奈と南水は二人とは対照的に、これから向かう場所に合わせて、学校にいるときよりもむしろしっかりと制服を着ている。

「ごめんね、今日無理やり交ぜてもらっちゃって」

亜矢奈は携帯の地図アプリを確認しつつ、南水に言う。先頭を歩く堀北は地図も何も見ないでずかずか歩いているけれど、どうやら方向は合っているようだ。どこから見ても似たような景色をしているオフィス街を大股で進むその背中からは、自信と興奮が伝わってくる。

「全然いいんじゃない。あいつ、宿題に職場体験があるってわかった瞬間、クラスでもやたらいろんな奴らに一緒に親父の会社行こうぜって誘ってたし。他に誰も来なかったけど」

南水が歩くスピードを緩めながら言う。前を歩く礼香が忙《せわ》しなく動くので、ぶつかってしまわないよう距離を取っているみたいだ。

礼香といくら話し合っても行先が決まらなかった職場体験は、堀北と南水と一緒に行くことになった。礼香は宝くじでも当たったかのように「ラッキー！　やばー！」と大きな声を出して喜んでいたので、自由研究を免除されることがそんなに嬉しいのかと少し呆れていたら、

「それだけじゃないよ。ていうか、亜矢奈もおんなじ気持ちのくせに」

と、あやしげな笑みを浮かべられた。

「どういうこと？」

「あたしは堀北と、亜矢奈はブチョーと一日一緒にいられるってことじゃん」

「わ、私は別に」

「あーマジテンション上がる～！」

楽しみだな～とはしゃぐ礼香は、もうすっかり聞く耳を持っていなかった。亜矢奈の必死の否定は、行き場をなくしてしまう。

好き。なのかどうかは、まだわからない。

でも、もっと長い時間、一緒にいたいとは思う。

「坂本」

名前を呼ばれる。気づくと、亜矢奈は一人、進路から外れた方向へと歩いていた。「何してんの亜矢奈～」礼香が、ピンク色に縁どられた唇をぱくぱくと開ける。

「ごめんごめん」

慌ててみんなのもとに戻ると、亜矢奈は周囲に聳《そび》え立つ高層ビルを見上げた。身体の中身が溶け出るように、首元に汗が伝う。

「堀北くんのお父さんって、こんな大きなところで働いてるんだね」

職場体験によって、働くことの意味を考えましょう――夏休み前、先生はそんなふうに言っていたけれど、こんな場所で働いている人のことがたった数時間の体験でわかるわけがない。そもそも、そう言う先生だって、学校という場所でしか働いたことがないのだ。そう考えると、大人だと思っていた先生たちが急に自分たちと同じくらい幼く思えてくる。

「ていうかさあ、堀北のお父さんってどんな仕事してる人なの？　なんの会社なんだっけ？」

前を歩く礼香が、左右違う色の靴紐《くつひも》を揺らす。これも、先生に見つかったら怒られるアレンジの一つだ。

「よくわかんねえけど、俺の親父は『リスク統括室長』」

「リスク何？」

「だから、リスク統括室長」

「リスクとんかつ？」

礼香がわざとらしく堀北の言葉を間違えたまま繰り返している。正しく聞き取れないでいればこうやってじゃれ合い続けられると思っているのかもしれない。

だけど、と、亜矢奈は心の中で思う。

普通は、逆のような気がする。親が勤めている会社が何をしているのかは知っているけれど、役職は知らない。それが普通のような気がする。

「南水くんって、お父さんの仕事の役職、知ってる？」

「え？」

亜矢奈の問いかけに、南水が一瞬、足の動きを止める。

「いや、みんな知ってるものなのかなと思って。私、今考えたら、お父さんの勤めてる会社の名前もよく知らないかも。南水くんは知ってる？」

「いや、知らな」

「あ、ねえ！　ブチョーのお父さんってもしかして有名人？」

前を歩いていた礼香が、突然、後ろを振り返った。

「なんか本屋行ったとき、難しい系の本のとこで南水って人が書いてるやつ見つけてさ、北海道なんとか大学で教授とか書いてあったたし名字珍しいしもしかしてとか思って」

「雄介！」

南水が突然、前を歩く堀北に向かって大きな声を出す。礼香の早口が遮断される。

「お前、名刺持ち歩いてんだよな、親父さんの。会社着く前に二人にも見せてあげたほうがいいんじゃない」

南水がそう言うと、「え、何、名刺？　見たーい！」と、礼香が堀北のほうに向き直った。

ふう、と小さく息を吐くと、南水は亜矢奈に向かって、

「坂本、『帝国のルール』って漫画知ってる？」

と訊いた。

「うん、なんとなくだけど」

亜矢奈自身はきちんと読んだことはないけれど、その漫画が大人気だということは知っている。少年漫画だが、最近はむしろ女子人気に火がついたらしく、イケメンのキャラクターのグッズがたくさん売られたり、ファンが二次創作した小説やマンガ本もたくさん売られているらしい。

「あいつ、そこに出てくるウィンクラー大佐ってキャラクターが大好きでさ。そのキャラクターの役職に似てるんだよ、親父さんの役職が。だから、子どものころから名刺持ち歩いたりしてて。まあ、自慢なんだろうな」

同じような説明をされていたのか、前を歩く礼香が「やば、確かに『帝国のルール』っぽーい！　ていうかあたしもウィンクラー大佐が一番好きなんですけど！」と大きな声を出している。

「マジ？　お前意外とセンスいいじゃん！」

「ウィンクラー大佐のスーツに萌《も》えてる女子マジで多いから。ていうか昨日、テレビで前の映画やってたじゃん？　何だっけ、有名なセリフあるよね大佐の」

「『未来の己を守るのではなく、今このときの民のために動け！』じゃね？」

「あ、そこだそこだ、つーか暗記してんのウケる」

実はアニメ好きな礼香が、ぐいぐい距離を縮めていく。地図によれば、いよいよ、このブロックに目的のビルがあるらしい。歩幅をどんどん大きくしていく堀北が、誰にともなく、言った。

「俺、ウィンクラー大佐みたいな親父の仕事、ずっと見てみたかったんだ」

角を曲がると、これまで隠れていた太陽が騙《だま》し討ちみたいに現れた。頭のてっぺんが、焼き印を押されたように、突然熱くなる。

まず案内されたのは、ホワイトボードのある会議室だった。冷房と、紙コップに入った冷たいお茶が嬉しい。

「暑い中大変だったね。今日は短い時間だけど、よろしくお願いします」

水色のシャツを着た男性が、椅子に腰を下ろした。ネクタイは着けておらず、お腹が膨らんでいることがよくわかる。そのなめらかな曲線は、亜矢奈が見たことのあるウィンクラー大佐の外見からはかけ離れていた。

「私はこの会社の総務部でリスク統括室長をしています、堀北といいます。あと、知ってると思うけど、雄介の父です」みんな、照れくさそうに笑う。「今日は特に面白くないかもしれないけど、よろしくね」

「私は広報の米原《よねはら》です。よろしくお願いします」

堀北の父親の隣に、めがねをかけた細身の女性が座る。総務部、とか、広報、とか、言葉だけ聞いてみたところで、それの意味するところはよくわからない。かと言って、さっきもらった名刺を見てみても、やっぱりよくわからない。

総務部、リスク統括室、リスク統括室長。堀北の父親の名前の右上に書かれている三つの肩書。

「今日は職場見学じゃなくて職場体験ってことで、まず広報の人間に会社の説明をしてもらいます。そのあと、ちょっと僕の仕事を手伝ってもらおうかなと思ってます。雄介から聞いたんだけど、みんな、今日のことをレポートにしないといけないんだよね？」

「どんな仕事をしたかと、それをやってどう思ったかってことをまとめて、提出する宿題があります」

代表して、南水が答える。そうかあ、と、堀北の父親は困ったように笑う。

「あんまり面白い体験はさせてあげられないかもしれないけど、まあ、しょうがないか」

眉を下げる堀北の父親に、「社内の会議に参加させるわけにもいかないですしね」と米原が笑う。同じ大人がいる場所なのに、学校の職員室とは、見える景色も感じる雰囲気もまるで違う。大人になったら毎日こういうところで過ごさなきゃいけないのかと思うと、亜矢奈は想像の中で人知れず疲れてしまった。

「じゃあ、とりあえず任せていいかな」

　堀北の父親が会議室を去ると、米原がこの会社全体についての説明を始めた。いくら聞いても内容はよくわからなかったけれど、この会社はあらゆる製品をつくるうえで必要になる素材を開発し、国内外へ提供しているらしい。亜矢奈は途中から話を理解することを諦め、配布されたパンフレットをぱらぱらと眺めていたが、ＣＭでもよく見る浄水器が載っているのを見つけた途端、急にこの会社を身近に感じた。

「あの」

　米原の話が一段落したタイミングを見計らったように、堀北が手を挙げた。

「親父のいるリスク統括室って、全部で何人くらいいるんですか？」

「え？」

「室長ってことは、親父、リーダーなんですよね？」

　前のめりになる堀北を見て、礼香がニヤニヤしている。見れば堀北は、新しくもらった名刺をぎゅうと握りしめている。ウィンクラー大佐を彷彿《ほうふつ》とさせる肩書がそんなに嬉しいのかな、と、亜矢奈は微笑ましささえ感じた。

「あー」

　米原は、何かを気にするようにちらりとドアの辺りを見る。誰かが入ってくる気配はない。

「やっぱ、この名前紛らわしいよね。リスク統括室って書いてあるけど、室員は堀北室長だけなの」

「えっ？」

堀北の、実は華奢《きゃしゃ》な肩が、ぴくんと跳ねる。

「堀北さんが、室長かつ室員っていうか。会社もそこまであそこの業務に人員割《さ》けないってのもわかるんだけど……もう一人くらいいてもいいのにね」

「何それウケる」

ぱちぱち手を叩いて笑う礼香を、「会社の組織って時々そういうことがあるのよ、めんどくさいことに」と米原が小声でフォローする。だけど、その顔も少し、礼香と同じように笑っているように見える。

「一人だけなのに統括室長とか、詐欺《さぎ》じゃん？」

ねえ？と、礼香が堀北に同意を求める。

堀北は何も言わない。

どこを見つめているのかも、よくわからない。

「じゃあ室長呼んでくるから、そのままここで待っててね」

米原は手元の資料をクリアファイルの中に片付けると、会議室を出て行ってしまった。

「冷房強くない？」立ち上がった礼香が、室内の冷房の温度を勝手に上げる。

その間ずっと、堀北は、名刺を握っている手を宙に浮かせたままだった。

「ここが倉庫なんだけど……ちょっと暑いな」

　堀北の父親が、倉庫内のエアコンのスイッチを入れる。眠っていた巨大な生き物が目を覚ますみたいに、広い空間のうちのほんの一部がゆっくりと動き出した。

「私の所属する室は、社内の防災に関する業務を一手に背負っているんだ」

　隣にいる南水が、一応、メモを取っている。礼香はカバンから筆記用具を取り出してもおらず、広い倉庫をきょろきょろと見回しながら「ボーサイ？」と言った。

「あたしたち、雄介からリスク統括室の仕事を体験できるって聞いたんですけど……ボーサイってもしかしてあれですか？　避難訓練とかの防災？」

「その通り」

　堀北の父親は胸を張ったけれど、礼香は「はあ」と気のない返事をする。

「リスク統括室って言葉だけ聞くとわかりづらいけど、リスクっていうのはつまり、会社の業務が立ち行かなくなる状況のことを指しているんだ。大きな地震が起きて工場が止まってしまったり、社員が自宅へ帰れなくなったり、どこかへ避難しなくてはならなくなったり……そうなったときに何の手立てもないと、会社の業務もストップしてしまうからね。そのリスクを最小限に抑えるために動いているのが、私の所属しているリスク統括室なんだ」

会議室に戻ってきた堀北の父親に連れていかれたのは、オフィスの奥にある倉庫だった。倉庫は広く、たくさんある棚には段ボール箱がきれいに整頓して並べられている。よく見るとそこには日付が書かれたシールが貼られており、どうやらそれは災害時用の備蓄食料の賞味期限らしい。

「今日はみんなに、備蓄食料の入れ替えと、防災グッズの用意を手伝ってもらおうと思っています。会社の業務を円滑に進めるためにはこういう仕事もあるっていうことを知ってもらえれば嬉しいなと」

てきぱきと語られる説明を、亜矢奈もできるだけメモに残そうとする。どうせ後から礼香にメモを見せてと頼まれるだろうし、書き残しておいて損はない。礼香はもう興味をなくしたのか、死角を見つけたとばかりに亜矢奈のすぐ後ろで爪をいじっている。

「まず備蓄食料だけど、そろそろ賞味期限が切れてしまうものがいっぱいあるんだよね。昨日ちょうど新しく発注したものが届いたから、古いものと新しいものを入れ替えるついでに、入り口に近い棚から新しい食料になるように並べ替えたいと思います。これは男子二人に手伝ってもらおうかな。力仕事だし」

はい、と、南水だけが返事をする。

「あとは、各デスクに一つ、防災セットを置いてるんだけど、異動とか紛失とか色々あって数が足りなくなってて。その補充を女子チームに手伝ってもらおうかな」

はい、と、亜矢奈だけが返事をする。その返事に紛れるように、礼香が小さな声で呟いた。

「防災、ねえ」

本当に、小さな声だった。亜矢奈にはそれが、礼香が最後の興味を手放した合図のように感じられた。

「じゃあまず女子チームのほうを先に説明しちゃおうかな。男子チームはちょっと待っててね」

堀北の父親から任されたのは、ヘルメット、缶詰のカンパン、ペットボトルの水、ミニライト、非常用トイレ、その五つを指定された小さな袋の中に入れていくだけの作業だった。「入れ忘れてるものがあるかもしれないから、一応二人でちゃんと確認してね。ダブルチェックは社会人の基本」得意げにそう言うと、堀北の父親はすぐに男子二人のほうへと向かっていった。

亜矢奈と礼香は、男子の作業の邪魔にならないよう、倉庫の隅のほうにしゃがみ込む。ヘルメット、缶詰のカンパン、ペットボトルの水、ミニライト、非常用トイレ。その五つをひたすら、指定された袋に入れ続ける。

「もう慣れてきたかな？」

しばらくすると、男子へのレクチャーを終えたらしき堀北の父親が、四人に向かって言った。

「じゃあ僕はちょっとデスクに戻るね。わからないことがあったら、さっきの会議室の辺りのデスクにいるから。何でも訊きに来てね」

はーい、と、今度は礼香が大きな声で返事をした。任せてくださーい、と追加した声の調子は、学校でもナメられている先生に向けるそれに似ていた。

倉庫のドアが閉まる。穴が一つ塞がれ、巨大な生き物の呼吸が少し浅くなったような気がした。

「ねえねえ」

堀北の父親がいなくなった途端、礼香が私語を始める。

「夏休みの最後の土日にさ、地元のお祭りあるじゃん？」

「あー、あるね」

亜矢奈が頷くと、礼香が内緒話をするように、こちらにぐっと顔を近づけてきた。

「あれさ、この四人で行けないかな」

耳元で提案された事案に、「え〜？」亜矢奈は戸惑う。

「ね、ね、帰り道誘ってみようよ。亜矢奈も協力してっ」

「うーん、まあ、わかったけど」

「オッケ、決まり〜」

勝手に話を進めてしまうと、礼香は「ふふふ」と心から染み出たような笑い声を漏らした。礼香の強引なところに振り回されることは多いけれど、確かに、南水と一緒に夏祭りへ行けるのは、嬉しい。亜矢奈は、去年おばあちゃんからもらった水色の浴衣《ゆかた》がどこにあるのか、ちゃっかり記憶を辿っている自分がいることに気づく。

礼香が五種類の中身を袋の中に揃え、亜矢奈がそれをチェックする。そんな単純な作業をしばらく続けていると、会話もなくなってくる。

ヘルメット、缶詰のカンパン、ペットボトルの水、ミニライト、非常用トイレ。

視界を、五つの物体が横切っていく。

リスク統括室長、帝国のルール、ウィンクラー大佐。

このビルに辿り着く前にやりとりしていた言葉の数々が、どんどん、遠くへ離れていく。

「……なんかさあ」

堀北の父親が戻ってくるタイミングではないことを確信したのか、礼香が口を開く。

「うん」

「あの人、こういうこと毎日やってんのかな」

あの人、というのが堀北の父親を指すらしいことは、なんとなく察しがついた。

「わかんないけど、多分」

そうなんじゃないの。誰にも聞こえないように、小さな声で亜矢奈は呟く。

ヘルメット、缶詰のカンパン、ペットボトルの水、ミニライト、非常用トイレ。五つ揃っている、次。

「大きな地震とかが起きるまで、ずっとやってるんだよね、こういう準備」

「多分ね」

他にもいろいろしてるだろうけど、とフォローしようとしても、その具体例は出てこない。

「なんかそれって」

礼香が、声のボリュームをぐっと落とす。

「ヤバい災害起こるの、楽しみに待ってるって感じだよね」

ズリ、ズリ。少し離れたところから、段ボールの底が床と擦《こす》れる音が聞こえる。堀北と南水が、賞味期限を過ぎてしまった備蓄食料を移動させているのだ。

ズリ、ズリズリ。

「別に、災害を楽しみに待ってるわけじゃないと思うよ」

「そう？　でもそういうことがないと、あの人のいる意味ない感じじゃん？」

ズリズリ、ズリズリズリ。

「これだってさ、めっちゃ用意してるけど、ほんとは使われないほうがいいわけでしょ？」

なーんかさー、と、礼香が大きくあくびをする。

「何がやりがいなんだろ、この仕事」

段ボールの動きが、止まった。「あーもー眠くなってきちゃった～」礼香の明るい声が、倉庫の壁に反響する。

思ったより早く作業が終わったので、もともと決めていた時刻よりも早く、会社を出られることになった。

「手伝ってくれて本当に助かったよ」

倉庫に戻ってきた堀北の父親は、相変わらず満足そうな表情をしている。一人でやるには面倒な作業を中学生にやってもらえたのだから、当然かもしれない。

「こちらこそ、見学させていただいてありがとうございました」

みんなで頭を下げたとき、堀北の父親が何か思いついたように「あ」と声を漏らした。

「早めに終わっちゃったし、最近導入した緊急時用の社内伝達システムも紹介しようか？さっきの作業だけじゃ、宿題もちょっと書きにくいよね」

特に乗り気なメンバーはいなかったけれど、そう言われてしまっては断るわけにもいかない。南水が代表して「じゃあ、よろしくお願いします」と応える。

会議室のあるオフィスに戻ると、「あ、もう終わったの？」受話器を戻した米原が亜矢奈たちに手を挙げた。時計は午後三時過ぎ。一定の温度と静けさが保たれているオフィスは時間に関係なく常に同じ表情をしている。

だけど、堀北の父親や米原がいる一角は、亜矢奈にはなぜか親しみやすく感じられた。会社といえばスーツ姿の人が忙しそうに行き交う場所、という当初のイメージよりも、どこかやわらかい印象がある。

この、想像とは違う親近感はなんだろう。そう思ったとき、亜矢奈はあることに気が付いた。

ここ、堀北くんのお父さん以外、みんな女の人なんだ。

「ここにランプがあるだろう」堀北の父親が、自慢げに説明を始める。「これは最近導入した、最新型の緊急地震速報機。社長室や役員室とも連動していてね、本格的な揺れを感知する前に音を出して知らせてくれるんだ」

そして実際に大きな揺れが発生したときはね、と話し続けながら、堀北の父親は自分のデスクに移動する。そして、デスクトップに表示されている赤いアイコンをクリックした。

「この社内伝達システムを通して、社員のパソコンに各フロアの避難経路が表示されるようになってるんだ」

堀北の父親は、『メンバーに共有する』というボタンにカーソルを持っていき、「今は押すわけにはいかないけどね」なんておどける。

「日ごろから避難経路を確認しておきましょうって言っても実際にそうする社員なんて一握りだからね。この社内伝達システムによって思い出してもらうわけ。こうやって日ごろからリスク管理をしておけば、いざというときに正しい行動をとることができる」

そうなんですね、と南水が律儀に相槌を打つ。「このシステムを導入するのも大変だったんだよー」と、堀北の父親が笑いながら眉を下げた、そのときだった。

ランプが、赤く光った。

「え？」

ジシンガ、キマス。

ジシンガ、キマス。

ひどく無機質な機械的な音声は、鼓膜ではなく、全身の骨に直接響いたように感じられた。

「机の下に潜って！」

堀北の父親がそう叫びながら、マウスを握りしめる。亜矢奈は、ちょうど無人になっているデスクの下に体を滑り込ませながら、カチ、というクリック音を聞いた。

そしてそのとき、堀北の父親の両目が、何万回も磨かれた水晶のように光り輝いたような気がした。

米原も、他の社員も、デスクの下に身を潜めている。緊急地震速報機が作動してから揺れが発生するまでは、しばらく時間があるはずだ。亜矢奈は小さくたたんだ体が開いてしまわないよう、全身に必死に力を込める。

「そのまま机の下で！　頭を守って！」

堀北の父親の指示に従い、どれくらい時間が経っただろうか。いつのまにかぎゅっと閉じていた両目を、亜矢奈はゆっくりと開く。

慌てて潜り込んだから、わからなかった。亜矢奈は、堀北と同じデスクの下に避難していた。

小さく折りたたんだ体のすぐそばに、堀北の体がある。亜矢奈はなぜか、今すぐここから飛び出したい気持ちに襲われた。体が勝手に動き出してしまわないよう、足を囲んでいる腕にさらに力を込める。

ドッ、ドッ、と、足音のように心臓が鳴る。それは、ここから自分が離れゆく足音にも、何か巨大なものが迫りくる足音にも、どちらにも聞こえた。

「あのー」

どれくらい時間が経っただろうか。緊迫した空気を、気の抜けた声がつんと突く。

「今のってもしかして、ただの間違いなんじゃないですか？」

礼香だ。「よいしょ、あーもうスカートめちゃくちゃになってる」当の礼香はもう、デスクの下から出てきてしまっている。

「携帯の緊急地震速報鳴ってないし。ていうかぜーんぜん揺れないし。誤報？　みたいなのって前もありましたよね？」

一向に揺れる気配がないので、他のデスクからも続々と人が出てくる。「確かに、携帯鳴ってなかったよね」「私のも」もしものときのために緊急地震速報アプリを携帯にダウンロードしている人は多く、亜矢奈もその一人だった。

「誤報？」

握りしめていたものをぽとりと落とすみたいに、堀北の父親がそう呟く。机の下にいても、オフィスの空気が、速報機が作動する前の状態に戻っていることがわかる。

「ちょっと、堀北室長」

他の部署の人だろうか、足音とともに刺々《とげとげ》しい声が聞こえてきた。

「パソコンに避難経路出てくるやつ、早く解除してくれません？　仕事の邪魔になってしようがないんですけど」

と同時に、総務部の電話がプルプルと鳴り始めた。これも、他の部署からのクレームかもしれない。

「ああ、すまんすまん。なんだ、ほんとに誤報だったのか」堀北の父親の声が、元のトーンに戻る。「最新型って聞いてたんだけど……えーっとこれはどうやって解除するんだったかな」

仕事の邪魔。

自分も、出よう。亜矢奈はそう思い、折りたたんでいた足を動かす。

そのときだった。

「今……ために……」

すぐ隣にいる堀北が、呻《うめ》くように何かを呟いているのが聞こえた。

「未来の己……ではなく……このときの……動け」

小さなデスクのその下では、どれだけ小さな声で呟かれても、聞き取ることができてしまう。

「あ、はい堀北です、避難経路の件ですよね、いま解除しようとしてるのでちょっと待ってください、そうですよね、邪魔ですよね、いやーこれ何度もシミュレーションしたんだけどな、ちょっと待ってくださいね」

二つの似ている声が、重なったり離れたりしながら、全く違う文章を発している。

「未来の己を守るのではなく、今このときの民のために動け」

左右の耳から流れ込んでくる二つの声が、頭の真ん中で、混ざる。

その場からなかなか立ち上がることができない亜矢奈の目線の先には、このデスクを使っていた誰かが何度も何度も踏んだのか、ぐちゃぐちゃに汚れている防災セットがあった。

うまく、はぐれることができた。

「ごめんね、急に」

亜矢奈が謝ると、南水は「いや、俺は別にいいけど」と足元の砂利《じゃり》を鳴らした。南水は、Tシャツに短パン、サンダルという、夏祭りに来ている町民たちにあっという間に紛れてしまいそうな格好をしている。だけど亜矢奈は、どこにいても南水の姿だけはすぐに見つけられるような気がした。

【あたし、夏祭りで堀北に告白したいんだ。だから、どっかで二人きりにしてもらえたら嬉しいなー！】――礼香からそんな連絡が届いたのは昨日の夜のことで、亜矢奈はそのとき浴衣に合うきんちゃく袋を納戸の棚から取り出しているところだった。もっと早く連絡してくれればいいのに、と思いながらも、いよいよか、と胸は高鳴る。正直、うまくいくかどうかは全くわからないけれど、礼香のこういう行動力が亜矢奈には眩しく感じられた。

【ついに！　協力するよ～！】そんな文章を送ると、礼香からはこんな返事が届いた。

【ていうか、亜矢奈も南水くんに告《こく》っちゃえば？　堀北言ってたよ、あいつが女子と仲良くしゃべってんの、けっこう珍しいって】

あいつが女子と仲良くしゃべってんの、けっこう珍しい。

「祭りではぐれるとか、漫画みたいでびっくりした」

「だよね。私も」

どうやって二人きりにすればいいんだろう。昨日の夜からずっと、亜矢奈はそのことばかり考えていた。祭りといっても町が行う小さな規模のものなので、自然にはぐれられるほど混雑もしていない。だから、りんご飴《あめ》に金魚すくい、わたあめに射的と夏祭りムードを一通り味わったところで、堀北がトイレに行きたいと言い出したときは、思わず礼香と目を合わせてしまった。

今しかないね。そんな会話が、目線だけで交わされた。堀北と一緒に男子トイレに行こうとする南水の腕を、亜矢奈は思わず摑んでいた。

「あとでちゃんと説明するから、南水くん、ちょっと一緒に来て」

南水を連れて逃げ込んだのは、祭りの会場から少し離れたところにある神社だった。ここなら、連絡をもらえればすぐに合流することができるし、二人に見つかることもないだろう。

「座る？　足、疲れてるっしょ」

南水が、神社の濡れ縁に腰掛ける。漫画やドラマだったらこんなとき、男の子がハンカチかなんかを敷いてくれるけれど、現実はそうはいかない。亜矢奈は、えいっと南水の隣に座った。座ってしまえば、浴衣が汚れてしまうかもとか、距離が近すぎるかもとか、それまで抱えていた不安はシャボン玉みたいにぱちんぱちんと弾けてどこかへ消えてしまった。

遠くのほうから、楽しそうな子どもの声や、割引を伝える屋台の店員の声が聞こえてくる。だけどそれ以上に、南水の体がすぐそばで生きていることを示す音のすべてが、聞こえてくる。

亜矢奈はずっと、礼香と堀北を二人きりにすることばかりを考えていた。でもそれは同時に、自分と南水も二人きりになるということなのだ。そのことに、亜矢奈は気づいていなかった。

「二人、うまくいってるかなあ」

「どうだろうな」

中学一年生の春、プールで初めて会ったときに比べて、南水は首も腕も少し太くなった。狭い額に光る汗の粒が、神社の外灯に照らされている。

好きな人に、好き、と、伝える。

いま礼香がしているだろうことを具体的に想像すると、その緊張が引き金となり、亜矢奈の心臓は射的のコルクみたいにバンとどこかへ飛び出していきそうになった。礼香はいま、すごいことをしようとしている。亜矢奈は急に、隣にいる南水の顔を直視できなくなった。

南水の輪郭線だけ、光っている。夏祭りの会場にいるときから、いや、初めて会ったときから、きっと、そうだった。

「あ」

そのとき、鈴の音が近づいてくることに気が付いた。

「男神輿《みこし》だ」

神社の境内から見える道路を、金色の神輿が横切っていく。町の男たちが担ぐ男神輿が町を一周し、祭りの会場に戻ったときが、この町の夏の終わりの合図だ。もうそんな時間になっているなんて、と、亜矢奈は時間の流れる速度を呪《のろ》った。

このまま、神輿が会場に戻らなければいい。礼香の告白が終わらなければいい。浴衣が汚れてしまってもいいから、このままずっと、二人でいたい。

「男神輿、かっこいいよね」

亜矢奈がそう呟くと、南水は「ああ」とあいまいな相槌を打った。南水がいつか大人になって、あの神輿を担ぐ男たちの中に交ざる日のことを想像する。それだけで、亜矢奈は胸を絞られるような気持ちになった。それまでに流れる時間を、全部全部知りたい。南水がどう変わっていって、どんな男の人になっていくのか、そのすべてをすぐそばで見つめていたい。

町の大人たちは、何か月も前からこの祭りのために動き始める。男の人たちは神輿を、女の人たちは地元の食材を使ったたくさんの料理を準備するのだ。祭りではもちろん屋台もたくさん出るけれど、町の人たちが無料で振る舞ってくれる家庭料理も魅力の一つだ。

男神輿がゆっくりと、神社の入り口の向こう側を横切っていく。もうすぐ、祭りの会場に戻ってしまう。

「何で、決まってるんだろうな」

隣で、南水が呟いた。

「え、何？」

亜矢奈が訊き返すと、南水は、亜矢奈から少し顔を逸らすようにして、言った。

「神輿は男、料理は女って、何で決まってるんだろうな」

亜矢奈は、南水が何を言っているのかよくわからなかった。町に伝わる昔からの慣《なら》わしで、夏祭りの神輿を担ぐことができるのは男だけと決まっている。それに、女性が料理の準備をすることに対して、これまで亜矢奈は疑問を持ったことはなかった。

「何でって……そういうものだからじゃない？」

鈴の音が、少しずつ、遠ざかっていく。

「そういうものだから、か」

神輿を担ぐ者、神輿の上に乗っている者、それぞれの声がたくましく響く。

「雄介、ああいうの大好きなんだよ」

南水が、砂利の上でつま先を動かしながら言った。

「昔から運動会の棒倒しとかすげえやりたがってさ。あの神輿も、大人になったら神輿の上に立つリーダーやりたいって言ってて」

「そんな感じだよね、堀北くんって」

普段の堀北を見ていても、それは想像通りだった。そして、今まさに堀北に想いを伝えようとしている礼香は、堀北のそんなところが好きなのだと思う。

夏の終わりの風が吹く。秋が始まろうとしている。

「職場体験の帰り、雄介、言ってたんだよ」

南水のつま先は、夏と秋の間で足踏みをするように動いている。

「仕事内容もダサかったけど、女ばっかの部署にいるのがすげえダサかったって」

ダサかった。

その言葉は、遠くから聞こえてくる男神輿の掛け声の中に巻き込まれていく。

「性別で分けられることって、そういうものだから、とかよく言われるけど」

男神輿が、ゴールに到達したらしい。人の声が、わっ、と、打ち上げ花火のように響き渡っている。

「全然違うもので人間が二つに分けられちゃっても、みんな、そういうものだから、って簡単に諦めるのかな」

南水は何を言いたいのだろう。一度、口を閉じてしまった南水の横顔を見つめながら、亜矢奈は考える。なんて返してあげればいいのだろう。この人は今どんな言葉を欲しているのだろう。亜矢奈は頭を働かせる。

「俺の親父の仕事ってさ――」

南水がもう一度口を開いた、そのときだった。

「痛っ」

なぜかこのタイミングで、コンタクトがズレた。「どうした？　大丈夫？」いつもの調子に戻った南水が、目を押さえる亜矢奈の顔を覗き込んでくる。

「ちょっとコンタクトがズレちゃって……最近たまにズレてたから、新しくしたほうがいいのかも。痛いから、外しちゃうね」

「え、外しちゃって大丈夫？」

心配そうに言う南水の顔が、すぐ近くにある。

「大丈夫大丈夫。視力が悪いわけじゃないから」

亜矢奈はそう言いつつ、左右の目に入っているコンタクトを外す。本当ならばそうする前に指をきれいに洗いたかったけれど、そうも言っていられない。それに、この人なら、裸眼の目の色を見たとしても変なふうには思わないだろう――亜矢奈は、不思議とそう確信していた。

「私、生まれつき目の色がちょっと珍しくって。小学生のころとか男子にからかわれててさ、それが嫌で中学に上がるときに黒いカラコン入れ始めたんだ」

コンタクトを取ると、亜矢奈は、顔を上げた。

南水と目が合う。

生まれつき青い亜矢奈の目が、南水のことを映している。

南水の表情は動かない。青い目のことを笑わないし、茶化さないし、からかわない。真剣な表情で、亜矢奈のことを見つめている。

——礼香と堀北くんは、今頃、恋人同士になっているのかもしれない。

ふと、亜矢奈は思った。そしてすぐに、
羨ましい。

頭のてっぺんを貫いた思いに、全身すべての細胞が頷いたのがわかった。

私だって、こんなに、南水くんに惹かれている。

いや、私のほうが礼香よりずっと、南水くんに惹かれている。

だったら、私も。

「ねえ、南水くん。私——」

「待って」

ジャッ、と音がしたかと思うと、南水は立ち上がっていた。

「それ、多分、恋じゃない」

それ、多分、恋じゃない。

亜矢奈は、たったいま聞こえた声を、一文字ずつ丁寧に手に取り、様々な角度から眺めた。

そうしたところで、自分が一体何を言われたのか、よくわからなかった。

「あー、いたー！」

神社の入り口から、「雄介こっちこっち～！」こちらへ走ってくる影がある。

「やっぱここにいたんだ、もー亜矢奈、電話したんだから出てよー！」

浴衣姿の礼香の後ろから、南水と同じような短パンを穿いている堀北がやってくる。やがて礼香に追いついた堀北は、自然に、礼香の手を握った。

「亜矢奈聞いて、雄介さっきね、男神輿にちょっと交ぜてもらったんだよ！　超カッコよかったんだから！」

この二人、うまくいったんだ。「えー、すごいねすごいね」話を合わせながら、亜矢奈はぼんやりそう思った。

手を繋ぐ二人を見つめる亜矢奈と南水の距離は、さっきよりもずっと、離れている。

6　安藤与志樹　―前編―

音楽と、人の声。

小さな画面の中にいる自分たちの姿は、想像していたよりも何だか子どもっぽく見える。

「音量もっと上げて」

番組のディレクターだと名乗った西《にし》が、棚橋《たなはし》に指示を出す。「はい」携帯電話を握る棚橋が、動画の音量を最大にする。棚橋が札幌のテレビ局でアルバイトをしていることは前から知っていたけれど、その姿を実際に見るのは今日が初めてだった。与志樹《よしき》は、西のもとで言われたとおりに動く棚橋の姿を凝視する。二学年上ということもあり、大学で会うときはわかりやすく先輩っぽく振る舞っているけれど、今は普段まとっている年長者としての圧のようなものがごっそりと削ぎ落とされている。与志樹は、この人って本当はこんな形してたんだな、と思いつつも、実はずいぶん前からそのことを知っていたような気もした。

「これは大学構内？　学祭とか？」

　パッと顔を上げた西は、学生時代は運動部に所属していたのか、首が太く、体格もがっしりとしている。三十代後半だろうか、左手の薬指にはシンプルな指輪があり、サイドが刈り上げられた髪型に黒縁のめがねがよく似合っている。本人は意識していないだろうが、あらゆる局面での競争に勝ってきたという生物としての自信が全身から漂っている。与志樹は、掌を太ももと椅子の座面の間に挟み込み、落ち着かない自分の動きを少しでも封じる。

「学祭のときはもっとめちゃくちゃな感じっすよ。これは最近、十月十三日だったかな？　泊原《とまり》発再稼働反対デモですね。大通《おおどおり》公園でやってたの知りません？　一万人とか超大規模だったんですけど、こっちは大学でちょっとやってみるかーって感じで。街中とかでやってるやつもありますけど……見ますか？」

「一応見せて」

　オンエアでは使えないかもしんないけど、と、西が顔をしかめる。コンプライアンス、という言葉はもう、テレビ業界の外にいる与志樹のような人間にとっても常用語になりつつある。それでも見たいってことは、この人は、俺たちのレイブに純粋な興味を持ってくれているのかもしれない。そう考えると、与志樹は脳を内側からくすぐられたように興奮した。

「おー、やっぱ街とかでやってんのは目立つな。すげー。これあそこ?」

「狸小路商店街《たぬきこうじ》です」

「だよな、よく行ってたわ俺も」

レバー食べたくて食べたくて震える、という叫び声にも似た歌声が、聞きなれたメロディに乗って携帯電話のスピーカーから飛び出てくる。これは、六月にあった学祭の約一か月後、店での提供が禁止されてしまった生レバーに対する熱い思いを訴えたレイブだ。面白がってくれた複数の人たちが、即興で参加してくれた。

「ありがと、動画はもういいわ」

西の指示に、棚橋が従う。テレビ局の会議室と聞くといつでも騒がしそうな印象があったが、動画の音がなくなると他の建物と同じくただただ静かになった。

「この、音楽に合わせて主張したいことを主張するっていうのを、レイブって言うんだ」

「そうっすね。サウンドデモって言う人もいるみたいなんですけど、なんかデモよりレイブって言ったほうが親しみやすいかなって」

「確かに、参加しやすい感じはあるな、そっちのほうが」西が、手元の資料にサウンドデモ、とメモする。「安藤《あんどう》君は、何でRAVERSを立ち上げようと、っていうかそもそも何でレイブをやろうと思ったの?」

西のディレクターとしての取材スイッチがオンになったのか、会議室の空気が少し変わった。与志樹は、棚橋が出してくれたお茶を一口飲みながら、手元にある資料にちらりと視線を落とした。

一枚目の上部には、【番組タイトル：次世代の最北端（仮）】という文字が大きく太く印刷されている。その下には、【ここ北海道から、日本――とまでは言わなくても、半径五メートルを変えようと奮闘する若者たちに光を当てるスペシャル番組】とあり、さらに、〈出演候補者〉として自分を含めた七、八人の肩書と名前が並んでいる。

家を与えることは無理でも、せめて、北の地の寒さから救いたい。NPO法人『ゼロ・ウォームレス』代表、波多野《はたの》めぐみ（24）。

大切なのは、国と国より個人と個人。日本の大学で政治学を専攻する韓国人留学生、李民俊《イミンジュン》（21）。

北大生伝統の〝ジンパ〟を北大生の手で復活させよう！　堀北雄介（北海道大学二年生・20）。

ウィンタースポーツの魅力を、足のない私が伝える意味。柏芙美香《かしわふみか》（元フリースタイルスキー全日本選手権チャンピオン・23）

レッツレイブ！　音楽と言葉で政治を身近に♪　RAVERS代表、安藤与志樹（北海道大学二年生・21）。

「大学入ったころは、特に何にもしてなかったんです。浪人して入ったってのもあって、ちょっとはじめは同級生の雰囲気に馴染めなかったりもして。北大って、一年生は入学してすぐクラスマッチっていうのに参加させられるんですよ。男子は棒倒しとかして、ほんとに運動会みたいな感じなんですけど、それにあんまりノレなかったり、サークルも適当に入ってみたところがハズレで、つまんなくて」

そのサークルで出会った棚橋が「ハズレとか言うなよ」と笑う。だが、その棚橋だって、サークルのOBからテレビ局バイトのコネをつかみ取った途端、さっさと活動から離れたはずだ。放送研究会、と謳《うた》いつつ、実際は何をしているのかよくわからないのに人数だけやたらと多い団体だった。

「だけど、音楽好きの友達ができて、そこから変わっていった感じです。はじめは二人でこっそりおすすめの曲とか紹介しあってたんですけど、どんどん、大学のローンとか、あ、芝生のことローンって言うんですけど、さっきの狸小路商店街とか、外で酒飲みながら音楽聴くようになって」

いいねえ、と西が相槌を打つ。与志樹はいつの間にか、自分が太ももの裏から両手を抜いていることに気が付いた。西が自分の話に興味を持ってくれていることが嬉しくて、言葉数が増えていく。

「そしたら、なんか仲間が増えていって、そういうので集まってくるヤツらってやっぱちょっとヘンっていうか、面白いっていうか、普通の学生と違う感じなんですよ。だから毎日集まってても飽きなくて。なんつうか、みんなちょっと頭おかしいんすよ、イッちゃってる感じで。高校の同級生とかとは全然違う感じで」

それが最高で、と、与志樹は携帯電話に保存されている写真を西に向かって順番に見せていく。もっときちんと話したいのに、脳の整理が口の動きに追いつかない。もっと、自分の仲間がいかに風変わりか、その仲間と過ごす時間がいかに楽しいのか伝えたい。自由になった両手を動かしながらも、与志樹はもどかしかった。

「そんなこと繰り返してたら、誰かが、こういうのイギリスではレイブって言うらしいぞって言い出して、なんか八〇年代のイギリスで生まれた文化らしいんですけど、屋外で参加無料の音楽パーティみたいな。イギリスだとどんどん社会的にヤバイ集まりみたいな感じになって結局禁止されたらしいんですけど、これ俺らも日本版レイブやってんじゃねえのみたいな、それでいつのまにか自分たちのことレイバーズみたいな感じで呼ぶようになって、それが今の団体に繋がってるって感じっすかね」

与志樹は、ふと、携帯電話を支える自分の手の甲に視線を落とした。大丈夫、唾《つば》は飛んでいない。

写真の中の与志樹は、集団の先頭でスピーカーを載せたリヤカーを引いていることが多い。その後ろをついて歩くRAVERSのレギュラーメンバーたちは、顔にペイントをしていたり、上半身裸だったり、とにかく人目を引く格好をしている。

「じゃあはじめは、そこに言葉を乗せるとかはしないで、純粋に音楽を楽しんでる感じだったんだ」

「そうっすね。クラブに行くんじゃなくて自分たちがクラブになるみたいな」

我ながらうまいことを言ったな、と、与志樹は思う。クラブに行ったことがあるらしいメンバーが、そんなことを言っていたのだ。

「じゃあ、どっちかっていうとクラブよりもデモっぽくなっていったのはどうして？」

話しながらスクロールしていた写真が、ちょうど、今年の学祭のころに差し掛かる。あれからもう五か月も経つのか――与志樹は人知れず懐かしさに浸った。

「今年の学祭でも、レイブやったんです。北大のキャンパスにメンストっていうでっかい道路みたいなのがあるんですけど、メインストリートの略なんですけど、そこをみんなで練り歩いたりしてて。でも実行委員から音出すのは禁止とか言われて止められて、それでキャンパスの南側に移動したんですよ」

「南側？」

「南のほうは留学生ゾーンって呼ばれてて、アジア系の留学生が多いキャンパスなんですけど、そこは実行委員もパトロールに来ないから超狙い目で。そこなら、朝まで音出せるし酒飲んで騒げるんすよ。で、そっちに移動してレイブしてたら、留学生の人たちが交ざってきて」

今思い出しても、ゾクゾクする。与志樹は勝手に悦に入ろうとするが、「あんときお前らうるさかったなあ」と、当時のことをそこまで知っているはずがない棚橋のツッコミにより現実に引き戻される。

「そしたら、中国人のやつが尖閣《せんかく》諸島のこと歌い始めたり、韓国人のやつが竹島のことか慰安婦問題をラップっぽく喚き始めたり……一瞬ヘンな空気になったんですけど、すぐ、そういうのありなんだ、みたいになって。これまでもレイブしながら日常の不満とか愚痴《ぐち》とか叫ぶみたいな、ラップでいうサイファーみたいなことやってみたりしてたんすけど、なんかそういう、政治的な話こそもっと音楽に乗せて発信していくべきだなってそのとき気づきましたね。日本人って政治の話あんましないじゃないですか。音楽も、バカみたいな恋愛ソングとかばっかり流行《はや》ってるし。せっかくこんなに気軽に言葉を乗せられるものなのに」

与志樹は西に向けている携帯電話の画面に視線を移す。学祭のときの写真を見れば、あのとき感じた感覚を、そのままの鮮度で思い出すことができる。自分の脳の中の、懐かしい色をした扉たちがぱたぱたと音を立てて開いていったあの感覚。自分の人生の黄金期が再び訪れる予感が全身の内側をあっというまに満たした、あの瞬間。

「それからは、個人的な愚痴っていうよりは、訴えたいテーマとか、街の人に投げかけたい疑問とか毎週決めてやるようになりましたね。やっぱ原発の再稼働どう思いますかみたいなのが一番盛り上がる感じです。賛成派と反対派に分かれてラップバトルみたいになったりして、注目度がどんどん上がっていって」

安い労働力とファストファッションについてレイブをしたときは、ファッションショーの要素も絡めた。とある芸能人の家族が生活保護を不正に受給しているのではないかという疑惑が浮上したときは、音楽の歌詞に合わせたコントのようなものを作った。

「あるテーマでレイブやると、そっから別の問題が見えてきたりもして、なんか、社会とか世界の出来事ってつながってるし、自分とも無関係じゃないんだなーって思えるのがいいっすね。あと、そういうやり方にしてから、普通に通りすがった人がなんか話しかけてくれるようになったりもして、そこで対話が生まれるみたいなことも増えて」

「対話」

西が頷くと、与志樹の口が動く速度はぐっと増した。生物としてあらゆる戦いに勝ってきただろう西から得られる賛同は、ただの一票ではないような気がした。

ＲＡＶＥＲＳは今や、レギュラーメンバーだけでも二十人を超えるような団体になっている。みんなでレイブをやっているときに感じる脳が弾けるような興奮はもちろんだけれど、数人の幹部と、ただそれだけを飲み食いしたのではきっと満足しないだろう安いお酒やおつまみを片手に次のレイブについて会議をしているときに感じる幸せな気持ちも、今の与志樹にとっては同じくらい大切だ。

酒、つまみ、友達。それだけでぎゅうぎゅうづめになる狭いアパート。高校三年間で味わうことができなかった、諦めたもののすべてが、そこにある。

「なるほどね」

西が、コンと音を立てて握っていたペンを置いた。与志樹は我に返る。

「真面目なムードで原発について聞かれたらたじろぐ人も、音楽に言葉を乗せてっていうことにすれば、話しやすくなるのかもな」

独り言のようにそう呟くと、西は左手を一瞬、伸ばした。袖から腕時計の円盤が覗く。

「じゃあ、最後に一言。今の安藤君にとって、レイブってどういうもの？」

「そうっすね」

与志樹は、自分のテンションを先ほどまでの調子に戻し、眉間にしわを寄せた。急に、それこそテレビで観るような質問を投げかけられたことが、なんだかおかしい。

「レイブをやる前とやった後じゃ自分が全然違うっていうか。社会の見え方がガラッと変わった感じだし、みんなでデッカイものに立ち向かってるってビリビリくるものがあるし、うーん、なんだろ」

西の毛深い腕を覆うような、ベルトの太い高級腕時計。その中にある針が、カチッと、動いた。

「生きがい、っすかね」

西は頷きながらそう繰り返したけれど、その言葉をメモすることはなかった。

そろそろ、次の出演候補者との打ち合わせの時間らしい。「じゃあまた収録については連絡するから。そのパスは入ってきたところで返却してくれれば大丈夫。棚橋送ってやって。次のヤツも玄関に着いたみたいだから、ついでにピックアップも」早口にそう言うと、じゃあよろしくお願いします、と西は頭を下げた。ってことは、俺、このまま本当に出演するのかな。与志樹は、手汗で波打つ資料をまっすぐに伸ばす。

「いやーまさかお前を番組に呼ぶ日が来るなんてな」

自分の番組でもないのにそんな言い方をする棚橋が、与志樹の半歩前をさくさくと歩いていく。その背中が、テレビ局内を歩き慣れているという事実を見せびらかしたい、と言っている。

これが全国放送だったらよかったのに。与志樹は、西とのやりとりを思い出しながら、頬を緩める。レイブが、RAVERSが、俺がやっていることが、俺がたくさんの仲間に囲まれてたくさんの人に注目されている姿が、テレビで紹介される。高校時代のクラスメイトたちに、その映像を突きつけてやりたい。

玄関では、与志樹と同じくらいの背丈の男が、壁に貼られている掲示物をじっと見つめていた。あいつが次の出演候補者かな、と思っていると、案の定、棚橋がその男のもとに駆け寄っていく。

「堀北雄介君？」

番組のポスターを眺めていた横顔が、こちらに向き直る。

「はい」

こいつ、見たことある。

与志樹はそう直感した。いつ、どこで、ということまでは思い出せなかったが、不思議と、今の状態とは全く違う姿を見たことがあるような気がした。

「収録ってもう終わったんだっけ？」

青山《あおやま》が、ビールの空き缶に煙草の灰を落とす。

「あー、さっき台本届いてたんだよな。あさってとかだったかな」

青山は「よく見つけたよな、そのテレビ局の人も」と言いながら、フードを頭にかぶった。十一月の終わりなんて、地元の宮崎ではまだまだ暑い日もあったくらいなのに、こっちではもう真冬だ。

「討論番組なんだっけ？」

「討論っつうか」与志樹は煙を吐く。ベランダの向こうに広がるやっと見慣れた景色に、まだ慣れない煙草の煙が一瞬で溶けていく。「いろんな活動してる学生とかが何人か出るって感じ？　テレビに初めて取り上げられる、くらいの人たちが七、八人くらい出るっぽい」

「っへー」

「もうすでに有名な人とかじゃなくて、俺らくらいの駆け出し感がちょうどいいんだと。視聴者にとって別世界にいる人だって感じはダメ、とか言ってた」

棚橋から初めてテレビ出演の依頼を聞いたとき、与志樹はすぐに青山に報告した。興奮気味に話す与志樹に対して、東京から北海道に進学してきた青山は与志樹とはテレビというものとの距離感が違うのか、リアクションが薄かった。与志樹は、会話をしながらさり気なく、青山のテンションに自分のテンションを合わせていった。

「ねえ寒いんだけど！　なんか煙入ってきてるし」

部屋の中で鏡を見ているミホが、ベランダに向かって喚く。「るせえなあ」そう言いながら部屋の中を振り返る青山の横顔は、彼女に向けるそれとしては少しうんざりしすぎているような気がしたけれど、与志樹は彼女がいたことがないのでよくわからない。

青山のアパートは北12条駅の近くにあるので、ＲＡＶＥＲＳの中でも特に文系のメンバーにとっては格好のたまり場となっている。大学から近いだけではなく、雨風が防げる自転車置き場があり、そこにレイブで使うリヤカーを置かせてもらっていることも大きい。管理会社から怒られるかも、と怯えていたころが懐かしいくらい、リヤカーは自転車置き場に馴染んでいる。

「もう寒いから完全に閉めるか入ってくるかにして」

「はいはい」

青山がまだ残っていた煙草を空き缶の中に押し込んだので、与志樹もそれに続いた。青山に合わせて吸うようになった煙草は、いまだに味わい方がよくわからない。

ミホの左右の頬それぞれに書かれていた『レバー』『食わせろ』の文字は、もうほぼ完全に消えている。レバー食べたくて食べたくて震える、と歌いながら練り歩くレイブは、今ではRAVERSの代表作のような扱いになっている。このときばかりは、自分たちのことをレイバーズではなくレバーズと呼ぶくらいだ。あるときからレイブの動画をYouTube にアップするようになったのだが、生レバー提供禁止に対抗するレイブに関しては、メンバーのうちの一人が動画つきで行った投稿がバズったらしく、今でも何かのきっかけでいきなり再生回数が急増したりする。それからは、街中でレイブをしていると「あ、なんか見たことある、あれ」というような視線をちらちらと感じるようになった。

今日のレイブでも、何人かから声をかけられた。そのような人たちに対応するのはミホたち女子グループの役目、みんなが飽きないように曲を変えていくのは青山の役目だ。今日も、スピーカーを載せたリヤカーを引きながら、与志樹は何度だって後ろを振り返りたかった。自分が歩いた道に、人や、言葉や、対話が生まれている。みんなが、自分の背中を見ている。きっと、大きなテーマを振りかざせば振りかざすほど、その視線の数が増えていくのだろう。

与志樹は甘く震える体を抑える。注がれるたくさんの視線の中には、きっと、中学生のころの自分のものも含まれている。

「次のテーマどうしよっか。そろそろまた」

社会問題系、と言いかけると、「またレバーでもいいんじゃん？　あたしマジで生レバー食べたいし。あーでも今はラーメン大将の肉チャーハンが食べたーい」とミホが顔の前でぱたぱたと手を払った。外で吸っていたとはいえ、煙草の臭いが服から漂ってくるらしい。

レバー食べたくて食べたくて震える、というフレーズを思いついたのはミホだった。外国人留学生たちと盛り上がった学祭でのレイブ中、日本人は何か訴えたいことがないのかと問われ、咄嗟《とっさ》にミホがそう歌ったのだ。

みんな、笑った。それまで社会問題を訴えていた留学生たちも、日本人ぽいなと笑った。与志樹はその言葉に若干の悔しさを覚えながらも、そういうときに誰とも張り合わないミホの無邪気さに感嘆していた。

炬燵《こたつ》の中に足を入れるが、すでに四本の足があるため、心地よい足の納め方がなかなか見つからない。座椅子がある辺には家主である青山、その向かいにミホ、それ以外の辺に与志樹が座るこの構図は、一年中炬燵が出しっぱなしになっているこの家ではすでに定番だ。

「あ、『帝国のルール』」

ミホが覗く鏡のそばにある漫画に、与志樹は手を伸ばす。

「え、与志樹君って全部読んでる人？　牧瀬仁《まきせじん》の話できる？」ミホが前のめりに聞いてくる。

「もち」

「マジで！　最高！」

与志樹はパラパラと頁をめくる。表紙には、五十九戦、という文字がある。もう五十九巻か、という驚きと、あのころからずっと変わらずにそこにあるものへの安心感がないまぜになる。

『帝国のルール』に触れると、いい思い出と悪い思い出が両方蘇ってくる。多くの時間を独りで過ごすしかなかった高校時代の記憶は、自分からはもう極力思い出さないようにしている。

「読者仲間探してたの？」

「そうなのそうなの!」

視界を流れていく無数のコマの中、壁、というたった一文字が、与志樹には浮き出て見えた。最新巻には、かつて作られたと言われている、人間同士の争いをなくすための巨大な壁に関する記述がある。

〝長老〟の書き込みはやっぱり本当なのかもしれない——与志樹はひそかにそう思った。

「この人、せっかく貸してあげてんのに島編から全然読んでないからさー貸せっつったのはそっちなのに」

ミホはそう言いながら、えい、えい、と炬燵の中の青山の足を蹴る。青山は気にしていない様子で、立ち上げたパソコンをいじっている。何の曲をかけようか選んでるときのコイツに話しかけてもムダだよ——与志樹がそう口にしようと思った瞬間、青山が、カチ、とクリック音を一回、響かせた。

流れてくる、聴き慣れたヴォーカルの聴き慣れないメロディ。

「新しいアルバム、聴いた?」

青山が、パソコン画面を見たまま、言った。

「まだ聴いてないや」

与志樹がそう答えると、「そっか」青山は曲を変えた。与志樹は、ごめん、と付け足そうかと思ったけれど、それもなんだか違う気がした。

「ミホは牧瀬仁が好きなの？」

与志樹は話を変える。『帝国のルール』五十巻あたりから始まった新章は賛否両論で、そこで離れてしまった読者も多いという。物語の序盤から時々語られていた〝伝説の島〟に主人公たちがついに上陸するのだが、そこでこれまでにない規模の戦いが起きるという物語で、読者からは〝島編〟と呼ばれている。島についてはまだ謎が多すぎてよくわからないけれど、そこで起きる対立はどうやら、これまでの人類の歴史、そして未来に関わるような深いところに原因があるような描かれ方をしている。そして、今まではウィンクラー大佐というキャラクターがダントツで人気だったが、島編に入ってからは、新たに登場した牧瀬仁という初の日本人キャラクターが急激に人気を伸ばしている。ウィンクラー大佐の過去を知る人物らしく、思わせぶりな二人の会話と長い歴史に基づいているらしい関係性が女性読者を中心にウケているみたいだ。

「仁ウィン最高でしょ。大佐と二人きりのシーンとかほんとしんどい。無理」

「出ました、RAVERS腐女子軍のリーダー」与志樹が茶化すと、「あー牧瀬仁かっこいいかっこいいなー！」つれない彼氏に妬《や》いてもらいたいのか、ミホは腹式呼吸で無駄に大きな声を出す。

「それで、次のレイブだけどさ」

与志樹は、クッションの上に胡坐《あぐら》をかくと、後ろについた掌で体を支える。

「いま一番盛り上がるのって、やっぱ尖閣かなって」

二か月ほど前、日本の尖閣諸島国有化に対する反日デモが中国全土で発生した。その後も尖閣諸島周辺に中国の海洋監視船などが頻繁《ひんぱん》に侵入し続けており、日中間の対立はどんどんその激しさを増している。

「やっぱここでもう一発、原発とか尖閣とか、そういう重めの社会問題をテーマに据えるべきだと思うんだよな。ネットニュース見てるともうそのどっちかばっかりだし、注目されるって、絶対。俺が出る番組が放送されたらRAVERSの知名度ももっと上がるだろうし、今やるべきなのはレバーとかじゃなくて」

「やるべき?」

青山が、パソコンの画面に向けていた視線を、与志樹の両目に向けた。

「やりたい、じゃなくて?」

突然訪れた沈黙に、音楽が流れ込んでくる。

二人が仲良くなったきっかけのバンドではないバンドの、知らない曲。

「わっヤバ!」

ミホが、がばっと上半身を起こす。手には『帝国のルール』五十九巻がある。

「ねえねえ、海山伝説知ってる人いる?」

「あ、知ってる。つーか割と詳しい」

与志樹は、後ろに預けていた体重をぐっと前に移動させる。青山はもう、パソコンに視線を戻している。

「え、信じてんの？　って実はあたしも結構そうなんだけど」

「アレやっぱいよな。知れば知るほど本当のこととしか思えなくなってくるっつうか」与志樹の声が大きくなる。

「ねー！　もういろんなことがそうとしか思えないんだけど」

少し前から、海山伝説と呼ばれる話がネット上で話題になっている。もともと人類は海族と山族に分かれており、今起きているすべての争いの原因は、実はその一族同士の対立に起因しているという説だ。初めて読んだときは笑ってしまうほど現実味がなく、よくあるネット発の都市伝説かと思ったが、詳しく調べてみると発端は複数の大学教授がチームで書いた『山賊と海賊の日本史』という本らしい。その本がどこかの出版社の賞を受賞したということで、一見奇天烈な内容に対し賛否両論が湧き上がると共に売り上げが伸びているみたいだ。今ではいわゆるアカデミックな世界の中でもその説を支持する歴史学者が複数現れているようで、いずれ邪馬台国《やまたいこく》のように真偽は不明ながらも教科書に載るようになるのでは、というネットニュースを最近与志樹も読んだばかりだった。

「でね、でね、人類を二つに分ける壁を作るってやつ、マジで五十九巻に出てきた！　やばくない？　これ結構前にネットで予告されてたやつだよね？」

「あーそっか、コミックス派は今びっくりしてんのか〜」

「は？　なんか偉そうなんですけど」ミホが炬燵の中で足を蹴ってくる。

「俺本誌派なんで〜」

「腹立つ」

海山伝説が話題になっている理由は、『山賊と海賊の日本史』だけではない。漫画『帝国のルール』が、実は海山伝説を描いている物語なのではないか、という説がネット上で一気に拡散されたことも大きい。

学術的根拠のある資料なのか、ネット上の誰かが作ったものなのかはわかっていないが、これまで漫画の中で描かれた数多《あまた》の戦いが海山伝説の内容に沿っている、という指摘がまとめられたツイートが、瞬く間に広まっていったのだ。海山伝説の内容とそれに合致するらしき漫画のコマが比較された投稿や検証記事も後追いで多く発信され、一時は人気が落ち着いたと思われていた『帝国のルール』は今やこれまでとは少し違ったカルト的な人気を誇っている。

「〝長老〟が壁のこと予告したのって、三か月くらい前だっけ？」

「あんときはあんまり信じてなかったけど、マジでこうやって描かれるとなんか怖いよな」

海山伝説は最近テレビなどでも取り上げられるようになり、『山賊と海賊の日本史』の著者のひとりである大学教授がその内容について解説している姿を与志樹も見かけたことがある。イルミナティや人工地震など、よりオカルト臭の強いものの専門家と並んで出演していたこともあり、スタジオにいる芸能人たちは揃って半笑いだったが、そのスタジオを照らすどのライトよりもぎらりと光っていた教授の瞳が、与志樹は忘れられない。

海山伝説において最も賛否両論が巻き起こっているのは、〝長老〟と呼ばれる人物の存在だ。年齢も性別も不明だが、預言者としてどの時代にも存在するのだという。未来人らしい、地球を外から見ている宇宙人らしい、左右の目の色が違うらしい、左右の耳の大きさが違うらしい――そんなよくわからない尾ひればかりが付きまくっているが、事実、ネット上には〝長老〟と名乗る正体不明の人物がいつからか跋扈《ばっこ》している。

ネット上の〝長老〟こそ初めは笑われていたが、〝長老〟がネット上のどこかに産み落とす暗号めいた言葉がその後現実で発生する出来事に当てはまる、ということが続けて発生して以降、海山伝説と併せて〝長老〟を支持する層は拡大した。さすがにそれは、と〝長老〟に関しては一歩引き気味だった与志樹だったが、最近、そうも言っていられなくなる出来事が起きた。【海山伝説は、対立する人間同士を分かつ巨大な壁を生む】という言葉が〝長老〟の預言として拡散され、それから二日後、『帝国のルール』最新話にまさに【壁】の話が登場したのだ。その描写を読んでいるとき、与志樹は、心臓がどんどん外の世界へとノックをするように拍動するのを感じた。

　嵐に巻き込まれたのち、とある島に辿り着いた主人公たち。新キャラクターの牧瀬仁は言う。我々が立っているこの島は、もともと島ではなかったのかもしれない。これは、かつて帝国が建設しようとしていた【対立する人間同士を分かつ巨大な壁】が、海に浮いているものなのかもしれない——。

「与志樹君はさ、『帝国のルール』と海山伝説が繋がってるって話、マジで信じてる派？」

　アイラインで囲まれた目に、炯炯《けいけい》とした光が宿っている。ミホもこういう話が好きだとは知らなかった。与志樹は、炬燵のテーブルに上半身を預けるようにして座り直す。

「ありえない話ではない気がする」

「だよね？　でももしそうだったらやばくない？　壮大すぎるっしょ話が」

「いや、それどころか、話はもっともっと壮大なのかも」

　与志樹は、自分がどんどん早口になっていくことを自覚しながらも、それを止めることができない。ふと、自分の手の甲を見る。

　大丈夫。唾は飛んでいない。

「どういうこと？」

「そもそも『帝国のルール』が、俺たちを洗脳するために描かれてるかもしれないってこと。漫画を通して俺たち世代に海山伝説とか人間の対立とかを刷り込んでるわけ。そ、それで、憲法変えたり戦争したり、そういうことを国がやりやすくしてる、みたいな」

「やっぱ！　陰謀説的な？」

『帝国のルール』が政府の陰謀であるという説は、海山伝説との関わりが検証されるようになったころ、同時多発的に生まれた。そもそもこれだけ全メディアが持ち上げて爆発的に人気が出るなんてこと自体が怪しい、という指摘が、政治的な情報を発信しているSNSアカウントなどから相次いだのだ。

「洗脳とか陰謀って」

与志樹は唾を呑み込む。

「俺らのわかんないところで行われてるからそう呼ばれるんだよな。今俺らが当然だって思ってることとって、誰かにそう思わされてることなのかもしれないって考えたことない？」

「え〜よくわかんないけど……」ミホが視線を宙に泳がせる。「でも確かに、帝国読むようになってから、なんかちょっと政治とか戦争系のニュースとか気になるようにはなったかなー」

与志樹は頷く。確かに、読む前と読んだ後では、世界各地で起きている対立や紛争、戦争に対する見方が変わった印象がある。

かつて存在したという、海族と山族。糸が織られて布になるように、その血が生き続ければ生き続けるほど、広がっていく歴史。

「そんなバカなことあるわけねえだろ」

青山が、パソコンを閉じる。

「明日バイト早いから、今日は泊まりナシで」

えー、と、ミホが不満な気持ちを表現すべく体をぐらぐらと揺らす。与志樹は隣の北18条駅の少し北側に下宿しているので終電がなくなっても歩いて帰れるが、ミホは実家だ。時計を見るに、そろそろ出たほうがいいかもしれない。

「今日はちゃんと寝たいから、帰れって」

「わかりましたー」ミホが、靴底から剝がされるガムのように立ち上がる。「そんなバカなこととか言ってバカにしてるあんたがもう洗脳されてたりしてね。あ、バカなことって言えばさ」

脱ぎ捨ててあったコートに袖を通しながら、ミホが楽しそうに話し始める。

「ちょっと前、学内レイプしようとしたら恵迪寮《けいてきりょう》の人たちに邪魔されたじゃん？　今日さー多分一年の寮生だと思うんだけど、赤ふんどしで看板持ってメンストに立たされてた子いたんだよねー……恵迪寮存続のための署名にご協力くださいーってやってたんだけど、ガタガタ震えてるし唇青いし、こっちからしたらちょっと笑えないわけ」

あー、と、与志樹は相槌を打ちながらダウンジャケットに袖を通す。

恵迪寮とは、北大札幌キャンパスの北端にある、百年以上の歴史を持つ学生寮のことだ。

寮費は月約一万円と格安で、地方から進学してきた生徒限定で計五百名ほどが入寮している。【百年以上の歴史を持つ日本最北端の自治寮】というどこかロマンを感じさせる肩書があるからか、全国的に知名度が高い。

メディアでは、北に集うバンカラ学生たちの楽園、というような取り上げ方をされることが多いが、寮内の上下関係は絶対といったような封建的かつ特異なルールも多い。北大の中でも、良く言えば治外法権的な、包み隠さず言えば浮いた存在だ。

「自治を存続させたいってのはわかるんだけど、やり方が間違ってる気がするんだよねえ」

「レバー食べたくて食べたくて震えるが合ってるかどうかもわかんないけどな」

青山はそう言うと、また煙草を持ってベランダに出てしまった。「機嫌わる～」彼女からすると慣れていることなのか、ミホはあまり気にすることなく帰り支度を整えている。

閉められたガラス戸の向こうに、青山の背中がある。

恵迪寮は今、最大の特徴である学生自治が存続できるかどうかの瀬戸際に立っている。

大学側が雇っている清掃員も恵迪寮の周辺には手を出さないため、寮の周辺がゴミだらけになっていたりと、自治ゆえの問題は絶えず発生していたらしい。大学側は北大の象徴的存在として恵迪寮の自治を認めてきたが、独特すぎる寮内ルールに耐えかね退寮を選択する学生も少なくなく、いよいよ職員が管理すべきではという声が大きくなったみたいだ。

それからというもの、寮生が学内で学生自治復権運動を行うようになっている。与志樹もその現場に出くわしたことが何度かあるが、寮生はもともと他の学生たちからいい意味でも悪い意味でも注目されているため、露骨に迷惑そうな表情をする学生も増えてきている。

「まーあたしはレイブの場所奪われなかったらそれでいいんだけど」

ミホがベランダに向かって「漫画、持って帰っていいー?」と尋ねる。青山は、こちらに背を向けたまま右手を挙げた。

ガラス戸の向こうに、青山の背中がある。

その背中の向こうに、白い煙が広がっていく。その広がりを見ていると、与志樹は、本当は一度だって生レバーを食べたことがないこと、だからもう一度食べたいなんて全く思っていないこと、だけどレイブでは生レバーを復活させろと声高に叫んでいること、そしてその構図は、実は、これまで掲げてきた様々なテーマにも例外なく当てはまること――そういう、まだ誰にも話したことのない秘密が、北海道という広い土地の隅々にまで充満していくような気がした。

「与志樹君、行こ」

「あ、え、青山、いいの?」

ミホがそのままカバンを持って玄関に向かおうとするので、与志樹は思わずベランダを指した。

「いいのいいの、最近いつもあんな感じだし」

玄関先でしゃがんだミホが、靴の紐を結びながら言う。その背をよいしょと跨いだとき、胸元から白いブラジャーが覗いた。与志樹はそれを数秒しっかり見つめたあと、きちんと目を逸らす自分に戻った。

「お邪魔しましたー」

一応、玄関から声をかける。「おー」青山の姿は見えないが、声が返ってきた。もう部屋の中に戻っているらしい。

「そういえば今、ジンパの復活運動も盛り上がってるよね」

ジンパ。ミホの口から出た言葉が、与志樹の記憶を刺激する。

「そっちの運動は賛成だなーあたし結局学内でジンパしたことないから、してみたいんだよね。ラーメン大将にもビラ置いてあってさ、運動広がってるっぽい」

アパートを出るとミホはマスクをしたまま跳ねるように歩き出した。夏だったら、大きな胸が揺れるところが見られるのに、と与志樹はこっそりと思う。

「ジンパか」

北大生伝統の〝ジンパ〟を北大生の手で復活させよう！　堀北雄介（北海道大学二年生・20）――頭の中に、テレビ局の会議室で見た文字が蘇る。

「ジンパの復活運動のリーダー、俺、知り合いなんだよね」

「えっそうなの？」

さすがRAVERS代表、と、前を歩くミホがこちらを振り返る。体を完全に隠すような分厚いコートを着ているからこそ、さっき見たブラジャーの色が鮮明に思い出された。

「うん。レイブでジンパ復活を取り扱うってのも、尖閣とかやる前の箸休め的にいいかもな」

与志樹はそう言いながら、あさっての収録で〝堀北雄介〟と絶対に仲良くならなければ、と思った。

雄介が、パッと顔を上げる。

「始まる！」

冷蔵庫からビールを取り出していた与志樹は、「え、待って待って待って」慌てて足でドアを閉める。待つのは無理だろ、という真っ当なツッコミさえ新鮮に感じるほど、新しい友人という存在に心が昂《たかぶ》っているのがわかる。

「おーマジで始まった！」

雄介に缶ビールを一本渡し、炬燵に足を滑り込ませると、テレビ画面の中に『新春スペシャル　次世代の最北端』という文字が現れた。収録時、ディレクターの西は「北海道でしか放送されないから、気楽に気楽に」なんて言っていたけれど、毎日観ている画面に自分の顔が映し出されるのは、想像以上の浮遊感があった。興奮しつつも、もうやり直せない時間が今から目の前で流れ始めると思うと強い緊張感が漲《みなぎ》るが、緊張の部分は雄介に悟られないよう気を付ける。

【この番組は、ここ北海道で奮闘する若者たちにスポットライトを当て、彼らの活動や対話を通じ日本のこれからを――】

番組は主に討論形式で、テーマは基本的には時事問題だった。今の若者にとっての幸福とは何か、といったようなぼんやりとした問いを投げられたときもあったけれど、東日本大震災後の原発稼働や尖閣諸島を巡る日中対立、待機児童や少子化など、立場や考えを言語化しやすいテーマも多く与えられた。議題について自分の意見を述べるというよりは、自分を含めた今の若者はどう感じているのか、そしてどう向き合っているのか、どう行動しようとしているのか、それらを、NPO法人の代表、日本の大学で政治学を学ぶ韓国人留学生、元スポーツ選手、与志樹や雄介のように独自で活動をしている学生など、別々のフィールドで活躍する若者同士で話し合うといったテイストだった。

与志樹はたびたび、この収録のことを思い出しては笑みを抑え切れなくなっていた。明朗快活に話す与志樹の姿に集まる視線、スタジオに響き渡る自分の声――中学生のときの経験がこんなところで活きるとは。改めて、この番組が高校の同級生たちの自宅でも放送されればいいのに、と思う。

「ビール以外にもあるんだっけ？　酒」

雄介が、ノートパソコンと酒のつまみしか置かれていない炬燵テーブルの上に缶ビールを置く。もう飲み干してしまったみたいだ。

「チューハイとハイボールはある」

「飲んでいい？」

「いいよ。冷蔵庫に入ってると思う」

まだ一回しか会ったことのない人間が、自分の暮らす家の中で、「冷蔵庫、失礼しまーす」なんて言っている。そんなふうに人との距離感が自由自在に変化するところが、高校と大学の大きな違いなのかもしれない。

収録は、与志樹のスピーチ能力が功を奏したこともあり、とてもスムーズに進んだと記憶している。不思議だったのは、メンバーの中で意見が割れるようなことがあっても、与志樹と雄介の意見は重なることが多かったことだ。それどころか、選び取る言葉さえ重なることが何度もあり、熱が入ると声が大きくなることや、若干早口になるところも似ていた。収録が終わるころには、他のメンバーから「元から友達だったの」と聞かれるほどだったが、まさに今、元から友達だったかのように、番組のオンエアを一緒に見守っている。

「みんな観てるっぽい。ラインきてる」

収録が終わるころには妙な一体感が生まれており、雄介の呼びかけでラインのグループが作られた。グループ名は、『革命家の卵たち』。

【まず、俺ら世代の若い人たちは、世の中で起きていることは自分の身に起きていることなんだって思わないとダメだと思う。そうしないと、自分がいま動かなきゃっていう気持ちになれない。俺はジンパ復活運動っていうのをやってるんだけど、それだと周りのやつらも結構協力してくれる。北大生にとってジンパがどれだけ大切かってことわかってるから、自分にも関係あることだからってことで、協力してくれる】

熱弁を振るう雄介の顔がアップになる。画面の下部には、雄介の名前と、『北海道大学では生協が道具を無料レンタルしており、構内の芝生の上で自由にジンギスカンパーティ（通称ジンパ）を楽しむことができた。長年続く独自の文化として大学に根付いていたが、一年前、構内での火気使用が認められなくなり、現在では実施が禁止されている。その復活運動のリーダー』という説明文が表示されている。

【とにかく、まずは自分にも関係あることなんだって思うことが大切なんだよ。しかも、いつか、じゃなくて、今。無理やりでもいいから、今の自分のもとに問題を引き寄せて考えないと行動は起こせないと思う】

雄介の言葉を、画面の中の自分が引き継ぐ。

【それはわかる。俺らも、原発とか尖閣とか、ちょっと遠く感じられるような話題だとレイブやっててもあんまり周りがノってこない。だけど生レバーとか就活とか、そういう身近なテーマになると気軽に話しかけてくる人とかも増える感じがある。そういう感じをもっと大きな問題のときにも出せたらいいと思う、たとえば】

画面の中の自分が、どんどん早口になっていく。舌の動きが追いついておらず、ところどころ、聞き取りにくいところが出てくる。おかしい、記憶の中の自分は、全校投票で一位を取っていたあのころみたいに流暢に話していたのに——与志樹の脇の下には大量の汗が湧き、頭の中には悪意のある声が蘇る。

——妖怪唾吐き、今日もすげえ飛ばしてたな。アレほんとやめてほしいわ。

「ハッシュタグもあるみたいだぜ、生放送でもないのに」

雄介が、テレビ画面の右下のあたりを指す。そこには、番組のハッシュタグが表示されている。我に返った与志樹は、「今更視聴者の意見募集しても、俺ら反応できないよな」とどうにか笑ってみせる。

「視聴率の他に反響を数値化できるものが欲しいんだろうな。つーかさ、マスコミって視聴率なんつー何の根拠もない数値に縛られててマジでかわいそうだよな。三千世帯に機械置いてるとか言ってるけど、そんなの絶対作為的に選ばれてるに決まってんじゃん？　ほんとマスゴミだよ、腐ってるよ。それちょっと貸して」

　雄介は突然、与志樹のほうに向いていたノートパソコンの画面を二人で観られるよう、パソコンの画面がテレビと同じ向きになるよう調整した。そして、検索フォームに、リアルタイム検索、と入力すると、エンターキーを強めに押した。

「ハッシュタグでなんて書かれてるか、見てみようぜ」

「えー、それはやめといたほうがいいんじゃ」

　与志樹は一応抵抗してみたが、なんとなく、いくら抵抗したところでこいつは検索をするんだろうな、と思った。面と向かって話すのはまだ二回目なのに、こちらにそう確信させる何かが、雄介を発光させていた。

　みんな喋るの速くね？　特に男どもw童貞かよw　#次世代の最北端
　ふと夜中にテレビを点けたら面白そうな番組が。出演者はみんな若いので青臭い意見ばかりだが、くだらないバラエティよりはいくらかマシか。　#次世代の最北端
　これ生放送じゃないのね。生かと思って真面目に意見投稿しまくってたの本当に草　#次世代の最北端
　この子かわいいな　#次世代の最北端

与志樹の視線が、テレビ画面に戻る。そこには、波多野めぐみがいる。

肩まで伸びた艶のある黒髪が、チャコールグレーのニットにそっと触れている。Vネックの部分がゆったりとしているので、そこだけ指でつまみあげたみたいな鎖骨の形がよく分かる。

落ち着いて話す表情の下には、NPO法人『ゼロ・ウォームレス』代表、という文字がある。

【私が不思議なのは、目の前に問題が転がっているのに、普通に暮らしている同年代の友人が多くいることです。目の前に困っている人がいるのに、それを助けない。みんな、自分のためだけに生きている。私は今ホームレスの方々の支援活動をしていますが、これから冬の季節に向けて活動はどんどん忙しくなります】

めぐみは、右耳にだけ髪をかけている。右手の中指で髪をかけ直すとき、ニットが少し張って、胸の大きさがより強調された。

【それは私たちが動かないと、凍死してしまう人たちがいるからです。北海道にはホームレス問題のほかにもいろんなことがあるのに、生きていたらそういうことが目に入ってくるに決まってるのに、そんな社会の中で行動を起こさず、自分のためだけに生きていられるっていうのは、ちょっと私は考えられないです。流されて生きるんじゃなくて、自分たちで動き出さないと、何も変わらないのに】

めぐみのやわらかい声を、【めっちゃわかる！　ジンパもまさにそんな感じで】と雄介の興奮気味の声が覆う。ほんとお前アツすぎだから、と、周りの出演者たちに雄介がなだめられている。

ＮＰＯ女の顔面偏差値がダントツすぎて他の女子かわいそう　#次世代の最北端
ジンパ復活とホームレス救済はレベル違いすぎるだろｗｗｗ　#次世代の最北端
俺にはわかる。この女は清楚系ビッチ。地味に見せかけて相当エロい　#次世代の最北端

画面が、熱く語る雄介のアップになる。

「俺さー」めぐみに見とれていたなんて絶対に思われないよう、与志樹は急いで口を動かす。「結局、ジンパ一回もしたことないんだよな」

せっかく北大入ったのに、と、軽く笑って見せる。

「サークルとかもちゃんと入んなかったし、なんかタイミング逃しちゃって。雄介はジンパ、どれくらいしてたの？」

「あ？」

聞こえていなかったのか、雄介は質問に答えることなく、チューハイを一口飲んだ。酔

いが回っているのか、ずいぶんと顔が赤い。

「いや、ジンパ復活運動のリーダーするくらいだし、しまくってたのかなって」

「あのさー、トイレどこ？」

雄介は、与志樹の返事を待つ前に立ち上がる。「そこ右に曲がった手前のドアだけど……」与志樹の説明を背中で受け取ると、雄介は何も言わずにトイレの中に入っていった。

バタン、と、ドアが閉まる音に、頬を張られたような気持ちになる。

あの人、もしかして、ジンパやったことないのかな。

与志樹はふと、カーテンを開けたままの窓を見つめた。ありもしないベランダに、そこにいるはずのない青山の背中が見えた気がした。フードをかぶった青山の背中、その向こう側に広がっていく煙草の煙。薄く、白く、この街のすべてに行き届くかのように広がっていく何かが、もう一度、見えた気がした。

画面の中では、雄介がまた、熱く語っている。

【欲望がない世代とかよく言われるけど、結局俺らって、競わせてもらえなかったんだよ。実際、小学校のころも運動会から危ないプログラムが削られたり、中学んときもテストの順位がいきなり発表されなくなったりしたし。競争とか対立がガンガン奪われていって、そりゃ、自分から奮起して何かやってやろう、みたいになりにくくて当然だと思う。ジンパ禁止ですって言われても、はーいって従っちゃうヤツらばっかりで、それが嫌で俺はこ

うやって活動してるみたいなところもある】

見開かれた目、飛び散る唾、血色のいい肌、大きな耳。

どうして見覚えがあるんだろう。

与志樹は、雄介に初めて会ったときのことを思い出す。テレビ局の玄関で数秒顔を合わせただけだったけれど、あのときも、見たことがある、と思った。だけどやっぱり、テレビ局の玄関で初めて会ったときのように、いつ、どこで、ということまでは思い出せない。

「何コレ」

いつのまにトイレから戻ってきていたのか、目の前にあったはずのマウスが雄介の手の中にある。雄介は新しいタブを開くと、ブックマーク欄に並ぶ中からあるサイトをクリックした。

「『海山速報』？」

開かれたページに記載されている文字を、雄介はそのまま読み上げた。背景は、一見ドット柄のようだが、よく見ると渦巻き形の貝がずらりと並んでいる。そんな不思議なデザインにも、与志樹の目はもう慣れている。

「海山伝説って知らない？　その調査員たちが合同で運営してるサイトらしいんだけど、非公式とは思えないくらいちゃんとしてるんだよ」

雄介が画面をスクロールする速度に合わせて、与志樹は海山伝説の内容について解説していく。視界を縦に流れる単語が、与志樹の脳を着実に興奮させていく。情報が更新されていないか確かめるため一日に何度もアクセスしているはずなのに、このページを見るといつだって新鮮に血が沸き立つのがわかる。

海山伝説と『帝国のルール』の関係についてミホと話したのは、もう一か月以上も前のことだ。あの会話を境に、与志樹の海山伝説への興味は日に日に増大していた。国を戦争に向かわせるため、世界の争いのすべての土台にある海山伝説を漫画という形で国民に知らしめようとする政府の作戦、その陰謀に巻き込まれまいと隠された謎を解こうとする読者——与志樹の頭の中には、いつしかそんな対立関係が結ばれていた。

「このサイトは非公式なんだけど、すごいちゃんとしてるんだよね。これとは別に大学教授や歴史学者が集められた公式の研究機関があるって噂もあるんだけど、それは本当かどうかよくわかんない。多分、いろいろ公に認めちゃうと混乱を招くから存在が隠されてるんだと思う。イルミナティとかフリーメーソンとか、そんな感じで」

与志樹は、左の手の甲に飛んだ唾を右手で拭き取る。雄介が、画面をゆっくりとスクロールしていく。

「それってつまり」

画面が止まる。

「政府が、人類の重大な秘密に関する研究を極秘で進めてるってこと？」

雄介の耳って、こんな形だったっけ——すぐ隣にある雄介の横顔を見ながら、与志樹はふと、そんなことを思った。

「そういうこと。まあ、国やマスコミが真実を隠してるなんてことは日常茶飯事だけどね。その分、真実は自分たちで見極めていかないと」

——流されて生きるんじゃなくて、自分たちで動き出さないと、何も変わらないのに。

自分の言葉が、さっきテレビから流れてきた波多野めぐみの発言を蘇らせる。

「真実を自分たちで見極める」

雄介が、小さな声で呟く。

「俺の好きな漫画にも、そんな台詞があったな」

願ってもないタイミングで出てきたキーワードに、与志樹は思わず口元を緩ませる。

「それ、『帝国のルール』じゃない？」

雄介の顔が、パッと明るくなる。「やっぱ雄介も読んでんだ」与志樹の体が自然と前のめりになる。

「だったら、もっと面白い話があってさ」

与志樹は、まるで自分が発見したかのように、海山伝説と、『帝国のルール』のつながりについて話した。漫画に出てくるあらゆる対立軸が、海山伝説の細部に呼応していること。そして、現在の島編に出てくる巨大な壁というキーワードは、海山伝説にも出てくること。

「そんな感じで現実世界と海山伝説の結びつきがどんどん見つかっててさ、最近アツかったのが」

与志樹は、サイト内検索フォームに〝鬼仙島〟と入力する。すると、『海山伝説発祥の地として有力な〝鬼仙島〟場所は瀬戸内地方？』という記事が出てきた。

「これ、きせんじま、って読むんだけど、海族と山族が一番はじめに生まれた場所として有力視されてる島なんだ。で、海山伝説に関する本とか読んでると」与志樹は立ち上がると、パソコンデスクに置いてあった本を一冊、手に取った。「それが瀬戸内地方にあるんじゃないかっていう記述があったりして」

先週から読み始めた『山賊と海賊の日本史』は、今、多くの書店で目立つところに陳列されている。【第二章　海山伝説発祥の地を探る】と書かれている頁を開きながら、さらに説明を続ける。

「ほら、ここなんだけど、発祥の地の最有力候補になってるわりに、〝鬼仙島〟って島自体が邪馬台国みたいなものっつーか、いつの時代どこにあったのかまだよくわかってないんだって。でも、その島がまさに海族と山族の発祥の地って考えるのが一番自然らしいんだよな。しかも、その島では今でも一族同士の争いが続いてて、その争いが今の世界で起きている争いのすべてを引き起こしている源なんじゃないかって言われてるみたい」

与志樹は話しながら、ほとんど息継ぎを忘れていたことに気が付く。改めて口に出すと突拍子もない話のように思えるけれど、その話の聞き手が雄介だと、現実味のなさが不思議と薄れていく。

二人で、青く光るパソコンの画面に照らされ、本の中にあるたくさんの文字を浴びる。いつのまにか、テレビの音なんて全く聞こえなくなっていた。

「牧瀬仁」

ふと、雄介がそう呟いた。

「ん？」

与志樹は、雄介の横顔を見る。

「牧瀬仁。『帝国のルール』島編に出てきた新キャラ。文字を入れ替えると、鬼仙島になる」

雄介が、一度も瞬きをせずに言う。

「え？」

与志樹は、頭の中に五文字のひらがなを並べる。

牧瀬仁。まきせじん。鬼仙島。きせんじま。

「ほんとだ！」

与志樹は慌てて、『海山速報』内の検索フォームに〝牧瀬仁〟と入力する。毎日このサイトをチェックしていたけれど、その一致に関してはまだ誰も言及していないはずだ。もしかしたら、海山伝説と『帝国のルール』の新たなつながりかもしれない。

「すごい、すごいよ雄介、もしかしたらそれ新発見かも」

検索結果が表示される。すると、新着記事が一件、出てきた。

投稿者の名前は、〝長老〟。

「〝長老〟」

雄介が小さな声で呟く。記事を開いてみると、『牧瀬仁。鬼仙島。』としか書かれていない。短文で新情報を投下する、いつもの〝長老〟のやり方だ。

与志樹は、その記事が投稿された時刻を確認する。

「十九時四十二分」

それは、今から一時間と少し前の時刻だった。

「長老と一時間差とか、雄介マジすごいよ！　いやーすっげ興奮した今。長老も知らない新情報摑んだかと思ったマジで！」

「何、そんなにすごいこと？」雄介の鼻の穴が膨らんでいる。

「すごいことだよ！　預言者と一時間違いって」

【では、最後に皆さんから一言ずついただきます。波多野さんから時計まわりにいきましょうか】

テレビから聞こえてきた、波多野、という言葉に、与志樹の意識が引っ張られる。

「あれ、もう番組終わり？」

与志樹が笑うと、画面の中の波多野めぐみが、聴き取りやすい声とリズムで話し始めた。

【いろんな活動をしている同世代の存在は知っていたんですけど、こうやって知り合う機会はなかったので、今日はとても楽しかったです。また皆さんといろいろ話せたらな、と思いました。このような機会をくださり、ありがとうございました】

波多野めぐみが、右耳に髪の毛をかけ直す。ミホや、他の女友達よりも少し低く落ち着いた声が、他の誰の声よりも速く体内の深いところにまで浸透していく。

また皆さんといろいろ話せたら。

また、皆さんと。

また、波多野めぐみと話したい。

「俺の幼馴染がさ、いい感じの店でバイトしてるんだよ、今」

突然、雄介が話し始めた。

「なんかもうガキでもねえのに月一くらいで会おう会おうってしつこく連絡してくるヤツでさ、結構困ってるんだけど、今月まだ会ってなかったからさ、今度、与志樹も一緒に会わねえ？」

話の流れが読めない与志樹は、適切な相槌を探すが、見つからない。

「そこで、打ち上げの予約しちゃおうかなって。そいつの店ならいつでも個室取ってもらえると思うし」

打ち上げ。雄介がそう言ったとき、テレビ画面の中が引きのアングルになった。収録に参加した八人の若者たちが、一つの画面の中に収まっている。

「収録終わったあとみんなで言ってたじゃん、今度打ち上げ兼ねて飲み行こうって。その予約、幼馴染に会うついでにしちゃおっかなって」

せっかくライングループも作ったわけだし、これからみんなもっと忙しくなりそうだし――雄介は、このメンバーで打ち上げをすべき理由を、聞いてもいないのにつらつらと並べ始めた。

テレビ画面の中が、また、波多野めぐみのアップになる。

「ジンパ復活の署名集めようと思ってたんだけどさ、あいつらの分も欲しかったし」

な、と同意を求める雄介を無視するように、番組が終わった。

その男は、約束の時間から二分ほど遅れて現れた。彼が腰を下ろすやいなや、雄介がジンパ復活運動のチラシをテーブルの上にすっと滑らす。

「俺今コレで忙しいんだからよー、会おう会おうってしつこいんだよ」

「ごめんごめん、でも予定合ってよかった」

ふんぞり返る雄介に対し、その男の態度はあたたかく、やわらかい。与志樹は、それまで聞いていた「しつこく会おうと言ってくる幼馴染」という言葉から想像していた人物とは全く違う雰囲気に、少し面食らう。

雄介の幼馴染と聞くと、これまで一緒に悪さをしてきた悪友というか、物事に対して熱くなりがちな男をイメージしていた。だが、現れた男はそれとは正反対の、誠実そうな、落ち着いた雰囲気をまとっていた。

「コイツが前にも話した智也。ただの幼馴染。こっちは最近仲良くなった友達で、与志樹。RAVERSって学生団体の代表」

「前、雄介と一緒にテレビ出てましたよね。はじめまして」

智也は、与志樹の目をしっかりと見て挨拶をする。「あ、はじめまして」雄介と智也は浪人をしていないため一つ年下のはずなのに、智也にはまるで年上のようなオーラがある。

今日の本題である、飲み会でバイト先の店を使いたいという話は、案の定あっという間に終わった。「みんなの都合つく日がそこしかないからさ、どうにかして個室空けてもらってよ。そのへんの学生のどうでもいい飲み会なんかよりこっちのほうが重要な集まりなわけだし」旧友の前だからか、雄介はいつもより口がよく回っており、智也はそんな雄介にあたたかい眼差しを向け続けていた。

不思議な人だな。与志樹は思う。

正直、どうしてこの人が雄介と幼馴染なのか、与志樹にはよくわからなかった。だけど、幼馴染とか腐れ縁っていうものはもしかしたらそういうものなのかもしれない。地元に友達がいない自分には、わからないだけなのかもしれない。

「その飲み会はどんな人たちが集まるの？　与志樹さんも行くんですか？」

「あ、うん、メンバーは」

智也の質問に答えようとすると、雄介がそれを遮った。

「前テレビ出たメンツで集まるんだよ。第一回革命家飲み。すげえことしてるやつらばっかだから、熱いし、話しててほんと刺激になるんだよな」

革命家飲み。雄介はいつしか、あの番組に出たメンバーで飲むことをそう呼び始めた。与志樹は、心の中でその名称を繰り返してみる。それだけで、自分も雄介の言う革命家の一員になれたような気がして、心の真ん中にある熱い部分がぞくぞくと粟立《あわだ》つ。

それは、レイブをしているときの感覚と似ていた。レイブで掲げるテーマを刺激的なものにすればするほど、メガフォンを通る声も大きくなっていく。リヤカーを引く足にも力が漲り、前へ進む歩幅が大きくなっていく。

また、早く、あの感覚を味わいたい。大きな窓から差し込む夕日影が、与志樹の内に眠る欲をてらてらと炙《あぶ》り出す。

最近、RAVERSの活動は滞っていた。次にどんなテーマを掲げるべきか、与志樹と青山の間で意見が対立しているのだ。

「こっちの食堂、久しぶりに来たよ。この一年生でいっぱいの感じ、なんか懐かしいな」

智也が、ちらりと周りを見渡す。もう十五時を回ってしばらく経っているため、ランチをしている学生は少ないが、十代の端っこにまだ残っている蜜を思う存分吸い尽くそうとしている一年生たちがうじゃうじゃいる。

「学部、どこなんですか？」

与志樹は智也に訊く。北大の一年生は、文理が分かれているだけで学部までは分かれていない。二年生に進級するときに各学部に分かれ、そこでやっとこの広いキャンパスの中での生活圏がばらばらになる。今落ち合っている北部食堂は、位置的には一年生御用達の食堂だ。

「僕は工学部です。生体情報コース」

「何回聞いてもピンとこねえ名前」

雄介は与志樹に向かって、わかりやすく顔をしかめる。与志樹は経済学部に、雄介は文学部に進学している。

「理系って研究研究で忙しくて、他のこと全然できねえらしいじゃん。俺は大学の勉強だけじゃなくてもっと広い世界でいろんなことしたいから、マジで今の学部向いてるわ」

雄介は満足そうにそう言うと、椅子の背もたれに自分の体重を預けたまま脚を組み直した。

「確かに、雄介はテレビに出たりして行動的だよね。このチラシもいろんなところで見るし」

智也が、先ほど雄介がぐいと差し出したチラシに視線を落とす。〝北大生からジンパを奪うな！〟という荒々しい手書き文字が横断しているチラシは、ジンパのことを気にせず過ごしていたとしても、そこらじゅうで目にすることができる。各校舎や食堂にある掲示板、大学近くにあるラーメン屋の壁、雄介の更新するSNSにアップされる画像。あの番組が放送されてから、学内に活動仲間が増えたらしく、雄介はこれまで以上に忙しそうにしている。

そんな姿を眩しく眺めていると、与志樹は、自分の視線がそのまま自分へと返ってくるような感覚に陥る。ジンパ復活運動はこんなにも盛んなのに、RAVERSは思うように活動できていない。それがもどかしい。

「俺、いま千人分の署名集めてんだよね」

雄介が、足元に置いていたカバンの中からペンとノートを取り出す。表紙には、ジンパ署名用、と汚い字で書かれている。

「大学側が全然取り合ってくれないからさ、もう実力行使だよな。智也もとりあえずここに日付と名前――」

どん、と、雄介が揺れた。

何だろう、と思ったのもつかの間、テーブルの端のほうに置いてあった紙コップが、床に落ちた。なみなみと注がれていた味の薄いコーヒーが、床の上に派手に飛び散る。

「恵迪寮の学生自治存続への署名に、ご協力ください！」

食堂の中を、学ラン姿の男たちが練り歩いている。雄介にぶつかったのは、その一番後ろでプラカードを持っている人物だった。たぶん一年生なのだろう、プラカードを持つ手は震えており、雄介にぶつかったことにも気づいていないみたいだ。堂々と歩く先輩たちについていくことに必死なのか、転がった紙コップを踏みつけたことを気にもせず、そのまま歩いていく。

「んだよあいつらマジで！」

苛立《いらだ》ちを隠さない雄介の向かいで、智也は「っくりした」と目を大きく見開いている。これまで、寮生に触れる機会が少なかったのかもしれない。

その善良な反応を見ていると、与志樹の頭の中で蘇る声があった。

――北海道にはホームレス問題のほかにもいろんなことがあるのに、生きていたらそういうことが目に入ってくるに決まってるのに、そんな社会の中で行動を起こさず、自分のためだけに生きていられるっていうのは、ちょっと私は考えられないです。

「智也さん」

波多野めぐみの声だった。

「大学と恵迪寮の対立、知ってます？」

コップがなくなったテーブルの上に、与志樹が放った質問が載る。

「対立？」

智也が与志樹に訊き返す。

「争ってるんですよ、学生自治存続を巡って。いろんなところでああやって寮生が活動してるの、一度も見たことないですか？」

「あるかもしれないけど、あんまり注目してなかったかな」

そう話す智也の背後では、食堂内を練り歩き続けている寮生たちが、気の弱そうな女子学生グループなどを見つけては署名を頼んでいる。

雄介との違い、わかった。与志樹は、ふいに思った。

智也は、引き寄せない。自分と、自分の周囲で起きていることとの間に、自然に線を引いている。恵迪寮生を見つめる視線も、雄介の手作りチラシや署名ノートを見つめる視線も、一緒にテレビに出ていましたよね、という言葉と共に与志樹を見つめる視線も、それはそのまま物質的な線となり、自分と対象との距離が狂わないようにつっかえ棒としての役割を果たしているのだ。

つまり、世界を、他人事《ひとごと》だと思っているのだ。

「どう思います？　ああいう争い」

「ああいうのって？」智也が訊き返してくる。

「自治を存続させたい寮と大学の争いですよ。同じ大学内で起きてることなのに、全然気にならないんですか？」

「ごめん、あんまり気にしたことなかったかも」

強い西日が、与志樹と智也の間にあるテーブルをまっすぐ分断している。

「俺、RAVERSっていう社会問題と音楽をつなげる団体やってるんです。雄介はジンパ復活運動してますよね。俺ら、身の周りで起きてることを自分に引き寄せて関わっていこうって考えてるんです。そうしないと、社会と俺たちとか、大学の統率と学生の自由とか、そういうものの間にある溝がどんどん深くなって、どんどん分断が広がっていくと思うんですよ。智也さんって、そういうこと考えたりしないんですか？」

ゾクゾクする。

いま自分は、全校生徒の集まる体育館のステージに立っている。与志樹は一瞬、目を閉じる。自分の主張にみんなが耳を傾けてくれていたあの時代が、再び訪れていることを実感する。

ありがとうございます！　と、恵迪寮生の上げる大きな声が、与志樹を現実に引き戻してくれる。女子学生が署名に協力してくれたらしい。

「分断」

智也は小さな声でそう呟くと、寮生がいるほうを見つめた。

「俺は、あの中で、一番後ろにいる子のことを考える」

さっき雄介にぶつかってきた人物は、やはり、集団の一番後ろで重そうなプラカードを抱えている。

「あの子自身は、どれくらい、自治を存続させたいって思ってるんだろう。どっちかっていったら自治のほうがいいな、くらいのことは思ってるかもしれないけど、あの先頭にいるリーダーっぽい人ほどは、自治の存続を望んでないかもしれない」

智也が、テーブルの上で、ぎゅっと掌を組む。

「自分は恵迪寮の寮生だからこの運動に参加しなきゃ、そういうものだからやらなきゃ、って、自分に思い込ませてるのかもしれない。そんな自分にあとから、自治を存続させるべきなんだって言い聞かせてるのかもしれない」

寮生の団体が、揃って、女子学生たちに向かって頭を下げる。どう対応していいかわからず、女子学生たちはいつまでも頭を下げ続ける寮生たちに対し、苦笑している。

「自治がいいのか、運営を大学に任せたほうがいいのか。その二つを分ける境界線があるとして、それから一キロ右側に離れている人もいれば、一ミリだけ右側にズレてる人もいる。それは左側も同じ。だけど」

　寮生の中で、一番早く頭を上げたのは、プラカードを持っている彼だった。

「右と左に分けよう、ってことになれば、一ミリずつ左右にズレている人たちだって、一キロ離れている人たちのところまで、ザッて分けられる」

　ザッ、のところで、智也は、組んでいた両手を大きく左右へ広げた。

「右側に集まった人たちも、左側に集まった人たちも、本当はみんな少しずつ違う場所にいたはずなのに、そちら側にいるからってことで、大きな集団に入れられてしまう。それを繰り返していくと、結局真ん中にあるものが何なのかよくわからなくなる。だけど、争いの規模だけは大きくなっていく」

　寮生の集団が、食堂を出て行く。署名をしてくれそうな学生はもうここにはいないと判断したらしい。

「そういう、集団の中にあるグラデーションを見逃さないようにしたいなと思う」

　青山。

　かと思ったけれど、違った。青山に似た背格好の学生が、智也の背後を通り過ぎていっただけだった。

　智也の落ち着いた話し方は、言葉ひとつひとつがとても聞き取りやすい。雄介と一緒に観たテレビの中にいた自分とは大違いだ。

「大学と恵迪寮が対立してるとして、大学の中にも、恵迪寮の中にも、いろんな人がいる。ひとつの塊みたいに見える人たちの中にも濃淡があるってことを、考えるかな」

集団の中にあるグラデーション。

その言葉を聞いたとき、与志樹はまた、青山、と思った。

レイブでもっと刺激的な問題を扱って、団体としてさらに注目されたいと思っている自分。生レバー問題くらいで楽しく騒ぐのがいいというミホ。次にやるべきテーマをどうするかという話になったとき、「やりたい、じゃなくて？」と尋ねてきた青山。

三者三様なメンバーたちが、同じ音楽のもとに集って、同じリズムで体を動かす。

青山が街に向かって吐き出していた煙草の煙は、数ミリ単位でその濃さを変える。

集団の中にあるグラデーション。

「最悪」

突然、雄介が口を開いた。

「カバン、びちゃびちゃだわ」

雄介はそう言うと、足元に置いていたカバンをひょいと持ち上げた。紙コップが床に落ちたとき、コーヒーがカバンを直撃したらしい。底から黒い液体が滴《したた》っている。

「誰もハンカチとか持ってねーよな？　うーわーちょっとトイレで洗ってくるわコレ」

雄介は椅子から立ち上がると、トイレのほうへと駆けていく。寮生に踏みつぶされた紙コップは、まだ床に転がったままだ。

日脚が速い。与志樹は、いつの間にか夕陽のスポットライトから外れていた携帯のホームボタンを押す。十六時半まで、あと数分。

「五限、始まっちゃいますね」

雄介がいなくなった空間では、雄介が置いていったものがやけに目立つ。

与志樹は、雄介がテーブルの上に置いていった署名ノートを自分のもとに引き寄せた。どれくらいの署名が集まっているのだろう、と興味本位で表紙を開こうとしたとき、その表紙に書かれている渦巻き模様が目についた。

表紙の一部分に、まるでブラックホールの入り口のように、黒い渦巻きが幾つも重なっている。

雄介がカバンからノートを取り出したときは、こんなもの、書かれていなかった。汚い字で、ジンパ署名用、と書かれていただけだった。

ということは。

雄介は、今さっき、この渦巻きを書いていたのだ。智也の話を聞きながら、一言も発することなく、ノートの表紙に螺旋《らせん》のようにぐるぐるぐるぐるぐると。

「署名」

与志樹は改めて、智也に質問する。

「しないんですか？」

智也はペンを握らない。

「署名、しないんですか？」

智也はペンを握らない。

絶対に、握らない。

この二人は、どうして、幼馴染なんだろう。

二人こそ対立しているように見えるのは、自分だけなのだろうか。

「雄介って、子どものころからこんな感じなんですか？」

ふと気が付くと、与志樹はそう声を漏らしていた。だったら、なんで、二人は幼馴染でいられるんですか——あとに続きそうになった声は、理性で、封じ込めることができた。

「子どものころから、こんな感じだよ」

そう答えた智也が、与志樹の背後に向かって「亜矢奈」と手を振る。誰か知り合いが来たのかもしれない、そのまま荷物を手に取り、立ち上がる。

「幼稚園でも、小学校でも、中学校でも高校でも、雄介はずっとこんな感じ」

そう話す智也の隣に、いつの間にか、黒髪の女性が立っている。さっき手を振っていた相手だろう。

なんか、似てるな。顔じゃなくて、何かが——目の前の男と女を見て、与志樹はそう思った。

立ち上がった智也が、椅子を元の位置に戻す。

そして、与志樹の目を見て、言った。

「周りが変わっても、雄介はずっと」

こんな感じ。

最後の言葉は、実際に声という形で聴いたのか、わからなかった。だけど、職人が壁に土を塗るように、与志樹の耳にねっとりと直接撫でつけられたような気がした。

智也はゆっくりと歩き出しながら、「じゃあ、そろそろ行くね。お店は、個室取ってくから」と言った。与志樹は、女性とともに食堂を出て行く智也の後ろ姿を見送りながら、なぜだかまだ、二人からじっと見つめられているような気がした。

7　安藤与志樹　―後編―

お前、変わらないな。

高校一年生のころ、同級生にそう言われた。

小学生のときは、足が速ければそれでよかった。運動会のリレーで活躍すれば、騎馬戦や棒倒しで相手を負かせば、人気者になれた。興奮すると相手の反応をうかがうことも忘れて話し続けてしまうクセも、学校行事にやたら熱くなってしまう習性も、〝目立つ存在の男子〟という土台の上ならば、魅力的な一面として受け止めてもらえた。

地元の公立中学校に進んだ。制服も学校も変わったけれど、これまでの友達は全員、そばにいた。一年生の五月にあった球技大会で、どうやら自分は思っていたほど運動神経がいいわけではないことに気が付いた。走る、跳ぶ、投げる、などの単純な動作は人よりも優れているけれど、臨機応変な状況判断や、対象との距離を測る空間把握能力、道具を用いた複雑な動作が必要となる集団競技はむしろ人よりも苦手なようだった。どこか格下だと思っていた同級生たちがそれぞれの身体性に合った競技を見つけていくにつれ、足が速いというだけでそれなりに示すことができていた与志樹の存在感は目に見えて薄くなっていった。

転機は、夏休み明けの九月に訪れた。

与志樹が通っていた中学校は、夏休みの宿題として読書感想文の代わりに〝ビブリオバトル〟を取り入れていた。ビブリオバトルとは、定められた時間内で自分の好きな本についてプレゼンをするというもので、当時の国語教師がやけに力を入れているものだった。夏休み中に本を決め、プレゼン内容を準備しておく。九月中のクラス内予選でクラス代表を選出し、十月の文化祭にあわせた決勝大会で学年ごとのグランプリが決まる、という流れだった。

もともと本を読むことが苦ではなかった与志樹は、それだけでかなりのアドバンテージを擁していたようで、あっさりとクラス代表に選出された。十月に行われた決勝大会では、学年ごとのグランプリは逃したものの、数票の差で二位となった。その年の一年生のグランプリを受賞した本は、世界史が好きだという女子生徒が選んだ『アンネの日記』だった。

与志樹は、頭が良かった。正しく言えば、日本の学校教育で用いられているテストで点数を取ることが得意だった。それはつまり、場面ごとのルールを見極め、押さえるべきポイントを見つけ出す能力に長《た》けている、ということだ。

中学二年生になると、ビブリオバトルを主催している国語教師がクラス担任になった。国語教師のビブリオバトルへのやる気は凄《すさ》まじく、急きょ与志樹のクラスだけ朝読書の時間が設けられることとなった。

夏休みを迎えるころには、与志樹は、この学校におけるビブリオバトルで勝つためのポイントをなんとなく把握していた。まず、担任でもある国語教師は、読書感想文を廃してまで新しい試みを始めるほど〝何かを変える自分〟になりたい人であるということ。そして、司会を担当している決勝大会の場でも、各クラス代表に平等に接しているようで、自分好みの本を選んでいる代表者に票が集まるよう巧みに全校生徒を誘導しているように感じられること。

体育でも部活でも活躍できず、クラスの中でも存在感をほぼ完全に失いつつあった中学二年生の与志樹は、ビブリオバトル用の本として、日本のアナキストたちについてまとめられた本を選んだ。反体制を掲げて、権威を無批判に信じることなく現状を変えていく努力を惜しまない人々の歴史に思いを馳せ、最終的には今を生きる自分たちに引き寄せるというやり方で本をプレゼンした。親しみやすい青春小説や日常系ミステリ、映画にもなっている泣ける恋愛物語などを持ってきた生徒のほうがクラスメイトの注目を集めてはいたが、クラス代表は与志樹に決まった。そして、万全の準備をして臨んだ決勝大会で、与志樹はついに学年でのグランプリを獲得するに至った。

その年は、それだけでは収まらなかった。

与志樹の発表に感動した国語教師が、全学年の総合一位として最優秀グランプリという賞を設け、それを与志樹に与えたのだ。

歴史を変えた人間たちの人生をすごいなぁと仰ぎ見るだけでなく、自分自身に引き寄せて考える力が素晴らしい。自分の手で現状を変えていくという気概を感じた。加えて、後半にかけてマシンガンのようにたたみかける勢いのあるプレゼンに吸引力があった――そんな講評を浴びながら体育館のステージで国語教師から表彰されたとき、与志樹は小さな背中に突き刺さる無数の視線に興奮が止まらなかった。

それから与志樹は、図書館の先生からオススメ本を紹介するポスターを作ってほしいと頼まれたり、放送部の顧問からお昼の放送でオススメ本をみんなにプレゼンしてほしいと頼まれたりと、大人たちから声をかけられることが増えた。そのたび、依頼してきた先生が喜びそうなテーマを掲げた本を探し出し、読み、内容をまとめた。相変わらず運動会など体を動かすような場では活躍できなかったが、ビブリオバトル初の最優秀グランプリ受賞という肩書によって、中学校時代は〝目立つ存在の男子〟であり続けることができた。

地元で一番の進学校に合格したとき、同級生はみんな、すごい、すごい、と口を揃えて褒めたたえてくれた。同じ中学からその高校に合格したのは与志樹を含めて五、六人ほどで、与志樹以外はみんな、中学校時代は目立つポジションにはいないような生徒ばかりだった。悪く言えば学校行事などには非協力的な暗いタイプ、良く言えばマイペースで落ち着いた生徒ばかりが、与志樹と同じ高校に進学していた。

高校で同じクラスになったのは、その中でも与志樹から最も遠い距離にいた生徒だった。どんな場面でもその長い前髪で自分の存在感を消しているような、三年間を通して一度も会話を交わす機会のなかった男子生徒だ。教室の中で彼の顔を見つけたとき、壇上に立つ自分を見上げていた烏合《うごう》の衆のひとりだな、と、与志樹は思った。

高校一年生の五月、初めての実力テストで、与志樹は三一八人中二五九位だった。

授業のレベルがこれまでと全く違うことに気づいてはいた。だが、中学時代はそこまで努力をしなくとも高得点を取ることができていたため、にわかに授業に集中するクセをつけることは難しく、今いる場所から這《は》い上がってやろうという気概もなかった。成績を見た親は、部活をしている場合ではないと怒り、とりあえず入った軽音楽部も辞めさせられた。また、県内屈指の進学校における年間の学校行事は飾りのようなもので、当然ビブリオバトルはないし、誰も体育祭や文化祭で本気で優勝なんて目指していなかった。

勉強もスポーツも学校行事も何もかも、与志樹の存在を際立たせてくれなかった。そうなると、与志樹の存在感は、遂にきれいさっぱり消え失《う》せた。

そんな与志樹とは反比例するように、同じ中学から一人だけ同じクラスになった男子生徒は、存在感を日に日に増していった。まず、頭が良かった。与志樹とは比べものになららないくらい、言葉を知っていた。彼がぼそっと放つ一言はユーモアにあふれていて面白く、クラスメイトはみんな、彼の言葉に耳をすませるようになった。

どうしよう。そう思ったとき与志樹の頭の中に蘇ったのは、最優秀グランプリをとったときの国語教師の講評だった。

――歴史を変えた人間たちの人生をすごいなぁと仰ぎ見るだけでなく、自分自身に引き寄せて考える力が素晴らしい。自分の手で現状を変えていくという気概を感じた。

そうか、ビブリオバトルのような自分が活躍できる場がないのならば、自分で作ってしまえばいいのだ。そう思った与志樹は、クラスの中でビブリオバトルを立ち上げるべく奔走した。ネットで〝高校生に一番人気〟と紹介されていた漫画『帝国のルール』を買い揃え、プレゼンできるよう内容をまとめた。教室でわざとらしく『帝国のルール』を読んでは、声をかけてきた生徒にビブリオバトルを挑んでいった。

中学生のときは「後半にかけてマシンガンのようにたたみかける勢いのあるプレゼン」と評してもらえた早口。自分が活躍できる場を見つけ、最大限に力を発揮する習性。〝目立つ存在の男子〟という土台の上なら光り輝いていた特徴はしかし、〝目立たない存在の男子〟という土台の上だと気味の悪い一面としてどかどかと積み重なっていった。

いつしか、教室の中の誰も、与志樹の声に耳を貸さなくなっていた。

「お前、変わらないな」

二年生になる直前、いつしかクラスの中でも一目置かれる存在になっていたかつての同級生から、そう言われた。与志樹は、突然の発言に頭が全く回らず、彼からのたった一言に、たくさんの言葉を返した。

「そうかな、つーかそっちは変わったよね、中学のときより明るくなった気ィするし頭もそんなに良かったなんて知らなかったし、つーか俺は自分がこんなに頭悪かったなんて知らなかったわけだけど、変わったっていえば中学の米田《よねだ》って覚えてる？　サッカー部の、あいついま眉毛なくて金髪で、見た目変わりすぎて誰もわかんないらしいぜ」

目を合わせずに口を動かし続ける与志樹の言葉を押し戻すように、かつての同級生は、ゆっくりと言った。

「お前、中学のころ、本、別に好きじゃなかったろ」

与志樹は思わず、口を開けたまま体の動きを止めてしまった。

「アナキズムがどうとか、興味なかったんだろ。日本史の授業でその分野のこと聞かれても、全然答えられてなかったもんな」

同級生はそう言いながら、自分の手の甲に視線を落とした。

「グランプリ狙うならあの本だって、そう判断しただけなんだろ」

汚れた携帯電話の画面をきれいにするように、同級生は、手の甲をズボンで何度も拭《ぬぐ》った。

「相変わらず、手段と目的が逆転してる」

お前、変わらないな。

相変わらず、手段と目的が逆転してる。

その言葉は、中学生のときに浴びた国語教師からの講評と全く異なり、冷え冷えとして与志樹にはすぐに理解ができなかった。

高校二年生の五月、何度目かの実力テストで、与志樹は三一八人中三一二位だった。

それまではまれに会う機会があったかつての同級生たちはみんな、高校という新しい世界でそれぞれの土台を作り上げており、どんどん疎遠になっていった。小学校、中学校時代の歴史を共有している人なんて、高校二年生の夏になるころには周囲にもう一人もいなくなっていた。そして、高校一年生の歴史を共有している人は、与志樹に話しかけてこなかった。

妖怪唾吐き、と呼ばれていることを知ったのは、青春ドラマの舞台として描かれることが多い十七歳の夏が過ぎ去り、町じゅうの蟬《せみ》が死んだころだった。

――妖怪唾吐き、今日もすげえ飛ばしてたな。アレほんとやめてほしいわ。

トイレのドアの向こう側から自分の陰口が聞こえてくるなんて、それこそつまらない青春ドラマのようだと思った。自分が妖怪唾吐きと呼ばれていたなんて、そもそも自分の口からそんなにも唾が飛んでいたなんて。あらゆることを、与志樹は、その瞬間まで、全く知らなかった。

いや、本当は、予感はしていた。だけど、そんなわけない、自分が疎《うと》まれる側に回っているわけがないと、必死に言い聞かせていた。あの同級生が手の甲をズボンで何度も拭っている姿を見たときから、かつて国語教師に褒められたマシンガンのような早口はもう長所ではないのだと、なんとなく気づいていた。

年齢を重ねていく中で、求心力となりうる要素は、変わっていく。自分が持ち合わせていた要素が有効な時代はもう終わったならば、自分の中身を更新していかなくてはならない。

変わらない。それは、幼い、という言葉に言い換えられる。与志樹は、自分よりも遥かに大人に見える同級生たちと、どんなふうに関係を築いていけばいいのか、もうわからなくなっていた。

高校二年生の夏休み、与志樹は卒業してから初めて中学校へ遊びに行った。職員室を訪ねたとき、あの国語教師がもう別の学校へ異動したこと、その異動とともにビブリオバトルの試みは終了したことを告げられた。

自分以外のすべてが変わっていた。

学校でも、家でも、一人でいる時間が増えた。中学生のころあれだけ読んでいた本も、この作品を選べばあの先生が評価してくれる、この作品をもとにこういう発表をすれば舞台上で輝けるというゴールを定められなければ、食指が動かなかった。あらゆる漫画やアニメ、映画や音楽にも手を伸ばしたが、フィクションのモチーフとして描かれることの多い友情、恋愛、努力、冒険、どの世界の中にも自分がいないことに気が付き、何に触れても傷つくようになった。たとえ孤独な主人公が描かれている作品であっても、結局はその孤独が何かしらの形で解消される展開に辟易《へきえき》した。与志樹はやがて、触れると傷つく可能性のあるものは遠ざけるようになった。そうなると、最後に残ったのは洋楽だった。いくら聴いても歌詞の意味を理解することができない世界は、当時の与志樹にとってとても優しかった。

そんな中、『帝国のルール』は例外だった。友情、恋愛、努力、冒険、すべての要素が揃ってはいたが、時代も年代も架空の設定で描かれているため、自分を投影してしまう瞬間が少なかった。

与志樹は初めて、ゴールを設けることなく、本心で、ひとつの作品を好きになった。そうすると、自然に、誰かとその作品の話をしたくなった。プレゼンするでもなく、マシンガンのように早口でたたみかけるわけでもなく。

そんな気持ちが芽生え始めたころ、与志樹はすべての大学受験に失敗した。

自宅浪人を選択した与志樹は、わざと同級生が誰もいないような大学を選んだ。九州の人間が、東北や北海道にある大学を志望することは珍しかった。

北大に合格したとき、与志樹の隣で喜んでくれる人は、家族以外に誰もいなかった。だけど、そのことを悲しいとも思わなかった。むしろ、過去の自分を共有している人たちと一年間ズレた世界を生きられることを、幸福に思った。

北大のキャンパスは、広かった。

北海道は広いということは知っていたけれど、街を歩くだけでは意外とその広大さを感じることができず、大学のキャンパスに着いて初めて、与志樹はその面積の大きさに驚いた。同時に、歩けば自分を知る誰かに遭遇したあの狭苦しい校舎の記憶が、淹《い》れたてのコーヒーに落とされた角砂糖のように音もなく消えていった気がした。

北大では、入学後すぐ、新入生同士の交流を深めるためクラスマッチという名の運動会が開催される。新入生五十クラス以上、約二千人が三つの連合に分かれ、綱引き、玉入れ、大縄、多種目リレー、騎馬戦などいわゆる定番の競技が行われるのだ。久しぶりの〝新しい友達〟との出会いに浮かれた人々が、もうすぐ二十歳《はたち》になるとは思えない様子ではしゃぎ尽くす。

与志樹はその中で、平静を保つことを心がけた。気を抜けば、子どものころから変わることができていない、幼い自分が顔を出しそうで怖かった。心の奥底で滾《たぎ》るものを感じるたび、あの同級生の声が耳の中で蘇った。

——お前、変わらないな。

目の前では、男子が参加する目玉競技、棒倒しが繰り広げられていた。別のクラスのリーダー的存在らしき男子が、顔を真っ赤にし、やたらと大声を張り上げている。

――相変わらず、手段と目的が逆転してる。

そういえば、あの同級生にお前と呼ばれたのは、あのときが初めてだったような気がする。そして、あのときが最後だったような気もする。彼は元気にしているのだろうか。自分の中身をきちんと更新し、大学という舞台でも輝いているのだろうか。

――お前、変わらないな。相変わらず、手段と目的が逆転してる。

そのうち、声だけでなく、彼の視線まで蘇るようになった。与志樹の目ではなく、与志樹の口から迸《ほとばし》る唾をじっと見つめていた、あの目。

目。

が、冷たく、青く光る。

――子どものころから、こんな感じだよ。

蘇る声が、もう一つ、増える。

――幼稚園でも、小学校でも、中学校でも高校でも、雄介はずっとこんな感じ。

これは、あの同級生の声ではない。

――周りが変わっても、雄介はずっと。

雄介。

そうだ。

雄介を初めて見たのは、あのクラスマッチのときだ。

これまでずっと、雄介のことを、どこかで見た気がしていた。テレビ局で初めて会ったときも、家で一緒にテレビを観ていたときも、デジャヴュが襲った。見開かれた目、飛び散る唾、血色のいい肌、大きな耳。どうして見覚えがあるんだろうと不思議に思っていた。

雄介は、クラスマッチの棒倒しで、チームのリーダーをしていた。

顔を真っ赤にし、やたらと大声を張り上げていたのは、紛れもなく、ジンパ復活に心血を注ぎ、多くの人から注目を集めようとしている雄介そのものだった。

──周りが変わっても、雄介はずっと。

「ん……」

腕の中にあるめぐみの体が、かすかな唸り声とともに捩《よじ》れた。与志樹はそこで、自分がほぼ熟睡しかけていたことに気がついた。一人でオナニーをしたあとの眠気には馴染みがあるけれど、二人でセックスをしたあとに来る眠気はそれよりもずっと凶暴で、複雑な構造をしているような気がする。それに、めぐみはセックスをする前に、必ずお酒を飲む。それに付き合って与志樹も飲むので、セックスをしたあとは必ずといっていいほど眠ってしまう。

「寝てた」

「俺も」

「今何時？」

与志樹は、ベッド脇に置いてある時計を見る。「四時前。人間が起きてる時間じゃない」

少しうとうとしただけのつもりだったけれど、二時間近く寝てしまっていたようだ。二人ともお互いの体がしっくりくる形を見つけ出し、もう一度そこに安住する。与志樹のアパートのベッドは小さくて、固い。

第一回革命家飲みは、想像以上に盛り上がった。みんな、自分の思想や活動を声高に発表しても特異な目を向けられない場所に飢えていたのか、どれだけ時間が経っても会話は途切れなかった。番組で日本の国防の在《あ》り方について疑問を呈していた韓国人留学生の李《イ》は、日本文化への造詣と日本の現状への疑問の両方をさらに深めていた。ウィンタースポーツの魅力を子どもたちに伝える活動をしている元フリースタイルスキー全日本選手権チャンピオンの柏芙美香は、クラウドファンディングで資金を調達し新しい大会を実施すべく奮闘していた。どのメンバーも、それぞれが関わろうとしている問題をより学び、より理解しようと努めていることがよくわかった。

その中で雄介は、様々なテーマに「わかる」「確かに」と同調しつつ、ジンパ復活のために集めている署名がもうすぐ千人を突破しそうだと息巻いていた。与志樹はその姿を見ながら、自然と自分の口数が減っていることを自覚した。

革命家飲みの会場となった個室の対応は、智也が担当してくれた。智也は会話に入ることはなく、淡々とお酒と料理を出し、空いた皿を片付けていた。

波多野めぐみは、番組出演以降、自身が代表を務めるNPO法人への寄付がぐっと増えたと嬉しそうに語っていた。うちの団体は寄付だけが頼りだったから本当に助かる、事業を拡大してもっとたくさんの人を救えるようになりたいし、ホームレスを巡るさらに大きな問題にも立ち向かっていきたい――顔を赤らめながらそう語るめぐみの鎖骨を見て、与志樹はほとんど勃起していた。

原発の再稼働について、シリアの紛争について、尖閣諸島、難民、貧困、男女格差、LGBTQ+……みんなで議論をすべき話題は次から次へと出てきた。中にはレイプで扱ったテーマもあり、与志樹はそのたび当時勉強した情報をもとに意見しようとしたが、与志樹の情報はすでに古く、むしろ他のメンバーのほうが詳しいくらいだったので黙っていた。ただ、テレビにも出た人たちが熱い議論を繰り広げている場に自分がいるということ自体に興奮した。個室の外でくだらない下ネタで盛り上がっているだろう人たち全員に、自分たちの会話を聞かせたいと思った。

そんな中で、めぐみと目が合うと、体を内側から突き破るような高揚感があった。それは自分だけが感じているものだと言い聞かせていたが、目が合う回数はどんどん増えていった。

その夜、与志樹は初めて、お金を払わずにセックスをした。

めぐみは、与志樹の家に着いてから、あれだけ飲んでいたお酒をさらに飲んだ。その姿はまるで、ガソリンを注入しているようだった。おそらく様々な行程をすっ飛ばして触れた体は、赤く静かに燃える炭のように、たっぷりとした熱を内包していた。

それから一か月ほど経った今、こうしてお互いの家を行き来して、お酒を飲んで、セックスをしている。これはきっと付き合っているんだろうな、とは思うけれど、自分が勘違いしている可能性ばかりを考えてしまう与志樹は、彼女、とか、付き合っている、という言葉をなかなか口に出すことができない。

「このまま本気寝したら、寝坊しそう」

めぐみはそう呟きながら、与志樹に背を向けて携帯を触り始めた。アラームの設定を確認しているらしい。

北海道のホームレスに防寒具を配布するNPO法人『ゼロ・ウォームレス』は、めぐみを入れて三人という小さな団体だ。二十四歳のめぐみは、三年前、北海道唯一の女子大在学中にこの団体を立ち上げている。収入は寄付金のみという完全な非営利団体なので、給料を払って正式なスタッフを雇うことは難しく、めぐみ以外のスタッフ二名はボランティアの学生だ。その二人はもちろん毎日フルタイムで働けるわけではないので、ほとんどの業務をめぐみ一人で担当している。二月のはじめの今が一年の中で最も忙しいらしく、ここ最近は毎日朝早くから道内を駆けずり回っている。

そんな中でも、お互いに泊まることができそうだという日があると、無理をしてでもこうして体を重ねている。すごく疲れた日でも、次の日の朝が早くても、体に触れたいし触れられたいと思ってしまう。これが体の相性がいいということなのか、それとも付き合いたての男女は皆こんな感じなのか、経験のない与志樹にはよくわからない。

与志樹は、めぐみと同じ方向に体を傾けると、背後からめぐみの耳に触れる。たっぷりと泡立てたホイップクリームの先のようなそれは、どこか豊かさがあり、見ていると口に含みたくなって仕方なくなる。実際にそうすると、めぐみはくすぐったそうに身をよじった。

「何時に起きる？」

「んー……ここ七時には出たいから、六時過ぎには」

「忙しそうだね」

自分の声が、自分の耳に届く。そんなつもりはなかったのに、自分でも気づいていないような他意が含まれている気がして、与志樹は勝手にひとりで気まずくなった。

RAVERSの活動は、完全に止まってしまっている。

想像以上に大きくなってしまったグループの中に溝が生まれ始めていることに、与志樹は確かに気が付いていた。音楽を楽しむことに重きを置くのか、音楽に政治的主張を乗せることに重きを置くのか。そんな、改めて言葉にすることを避けていた境目のような場所にするりと流れ込んできたのが、あのテレビ番組だった。

放送後、ＲＡＶＥＲＳのＳＮＳアカウントや動画はちょっとした炎上状態となった。街で音楽を流しながら騒ぐなんて迷惑だ、こいつらがウザすぎて後ろに映ってる商店街の人たちの顔が死んでる、私は北海道大学の学生ですが日ごろからわが物顔で騒いでいる彼らのことを本当にうっとうしいと思っていました――嘘か真実かもわからない書き込みが相次ぎ、作成していたライングループから無言で退出するメンバーも少なくなかった。ミホのように「この炎上をレイブでディスろうよ。あることないこと言うな、そんでお前らも簡単に信じんなって。ネットのデマ拡散問題とかに繋がる主張じゃん」なんて血気盛んな態度を取り続けたメンバーはごく少数だった。

めぐみが、触っていた携帯を、外の世界から差し込む光に蓋をするように裏返す。六時起きに備え、もう少し寝るらしい。与志樹は仰向けになり、毎日見ているはずなのに全く目に慣れない天井を見上げた。

青山は、はっきりと、もうレイブをやりたくないと言った。

その理由を訊くと、本当は、ずっと前からレイブなんてやりたくなかったと言った。そして、ただ好きな音楽を楽しく聴ければそれでよかった、と続けた。

青山は、大学に入って初めてできた友達だった。

高校時代をほとんど独りで過ごしていた与志樹は、人付き合いの感覚を失っていた。初対面の人と、どれくらいの距離感で話せばいいのか、そもそもどんな話をすれば不快に思われないのか、幼いと切り捨てられないのか、よくわからなくなっていた。そのため、大学のクラスではできるだけ存在感を消し、目立たないようにしていた。幸い、北海道には与志樹のことを知っている人間はいなかったし、高校時代に孤独を紛らわせるための洋楽にはたくさん出会っていたので、一人で過ごすことはそこまで苦ではなかった。

ある日、北部食堂で昼食を摂っているときだった。イヤフォンがきちんと差さっておらず、音楽プレイヤーから音源が漏れてしまっていた。その曲に反応したのが、青山だった。

「そのバンド好きなの？」

突然そう話しかけられたとき、与志樹は一瞬、自分の息が止まったような気がした。青山は、かつての同級生に似ていたからだ。あまり口数が多くなく、たまに発する言葉が面白い。記号的なイケメンというわけではなく、異性を惹きつける独特の雰囲気がある。与志樹に、お前は変わらないと言い捨てた同級生に似ている青山が、自分に話しかけてくるなんて、そんなことは起こりえないと思っていた。

お互い、そのバンドを、それどころかその国の音楽を愛聴している同年代に出会ったのは初めてのことだった。どの曲が好きか、どのアルバムが好きか、あのＭＶは見たか、放ちたい言葉の分量が口の運動量を上回ったあたりで、与志樹はふと、二人を挟んでいるテーブルに水滴が飛び散っていることに気づいた。

唾。

終わった、と思った。嫌われる。嫌われた。焼き印を押すようにそう思うたび、体が動かなくなった。自分の話を聞いてくれる人に対して、マシンガンのような早口で喋る――それは、久しぶりの感覚だった。そして、そんな姿を疎ましがられていたことを生々しく思い出すことも、久しぶりだった。

ハンカチでも紙ナプキンでも何でもいいから、早くこのテーブルの上にある水滴を拭きとらなければ。脳はそう命令しているのに、与志樹はどうしても体を動かすことができなかった。早くしなければ、早くしなければ――何度も何度も心の中でそう唱えていたとき、青山が、自分の手の甲に視線を落とした。

服で、何度も何度も、拭かれる。世界で一番汚いものを見るかのような目で睨まれたあとに。

ごめんなさい。与志樹は謝りたかったが、声を出せなかった。ごめんなさいごめんなさいごめんなさい。幼くてごめんなさい、マシンガンのような早口でまくし立ててごめんなさい、自分だけ何も変わっていなくてごめんなさい。心の中でいくらそう唱えても、体が動かない。

完全に固定された視界に滑り込んできたのは、紙ナプキンを握る青山の手だった。

「ごめん、興奮しすぎて唾飛んでたわ」

唾がついたままの青山の手の甲が、与志樹の視界を二回、横断する。たったそれだけの動きが、与志樹の体をがんじがらめにしていた何かを、すべて取り払ってくれた。

音源を貸し合ったり、アルバム収録曲が入っていないカラオケの機種にキレたり、楽器を持ち寄ってバンドめいたことをしてみたり。そのうち二人で、好きな音楽を野外で聴くようになった。北大のキャンパスにある芝生は大学というより公園のようで、その上にある空は芝生よりももちろんずっと広かった。与志樹たちが何をしたってそこから発される雑多なエネルギーを丸ごと吸収してくれるような安心感があった。

ここに来て良かった。与志樹は、芝生の上を自由に跳ねる音符たちを耳でつかんだり、つかみ損ねたりしながら、つかみ損ねてもいいやと思えることの贅沢さに全身を浸した。あのころは、青山と芝生に寝転んでいるだけで良かった。行きたい大学に進んで、趣味の合う友人と出会えて、好きな音楽に体を揺らせばそれだけで自分は生きているのだと思うことができた。

本当は、ずっと前からレイブなんてやりたくなかった。青山は確かにそう言った。唾を飛ばすことなく、冷静に。

与志樹は焦っていた。革命家飲みのメンバーが皆、自分の活動をどんどん大きくしてさらなる注目を集めていることに。彼ら彼女らと反比例するように、ＲＡＶＥＲＳが全く活動できていないことに。音楽に乗せた自らの主張に同調してくれる人々の視線が、足りなくなっていることに。

やらなきゃダメだ。与志樹は唾を飛ばしながらそう答えていた。もっともっと刺激的な主張を乗せて、注目を集めないとダメだ。そうすればするほど、俺たちの好きな音楽にはメッセージを広く伝える力があるんだと知らしめることができる。音楽に救われてばかりだなんて傲慢だ、俺たちも音楽の力を世に知らしめる一端を担って、音楽に恩返しをしなければ——そんな言葉を投げつけながら、与志樹は冷静に、自分はいつからそんなことを考えていたのだろうと思った。いつのまに、レイブをやることに対してそんな偽りの大義名分を作り上げていたのだろうと思った。

本当は、違う。全然違う。

はじめは、青山と二人で音楽を聴いているだけで良かった。

そのうち二人で、好きな音楽を野外で聴くようになった。

すると、音楽に吸い寄せられるようにして、いろんな学部の生徒が集まってくるようになった。みんなでお酒を飲んで踊った。興が乗ると、音楽に合わせて日ごろの愚痴などを叫んだりもした。楽しかった。さっきまで他人だった人たちと肩を組み合って、みんなで写真を撮った。いくつか選んでSNSにアップした。

高校時代の同級生から、反応があった。

当時は自分を見下していただろうクラスメイトから、いいねがあった。自分を無視していた人たちが、視線を向けてくるようになった。

見返してやりたい。そんな気持ちの芽が顔を出した。

野外で音楽とお酒を楽しむこと、音楽に主張を乗せることをレイブと呼ぶことを知った。レイブをもっともっと大規模なものにして、その中心にいる自分をかつての同級生たちに見せつけたかった。レイブで扱うテーマをどんどん刺激的なものに変化させた。安い労働力とファストファッションについて、生活保護の不正受給問題、生レバー提供禁止条例、尖閣諸島、竹島、慰安婦、原発。レイブの規模はどんどん大きくなり、かつての同級生たちからの反応もどんどん増えていった。

与志樹は思い出していた。舞台の上で、全校生徒から称賛の眼差しを背中ひとつで引き受けていた最高の時代を。

テレビ局から番組出演のオファーがあった。二つ返事で引き受けた。収録をしながら、どうしてこれが全国放送じゃないんだろう、そんなことばかり考えていた。もはや、議題のひとつひとつはどうでもよかった。自分がすごい人たちに囲まれてテレビ番組に出演していること、その事実をひとりでも多くの人間に知らしめたかった。

それが、生きていく実感になっていた。

——お前、変わらないな。相変わらず、手段と目的が逆転してる。

本当はずっと、その声がうっすらと聞こえていた。いつから、その声を無視することで精いっぱいになっていたのだろう。どうして、やわらかい芝生と青い空、そこで友人と聴く音楽だけでは満足しない自分がいるのだろう。

いつから。どうして。

そう思いながらも、青山に対する口の動きは止まらなかった。

俺たちはレイブをやらなきゃダメなんだ。テレビに出てマイナス意見も増えたけど、応援コメントだって増えてる。こんなときだからこそ、もっと大きな問題をレイブで取り扱うべきなんだよ。ＲＡＶＥＲＳを大きくして、もっともっと注目してもらわないと。

どうして？

与志樹の言葉を遮って、青山は言った。

どうしてそうなるんだよ？

そう訊かれたとき、与志樹も同時に、そう思っていた。

いつからお前は、そうなっちゃったんだよ。

いつから。

やわらかい芝生。青い空。つかみ損ねたっていい音符。

どうして。

ピピピピ。

電子音が、与志樹の神経に直接触れるように鳴り響く。また眠ってしまっていたらしい。視界がはっきりするより早く、すぐ隣にある布団の盛り上がりがごそりと動き出す。

「準備しなきゃ」

めぐみが、あくびをしながら上半身を起こす。午前六時十五分。北海道の二月の夜明けは、苺《いちご》の先がとくべつ甘いように、冬の冬らしさが最も凝縮されている瞬間だ。この時間ではまだ、カーテンの隙間から朝陽が差し込んでこない。それなのに、めぐみの目の下にあるクマは、薄暗がりの中でもはっきりと見て取れるほどだった。

与志樹は、めぐみの着ているスウェットの裾を指でつまんだ。

「めぐみは」

こんなに疲れているのに。毎日こんなに大変なのに。

「どうして今の活動やろうって思ったの？」

二人の間に零《こぼ》れ落ちたクエスチョンマークは、音としてはとても小さかった。だけど、電気もついていない狭い部屋の小さなベッドの上では、息遣いが聞こえるほどの存在感があった。

ホームレスを冬の寒さから守る活動。職を失くしたって家を失くしたって、誰もが一人の人間としての尊厳を保ちながら生きていくための助けとなる活動。

「生きていくためだよ」

上半身を起こしためぐみは、寝転んだままの与志樹を一瞬、見下ろす。

「それは、ホームレスの人たちが？」

めぐみは、そう尋ねる与志樹の目を見つめたまま、スウェットの裾を握る骨ばった手の甲に、なめらかな掌を重ねた。

「それとも、めぐみが？」

そして、スウェットの裾から、与志樹の手を離した。

【『海山伝説のすべて』、日本エッセイスト協会賞受賞】

思わず、携帯を触る手が止まった。かと思いきや、親指はすぐにその見出しに触れる。

【第68回日本エッセイスト協会賞が19日、海山伝説研究会（※1）による『海山伝説のすべて』（東洋経済新社）に決まった。

『海山伝説のすべて』は、複数の歴史学者からなる海山伝説研究会による新書。【日本人はもと海族と山族という二つの種族に分かれていた】という大胆な仮説を、専門分野が異なる学者たちが様々な角度から検証、分析している。

贈呈式は、3月22日（月）に東京・内幸町の日本記者クラブで行われ、受賞者には30万円の賞金が贈られる。

日本エッセイスト協会賞は、1952年に制定されたエッセイについての賞。文芸作品等創作を除く一切の評論、随筆（一定期間内に発表されたもの）等の中より、各関係方面の推薦を受け、日本エッセイスト協会に設けられた選考委員によって選考され、最優秀と認められたもの一篇にたいし記念品及び賞金を授与する。

※1　海山伝説研究会は以下のメンバーからなる。

横浜大学准教授・考古学者　澤田《さわだ》孝志《たかし》

関東大学教授　南水《みなみ》智則《とものり》

石川学院研究所所属　大道康隆《おおみちやすたか》……】

気づくと、かくん、と首を前に折っている自分がいた。さっき甘いものを食べたからだろうか、とても眠い。

またやってしまった。与志樹は、自分を戒めるように携帯電話を裏返す。浪人生時代は毎日何時間だって勉強し続けていたはずなのに、あのころの集中力はどこへ行ってしまったのだろう。

部屋でひとり、同じ文章を何度も何度も書いていると、人間の集中力というものは本当に長続きしないものだなと思う。今日は夜の飲み会までフリーだからたくさん作業を進められる、と少しワクワクさえしていたのに、集中力が宿る島は意識の海の中で飛び石のようにしか存在せず、幸福にもその島々にしがみつくことができた時間帯以外は、携帯を触ったりトイレに立ったりと狭い部屋の中を当《あ》て所《ど》もなく泳ぎ続けてしまう。SNSやニュースサイトは数分の周遊で済むのだが、『海山速報』にアップされる新着情報に上陸してしまえば、今のように、あっという間に長時間が経過してしまう。

文章も差出人の住所も同じなんだから印刷にしちゃえばいいのに――与志樹の提案を、めぐみはあっさりと却下した。寄付金へのお礼状は、手書きっていうのが絶対なの。手紙の中身も、宛名も差出人も手書き。そのほうが絶対に感謝の気持ちが伝わるから。

与志樹は時刻を確認するためにブラックアウトしていた携帯の画面を光らせる。午後五時過ぎ。時刻を確認するためだけに手に取ったはずの携帯で、またすぐSNSにアクセスしてしまう。

ほんの数分前にも全く同じ行動をしているので、特に世界に進展はない。ということまでわかっているのに、どうしてアクセスしてしまうのだろう。友人の生活も国内、国際情勢も海山伝説についても、何一つとして更新されていない世界をもう一度パトロールしているうち、ふと、もしかしたら更新されているかもしれない世界の存在に思い当たる。

北大、ジンパ。ツイッターのキーワード検索フォームに、そう入力する。すると、北大ジンパ復活委員会、という名前のアカウントが出てきた。与志樹は、ジンパ復活、と赤文字で書かれたシンプルなアイコンをタップする。

【春休みに入る前に署名1000人達成しました！ 皆さん本当にありがとうございます！ この署名を提出して、新学期までにジンパを必ず復活させます‼】

最新のツイートには、千人分の署名が集まったらしいノートの表紙画像が添付されているけれど、その投稿は誰にも拡散されていない。

やっぱり、更新されていなかった。今日は二十日だから、もう一週間以上、新しい投稿がない。

与志樹はそのまま、ライングループ『革命家の卵たち』を覗く。第二回革命家飲みは今夜だというのに、相変わらず雄介は出欠の返信すらしていなかった。めぐみの【結構遅れちゃうんだけど、顔出します！】というメッセージが最後だ。

最後。

雄介と最後に会ったのはいつだっただろう。与志樹は思い出す。真っ先に蘇ったのは、家で一緒にテレビを観ていたときの、雄介の横顔だった。

あの視線の先には、めぐみがいた。

雄介と最後に会ったのは、めぐみとセックスをする前だったかもしれない。

【リマインド！　今日は前と同じ店（食べログ→http://……）で20時から、柏で個室取ってるからよろしくねー！】

だるま落としを逆再生するように、新しいメッセージがグループトークの一番底に滑り込んでくる。こっちは、留学生の李も入っているグループだ。与志樹は、すぐに既読をつけてしまったことを少し恥じながら、【了解！】という文字を底に滑り込ませた。

第二回革命家飲みの幹事を務めてくれている柏芙美香は、ライングループ『革命家の卵たち』のほか、もう一つのグループ『革命家の卵たち（李サプライズ用）』を作った。そのグループは名前の通り韓国から来た留学生の李以外のメンバーで構成されているもので、芙美香曰く【この日の飲み会は李君へのサプライズがあります！　だから遅れてくる人も22時までには来てくれるとありがたいです！　プレゼントも用意しているので、申し訳ないけど後からプレゼント代も徴収させてください～】ということらしい。与志樹はそのメッセージを読みながら、自分はあの番組で出会った人たちの誕生日なんて全然把握していないな、と思った。そういうことの積み重ねが、芙美香のバイタリティを下支えしているような気がする。

雄介は今日、来るのだろうか。

結局、家を出るまでにできると思っていた量の半分ほどしか、お礼状の送付作業は進まなかった。

「いらっしゃいませ」

店の入り口で出迎えてくれたのは、バイトの制服姿の智也だった。

「もう皆さん集まってるよ」

智也が、奥の個室まで案内してくれる。水のように自由に形を変え、狭い店内をするりするりと進んでいくその後ろ姿は、智也のつかみどころのなさを象徴しているかのようだった。

「あのさ」

「一杯目、生でいいよね？　じゃあ、ごゆっくり」

最近雄介と会ってる？——そう訊こうと思ったけれど、智也はすぐに別のテーブルへ移動してしまった。忙しい時間帯だから、仕方ない。

「お、旦那だけ来た」

与志樹が個室に入ると、幹事の芙美香がにやにやしながら出迎えてくれた。めぐみが芙美香に報告したらしく、二人のことはこのグループの中ではあっという間に周知の事実となっている。

だから、多分、雄介もそのことを知っている。

「ダンナ？　与志樹君、結婚したの？」

楽しそうにビールを飲んでいた李が、突然前のめりになる。サプライズの存在を微塵も予想していない様子の李を見ていると、それだけで飲み会が楽しくなる。

「してないって！　変な言い方やめろよ」

「だって、もう完全に『ゼロ・ウォームレス』の右腕じゃん」

右腕ってほどじゃないけど、と否定するが、恋人同士が同じ団体で活動していればそんなふうに見えるのかもしれない。与志樹は、また半分以上残っている礼状の送付作業を思い出しうんざりしたが、やるべきことがあれば革命家飲みのメンバーといても後ろめたさを感じないことに気が付いた。

ＲＡＶＥＲＳの活動が止まってしまっている今、与志樹は、ＮＰＯ法人『ゼロ・ウォームレス』の活動にどっぷりと浸《つ》かっている。とはいえまだお手伝いのレベルなので、そろそろ本格的に団体の一員として動き出したいところだ。

「ほんと身ィ捧げてるよね、めぐみは」

「この冬はウェブのインタビューとかいろんなところで見たよな」

「あの番組の反響が一番多かったのってめぐみなんじゃん？」

ホームレスを寒さからだけでも救いたい。そして、私の活動を通して、同年代の人たちがホームレスから連なる様々な社会問題を考えるきっかけになれば――あらゆる媒体のインタビューで、めぐみはそう語っていた。それは、RAVERSが活動していたころ、どうしてレイブをしているのかと聞かれたときの自分の回答と似ていた。

身の回りの小さな問題から、社会全体を覆う大きな問題へ。立ち向かうもののスケールが大きくなっていくほど、質問への回答はどんどん壮大なものになっていく。

「そんなこと言ってるけど、芙美香だってますますすげえじゃん」

与志樹が枝豆をつまみながらそう言うと、芙美香が「まー、ぼちぼちがんばってますよ」と自信に満ちた表情を見せる。【ウィンタースポーツの魅力を、足のない私が伝える意味】というキャッチコピーであの番組に出ていた芙美香は、元フリースタイルスキー全日本選手権チャンピオンという経歴を活かし、スポーツ界における女性の働きづらさを解消する活動を新たに始めた。ジェンダーギャップというキーワードが時代にマッチし、女性のコラムニストや地元出身の作家との対談なども積極的に行っているようだ。

「今度は立ち向かうべき相手が大きいからさ、まあいろいろ大変だよね」

芙美香が、個室内にいる男子メンバーに向かって銃を構える真似をする。スポーツ関連の団体では、高齢の男性が役員など上の立場に就いていることが多いという。そしてそういう男性は、よく言えば古き良き日本人の伝統、悪く言えば老害と呼ばれるような古い価値観から全然抜け出してくれないらしい。そこにカウンターパンチを食らわせようという芙美香の活動は、大きな反響を呼んでいる。

「いろいろ大変とか言ってるけど、楽しそうだね」

李が、芙美香に向かって銃を構える真似をし返す。「そーお？」ごまかす芙美香だけど、笑顔は隠しきれていない。立ち向かうべき相手が大きくなったことで活力が漲っているのは間違いなさそうだ。

「RAVERSは最近——」

芙美香がそう言ったとき、ピロン、と、ラインの通知音が鳴った。

雄介。

ふと、与志樹はそう直感した。

雄介。雄介が来るんじゃないか。

「めぐみだ！」

一足早く携帯を触った芙美香の声が、ポン、と宙に飛ぶ。

「二十二時ちょっと前には着くって。いやーめぐみも忙しそうだね、社会のために身イ捧げてて、さすがさすが」

軽やかにフリック入力をする芙美香に、与志樹は訊いてみる。

「雄介って、今日、来ないの？」

「あー」一瞬、低くなった声のトーンを、芙美香はすぐに戻した。「なんか返事来なかったんだよね。忙しいんじゃない？」

ジンパ関連で、と芙美香が付け加えると、その場にいたメンバーがくすくすと笑った。

与志樹はその姿を見て、高校時代の教室を思い出した。

何より、雄介が忙しくしているはずがない。与志樹は思い出す。ジンパ復活関連のSNSの更新は、かなり前から止まっている。それまでは、どんなに小さな活動でも自分の功績を見せびらかすようにアップしていたのに。

「ジンパ？って、復活した、んだよね？」

李の、独特の発音による文節が、ばらばらとテーブルの上に落ちた。

「え？　何？」

「北大に行ってる友達が言ってた。ジンパ、復活したって」

「え、それって」芙美香がパチンと手を叩いた。「アイツがやってた活動が実を結んだってこと⁉」

アイツ。芙美香が心の中で雄介をそう呼んでいたことに、誰も何の違和感も抱かなかった。

「これ、雄介かと思ってたけど……違うのかな？」

李が、芙美香に向けて携帯の画面を差し出す。「どれどれ」芙美香は十数秒間、少し細めた目でその画面を眺めると、ふっと口元を緩めた。

「まず雄介とは完全に別人だし、何よりこっちの人のほうがアプローチの方法含め何百倍も賢いわ。何だ、ジンパ復活のためにずっと動いてくれてた人、別にいたんじゃん。アイツ何も知らないで署名千人目指しますーとかやってたってこと？」

俄然ピエロじゃん、と笑う芙美香から、「ちょっと見せて」与志樹は携帯を奪う。白く光る画面には、北大ジンパ復活委員会、ではなく、とある学生の個人のツイッターアカウントが表示されていた。

プロフィールには、北海道大学工学部生体情報コース三年、とある。

【①北大の人間として、ずっと、ジンパを復活させたいと思って活動してきました。ですが、従来のようなビラまきやチラシ掲出、学生たちの署名などでは大学側が動いてくれるはずがないと思っていたので、数か月前より、僕らは別のやり方でのアプローチを始めました。続く】

【続き②有志で集まり、学生が必ず守る条件をまとめ、大学側に提出しました。何度かのやりとりを経て、時間帯や区画はかなり限定されてしまいますが、また大学でジンパができるようになりました！　条件の詳細は添付画像をご覧ください。皆でジンパの伝統を引

き継ぎましょう！】

「生体情報コース、三年」

与志樹が呟いた、そのときだった。

「お待たせしました」

突然、個室を個室たらしめている引き戸が、開いた。

智也だ。

「あ、ありがとうございまーす」

追加で頼んでいた品々が、メンバーの手から手へと渡り、テーブルに集う。逆に、空っぽになったグラスが、メンバーの手から手へ、そして智也にまで辿り着く。

「ちょっと待って」

厨房に戻ろうとする智也を、与志樹は引き留める。

「これ、知ってたよね？」

李の携帯を突き出すと、智也は覗き込み、数秒、その動きを止めた。

「生体情報コースって、智也君がいるところだよね？　そこでジンパ復活の動きがあるってこと、そっちのほうが雄介のやってることより見込みがありそうだってこと、智也君、絶対知ってたよね？」

与志樹は智也の目を見つめる。

青。

そんなはずはないのに、与志樹には一瞬、何かが青く見えた。それが、智也の目、その一点なのか、智也の目を除いた世界全体なのか、どちらかはわからなかった。

「どうして雄介に言ってあげなかったの？　雄介が千人分の署名集めたりしてる間に同じコースの人たちがもっと建設的なやり方で動いてるって、どうして教えてあげなかったの？」

智也が、透明のグラスや白い皿の載った盆を持ち上げる。青なんて、食品を扱う店で見ることはない。

「仕方ないんだ」

智也はほとんど聞き取れないような声量でそう呟くと、店員の表情に戻り個室から出ていった。閉められた引き戸がそのまま、空気も会話も断ち切ってしまう。

一瞬、個室の中が静かになる。「与志樹君、携帯返して」李の独特なイントネーションが、ただでさえ異質な沈黙をさらに異質なものに仕立て上げる。

「あーあ、雄介君」

李が、携帯を服のポケットにしまいながら言う。

「やることなくなっちゃったんだ」

やることなくなっちゃったんだ。

やることなくなっちゃったんだ。

「あいつって、絶対童貞だよね」

「は？」

突然の芙美香の発言に、場の空気ががらっと変わった。「何言ってんのいきなり」主に男性陣がくすくすと笑っている。

「初めて会ったときから思ってたんだけどさ、バリバリ活動してます！　みたいな雰囲気、すっごい出してくるじゃん。血気盛んです！　みたいな。アスリートでもそういうタイプいるんだよね、男としての役割を勝手に背負いまくって過剰にアピールしてくるっていうか」

芙美香が、なみなみと注《つ》がれたハイボールに口をつける。

「それって童貞っぽいんだ？　体育会系で男っぽいやつとか、むしろ遊んでるっぽく見えるけど」

与志樹はそう言いながら、どうして自分は雄介のフォローをしているのだろうと思った。

芙美香がグラスを置く。

「生身の女とちゃんと関わったことがあったらさ、そんな中身の伴ってない単純な虚勢は通じないってわかるじゃん」しかもしかも、と、芙美香の口の動きは止まらない。「童貞は童貞でも、本当に好きな人ができたら卒業したい、じゃなくて、とにかく誰でもいいから早く卒業させてくれってタイプだと思う。あいつの活動もさ、ズバ抜けて薄っぺらいじゃん。ジンパ復活とか言ってうちらと並ぼうとしてるけど、正直全然レベルが違うっていうか、あいつはただなんか活動してる人間だって周りから思われることが目的なだけっていうか」

目的。その言葉が、与志樹の鼓膜に張り付く。

「そこならいけるって、そう判断しただけって感じ」

――グランプリ狙うならあの本だって、そう判断しただけなんだろ。

「あいつ、多分、ジンパとか別にどうでもいいんだよ。署名千人分集めますとか言って、やり方が非効率すぎてバカかよって感じだったもんね。本気で復活させたいんだったらさっきの人たちみたいにもっと建設的なやり方で動くって」

言い過ぎだぞお、と笑う周囲は、注意をしているようで、芙美香からさらなる悪態を引き出そうとしている。

「童貞でバカで、ガキのまま変わってないっていうか、幼いんだよね、戦い方が、なんか」

ガキのまま変わってない。

幼い。

そうか。

与志樹は突然、体内を巡っていたアルコールがすべて蒸発したような気がした。

今の雄介は、周りから人が離れていったころの自分に、似ているんだ。

「はいはい、気ィ取り直して飲も。ビールの人ー？」

お酒が次々に運ばれてきてからは、いつものように、様々な議題についてそれぞれの観点から意見を述べ合った。中でも盛り上がったのは、日本人十名が亡くなったアルジェリア人質事件を発端とした、日本の国防問題だった。おそらく日本にも今後テロの脅威が迫ってくる、その前にどんな対策が取れるのか。そして、人々がテロに走る背景にあるといわれる格差社会をどう是正していくべきなのか。

ただ、与志樹は、今回もあまり積極的に発言をしなかった。相変わらず、意見した途端誰よりもダントツで知識が浅いことがバレそうなこと、過去にレイブで取り扱った政治的事象をその後ひとつも追っていないこと、そして何より、鼓膜に張り付いてどうしても剝がれ落ちてくれない言葉たちが、何か言おうとするたび与志樹の口に蓋をした。

――そこならいけるって、そう判断しただけって感じ。

――相変わらず、手段と目的が逆転してる。

そして全体のトーンも、前回同様、ひとつひとつのテーマが掲げられた瞬間の盛り上がりが最高潮で、そこからは「難しい問題」「だけどこういう議論ができる場があること自体が大事」「だけど私たちと同世代の人たちはこういう議論をしたがらない」「じゃあ私たちの活動から少しでも社会や世界の問題に同世代が目を向けられるようにしていかないと」「もっと私たちががんばろうがんばろう」といつものゴールに緩やかに着地していくという流れに終始していた。その終着点は前回の飲み会と全く同じだったが、皆、それで満足そうな表情をしていた。

なんだか、前ほどは盛り上がらないな――与志樹がぼんやりとそう思ったときだった。

「ごめん、遅くなっちゃって！」

戸が開き、まだ外の冷たい空気をまとったままのめぐみが顔を出した。いつの間にか二十二時近くになっていたらしい。「あ、めぐみ～！　待ってたよ～！　夜遅くまでお疲れすぎ、マジで活動に身ィ捧げすぎ！」芙美香が、まだダウンコートを脱いでいないめぐみをばふばふと抱きしめる。

めぐみの表情を見て真っ先に読み取れる情報は、顔色が悪い、ということだった。きっと、トラブル対応に追われていたのだろう。プライドがあるのか、めぐみは直接言ってこないけれど、今、団体がとある問題を抱えていることを、与志樹はボランティアスタッフから聞いていた。どうやら、ホームレスを救いたいというめぐみの情熱が空回りし始めているらしい。防寒具を配布するだけでなく、勝手に調べ上げたホームレスの親族に連絡を取り、家に戻れるよう説得をしているというのだ。当事者からお節介だと言われても、スタッフが「やりすぎですよ」と止めても、めぐみは聞かないという。

めぐみさん、最近なんか病的なんですよ。もっとやらなきゃもっとやらなきゃ、私が救わなきゃ助けなきゃってなってて。ちょっとおかしいんですよ。与志樹さん、彼氏だったら何か話聞いてませんか、心当たりとかありませんか――彼氏だったら、のところのみ、もう冷たくなったパンにバターでも塗りこむような言い方をされた気がして、与志樹は少し気まずくなった。

「めぐみも来たことだし、そろそろ」

芙美香が、メンバーの顔を見渡す。李だけがきょとんとしている。

「じゃあ、お願いしまーす！」

芙美香が、個室の内側から、戸をトントンとノックした。すると、ガラリと開いた戸から、大きなホールケーキを持った智也が入ってきた。

「おー！」

「だからさっきデザート頼まなかったんだー！」

メンバーみんながケーキに視線を注いでいる中、与志樹は、こちらに向かってくる智也の肩越しに見える戸、その向こう側の世界に、視線をごっそりと吸い取られてしまった。

店の入り口に、一人の男が立っている。

雄介だ。

「みんな、雄介が来て」

「えー！　こんなの準備してくれてたですかー⁉」

ケーキが自分を祝うものだということに気が付いた李が、大きな声を出す。「タラちゃんみたいになってたけど今」芙美香が爆笑している。「写真とか撮ります？」智也の呼びかけに、お願いしますーとみんなが機嫌よく応じている。

開けっ放しになっている戸の向こうの世界に、雄介がいる。

「はい、みんな寄ってー！　李君、ケーキ持って真ん中で！」

芙美香が、与志樹の肩をぐっと押さえる。「はい、じゃあ撮りまーす」カメラを構えている智也が、さん、にい、いち、とカウントダウンをしている。

その様子を、雄介が見ている。

期せずして、与志樹は李のすぐ隣というポジションになってしまった。甘い匂いを立ち上らせているケーキに、ふと視線を落とす。

白いホールケーキの真ん中には、お馴染みのプレートがある。そこには、チョコペンで、
誕生日おめでとう――とは、書かれていなかった。


李君、兵役、ファイト！

「兵役?」

カシャ、というシャッター音が、何度か続いた。「何枚か撮っておきましたんで」確認してみてください、と、智也が芙美香に携帯を返している。

「李君、兵役なの?」

与志樹はケーキとのツーショットを撮ってもらっている李に向き合う。ケーキを顔のすぐ横に持ち上げていた李が、何をいまさら、という表情で与志樹を見ている。

「三月入隊なんだって。いつの飛行機で帰るんだっけ、来週?」

芙美香の問いかけに、李は頷く。

「そう。空軍だと二年、陸軍だと短くて二十一か月くらい。日本離れるけど、みんな忘れないでね〜」

そう言う李を、男子メンバーが「忘れるわけないだろ!」と、もみくちゃにしている。

その輪に入っていないのは、与志樹とめぐみ、そして、店の入り口に突っ立ったままの雄介だけだ。

与志樹は、ゆっくりと、めぐみの表情を確認する。

この数週間で一気に見慣れた、その両目。そこから放たれる視線は、目の前にいる李を捉えているようで、李の体をあっさりと貫き、世界を通り過ぎ、自分自身の背中を突き刺しているようだった。

負けた。

誰もそんなこと言っていないのに、与志樹にははっきりと、そう聞こえた。それはめぐみの声なのか、自分の声なのか、雄介の声なのか、もうわからなかった。

「もう、ケーキぐちゃぐちゃになっちゃうよ」

李が、自らを取り囲むメンバーから抜け出す。ツンツンと立てられていた短髪が、ぺたんこになってしまっている。

「というわけで、こうやって喋って満足するだけのおままごとはもう、終わり」

李はそう言うと、その場にすっと立ち上がった。みんなが、李を見上げる。

李は、ゆっくりと右手を上げると、与志樹たちに向かって敬礼をした。

「正真正銘、実際に、身を捧げてきます」

騒がしかった個室が、一瞬、静まり返る。

おままごと。終わり。正真正銘。李の口から放たれた数々の言葉は、針に糸を通すような繊細さと丁寧さで、その場にいる日本人たちのやわらかい部分を、づんと突いた。戸は開けっ放しなのに、別のテーブルの笑い声が、なぜか聞こえてこない。

「何、今の言い方」

口を開いたのは、めぐみだった。

「私たちのやってることは結局おままごとだって言ってるわけ？」

芙美香が「めぐみ」と制止を試みるが、めぐみは止まらない。

「正真正銘身を捧げてないって、そう言ってるわけ？　こんなに頑張ってるのに！　毎日寝る時間だって全然ないのに！　ねえ！」

「おままごとの人も、いるでしょ」

叫び続けるめぐみの向こうから、李の冷静な声が聞こえる。

「ねえ、あなた」

あと二度呼ばれて、与志樹は、〝あなた〟が自分を指すことに気づいた。

「あなた、日韓問題のこと、改めて僕に話聞きたいとかなんかいろいろ言ってましたけど、ほんとは全然、興味ないですよね」

沈黙に包まれていた個室内が、一層、静かになる。与志樹は、自分は李にそんなこと言っていただろうかと思ったけれど、これまで誰にだって改めて話を聞きたいとか言ってきたな、とも思った。

「ほんとに興味あったら、芙美香さんみたいに個別に連絡したりするもん。兵役と女性差別のつながりとか、聞いてきたりするもん」

与志樹はあなた、という言葉の残響を味わいながら、李は自分の名前すら憶えていなかったんだな、とぼんやり思った。

でも、それで当然か。

――お前、中学のころ、本、別に好きじゃなかったろ。

――アナキズムがどうとか、興味なかったんだろ。

――そこならいけるって、そう判断しただけなんだろ。

またやってしまった。またやってしまっている気はしていたけれど、正真正銘、またやってしまった。

「別に興味ないならないでいいんだけどね。興味あるから偉いってわけじゃないんだから」

与志樹は李の声をただただ浴びながら、開けっ放しの戸の向こうにいる雄介の姿を眺めた。

あそこにもいます。おままごとの人。

もちろん、声にはならない。

「何でそんなこと言うの！　こんなに頑張ってるのに！　今日だって寝る間も惜しんでホームレスの人のところに行ってきたのに！　ねえ！」

相変わらず、めぐみは叫び続けていたらしい。与志樹の頭の中にいる自分は、彼氏として、李に詰め寄るめぐみの肩を摑んでいた。めぐみの最大の味方として、心配そうな顔で、日に日に目の下のクマが濃くなっていくめぐみをなだめているつもりだった。だけど実際の自分は、その場に座り込んだままで、やはり開けっ放しの戸の向こうを見ていた。店員に声をかけられても、他の客の邪魔になっても、まるで死んでいるような、それともたったたいま生まれ直したような顔でこちらを見ている雄介を、与志樹はずっと、眺めていた。

北大ジンパ復活委員会のアカウントが消えたのがその翌日、与志樹が雄介の姿を再び見かけたのはその翌々日のことだった。

ラーメン大将が見えてきたころから、店の前に人がいることには気が付いていた。その人影は店内に入るわけでもなく、店の壁の何かを貼り替えているようだったので、与志樹はバイトか誰かが壁の掃除をしているのだと思った。

だから、声をかけられたときは、動揺した。

「与志樹」

雄介が、壁に指をつけたまま、こちらを見ていた。

与志樹は、自分を形作る細胞が、ざっと一斉に背中を丸めて無数の自らを守ったような気がした。

おととい、たった一人で受け止めてしまった雄介の視線は、全身のいたるところに火傷《やけど》の痕のような鈍い痛みを残している。雄介はあのあと、こちらに声をかけてくることもなく、いつの間にか店からいなくなっていた。大学も春休みに入り、このまま雄介と顔を合わせることなく時が流れてくれればいいとさえ思っていた。

だけど、「久しぶり」と答えているうち、細胞のひとつひとつが元の姿勢を取り戻していく感覚があった。警戒が解けていく。

おとといとは、別人みたいだ。

「与志樹、ここ好きなんだっけ」

「うん、まあ。ラーメンより肉チャーハン目当てだけど」

俺それ食ったことないんだよな、と答える雄介の目は、相変わらずぎらぎらとした光を携えてはいるが、眼球を一度水洗いして入れ替えたような、そんな新鮮さを感じられた。あのときのような強い光が宿っているというよりは、広い範囲を照らすことができる大きな光を手に入れたように見える。

「雄介は何してんの」

与志樹はそう言いながら、雄介の指先に視線を移す。

ラーメン屋の壁。雄介が指をつけているところ。そこには、ジンパ復活、と書いてある見慣れたチラシが貼られていた。

「俺、自衛隊入ることにした」

「は？」

与志樹は、その唐突な発言の内容をすぐに理解することができなかった。「自衛隊？」

その音を自分の体で発してみて初めて、意味を持った言葉として認識することができた。

「ジンパ復活とかさ、どうでもよくなっちゃって。学生のお遊びじゃんな、ジンパって。俺、もっとでっかいことやりたかったんだよ、ずっと。そんで、思い出したわけ、ウィンクラー大佐の『未来の己を守るのではなく、今このときの民のために動け！』って言葉」

雄介はそう言いながら、壁に貼られているチラシをつまんでいる指を、ザッと下ろした。ビリッ、と、百万ボルトの電流が走り抜けたような音が、人通りの少ない道路沿いに響き渡る。

なかったことにしている。

与志樹は、状況を呑み込むと同時に、その背景にある雄介の狙いに全身を覆われたような気がした。雄介は、ジンパ復活についてのチラシを置いてくれていたこの店から、チラシを貼ってくれていたこの店の壁から、すべてを回収しようとしている。ジンパ復活運動に携わっていた自分、を、消し去ろうとしている。

「今このときの民のために何ができるかって考えたら、やっぱ今は自衛隊が一番だなって気づいたんだよ。韓国とか中国と慰安婦とか尖閣諸島で対立してばっかだし、北朝鮮もなんか核実験とかしまくってるし、どこがいつ日本を攻撃してきたっておかしくねえだろ？アメリカだって安保安保っつってるけどほんとに守ってくれるのかどうかわっかんねえし、だけどテロはガンガン起きてるし。今までみたいに居酒屋の個室でそのへんのことダラダラ議論してても実際何の役にも立ててないわけ。理想論語る前に体動かせよみたいな」

与志樹は、ふと、雨が降り始めたのかと思った。雨粒のようなものを感じた手の甲を見る。

「言っとくけど、別に李の兵役に影響されたわけじゃないから。俺だってずっと前から考えてたんだよ、マジで。別にお前には言わなかったけど。なんかどっかの知らねえやつがジンパ復活させたこととかも、マジで全然関係ねえから」

唾だ。

雨なんて降っていない。与志樹の手の甲を濡らしていたのは、雄介の唾だった。

与志樹は、視線を雄介に戻す。

見開かれた目、飛び散る唾、血色のいい肌、大きな耳。

雄介がその形になるのは、もう、何度目だろう。

「ぶっちゃけ、ジンパ復活のために動き回ってても、正直あんま生きがい感じられなかったしな。ジンパ復活で喜ぶ学生のためより全国民のために身を捧げたほうが、捧げがいがあるっつうか、生きる意味あるっつうか」

チラシを貼っていたガムテープを勢いよく剝がしたからだろう、糊《のり》が残り、店の壁が汚れてしまっている。与志樹は、雄介が立ち去ったあと、その汚れをきれいに取っておこうと思った。

「なあ」

雄介が口を開く。

「お前は今何してんの？　最近レイブ見かけないけど」

お前は今、どれだけ注目されてるの？

社会のために何かしてるの？

価値のある人間なの？

何もせずのうのうと自分だけのためにずうずうしく生きてんの？

与志樹の耳には、そう聞こえた。

顔を見なくてもわかった。雄介は今、笑っている。勝った、と思っている。自衛隊、というカードを切ったことに、安心しきっている。

与志樹は、息を吸い込んだ。

「めぐみのNPO、手伝ってるよ」

めぐみ。その名前に、雄介の表情がかすかに揺らぐ。

「めぐみの活動は今、いろんなところで取り上げてもらえて、これまで以上に寄付が集まってる。実際、社会のためにもなってる。おととい集まった皆だってがんばってるよ。たとえば芙美香だって、スポーツ普及だけじゃなくて、スポーツ業界への女性進出支援って活動も始めて」

「出た」

雄介が、壁から剝がしたチラシをさらに半分に破った。鼓膜を直接破られたような音が響く。

「女はいいよな」

たった一枚だった紙が、二つへ。

「生きてるだけで、弱者が強者に立ち向かってる感が出るんだから」

四つへ。八つへ。

もともと一つだったものが、あっという間にバラバラになっていく。

「女性の自立とか女性の社会進出とかさ、ずるいよなー。俺ら男は自立して当然だし社会進出してないとクズだって思われるのによ。男で何も成し遂げなかったらヒモ扱い、女で何か成し遂げたらヒーロー扱い」

雄介が、小さくたたんでいた両方の掌を、パッと開いた。

この前まで雄介が立ち向かっていたものが、形を失くしている。

「祭りで神輿担ぐ男は男らしくてかっこいい。祭りで料理出す女は女らしくて褒められる。祭りで神輿担ぐ女は女なのに男らしくてもっとかっこいい。祭りで料理出す男は男なのに女らしくて」

風が吹く。

「キモい」

屑《くず》が散る。

「偶然この世界の強者に生まれた俺らは、神輿を担ぐしか選択肢がないんだよ」

そう呟く雄介の目が、風に乗る屑の軌道を追っている。

「担ぎ続けるしかねえんだ」

だけど与志樹には、その軌道よりももっともっと遠くにある何かを追い続けているように見えた。

「行くわ」

背を向けた雄介が、これまで立ち向かっていたものに完全に別れを告げるように、紙屑を踏みつけながら歩いていく。だけど、雄介が踏みつけた紙屑は、一歩ずつ進むスニーカーの底にへばり付いて、ずっと離れなかった。


テイクアウトした肉チャーハンを持ってめぐみの家に着いたころには、約束の十三時を少し過ぎてしまっていた。寄付金だけで成り立っている『ゼロ・ウォームレス』は事務所を借りるお金を持ち合わせておらず、めぐみのアパートが事務所代わりとなっている。

「お疲れ様です」

学生のボランティアスタッフが、手を動かしながらサンドウィッチを頰張っている。彼女たちも昼食を外で摂るような時間はなかったみたいだ。

今日は今後の運営方針について打ち合わせをすると聞いているが、その内容については、なんとなく察しが付いていた。おそらく、今目の前にいる二人から、この団体から退くと聞かされるのだろう。二人が大学の授業に通えているのか、お金を稼ぐ別のバイトをできているのか、与志樹はきちんと聞いたことがない。均等な形に切り分けられたパンや野菜を口の中に押し込んでいる二人は、そうすることによって本当は今すぐ吐き出してしまいたい言葉に蓋をしているように見えた。

事業を拡大していきたいめぐみと、そのペースについていくことが困難なスタッフ。もうずっと活動していないＲＡＶＥＲＳ。

団体は、同じように崩れていくんだな。氷が静かに解けていくような時間の中で、与志樹はそう思った。

「遅いな」

十三時半を過ぎても、めぐみが現れない。ラインは既読にもならないし、何度か残した留守電にも返事がない。忙しく動き回っているめぐみが遅刻することは日常茶飯事だが、全く連絡が取れないなんてことはこれまであまりなかった。

「もしかしたら、狸小路商店街に行ってるのかもしれません」

スタッフのうちの一人が、キーボードを打つ手を止めた。

「それって、あの、揉《も》めてる人が住んでるとこ？」

スタッフ二人は顔を見合わせ、「揉めてるっていうか……」と言葉を濁す。二人の言いたいことは、なんとなくわかる。揉めているというほど双方向のやりとりが行われているわけではなく、めぐみの支援への思いが暴走しているのだろう。

すすきの駅と大通駅の間にある狸小路商店街には、七つの大きなアーケードがあり、夜はホームレスが集まりやすい場所となっている。中でも狸小路七丁目にあるアーケードが最も古く、その辺りを中心に一つのコミュニティのようなものが出来上がっているという。

『ゼロ・ウォームレス』がそのコミュニティに防寒具を配布したときは、ひどく喜ばれたらしい。ただ、めぐみは、それだけでは飽き足らず、そのコミュニティのまとめ役だと思われる人物の素性を調べ上げ、彼が家に戻れるよう親族に勝手に連絡を取ったという。

防寒具を配布するたびに感謝されてきためぐみは、自分が行うことは、イコール、人から感謝されることだと思っている節がある。だが、人間には、家庭には、それぞれの事情がある。ホームレスの幸せが家族のもとに戻ることだとは限らない。

「ちょっと、行ってくる。また連絡するから」

与志樹がダウンジャケットを手に取り立ち上がると、二人はまた、言いたいことを押し戻すようにお互いの顔を見合わせた。

誰かが眠っているのかと思った。

「めぐみ」

与志樹が声をかけると、めぐみはすぐに顔を上げた。眠っていたわけではなく、ただ頭を前に垂らしていただけだったようだ。

「風邪引くって」

アーケードの中にいるので吹きっさらしというわけではないが、外は外だ。人通りが多い商店街の中、めぐみが座っているベンチの周辺だけ、あらゆる営《いとな》みが停止しているような雰囲気が漂っていた。

めぐみが腕時計を見る。

「もうこんな時間」

立ち上がろうとしためぐみの肩を押さえ込み、与志樹はその隣に腰を下ろした。コンビニで買ってきたホットのココアを渡す。

「今日はもう、休んだほうがいいよ」

めぐみは、ココアを受け取りはしたが、頷かなかった。

ベンチに座っている二人のことなんて見えていないように、たくさんの人が商店街を行き来している。

めぐみにはきっと、今の時間帯、ここにはいないホームレスの姿が見えている。

「ちょっと、頑張りすぎなんじゃないの」

与志樹はそう言うと、自分のために買っていたココアのキャップを捻った。

「俺、話聞いてたんだよね。めぐみがこのへん仕切ってるホームレスの家族に連絡取ったとか、それで揉めてるとか、スタッフの二人から、いろいろ」

キャップと本体を繋げていた最後の部分が、みり、とねじ切れる。

「防寒具配るのは喜ばれると思うけど、家族に会いたいかとか、そういうのは、人それぞれ事情があるわけでさ、それを無理やり――」

「私、もっと人を救わないとダメなの」

ミニサイズのペットボトルの飲み口から、ココアの甘い匂いが漂う。

「これまでのやり方じゃ、もうごまかせなくなってきたの。私は兵役になんて行けないんだから、もっと正真正銘、今やってることに身を捧げないといけない。おままごとじゃいけないの。生きる意味を、生きがいを、もっともっと外の世界に向けていかないと、あいつらと同じになっちゃう」

生きる意味。生きがい。

風なんて吹いていないのに、雄介の目の前で、ばらばらに千切られたチラシの破片が散った。

さっき、雄介の口からも出てきた言葉。

そして、かつての自分が、口にしていた言葉。

――じゃあ、最後に一言。今の安藤君にとって、レイブってどういうもの？

――生きがい、っすかね。

さっきまではただ甘いだけだったココアの匂いが、テレビ局の会議室の匂いになったり、ラーメン大将の匂いになったりする。

「与志樹だってそうでしょ？」

めぐみが、こちらを見る。

「大して政治に興味がないくせにレイブやってたのって、生き生きしてる自分を周囲に見せつけたかったからなんでしょ？　それで、レイブがなくなった今、何もしてない自分に耐えられなくて、生きがいをレイブから私の団体を手伝うことに設定し直したんでしょ？」

めぐみの目の下に広がるクマが、与志樹の目の奥を覗き込む。

「与志樹、李君の兵役知ったとき、負けたって顔してた」

負けた。

あのときも聞こえた気がした言葉が、今度はきちんと、温度を持って迫ってくる。

「私見たよ、与志樹が絶望的な表情であのケーキのプレートを見てるところ。負けた、って、顔に書いてあった。私、与志樹がそう言ったのかと思ったもん。もう、聞こえた気がしたの、負けたって」

粉々になったチラシが舞う。

びりびり、と、紙が破れる音が聞こえる。

「結局、そうなんだよ。そんなところで競ってるってことは、全部自分のためにやってるんだよ。自分の世代がもっと政治に興味を持つようにとか偉そうなこと語ってたけど、結局全部自分のため。自分は生きる意味がある人間で、この人生には価値があるって思いたいだけ」

「そんなの」

与志樹は思わず口を開く。

「めぐみだって同じだろ」

ぼこ、と、めぐみの握るココアのボトルが音を立てる。

めぐみは結局、ボトルの蓋を開けることもなかった。カバンをまるで岩のように持ち上げ、立ち上がる。

「今日は、ちょっとそっとしといて」

めぐみの小さな背中が、さらに小さくなっていく。どこかに向かっているのか、ただここから離れようとしているのか、設定していたはずのゴールを急に隠されてしまったかのような心もとない後ろ姿を見ながら、与志樹は大きく息を吐いた。そして鼻で息を吸うと、また、甘い、甘いココアの匂いがした。

甘い、チョコレートの匂い。

それは、あの居酒屋の個室の真ん中に運び込まれた大きなホールケーキ、その真ん中に置いてあったプレート、その真ん中に書かれていた兵役という二文字を形作っていた、チョコペンの匂いに似ていた。


「珍しいね、一人で来るなんて」

智也がテーブルに水を置く。ランチ営業が終わるギリギリに駆け込んだ店内は、さすがに空いていた。

結局、打ち合わせは延期になった。めぐみからは【さっきはごめん】とメッセージが届いていたけれど、既読はつけていない。

「腹が減ってるわけじゃないんだけど」

一人で来たからか、カウンターに案内される。それは当然のことなのに、革命家飲みで使ったあの個室に入れないことを残念に思う自分がいる。

漂ってきたココアの匂い。兵役、という文字を表すチョコペン。

「どうかしたの？」

智也の問いかけに、答えることができない。自分は一体、何を期待してこの店にやってきたのだろう。与志樹は、自分の取った行動が自分でもよくわからなかった。

「ごめん、コーヒーだけ、とかもできる？ 俺、実は全然腹減ってなくて」

「うーん、昼はそういうのやってないんだけど」智也がちらりと厨房を見る。「今日店長いないし、サービスってことで」

「マジで。ありがと、ごめん」

厨房に戻る智也の後ろ姿を見ながら、与志樹は、この感覚は何だろうと思った。

雄介やめぐみを含めた革命家飲みのメンバーといるときのような刺激的な興奮は、ない。けれど、彼らといるときに決まって感じる、何かを競い合っているような感覚もない。まるで海にぽかんと浮いているときみたいな、全身のどこにも摩擦が発生していない感覚。

「うち、休憩所じゃないからね」

智也が、与志樹の目の前にホットコーヒーを置く。ホットコーヒー以外の何物でもない、香ばしい匂いが鼻腔をくすぐる。

「智也君は」

店の奥にある個室へと続く戸を、与志樹はちらりと見る。

「韓国人の友達がいたとして、そいつが兵役に行ったら、焦る？」

「え？」

与志樹の問いかけに、智也はその場に立ち止まった。

「焦るって何？　いなくなって寂しい、とは思うだろうけど」

焦る。与志樹は、口の中だけでもう一度呟いてみる。

焦るって、どういうことだろう。

改めて訊かれると、その理由をうまく説明できない。

「雄介、今、自衛隊に入ろうとしてる」

うまく説明できないから、発言がぶつ切りになってしまう。

「俺らの友達に韓国人の子がいるんだけど、兵役で、もうすぐ帰国するんだ。それがわかった二日後にさ、雄介がジンパとかやめて俺は自衛隊に入るって言い出して」

「そうらしいね」

智也はあっさり頷くと、そのまま、与志樹を見下ろした。

「知ってたんだ？」

「連絡してみたら、そう返ってきたから」

この感じ。

与志樹は、わきの下の毛穴が開いたのがわかった。

智也の表情は一定だ。どんな話をしていても、やわらかい浮力に包まれているときのように、どこにも摩擦が発生しない。それが物足りなくもあり、心地よくもあり、とても不気味に感じられるときもある。

今のように。

「驚かないの？」

与志樹がそう尋ねると、智也は「うーん」と少し唸ったあと、

「雄介、高校のときも、自衛隊行くって言い出したときあったから」

と、どこか懐かしそうな表情を浮かべた。

「高二くらいだったかな、成績ががくって落ちて、北大受かるくらいだから割と進学校だったんだけど、結構落ちこぼれな感じになっちゃって。だけど、中学のときは全校生徒の中でも上位だったから、過去の自分とのギャップに耐えられなくなったみたいで、もう大学行かずに自衛隊行くって言い出したんだよね。他にそんなやついなかったし、変化球で注目浴びられて満足そうだったよ」

智也の口元が少し緩む。

「でも、テストの成績上位者が全校集会で表彰されるようになって、またグンって成績が

上がって」

そしたら、と、智也はそこで、唾を呑み込んだ。

「自衛隊なんて、一言も言わなくなった」

一言も。

「だから今回も、行かないよ」

与志樹は智也の顔を見つめる。

「他に何か注目を浴びる手段が見つかれば、行かない」

智也は、微笑んでいる。

「ずっと見てたから、それくらいわかる」

わからない。与志樹はそう思った。目の前で微笑んでいる人がいま抱いている感情がプラスのものなのかマイナスのものなのか、わからない。

「そっか」

与志樹は、コーヒーの中にスプーンを入れる。

ゆっくりとかき混ぜる。

カップの中に、渦が生まれる。

「ねえ、智也君」

ゆっくりと生まれては消えていく、真っ黒い渦。

黒い渦巻き。

「なんで雄介と仲良いの？」

ずっと思っていたことが、財布から取り出された小銭みたいに、とても自然に姿を現した。

しつこく誘ってくる幼馴染。雄介は智也のことをそう表現していた。与志樹は、それは雄介の意地が生んだ嘘で、本当は雄介が智也にしがみついているのだと思っていた。だけどもしかしたら、本当に、智也が雄介に定期的に連絡をしているのかもしれない。そうでないと、雄介が自衛隊に行くと言い出したことを、このタイミングで知っているはずがない。

カップの中の黒い渦。

黒い渦巻き。

雄介がノートの表紙に書いていた、ぐるぐるぐるぐるとした黒い渦巻き。

終わらない螺旋模様。

「そんなの、特に理由はないよ」

智也が最後まで名前を書かなかった、ジンパ復活のための署名ノート。

「ねえ」

智也が触らないようにしていた、あのときの雄介の生きがいが詰まったノート。

与志樹は、スプーンの動きを止めた。

「智也君の生きがいって、何なの」

自分の声が、渦の中に吸い込まれていく。

「生きがい」

頭上から、智也の声が降ってくる。

「それって、なきゃいけないの？」

その声は、渦の中に吸い込まれていかない。

それって、なきゃいけないの？

それって、なきゃいけないの？

「ちょっとトイレ」

与志樹は、スプーンから手を離した。

椅子から立ち上がり、ＭＥＮ、というプレートが掲げられた戸に向かって突き進む。催したわけではなかった。ただ、智也のそばから離れたほうがいい気がしただけだった。

ズボンを穿いたまま、便座に腰を下ろす。そこでやっと、大きく息を吐く。

冷たい水で顔を洗いたい、気持ちをスッキリさせたい――そう思い、顔を上げたときだった。

視線の高さと同じ位置に、トイレの清掃表が貼られていることに気が付いた。

二時間おきに掃除をするよう定められているのか、区切られた枠の中には十時、十二時、十四時、十六時、と時刻が書かれている。最新の十四時のところには、南水智也、と手書きの記名がある。

智也の名字、南水っていうんだ。

与志樹は、そのきれいな文字を見ながら思う。今考えたら、名字を知らない大学の知り合いは多いかもしれない。雄介の名字だって、今まで気にしたことがなかった。

南水。南、ではなくて、南水。

与志樹はもう一度、その名前を見つめる。

南水智也。

この字面を、自分は、どこかで見たことがある気がする。

与志樹は、シャツのポケットから携帯を取り出す。見たことがある気がする、ではない。絶対に見たことがある。だけど思い出せない。気持ち悪い。検索フォームに南水智也と入力しようとした、そのときだった。

画面が光った。

「マジで、電車に飛び込んだとかかと思った」

ベッドに寝転ぶめぐみが、「そんなことしないよ」と呟く。照れくさいのか、与志樹に背を向けている。

知らない番号からの着信は、市内の病院からだった。「波多野めぐみさんのご友人の方ですか」というひどく落ち着いた声を聞き取ったときは、狭いトイレの中で一瞬、心臓を真上から押さえ込まれ、力ずくでその動きを止められた気がした。波多野さんは駅の階段で転び、足を骨折しました。地元を離れておりご家族が来られないので、検査入院のために必要なものをご自宅から持ってきてほしいんです――落ち着いた声で説明されても、瞬間的に広範囲に飛び散った不安をすべて掻き集められるまでは、少し時間がかかった。

与志樹は一度、めぐみのアパートへ戻った。ボランティアスタッフはもう、帰っていた。必要なものをまとめ、電車とバスを乗り継ぎ、指定された病室へと急いで向かった。与志樹は、数時間前とは様変わりしためぐみを想像していたのだが、病室のベッドに寝転んでいたのは数時間前に見たままのめぐみだった。足を骨折しただけなのだからそれは当然なのだけれど、今度は自分の全身の骨がばらばらになったかと思うほど脱力した。

幸い複雑な折れ方はしていないらしく、おそらく一日だけの検査入院で済むという話だった。何より与志樹を安心させたのは、看護師たちから滲《にじ》み出てしまっている、拭い切れない〝日常茶飯事〟感だった。もちろん心配はしてくれているのだが、心の中では大したことないと思っていることがよくわかり、智也の店を血相変えて飛び出した自分が少し恥ずかしくなったくらいだった。

「なんか」

与志樹は、くんくんと鼻を鳴らす。

「甘い匂いしない？」

病室に入ったときから気になっていたことだった。どこからか、薬の匂いでもギプスの匂いでもない、甘い香りが漂ってきているような気がする。

「カバンだと思う」

ベッドの上のめぐみが、与志樹に背を向けたまま呟く。

「カバン？」

病室を見渡すと、ベッドの脇にある棚に、見慣れたカバンが置かれていた。「あ、ほんとだ」近づいて匂いを嗅ぐと、確かに甘い香りはそこから発生しているようだった。

「何で」

「ココア、飲みたくて」

与志樹の声を覆い隠すように、めぐみが言う。

「え？」

「駅で、与志樹からもらったココア、飲みたくなっちゃって。お昼も食べてなかったし。そしたらこぼしちゃって、ペットボトルがころころ転がって、追いかけようとしたら私も転がり落ちてた」

え、と声を漏らすと、めぐみはこちらに向けている背中をさらにきゅっと丸めた。狸小路商店街のベンチでの言い合いのあと、めぐみはひとりで駅へと向かった。この世の疲労を束ねて背負っているかのような背中は与志樹の不安を煽《あお》ったが、そのあとめぐみは、あのココアを飲もうとしていたのだ。わざわざカバンから取り出して、キャップを捻って、甘くておいしいココアを飲みたいと思ったのだ。

なんだ、思ったより元気だ。与志樹は、背もたれのない椅子に座ったまま、もう一度こっそり脱力した。そうしてやっと、全身がいつもの形に戻った気がした。

「ココア、飲めた？」

「飲む前に骨折れた」

「ふ。あったかいやつ買ってこよっか」

「いい」

めぐみがゆっくりと体をこちらに倒し、仰向けになる。

「ごめんね」

真上を向いているめぐみの両目に、病室の白い光が映っている。

「うん」

与志樹は、病室の白い壁を見つめたまま、言った。空中で、二人の視線がきちんと交わった気がした。

「寝てなよ」

多分めちゃくちゃ疲れてんだから。小さな声でそう付け足すと、めぐみは「ん」と頷き目を閉じた。アイラインが薄く引かれた輪郭が重なり、太くも長くも加工されていない睫《まつ》毛《げ》が涙袋の上に乗る。

その下には、相変わらず、そこに何かが沈殿しているかのような黒ずみがある。

「俺さ」

目を閉じているめぐみの胸が、ゆっくりと上下する。

「めぐみが続けるなら、団体、もっとちゃんと手伝うよ。今みたいな片手間な感じじゃなくて、正式なスタッフとして、ちゃんと関わらせてほしい」

背もたれのない椅子の上では、どこか体が不安定で、心もとない。

「でも、それは、ホームレスの人たちを助けたいからってわけじゃない」

与志樹は、足を組む。

体が少し、安定する。

「大きな社会問題に立ち向かいたいからとか、そうやってる自分を誰かに見せつけたいからとかでもない」

やっと言語化できそうな、だけどまだまだやわらかくてすぐに形が変わってしまいそうな気持ちも、少し、安定する。

「なんか、ほんと今、思っただけなんだけど」

与志樹は、めぐみを形作るひとつひとつの輪郭を、目線でなぞる。

「めぐみのクマが消えてほしいから、かも」

閉じられている瞼。手でつまんで立たせたみたいな小ぶりの鼻。

「俺、何百人のホームレスが救われることより、目の前の人のクマが消えるほうが、生きる意味とか、生きがいとか、感じられるかもしれない」

少し色素の薄い唇。細い顎、太くて硬い髪、口に含みたくなるような耳。

「めぐみ」

与志樹は、組んでいた足を元の位置に戻す。

もう、心もとなさは、ない。

「それじゃダメなのかな」

与志樹はそう言ったとき、鼓膜に張り付いていた様々な言葉や音が、やっと剝がれ落ちてくれたのを感じた。

国語教師の講評。背中で受け止めた全校生徒からの拍手。高校の教室でかつての同級生に言われたこと。妖怪唾吐きというあだ名。番組のディレクターにレイブの意義を伝える自分の鼻息。テレビの中で革命家の卵のふりをしている自分の笑い声。

すべてが剝がれ落ちてから聞こえてきたのは、たった一人の大切にしたい人が、静かに胸を上下させながら繰り返している呼吸音だった。

「私ね」

目を閉じたまま、めぐみが話す。

「高校生のときに初めて付き合った男の子に、言われたの」

瞼がかすかに震えている。

「体が変だって。おかしいって」

「え?」

与志樹は思わず前のめりになったけれど、めぐみは変わらず、目を開かない。

「その男の人と初めて……その、そういう雰囲気になったときにね、私、緊張もあったし、全然うまくできなかったの。そしたら」

めぐみはここで一度、唾を呑み込んだ。

「ずっと変な形の耳だなって思ってたけど、あそこの形も変だったんだなって。これまでAVで観たやつと全然違うし、こんなに色々してやってるのに気持ちよくならないのはおかしいって。耳だけじゃなくて全身変だとは思わなかったって、そう言われたの」

めぐみは目を開けない。だから、顔には感情の情報がない。だけど与志樹は、それで十分だと思った。

「その男の子がクラス中に言いふらして、高校はほんとに地獄だった。二十歳超えて、大学卒業して、同級生には子どもができたり結婚したりする人も出てきて……結婚式に出たり、友達の子どもに会いに行ったりしてる間ずっと」

与志樹は、その声の震えだけで十分だと思った。

「私だけが、私に触れてた」

うん、と、与志樹は頷いてみる。めぐみに聞こえたかどうかはわからない。

「変な体の私は、みんなみたいに誰かと幸せになって、結婚して子どもを産んでってことができないって思ってた。友達から、結婚しましたとか子どもできましたとか言われるたび、そういうことができないお前はダメだって言われてる気がした。ニュースで、若者の恋愛離れとか未婚率上昇とか少子化とかそういうの見るたび、お前がいるから日本はダメになっていくんだって言われてる気がした」

わかる。正しい喜びばかり描かれている漫画やアニメを楽しむことができなかった高校時代の自分が、そう呟く。

「公園とかショッピングモールとか、そういうところもどんどん嫌いになった。幸せそうな人たちがデートしてたり、小さな子どもが遊んでるの見るだけで、自分が責められてる気がした。赤ちゃんを抱いて電車乗ってる人とかに会うと、わざわざ赤ちゃんを高く掲げて、生き物としての正しさを私に見せつけてきてるような気がしてた」

ふ、と、めぐみの口元が一瞬、緩んだ。

「街を歩くだけで、ただ生きてるだけで、罪悪感が積み重なっていくの」

口元は緩んでいるけれど、それは、笑っているわけではない。

「どうやったらその罪悪感から逃れられるだろうって考えたとき」

緩ませた口元から、どうしたって言葉に変換できない気持ちを、目に見えない形で放出しているのだ。

「新しい命を作ることができないなら、死んでいく命を救えばいいのかも、って思った。それでチャラになるはずって」

チャラ、のところでも、めぐみはふっと息を吐いた。

「死にかけのホームレスに感謝されるたび、だから私は生きてていいんだって思えた。結婚できなくても子ども作れなくても、生きてていいんじゃんって。私をバカにしてきたやつらより全然、生きてる意味あるじゃんって。自分を否定しなくなった。生きていることへの後ろめたさが減っていった」

めぐみはゆっくりと言った。

「初めから、ホームレスの人たちじゃなくて、自分を救うためだったの」

そしてすぐ、相槌を挟ませたくないのか、話すスピードを上げた。

「団体が注目されて、知名度が上がれば上がるほど、私の人生の価値も上がっていく気がした。だからテレビに出られるってなったときも、すっごく嬉しかった。私をバカにしてきた、自分のためにしか生きていないやつらとどんどん別の人間になれてる気がして」

テレビ。与志樹は思い出す。自分とめぐみが出会った場所。

「で、収録中にね、私、理由はよくわからないんだけど、思っちゃったの」

そう言うと、めぐみは、少し黙った。

部屋中の空気が、めぐみの声を待っている。

「この人とならできるかもしれないって」

この人。できる。この二つの言葉の意味を理解した瞬間、与志樹は初めての夜を思い出し、顔に熱が集まるのを感じた。

「何で、俺とならできるかもって思ったの？」

言葉にして訊いてみたことはなかったけれど、ずっと疑問だった。与志樹はこれ以上自分の顔が赤くならないよう注意しながら、ふふ、と、照れ笑いするめぐみの答えを待つ。

「まず、耳の形が似てるなって。ちょっと人より大きいなって」

与志樹は思わず、自分の耳を触る。

「私の耳と似てるってことは、この人は私を変だって言わないかもって思った」

「変なんて言うわけないよ」

間髪を入れずにそう言うと、めぐみは「うん」と一度、頭を動かして頷いた。

「あと、誰ともしたことなさそうだったから」

「えっ」

「それは半分冗談だけど」めぐみが笑っている。「ほんとにわかんないんだけど、与志樹とはできるかもって思った。もうすぐ飲み会も終わりってころには、この人を逃したらもう本当に誰ともできないかもって、勝手にそんなふうに思いつめてた。最後のチャンスなんだから、いっぱいお酒を飲んで、もう判断能力を失おうって」

あの日のめぐみは、与志樹の家に着いたあとも、まるでガソリンを注入するみたいにお酒を飲んでいた。与志樹は何もわからず、ただ、自分も付き合うつもりで新しく缶ビールを開けた。

「私、正直に言うと、あの夜のこと、全然覚えてないの」

ごめんね、と、めぐみが呟く。

「だけど、朝起きたとき、隣に与志樹の寝顔があって」

めぐみは突然、顔だけを横向きに倒した。

「これまで一人で過ごした時間が、全部一気に巻き戻されたみたいな気がした」

与志樹から見えるつむじが、細かく震えている。

「こう言うと、誰かに愛されて変わった、みたいに聞こえるかもしれないけど、そんな単純な話じゃないの。何て言うんだろ、これまで毎秒毎秒絶対にサボらず自分のことを否定

し続けていた自分が、ようやく、その作業をちょっとサボってくれるようになったってい
うか。自分のことを好きになれる予感がしたの。そしたら」

　ここで、めぐみの声の震えが、

「誰かを救うことなんて、どうでもよくなった」

　止まった。

「でも、私をバカにしてきたあいつらと同じになるのは嫌だった。誰かを救うことで、あいつらより自分のほうが社会にとって必要な人間なんだって思えてたのに、それをまるっきり手放してしまうのは怖かった。だから事業を拡大して、毎日毎日忙しくしてたの。そうしないと、あっさりやめちゃいそうだったから。何もかもやめて、自分だけの幸せのために生きちゃいそうだったから。何かを考える時間もないくらいに動き回って、ぐらぐら揺れる自分にも向き合わないようにしてた」

　でも、と、めぐみは続ける。

「李君が兵役に行くって聞いたとき、そんな建前が全部崩される予感がした。おままごとは終わりって、私に向かって言ってるとしか思えなかった。自分だって小手先でやってるんじゃない、本気でやってるんだって思いたくて、自分を騙したくて、頼まれてもないことに必死になって」

　そのとき、めぐみの全身から力が抜けたのが与志樹にはわかった。

「なんで怒らないの？」

見えているのはつむじだけなのに、不思議と、向かい合っているように感じる。

「何が」

「だって、私、今までウソばっかりついてたんだよ」

与志樹は、自分の中に怒りの感情が全く湧いてこないことに、ずいぶん前から気が付いていた。

「怒らないよ」

そして、なぜだか、二人の関係が好意から始まったわけじゃないことも、めぐみの活動の動機が純粋なものではなかったことも、ずっと前から知っていたような気がした。

「俺もそうだったから」

与志樹は一瞬、目を閉じる。

蘇ったのは、青山とただ音楽を聴いていた日々の景色だった。やわらかい芝生の上で、聴き取り損ねた音符たちがどこかへ転がっていくその軌跡だった。

「骨折って痛いね」

不意にめぐみがそんなことを言うので、思わず与志樹は笑ってしまう。「そりゃ痛いでしょ、骨が折れてんだから」気づけば、自分の背中からも力が抜け、丸くなっている。

看護師か見舞い客か、誰かが足早にこの病室の前を通り過ぎる音が聞こえた。与志樹は、今まで、自分の耳に外の世界の音が全く入ってきていなかったことに気づいた。

「私」

様々な音の中に、めぐみの声が心地よく混ざる。

「今なら、生きる意味とか、生きがいとか、そういうのなくても、生きていけるかも」

背もたれのない椅子の上でも、与志樹の体はもう、揺らがない。

向かい合ってもいないし、体が触れ合っているわけでもない。相変わらず与志樹は背もたれのない椅子に座っていて、めぐみは与志樹から目を逸らすように寝転んでいる。なのに与志樹はなぜだか、いま自分は、いままでで一番、めぐみのそばにいると思った。お互いの過去が、そして未来が重なり合うくらい、寄り添うことができている気がした。そして、いま感じたことをずっとずっと忘れないでいようと誓った。

青山が携帯をタップすると、今度は、アップテンポのノリのいい曲が流れ始める。

「あっその曲めっちゃ好きっ」

ミホの口から、じゃがバターの欠片《かけら》が飛び散る。「きたねえな」「しょうがないじゃんこんな曲流されたら口開くっしょ」喧嘩《けんか》しては仲直りを繰り返している青山とミホの関係性は、いつしか夫婦のような安定感を帯び始めている。めぐみとあまり喧嘩をしない与志樹の目には、それがとても新鮮に映る。

「はい、ティッシュ。ミホちゃんも使う？」

めぐみが青山にウェットティッシュを差し出す。「めぐみさん最高！　ありがとうございます！」ミホがまた、じゃがバターが入ったままの口を開ける。「飲み込むまで喋んな。口の中見えて汚ねえ」「ホント細かいよねあんたって」

丁々発止《ちょうちょうはっし》のやりとりに、与志樹もめぐみも顔を見合わせて笑ってしまう。ミホを前にした青山は、途端に年相応の男に見える。それはつまり、二人がお似合いということなのだろう。もうすぐ付き合って二年になる二人からは、学ぶところが多い。

毎年六月のはじめに四日間に亘《わた》って行われる北大祭は、最終日が日曜日に設定されているため、日程が進むにつれてお客さんが多くなる。最終日の今日は、いくら広大な敷地を誇る北大とはいえ、さすがに構内は大混雑だ。夕方にもなると、どの模擬店もとにかく売り切ってしまいたいらしく、そこらじゅうで採算度外視の値引きが実施される。与志樹たち四人は各自財布のひもを緩めまくったあと、収穫物を手にクラーク会館の前の中央ローンに集合していた。持参したビニールシートを広げて好きな音楽をかければ、簡単にピクニック気分を味わえる。

「青山君が買ってきた料理、なんか珍しいのばっかりじゃない？」

「でしょう」

青山が鼻の穴を膨らませる。確かに、青山の周りには、あまり見慣れない料理ばかりが並んでいる。

「留学生ゾーンには、世界各国の料理を出す店があるんですよ」

留学生ゾーン。与志樹の耳に、その言葉がじんと響く。

去年の学祭。レイブが、異様な盛り上がりを見せた場所。やがてRAVERSとなる磁場のようなものが生まれた場所。

与志樹は、構内を見渡す。お祭り騒ぎの最後の一滴、一番味が濃いところに、学生、教授、外部の人たち、子ども、老若男女たくさんの人たちが集っている。

この中のどこかにきっと、RAVERSだった人たちもいる。芝生の上で、自分と青山とミホが笑っているように。

「ごめん、飲み物取ってもらっていい？」

めぐみが、とんとんと与志樹の膝のあたりをつつく。買っておいたペットボトルのお茶を、めぐみに渡す。

「やっぱ農学部の模擬店はレベル高いね。ほんとおいしい」

いももちを頬張るめぐみの目の下に、もう、クマはない。

めぐみが代表を務めていた『ゼロ・ウォームレス』は、ホームレス支援をしている別の団体と合併し、その名前を失った。めぐみは今、合併した先の団体で正式に働いている。

その団体はホームレスを一時的に迎え入れることができる施設を保持しており、高齢のホームレスから順にその施設への移動を促している。その後、空室を格安で貸してくれる不動産会社と提携し、住居を斡旋《あっせん》しているのだ。めぐみは、一時的に入れる施設の順番待ちをしているホームレスに、防寒具や食料を配布する業務を担当している。

斡旋した住居には格安といえど家賃が発生するため、完全な非営利団体ではなく、NPOというよりは一般企業に近い働き方ができるらしい。この団体には、ボランティアスタッフの二人が掛け合ってくれた。あの日行われなかった打ち合わせで、この団体と組んではどうか、とめぐみに提案するつもりだったという。

「すいませーん」

男の子の声がした。見ると、テニスボールが一つ、めぐみの足元に到達しようとしている。

「そのボール、こっちに投げてもらっていいですかー？」

「あ、はーい」

めぐみが、転がってきたボールを男の子に投げ返す。「ありがとうございまーす」男の子はきちんと頭を下げ、ボールを持って走り去っていく。

与志樹は、どんどん歩幅が大きくなっていく男の子の後ろ姿を見ながら、大きく息を吐いた。

ボールが転がってきたら、支援の手を差し伸べる。

これから転がるかもしれない、まだ転がっていないボールを探し回って、支援の手をねじ込むことはしない。

そう決めたときから、めぐみの目の下のクマは、少しずつ薄くなっていった。自分の存在価値を誰かに見せびらかすでもなく、誰かから愛されるでもなく、自分で自分を否定しなくてもいい状況に身を置くことが大切なのだと気づいたとき、めぐみの目の下に広がる肌の色は、日に焼けていないふっくらとした頰のそれと、なめらかにつながった。

「あっ」

携帯を触っていたミホが、青山のほうに向き直る。

「もう四時過ぎてんだけど。ストームもうすぐじゃん？」

「ちょっと急ぐか」

青山が箸を動かすスピードを上げる。ストーム、またの名を、「一万人の都《みやこ》ぞ弥生《やよい》」。北大祭を締める伝統行事に、三度目の学祭でやっと参加するのだ。「ドキドキだね」めぐみの言葉に、与志樹は頷く。

ストームが行われるのは、時間は学祭最終日である日曜日の午後四時半前後、場所は全学部の学生が一年生のころに通っていた教養棟の前と決まっている。そこで学祭参加者が分け隔《へだ》てなく肩を組み、歌い、騒ぎ、四日間続いた年に一度の祭りを締めるのだ。

そこで歌われる曲目は、「都ぞ弥生」。

恵迪寮の寮歌だ。

「あの、少しよろしいですか?」

荷物をまとめ、中央ローンから教養棟へと移動し始めると、突然、棒のようなものを握った見知らぬ女性から声をかけられた。

「はい?」

先頭を歩いていた青山が、歩みを少し緩める。

「××テレビの者なんですが、北海道大学の学生さんですか? もしよろしければ、少しお話聞かせていただけませんか?」

よろしければ、と言いつつ、大きな物体を抱えている男たちにさり気なく進路を阻《はば》まれ、前に進むことができない。棒のようなものはマイクで、大きな物体はカメラだということに、与志樹はようやく気が付く。

「私たち、恵迪寮の学生自治問題について、ドキュメンタリーを撮っているチームなんです。実際の学生さんたちから恵迪寮問題がどう見えているのか、印象をうかがいたくて」

もちろん顔は映しませんし声も加工します、と、マイクを持った女性ははきはきと話し続ける。取材、と書かれた腕章をつけているところから見ても、大学にきちんと許可を取っているらしい。

「これから、ストームに行かれるんですよね？」

いつの間にか、インタビューのようなものを始められてしまう。

「三年目にして初めてのストームなんですよ、うちら」

テンションの高いミホの発言に、マイクを持った女性とカメラを抱えた男性が一瞬、視線を交わし合ったのがわかった。この子、喋ってくれる。そう判断したのだろう。

「どうして今年はストームに行こうと思われたんですか？」

マイクを持った女性の目が、少し、大きくなる。

ストームを仕切るのは、恵迪寮生から選抜された応援団の面々だ。一年の中で、恵迪寮生が最も大きな注目を浴びる瞬間ともいえる。

「うーん、これまではそういうかにも北大みたいなイベントに行くのカッコ悪いとか思ってたんですけど、行っとかないと損かなって思い始めたっていうか。まあ、今年は特に学祭でやることもなかったし」

「恵迪寮の学生自治問題が話題ですが、それに興味を惹かれたということはないですか？」

「そういうのは別にないですけど」

相手の欲しい回答をひらりとかわすミホの声を聞きながら、与志樹はふと、立ち止まっている自分たちの周りを流れゆく人波に目を奪われた。

多い。

あまりにも沢山の人が、同じ方向へと進んでいる。

恵迪寮の学生自治問題は、この半年の間に、様々な媒体で取り上げられた。平成の学生運動、というキャッチーな見出しが効いたのか、北大生でなくとも、北海道に住む人間でなくとも、この騒動のことを知る人は多い。

これから何が始まるんだろう、どんなものを見られるんだろう。そんな期待に満ち満ちた眼球が、血管を流れるヘモグロビンのように群れながら蠢《うごめ》いている。

「行こう」

気づくと与志樹は、歩き出していた。後ろから、「え、あ、じゃあうちらもう行きますんで」というミホの声が聞こえてくる。

「どうしたの、与志樹」

めぐみにそう訊かれても、与志樹はうまく答えることができない。ただ、言葉に変換した途端、扱い慣れたものに成り下がってしまうような、普段抱いているものとはどこか異質な不安感があった。

午後四時二十分、教養棟。そこには、ここがキャンパスの心臓だと言い張るように、見たこともない数の人が集まっていた。

見慣れた三階建ての教養棟には、建物を覆うように、巨大な幕が垂れ下がっている。そこには、筆で書いたのだろうか、うねるような力強い筆致で、寮歌「都ぞ弥生」の歌詞が書かれている。

教養棟の玄関の屋根の上には、袈裟《けさ》のようなものを着た男たちが数人、「都ぞ弥生」の歌詞を背景にして立っている。北大応援団と呼ばれる、恵迪寮から選抜された男たちだ。その真ん中に立っている男は、高下駄を履いており、ひとりだけ胸から大きな数珠《じゅず》らしきものを幾つもぶら下げている。彼が今年の代表なのだろう。

玄関の屋根の上から、集まった人々を見渡している。一万人がそれぞれに輝かせている眼球の光を、吸い取っている。

「すごいね」

めぐみのつぶやきをかき消すように、太鼓の音が鳴り響いた。

屋根の上、向かって左端に、大きな太鼓がある。叩いているのは一年生だろうか、真っ黒い学生服を着た青年が、力の限り、バチを振り下ろしている。

まず歌われるのは、北海道大学校歌、「永遠《とこしえ》の幸《さち》」。

応援団の指揮に従い、教養棟前に集まった沢山の人たちが歌い始める。屋根の上から、そして地上から放たれた声が、空中で融合し、よく晴れた六月の夕空へ溶けていく。

長い長い祭りを駆け抜け終えた人たちの、万感の思いが乗った歌声。

「校歌とか歌えないいんですけど」

「俺も」

青山とミホは、自分がこの空気に参加することは無理だと悟ったのか、早々に携帯を取り出した。自分たちの周囲を三百六十度、撮影している。

与志樹も、心の中で、今自分がいる世界をぐるりと見渡す。

この気持ちはなんだろう。どうして自分は今、こんなにも不安なのだろう。

校歌は短い。拍手とともに合唱が終わると、応援団による口上《こうじょう》が始まった。口上を述べるのは学生服を着た青年で、真ん中に立っている袈裟を着た代表は、まだ、動かない。

「自治存続について、何か話すかな」

ふと、背後から、そんな呟きが聞こえた。

「するかもよ、けっこう大きな問題になってるし」

「去年より全然多いっぽいよ、人」

「みんなそこが気になってんじゃん、やっぱ」

学生なのか卒業生なのか、はたまた全く関係のない一般人なのか、よくわからない。ただ、学生自治問題に何かしらの期待をしている人であることは、間違いない。

どこから来てどこへ向かうのかもわからない人たちが、今日この時間、一つの場所に大量に集結している。

「あ」

めぐみが声を漏らす。

「真ん中、動いた」

屋根の上を見ると、真ん中に立っている男が、巻物のようなものを広げていた。文字が書かれているらしく、地声で、それを読み上げていく。

風が強い。彼が何と言っているのか、聴き取ることができない。

だけど、それゆえ、ここにいる全員が、ぐっと息を吞み、耳を澄ましている。

何か、言うんじゃないか。学生自治問題に関係する、何か面白いものを、自分たちは今から目撃できるんじゃないか。

与志樹は、自分の足の裏がきちんと地面に着いているかどうか、確かめる。そんなはずはないのに、集団が少しずつ、教養棟に向かって傾いているような気がしたのだ。

袈裟を着た男が、巻物の一部を読み上げては、長い紙を横にスライドさせていく。巻物が終わりに近づくにつれて、大量の人間から発される好奇心が、集中力が、教養棟の屋根の上という一点に注ぎ込まれていくのがわかる。

――争いは集団になることによって、核がわからなくなる。

ふと思い出されたのは、かつて食堂で聞いた、智也の声だった。

与志樹は、足の裏に力を込める。この集団が丸ごと、前に転がってしまうことがないように。万が一そうなったときは、自分が根の役目を果たせるように。

風が強い。建物を覆うように垂れ下がっている巨大な幕が、生き物みたいに波打っている。そこにこそ巨大な心臓があるというように、筆で書かれた文字たちが大きく大きく拍動している。

「始まる」

集団の中の誰かが、大海に一滴を落とすように、言った。

すると、地上にいる人たちが、自分の両隣の人と肩を組み始めた。それに従っていないのは、与志樹たち四人くらいだった。

寮歌「都ぞ弥生」。その大合唱が、年に一度のストームが、いよいよ始まる。

都ぞ弥生の雲　紫《むらさき》に
花の香漂う宴遊《うたげ》の莚《むしろ》
尽きせぬ奢《おごり》に濃き紅《くれない》や
その春暮れては移ろう色の
夢こそ一時青き繁みに
燃えなん我胸想《わがむねおもい》を載せて
星影冴《さや》かに光れる北を
人の世の　清き国ぞとあこがれぬ

はじめは小さかった歌声が、及ぶ範囲を広げていく。

川が海になるように。

木が森になるように。

そこに集まった学生たち、かつて学生だった者たちが、体から発される熱で結合していく。肩を組んでゆらゆらと揺れながら、歌声はひとつの塊になっていく。

豊かに稔れる石狩の野に
雁《かりがね》はるばる沈みてゆけば
羊群《ようぐん》声なく牧舎に帰り
手稲《ていね》の巓《いただき》黄昏《たそがれ》こめぬ
雄々しく聳《そび》ゆる楡《エルム》の梢《こずえ》
打振る野分《のわき》に破壊《はえ》の葉音の
さやめく甍《いらか》に久遠《くおん》の光
おごそかに　北極星を仰ぐかな

教養棟の屋根の上にいた男たちが、一人、また一人と、そこから下りていく。地上に生まれている連帯に、一人ずつ、加わっていく。
「全員、下りてくるのかな」
「屋根の上から誰もいなくなるってこと？」
青山とミホの声が、歌声の中に紛れていく。集団の中のグラデーション。今ここにあるグラデーション。それを見失わないよう、絶対に取りこぼさないよう、与志樹は目を凝らす。
すると、同じように動く口の群れの中、それに倣《なら》わない口の持ち主を見つけた。
「智也」
寒月懸《かんげつかか》れる針葉樹林
橇《そり》の音《ね》凍りて物皆寒く
野もせに乱るる清白《せいはく》の雪
沈黙《しじま》の 暁《あかつき》 霏々《ひひ》として舞う
ああその朔風《さくふう》飄 々《ひょうひょう》として
荒《すさぶ》る吹雪の逆まくをみよ
ああその蒼空《そうくう》梢聯《つら》ねて
樹氷《じゅひょう》咲く　壮麗の地をここに見よ

与志樹は、揺れる人波の中にある、揺れていないシルエット目がけて歩き出した。集団の中にあるグラデーション。そういえば、これも、智也の言葉だった。与志樹は思い出す。北部食堂で、雄介に智也を紹介されたときに聞いた言葉。「与志樹？」めぐみか青山か、誰かから呼び止められたけれど、与志樹は立ち止まらない。

「智也」

誰かの肩にぶつかりながら、誰かの足を踏みながら、与志樹は人混みをかき分けて進んでいく。智也は、誰とも肩を組んでいない。寮歌を歌ってもいないし、左右に揺れてもいない。ただまっすぐそこに立って、もう誰もいなくなった教養棟の屋根の上を見つめている。

「智也」

三度目の呼びかけが歌声の中に呑み込まれたとき、与志樹は、智也の向こう側に、もう一人、口も体も動かしていない人がいることに気が付いた。

どこか智也と顔が似ている、黒髪の女性。

あれは、北部食堂に智也を迎えに来た人だ。

並んで教養棟の屋根を見つめている二人は、その場に突き刺さったように動かない。

歌声が大きく燃え広がっていく。

牧場の若草陽炎《かげろう》燃えて
森には桂《かつら》の新緑萌《きざ》し
雲ゆく雲雀《ひばり》に延齢草《えんれいそう》の
真白の花影さゆらぎて立つ
今こそ溢《あふ》れぬ清和の陽光《ひかり》
小河の潯《ほとり》をさまよい行けば
美しからずや咲く水芭蕉
春の日の　この北の国幸《さち》多し

やっと、声が届きそうな場所まで辿り着いた、そのときだった。
「とも」
わっと、歌声の炎が爆発した。
同時に、智也の口が、ぱっと開いた。
与志樹は思わず、教養棟の屋根の上を見る。
誰もいなくなったはずの屋根の上で、誰かが、大きな大きな旗を掲げている。
恵迪寮に自治を。学生に意志を。私たちに自由を。

そう書かれた大きな大きな旗が、風にたなびいている。
雄介だ。
歌声が大きくなる。
雄介だ。
歌声が大きくなる。
雄介だ。
雄介が、旗を掲げている。

朝雲《あさぐも》流れて金色《こんじき》に照り
平原《へいげん》果てなき東《ひんがし》の際《きわ》
連なる山脈玲瓏《やまなみれいろう》として
今しも輝く紫紺《しこん》の雪に
自然の芸術《たくみ》を懐《なつかし》みつつ
高鳴る血潮の迸《ほとばし》りもて
貴き野心の訓《おし》え培い
栄え行く　我等が寮を誇らずや

地上にいる全員が、雄介を見ている。

歌声が大きくなる。拳を突き上げるように。雄介への賛同を示すように。自分たちの守りたいものを高く高く掲げるように。

争いは集団になることによって、核がわからなくなる。

「南水君」

黒髪の女性が、不安そうな表情で智也を見つめた。

みなみくん。

聞こえた音が、与志樹の頭の中で漢字に変換される。

南水君。

「亜矢奈」

どれだけ大きな歌声の中にいても、智也の声は、不思議と与志樹の耳にきちんと届いた。

「雄介は、見つけたんだ」

南水智也。

「次の生きがいを」

ずっと、その名前をどこかで見たことがあると思っていた。

与志樹は、山火事のように燃え広がる歌声の中で、南水智也の横顔を見つめた。

――第68回日本エッセイスト協会賞が19日、海山伝説研究会（※1）による『海山伝説のすべて』（東洋経済新社）に決まった。

※1　海山伝説研究会は以下のメンバーからなる。
横浜大学准教授・考古学者　澤田孝志
関東大学教授　南水智則
石川学院研究所所属　大道康隆……

海山伝説研究会。
南水智則。

8　弓削晃久　―前編―

人の気配がした。

慌てて、画面の右下をクリックする。開かれていたいくつかのウィンドウがきれいさっぱり消え去り、大量のファイルが散らばっているデスクトップが現れる。

「弓削《ゆげ》さん」

凜《りん》とした声に少し遅れて、背後から、コーヒーの匂いが漂ってきた。

「またメール間違って届いてたので、転送しておきました」

もういい加減にしてほしいですよねえと笑いながら、晃子《あきこ》が一口、コーヒーを啜る。

「ああ、ありがとう」弓削は、よくある出来事のひとつとして受け止めているふうを装いつつ、わざわざ新しく Google Chrome のウィンドウを立ち上げ、Gmail にアクセスした。

「ふう」

息を吐きながら、晃子が弓削の隣の椅子に座る。いつもならば、間違いメールを転送するだけでわざわざこんなふうに声をかけてくることはない。もしかして、間違って晃子に届いたメールは、石渡《いしわたり》からのものだったのではないか――そう考えた途端、弓削は両脇の毛穴が何かを手放すようにパッと一斉に開いた気がした。

晃子は、隣の席で携帯電話を操っている。弓削は祈るような気持ちでウィンドウに表示されたGmailのトップ画面を確認する――と、脇の下を中心に乱れていた体温が、再びじんわりと整っていくのがわかった。よかった、大丈夫だ。弓削は、誤送信の常連であるバイトの前田を、あとでしっかり叱っておこうと心に決める。

「ほんといい加減にしてほしいですよね、これが重要なメールだったらどうすんのっていう」

晃子はそう言うと、コーヒーの入った紙コップをデスクに置いた。オフィスにある百円の自販機は、全ての商品の味が薄いところが難点だけれど、いちいちコンビニまで出向かなくてもいいのでありがたい。

「これ見ました？」

空席となっている隣のデスクに陣取った晃子が、携帯の画面を差し出してくる。一緒に視界に入り込んできた爪はぴかぴかと輝いており、「読んでてなんかイライラしてきちゃって」という言葉とは裏腹に、本人からはほんのりと甘い香りまで漂ってくる。最近立て続けに企画が通っている晃子は、どれだけスケジュールが厳しいときでも、身なりにきちんと気を遣っている。弓削は、さり気なく長袖を捲《まく》り、しばらくアイロンをかけていないシャツの表面積を小さくする。

「そうですね、どれだけ時間がなくても外見はきちんとしようと心がけています。清潔さを保つことで、取材相手が抱くかもしれない不必要な警戒心を取り除くことができますから。誰だって、見た目が不潔な人に自分の本心を話そうなんて思わないですよね。まして私はカメラを向けているわけで、そんな状況の中、相手の警戒心をほぐすためにできる努力は怠ってはいけないと思うんです。相手から一言でも多く本音を引き出せるんだったら、いくらでも寝る時間削れますよ（笑）――タイムラインに現れ、思わず全文読んでしまった晁子のWEBインタビュー内での発言は、それこそ色鮮やかな爪のように細部まで磨き上げられていた。

「弓削さん、もしかして観てないんですか？」

「え？」

晁子が差し出してきた携帯の画面には、【大反響！　ドキュメンタリー『若者たちの最北端～守れ、わたしたちの恵迪寮～』感想まとめ】という文字がある。

「これもうオンエアされてたんだ」弓削は、小さく驚く演技も忘れない。「そもそもこの企画のこと忘れてたわ」

「えーっ？　私なんか、局の担当者に放送日しつこく聞きまくってたんですけど！」

画面をスクロールしていくと、放送された内容に感動したという意味合いの短文が、全校集会に臨む小学生のように整列していた。自分たちの意志を貫いた学生さんたちがかっこいいです、自分の若いころを思い出してなぜか少し泣けてきた、私もこんなところで大学生活を送ってみたかった！——真っ当な善意でその表面をつやつやと輝かせている文字たちが、我も我もとこちらに近づいてくるようだ。

「案の定、学生vs.大人みたいな古い構造のドキュメンタリーになってましたよ。若者のロマンは粗削りだからこそ美しい、それを認めない大人側みたいな、そういう聞き飽きた感じの」

晃子はそう言うと、足を組んだ。

「対立する片方の目線だけでドキュメンタリーを構成するって、作り手として恥ずかしくないんですかね」

さらに腕を組み、加えて小さな握りこぶしまで作っている。相変わらず、気合いを入れる瞬間がわかりやすい女だな、と弓削は思う。

一年半ほど前、弓削たちの所属する制作会社が、一本のドキュメンタリーを撮ることになった。もともとの企画者は弓削の先輩でもある男性ディレクターで、内容は日本最北端の学生自治寮について。なんでも、男性ディレクターがその寮の出身者らしく、百年以上（途中で断絶はありながらも）続く学生自治の歴史が途絶えようとしているという話を聞きつけ、危機感を抱いたらしい。計五百名ほどの居住者がいる日本最北端の学生自治寮、歴史ある若者たちの楽園が大人たちの手で壊されようとしている——そんな煽り文がついた企画は、弓削たちの上司にも、放映に関する最終責任者であるテレビ局のプロデューサーにも気に入られ、正式に、撮影の準備段階である現地へのリサーチも始めていた。だがそのタイミングで、多忙が祟《たた》ったのか、発案者である男性ディレクターが体調を崩してしまい、弓削に担当が回ってきたのだ。そのときにアシスタントについたのが、晃子だった。

「学祭行ったのっていつでしたっけ」

「確か六月とかだったから、もう一年以上前だな」

「うわ、時間経つのマジで早いですねー」

弓削は、北大の学祭に出向いたことを思い出す。あのときは恵迪寮の学生自治問題が学内でもかなり盛り上がっており、学祭の最後を飾るストームと呼ばれる催しへの参加者数は歴代最高を記録したと聞いている。晃子にマイクを握らせ何人かの学生にインタビューを敢行したが、その映像が世に出ることはなかった。

「結局、学生自治存続問題は円満解決だったの？」

「そうですね。寮の幹部たちで新しいルールをいろいろ決めて、大学側も、それを守ればこれまで通り干渉しない、みたいな感じで落ち着いてましたよ。割とあっさりでしたよ、あれだけ大ごとみたいな感じにしてたくせに」

弓削が会った寮生たちは、皆、この寮の自治の歴史を途絶えさせてはいけない、自分たちにはその力があると信じて疑わない様子だった。大学の職員を敵対すべき存在と見なし、徹底的に打ち負かすべく夜な夜な対策を練る学生たちの姿は、四十という年齢が近づいてきている弓削には、あまりにも青く輝いて見えた。

弓削は今時の若者とは一味違う熱意を持つ彼らに魅了され、その頼もしさと危うさが同居する姿をどう撮ろうか必死に思考した。

そんな中、あくまで冷静に、寮や寮生に対する批判的な意見を取り入れてはどうかと提案したのは晃子だった。

晃子は独自に恵迪寮について調査を進めていたらしく、その結果、学生自治に対して反対意見を持っているのは大学を運営する大人たちだけではないことに気づいたのだ。寮の持つ独特な文化を快く思っていない学生も一定数おり、晃子が提出してきた資料の中には、退寮者が寮内で受けた理不尽な仕打ちを告発するブログのコピーなんてものも存在した。これは決して学生vs.職員、柔軟な発想の若者vs.頭の固い大人という単純な構図で撮るべきではないです、もう少し深掘りすれば本当の問題点が見えてくるはずです。晃子が堂々とそう主張してきたときも、弓削は確か、しっかり手入れされた爪を視界にとらえていた記憶がある。

テレビ局側から制作をストップするよう命じられたのは、そのころだ。

「私たち制作会社が恥ずかしくなるようなことをしてほしくないですよね、テレビ局には。ちゃんと、そこで放映させてってこっち側に思わせてくれって感じですよ」

晃子は背筋を伸ばしたまま、足を組み直した。多忙なスケジュールの合間を縫って体を動かしているのか、弓削とは違い、その体はしっかりと引き締まっている。

「本物のドキュメンタリーを撮れない人たちに放送の最終判断されてると思うと、やる気なくなっちゃうっていうか」

制作中止を伝えてきた石渡の表情は、未だに忘れられない。ゴルフ焼けと日頃の贅沢により過剰にパワフルに仕上がっている見た目は、彼の下で働く若手スタッフの疲弊した姿を思い起こさせた。

「制作中止の理由だって、私、未だに全然納得してませんから」

局内のドキュメンタリー班が恵迪寮の学生自治問題を取り上げることになった。だから君たちが進めているものに関しては、制作を止めてほしい——石渡の主張はとてもシンプルだったからこそ、抵抗のしようがなかった。俺たちテレビ局が上で、お前たち制作会社が下。そう思っていることを全く隠さない言い分は、清々《すがすが》しくさえあった。通常、局のプロデューサーは、制作会社から企画が上がってきた段階で、局内で同じような企画が動いていないか精査するはずなのだ。だが、その作業を怠ったのか後出ししてきた局内のチームを優先したのか、とにかくテレビ局の下請けである制作会社所属の弓削たちには突然ストップがかけられた。独自に調査を進めるほど取材に熱を上げていた晃子は今でも、石渡への怒りをあのときの濃度のまま抱えている。

石渡のことは、好きか嫌いかで言えばもちろん好きではない。ただ、好きな人間とだけ正しく付き合っていればいいと思えるほど、弓削のディレクター歴は短くなかった。

とにかく、晃子に間違って転送されたのが、石渡からのメールでなくてよかった。人知れず改めて安心したところで、「すみませんでした、一人でべらべら喋って」我に返ったのか、晃子が空になった紙コップを握りしめた。

「調べものの邪魔しちゃいましたね」

調べもの。

弓削は、二つ重なっているGoogle Chromeのアイコンを見つめる。慌てて閉じたつもりだったが、しっかり見られていたのかもしれない。さすが名指しでインタビュー依頼が来るような新進気鋭のディレクターだな――誰に向けての余裕なのかわからないが、弓削はやけに冷静にそう思った。

「撮るんですか？」

晃子が立ち上がる。

「嬉泉島《きせんじま》」

そこまで見えていたのか。「いやー、別に撮るとかじゃないんだけど」弓削があえて体

を伸ばしながら口を開いたとき、

「晃子」

女性にしては低い声が、オフィスに響いた。

「ちょっといい？」

振り返らなくても、そこにいるのが誰なのかわかる。弓削は、晃子よりも数倍濃厚な香水の匂いを吸い込みすぎないよう、こっそり鼻息を止めた。

「大丈夫です」

立ち上がった晃子は、林《はやし》のほうに向き直る。

「半まで第四会議室空いてるから、そこで」

「はい」

この制作会社で唯一の女性プロデューサーである林と、間違いなくいま最も注目度の高いディレクターである晃子。二人が並ぶと、そこにいる男性社員全員が、こっそりと聞き耳を立てるのがわかる。

今、何を作っているのか。二人で何を仕掛けようとしているのか。それは面白いことなのか、否定できる余地のある内容なのか。二人の企みを知った自分は、どれくらいショックを受けるのか。

弓削は、二人の姿が見えなくなって、そっと鼻での呼吸を再開した。晃子に話しかけられる前から二人が会議室に入っていくまで、弓削はその場を一ミリも動いていないのに、なぜだか自分だけが取り残されたような気持ちになる。

また、晃子の企画が通ったのだろう。

いくら眺め続けたところで、二人のいる会議室を透視できるわけではない。そんなことはわかっているのに、今になって、晃子から目を離すことができない。

さっきは、一度も目を合わせることができなかったのに。

弓削は、最小化していた Google Chrome の画面を立ち上げ直す。薄いコーヒーや手にしている携帯電話、爪の色。晃子と話しているとき、そんなものばかりが視界に入るようになったのはいつからだろうか。晃子が初めてディレクターを務めたドキュメンタリー作品が、海外の映画祭に出品されたときからだろうか。林が社内初の女性プロデューサーとなり、この会社でただひとりの女性ディレクターである晃子の企画をやたらと褒めるようになったころからだろうか。自分の企画が全く通らなくなったころからだろうか。晃子の作品が海外の映画祭で奨励賞を受賞し、弓削晃子という個人名が業界に知れ渡り、自分の「弓削晃久《あきひさ》」という名前が晃子と似ているあまり、やたらと比較されるようになったころからだろうか。増えた体重が落ちなくなったころからだろうか、髪の毛が薄くなり始めたころからだろうか、妻が離婚を申し出てきたときからだろうか。

やめよう。

弓削は、パソコンの画面に視線を戻す。新しいタブを作成し、検索フォームに『恵迪寮ドキュメンタリー 感想 まとめ』と打ち込む。すると数秒も経たないうちに、先ほど見たものと同じ画面に辿り着くことができた。

観ていないわけがない。画面をスクロールしながら、弓削は思う。制作を止められた作品が結局どういうものになったのか、チェックしていないわけがない。さっき観ていないと嘘をついたのは、自分にはやるべきことがたくさんあり、過去にテレビ局に潰された企画なんて気にしている暇がないのだとアピールしたかったからだ。弓削は、さっきは目を通すくらいのことしかできなかった感想文たちを、もう一度丁寧に吟味していく。

やっぱり、あの男の存在に触れている感想は、一つもない。

自分の記憶を確かめるように、弓削は思う。ということは、自分が見落としていたわけではなく、あの男は、テレビ局が作ったドキュメンタリーには一切出てこなかったということになる。

恵迪寮に自治を。学生に意志を。私たちに自由を。学祭の最後、寮歌を合唱する大勢の人たちの前で、そう書かれた旗を振りかざしていたあの男。学生自治存続問題に関しては、俺に何でも聞いてください。北大の恵迪寮にリサーチに行ったとき、弓削たちが構えるカメラに向かってそう宣言したあの男。

彼の名前は何だっただろうか。

会議室のドアが開く。中から出てきた林と晃子の充実感溢れる表情が、今日一日、煙草とトイレと昼食以外デスクから動いていない弓削の姿を照らし出す。

「あなたの企画はほんとに……作り物じゃないかってくらい、良い素材が揃うのね」

良い素材が揃っているのか、また。晃子のもとだけに。

「林さん、私、やらせは絶対ないですよ。それだけは誓います」

「そんなの疑ってないって。まあでも」

林の声は、プロデューサーという役職に就いてから、ボリュームが大きくなった。

「ドキュメンタリーの神様は、面白い企画に素敵な偶然を集めてくれるって言うから」

神様、か。

聞こえてきた言葉に、弓削は拳を握りしめる。

「ありがとうございます、頑張ります」

神様に選ばれているくせに、まだ頑張るのか、お前は、これ以上。

弓削は立ち上がると、二人の横を颯爽《さっそう》と通り過ぎ、ホワイトボードに立ち向かった。リサーチ↓直帰。自分の名前の横に広がる欄にそう書こうとしたのに、選び取ったペンはインクが切れていた。

赤坂《あかさか》にあるオフィスから自宅の経堂《きょうどう》までは、千代田《ちよだ》線で一本だ。当時、忙しく動き回っていた弓削の通勤環境に、妻の雪乃《ゆきの》が譲歩してくれた。雪乃の勤め先までは一時間半近くかかってしまうが、それでもいいよ、とあのときの雪乃は笑ってくれた。

靴を脱ぎ、レトルトの白飯の蓋を取るように靴下を剝がす。雪乃が出て行ってからは一度も掃除をしていないソファにうつ伏せに倒れ込むと、背中と肩の骨がぽきぽきと音を立てた。二人だと少し狭く感じられたソファは、一人だとベッドの代わりになるほど大きい。

ホワイトボードにリサーチと書いたときは、本当に、次の作品の準備のため国会図書館にでも向かうつもりだった。だが、降り始めた雨に傘を持たない体が晒《さら》された途端、家に帰れば横になれるという誘惑に、凝り固まった体があっさりと負けた。実際、どんな情報もインターネット上に転がっている今、ある程度のリサーチならば自宅でもできる。

弓削は、体を捻じって腰の骨を鳴らしつつ、絶対に眠ってはいけないと自分に言い聞かせる。若いころは、長時間の作業で頭が痛くなることはあっても、体が痛くなることはなかった。今は逆だ。頭が十分に働き始める前に、体が疲れてしまう。すぐに、どこかにうつ伏せに寝転んで、背中と腰を伸ばしたくなる。オフィスに長時間いるというだけで疲れるのだ。

目線の先に、埃と髪の毛が落ちている。最後にフローリングの床を水拭きしたのはいつだっただろうか。

携帯が鳴った。

メールだ。送信者は、石渡豊《ゆたか》。

【お疲れ。嬉泉島企画なんだけど、ちょっと気になる情報があったから至急リサーチ始めてくれ。あとで電話するから、下の記事読んどいて】

せーの、と反動をつけ、弓削はソファから起き上がる。これは、きちんと読まなければならない類《たぐ》いのメールだ。まだ寝転んでいたいという気持ちを全身からどうにか引き剥がし、冷たい水で顔を洗うと、雪乃の前では書斎と呼んでいた部屋にあるパソコンをスリープ状態から復帰させる。こぢんまりとした2LDKは、自宅で作業をすることも多い弓削と勤め人の雪乃という二人にとってちょうどいい城だった。

ここも、早く引き払わなければならない。一人で家賃を払い続けるのは難しい。

雪乃が選んでくれた椅子に座り、デスクトップに向かう。当たり前だが、携帯で読んでも、パソコンで読んでも、石渡から届いたメールの内容が全く同じであることに、なぜだか少しうんざりした。

いま何やってるの。石渡は、顔見知りの人間を見つけるたびにそう尋ねる。だが、石渡が本当に引き出したいのは、そのとき特にこれといって担当している企画がない人間が返答をためらう姿だ。担当している作品が多い人間がぺらぺらと話し出すと、石渡はわかりやすいほどあっさりと話を終わらせる。そしてその人には、同じ質問をしない。晁子のような人物には、一度だって訊かない。

いま何やってるの、が、いま何もやってないでしょ、に変わったのは、一か月ほど前のことだ。閉口する弓削に対して、石渡はこう続けた。だったら君にぴったりの企画があるんだけど。

テレビ局のプロデューサーという立場の石渡から、制作会社のディレクターである弓削に直接企画の話が降りてくるなんてことは珍しい。制作会社のプロデューサーである林が間に入り、テレビ局と制作会社の窓口的な役割を果たすのが普通だ。弓削はすぐ、詳しい話を聞かせてほしいと石渡に頼んだ。

「わざわざ来てもらって悪いね」

局の会議室で待っていた石渡は、そう言うと若い女性社員にコーヒーを出させた。俺に会いにこっちのオフィスに来ることなんて絶対にないくせに、と思いつつ、弓削は「いえいえ、近くで用事もあったので」とウソをついた。

「まあでも志《し》のぶちゃんの前でこの話するわけにいかなくてさ」

石渡は、弓削の上司である林のことを、徹底して志のぶちゃんと呼ぶ。それは林と仲がいいことをアピールしたいわけではなく、所属は違えど、自分と同じプロデューサーという肩書を持つ林が女であるということを、いつでも周りに知らしめるためだ。

「弓削君は、最近のドキュメンタリー界隈、どう思う？」

弓削はコーヒーに口をつける。「最近の、ですか」出されたコーヒーは、間違っても薄いなんてことはなく、高い豆独特の香りを絶え間なく立ち上らせていた。

「どの局も社会問題系ばっかりで歯ごたえがない。セーフティネットから漏れた人たちとか最近流行りのＬＧＢＴとか女性の貧困とか……生きづらさ発表会じゃねえんだよドキュメンタリーは。ちょっと前に志のぶちゃんと弓削2《ツー》がやったやつもまさにそういうジャンルだったろう」

石渡は、晃子のことを弓削2と呼ぶ。弓削はそのたび、自分が〝1〟であると暗に宣言されたことによる喜びを確かに感じ、石渡と共犯関係を結んでいる気持ちになる。

晃子は入社二年目、二十四歳のときにレズビアンのデザイナーに密着したドキュメンタリーで海外の映画祭の奨励賞を受賞した。その後もＡＴＰ賞のドキュメンタリー部門などにノミネートされ、去年は性にまつわるアートを発表し続けているアーティストにカメラを向け、国内外で高い評価を受けた。晃子の作品には必ず林の名前もクレジットされており、林も様々な媒体からインタビューを受けている。

「ああいうの、俺はもう腹いっぱいなんだよ。自分たちは不当な評価を受けていて、既得権益が威張っている理不尽な社会に対してけなげで誠実な姿勢で挑むみたいな。ドラマも映画もそんなんばっかりだしさ、もう飽きた飽きた。最終的に、価値観は時代とともに変わる、多様性、呪いから解放されようとか言っとけばいいやつ。弱者にスポットライトを当てれば人の胸を打つ映像が撮れるのは当たり前なんだよ。あれは監督の演出がすごいんじゃなくてさ、撮られるだけでカメラ映えする人生がそこにあるだけ。そういう人をいかに見つけるか選手権をやるつもりはないわけ、俺は」

弓削は、普段気心の知れたディレクター同士で丁寧に言葉を選びながら話しているようなことを、目に付いた言葉から手に取り投げつけるみたいに伝えてくる目の前の男に少し感心してしまった。「うーん、どうなんですかね」と軽く否定してみたのは、そうしたほうが石渡の意見をもっと引き出すことができると考えたからだ。

「俺は、ドキュメンタリーにはもっとロマンが必要だと思うわけ。まあ今こんなこと言ってたら老害とか現代の生きづらさに光を当てろとか言われるんだけどさ、冒険家ものとか秘境ものとか、そういうのまた地上波でやりたいんだわ。〝難しい問題です。私たちも引き続き考えていかなければ〟なんてのはもう別の奴らに任せといて、『グレートジャーニー』みたいな、極東シベリア六五〇〇キロみたいな、昔ながらのロマン溢れる番組をやりたいんだよ。チョモランマ頂上からの生中継だって、日本が世界初なんだからな。そういう凄《すご》かった時代の日本のドキュメンタリーを取り戻したいわけ。この感じ、志のぶちゃんや弓削2とか、あのへんの女たちにはわかんねえと思うけど」

グレートジャーニー。極東シベリア。チョモランマ山頂。それらの単語から、テレビにかじりついていた幼いころの記憶が匂い立つ。昔は、ドキュメンタリー系の番組を通して名が知れ渡る探検家、冒険家が多く存在した。今では費用、危機管理、視聴率の問題などから、そのような企画はなかなか成立しない。

「そういう意味では、お前の無人島のやつ、好きなんだよ。確かに構成も編集も甘かったけど、そういうことを超えた何かがあった」

弓削は、目の前の男をもう一度見る。いかにも昔ながらの業界人で、敵も多い。弓削自身、恵迪寮の取材を突然止められたときには顔を思い出すだけで嫌な気持ちになった。だが、不思議と、百パーセントは嫌いになれない魅力がある。悪い人間の特徴だ。

弓削は、子どものころからテレビで観ていた冒険家のドキュメンタリーに憧れ、大学生のときに様々な国を訪れた。金はないが体力と時間だけは有り余っており、荷物はリュック一つ、移動手段はヒッチハイク、泊まる場所なんてどこでもよかった。旅を続けるうち、普通の体験では満足できなくなり、わざわざ治安の悪い国や地域へと足を延ばすことも増えていった。予期せぬトラブルが起きるたび、その事態への対応によって人間の本性が炙り出されることにゾクゾクしたし、命の危険にさらされるたび、自分の生の限界点に触れ、これから訪れる一日、一秒を生きることに真摯《しんし》に臨めるような気がした。

大学四年生も終わりに近づき、周りの友達がみな就職を決めたころ、弓削は性能の悪いビデオカメラを片手に国内の無人島を回っていた。弓削の興味は、治安の悪い外国から、国内にある未開発の地へと向いていた。そこで出会ったのが、無人島で独り暮らしをする老人だった。

「あの作品は、秘境モノや冒険、探検モノでしか撮れないと思ってたことが別の形で映し出されていた。〝現代の神様〟っていうタイトルもよかったな」

久留米明彦《くるめあきひこ》と名乗る老人は、弓削が出会ったその時点で、もう十年以上も無人島で自給自足の暮らしを続けていた。髪も鬚《ひげ》も伸び放題、かろうじて性器は隠していたが、あばら骨の浮いたその姿はドラマや漫画に出てくる神様的な役割を果たすキャラクターにそっくりだった。弓削はその島に通い、時には住み着き、久留米老人の姿を映像に収め続けた。するとすぐに、名前が必要なくなった。二人しかいない空間だと、まず名前が消えるのだと、弓削はそのとき初めて知った。

それから順番に、そこにあって当たり前だと思っていたことが消えていった。お金、世間体、常識。島の暮らしに馴染み始めた弓削に対し、老人は、自分の人生について言葉少なに語り始めた。サラリーマンとして働いていたが、上司との関係が原因で鬱になったこと。出世、稼ぎ、人間関係、社会的に大切とされていることが全てどうでもよくなり、今の世間を作り上げている物差しでは測れない場所で残りの人生を送りたいと思ったこと。全てを捨ててこの島に来て、あらゆるしがらみのない世界を生きてみて初めて、無駄なものが体から削ぎ落とされていったと感じたこと。名もない一人の人間として、動物として、生きる意味を、命の本当の尊さをようやく感じることができたこと。東京では見られない数の星をまぶした夜空、海の波に溶けていく大きな夕陽、地球の輪郭の一部を切り取ったように、かすかにカーブしている気がする水平線。それらを背景に産み落とされる老人の言葉は、あらゆるしがらみの中で精神を擦り減らしながら生きている現代人にとって、金言となる予感がした。弓削は、その老人が実は親族から月々少額を受け取っており、たまに島を出て買い物をしていることなどは、カメラには映さなかった。カメラが回っているときにそういうことは起きなかった、と自分に言い聞かせた。

その映像を編集したものを、若手映像作家の登竜門といわれているコンクールに送った。弓削にとって初めて完成させた映像作品で、とりあえず誰かに見てもらい、感想が、あわよくば褒め言葉が欲しかった。そして、そのコンクールの審査員に名を連ねていたのが、今の制作会社の役員だった。作品を投稿したことも忘れ、大学卒業後はバイトでお金を稼ぎながら旅を続けようかと思っていたところ、特別賞受賞と、ディレクターとしてうちに籍を置かないか、という連絡をもらった。

それがもう、十五年も前の話だ。それからというもの、弓削にはこれといった代表作がない。時代の変化もあり、自分が好むジャンルの作品の発表の場が少なくなっている実感もある。弓削を見初めてくれた役員は別の会社へ転職し、今は潤沢な資金をもとに有料配信のドラマを制作しているらしい。

「もう一度好きなように撮りたいだろ、お前も。志のぶちゃんの下にいたら、お前の撮りたいものはいつまで経っても撮らせてもらえねえよ。俺ももう一度観たいんだよ、身近な社会問題じゃなくて、自分からはものすごく遠いけどどうしようもなくロマンを感じるものを」

石渡はどこからか取り出した紙の束をテーブルに置くと、何かをジャッジするように目を細めた。

「嬉泉島って知ってるか？」

日本最大のタブー、キセンジマの謎に迫る（仮）――一枚目には、そう印字されている。

「知ってます」

弓削がそう答えると、「だと思った」石渡はその口元を緩めた。資料をめくると、二ページ目以降は、島の情報が詳しく記されている。

嬉泉島。天然泉でも売りにしていそうな字面の名前だが、実態は全く異なる。

瀬戸内海に浮かぶその小さな島は、第一次世界大戦後の一九二九年五月から一九四六年五月まで、毒ガス製造の拠点として使用されていた。毒ガスの大量生産に向け工場の建設地を探していた旧陸軍は、万が一事故が起きたとしても被害が少なく、機密事項が漏洩《ろうえい》する可能性の低い場所を探していたのだ。その結果、白羽の矢が立った嬉泉島では、終戦までに六千トン以上もの毒ガスや風船爆弾、発煙筒などが製造され、その作業に携わった工員や動員学徒は五千人以上と言われる。当時、島に暮らしていた全世帯が強制移住させられ、軍事秘密保持のためその存在は地図からも長らく消されていた。当時の作業員は、自分たちが何を製造しているのか知らされておらず、作業内容は家族にさえ話すことを禁じられていたという。

「島の存在自体は知っていましたが、こうやって詳しく文章で読むのは初めてですね」
弓削は、高揚し始めた体を落ち着かせるように、ゆっくりとページをめくる。

終戦後、島内に貯蔵されていた毒ガス三千トン以上とガス弾などは、高知県土佐《とさ》沖に海洋投棄されたほか、除毒処理を経て島内の防空壕に埋められた。その後、海中から引き揚げられた兵器の解体を担当していた作業員の死、環境基準を大きく超えるヒ素による土壌汚染など、毒ガスが原因と考えられる事案が相次いだため、現在は国からの特別な許可がなければ島へ渡航することはできない。環境省は土壌の対策工事をすでに終えたと発表しているが、現在、島に居住者はおらず、井戸水などへの不安も消えないことから、水道も通っていない。当時学徒動員された作業員の中には、今でも毒ガスの後遺症と思われる症状に悩まされている人も存在し、製造所があった周辺は未だに立ち入り禁止区域となっている。

無人島、国からの特別な許可、立ち入り禁止区域。

「目の色が変わったな」

胸の高鳴りを見透かされたようで、弓削は思わず目を伏せ、コーヒーを一口啜った。すっかり冷めてしまっているが、いい豆を使っているからか、不快な酸っぱさはない。

「無人島ファンや廃墟ファンの間では結構前から話題のスポットですよね」

弓削はあくまで落ち着いた声でそう言った。企画として提案してきている石渡の手前、言葉は選んだが、嬉泉島は今、無人島や廃墟好きというよりも、オカルトや都市伝説など、少しキナ臭い界隈で話題になっているスポットだ。

というのも、嬉泉島は特別な許可がないと渡航できないため、一般に出回っている島内の情報は未だに文字資料のみで、写真や映像は皆無といっていい。そのせいで、インターネット上には嬉泉島に関する真偽不明の情報が絶えず飛び交っている。原子爆弾が落とされたあとの広島や長崎の写真に「現在の嬉泉島」と堂々とキャプションが付けられていたり、現在も毒ガス製造は密かに継続している、後遺症の存在を世間に隠すため島に幽閉されている人間が多くいる、実は強制移住させられていなかったもともとの島民たちが毒ガスによって廃人化した等、どう考えても真実とは思えない情報を真剣に信じている者も少なくない。アメリカの極秘基地だ、北朝鮮が関係しているらしい——嬉泉島信者はその数と比例するように、過激さを増している。

「まだ正式な情報じゃないが、うちのドキュメンタリー班が、特別に渡航許可を取れそうなんだ」

弓削は思わず顔を上げる。すると、その反応を予想していたかのように笑みを湛《たた》えて待ち受けていた石渡と、目が合った。

「ずっと狙ってたんだよ、嬉泉島の初映像。うちのディレクターに任せる予定だったんだけど、そいつがなんかしっくりこなくてな」

そこで、と、石渡が唾を呑み込む。

「お前のことを思い出したんだよ」

やりたい。弓削は無条件にそう思った。そういうものを、やりたかった。今の時代を映すようなテーマではないかもしれない、現代社会で生きづらさを抱える誰かに寄り添うような作品でもないかもしれない、だけど、ただただ興味がある。行ってみたい、この目で見てみたいと心の底から思う。どんな映像が撮れるのか、その好奇心のみを信じて動く。

久しぶりに、そんな風にカメラを構えてみたかった。

ただ、あまりに突然すぎる話に思考を追いつかせるにつれて、弓削の頭にはいくつかの疑問が湧いてきた。

「この話、林は知ってるんですか？」

「知るわけねえだろ」

即答する石渡の表情を、弓削はじっくりと観察する。制作会社のプロデューサーである林を通さずに、制作会社のいちディレクターとテレビ局のプロデューサーが地上波放送に関わる番組について何かを決定するなんてことは、あり得ない。

「企画者は、俺とお前の連名にする。うちが協賛してるコンテストへの出品も、もう決まってる。まあ、何かしら受賞が確定したも同然だ。だから予算も多く使える」

話がおかしい。弓削は、他の内臓を押しのけるほどパンパンに膨らんでいた心が、もとの形よりも小さく萎《しぼ》んでいくのがわかった。

「お前」

石渡の顔が、ぐっと弓削に近づく。冷めてもおいしかったはずのコーヒーに影が落ち、黒よりも暗い泥水のようになる。

「もうずっと、言われたもんばっか撮ってるだろ」

煙草とコーヒーの匂いの混じった息が、弓削の顔を覆った。

「お前、志のぶちゃんとか弓削2とか、女にばっかデカい顔されてていいのかよ。これで賞をとれば弓削2を出し抜けるし、お前が俺を直接説き伏せてこの企画を成立させたってことにすればパイプ役の志のぶちゃんの面目も丸つぶれだ。お前の評価は一気に上がる」

テーブルの上に投げ出された石渡の毛深い腕に、銀色に輝く腕時計が巻かれている。その太いベルトに、自分の首を絞められているような気持ちになる。

「とにかくお前は、俺の言う通りに動けばいいから。嬉泉島の映像なんてそれだけで価値があるんだ、お前のクリエイティヴィティとか必要ないし」

ヴィ、の部分で大袈裟に下唇を噛むと、石渡はようやくコーヒーに手をつけた。弓削は、指一本動かすことができない体で、「マッズ」と顔を歪《ゆが》ませる目の前の男を見ていた。

自分は今、何を言われたのだろう。耳の穴を無理やりこじ開けて入ってきた言葉たちが、なかなか脳まで辿り着いてくれない。

「あ、そうそう」

石渡が席を立った。

「みんな、あの後輩ちゃんのことじゃなくて、お前のこと弓削2って呼んでるからな」

音が鳴っている。弓削はそのとき、そう思った。石渡が放った声を、意味のある言葉として受け取ることができなかった。

電話だ。

弓削は、自宅のデスクに突っ伏していた顔を上げる。いつのまにかうとうとしていたらしい。

デスクに投げ出されていた携帯電話に手を伸ばすと、マウスが動き、スリープ状態になっていたパソコンが動き始めた。携帯電話の画面には、〝石渡プロデューサー〟の文字が光っている。

「はい」

「会社にかけたらいつものバイト君に外出中って言われちゃったんだけど。どこ行っててもいいからメールの返事は早めにしろって言ったろ」

石渡は相変わらず、こちらが名乗る前に話し始める。

「すみません」

パスワードを入力し、会社用のメール画面を開く。【お疲れ。嬉泉島企画なんだけど、ちょっと気になる情報があったから至急リサーチ始めてくれ。あとで電話するから、下の記事読んどいて】そうだった、こんなメールが届いていたんだった。

「記事、読んだ？」

石渡の目が細くなったのが、電話越しでもわかる。

「あの」

「五分やる。今読め」

石渡は受話器を置いたようだった。ゴンッ、と殴られたような音を最後に、フリー素材にあるような雑音だけが聞こえてくる。弓削は石渡のメールに貼り付けられていたＵＲＬ

をクリックする。表示されたのは、裏を取らないままきわどいトピックスを配信するため、情報源としてカウントしないようにしているニュースサイトだった。

巷で話題の二つの〝キセンジマ〟、実は同じ島だった？

あなたは二つの『キセンジマ』を知っているだろうか？

一つは、巷で話題の〝海山伝説〟発祥の地ではないかと囁かれている『鬼仙島』。海山伝説とは、【縄文時代以前より人類は海族と山族に分かれており、今起きているすべての争いの原因は、実はその一族同士の対立に起因している】という説だ。この説が囁かれ始めた当初はインターネット上によく出回るオカルトの一種だと思われていたが、情報を集めたサイト『海山速報』が話題になったり、海山伝説研究会のリーダーである関東大学教授の南水智則氏を中心に編纂《へんさん》された『海山伝説のすべて』がベストセラーになったりと、今では歴史学の中でも重要度の高い研究テーマとして捉えられている。先月完結したばかりの大人気漫画『帝国のルール』の作者・田中太郎《たなかたろう》が初のロングインタビューにて、作品との関わりを正式に否定したことで初めて知った人も多いかもしれない（海山伝説と『帝国のルール』の関連性についてはこちらの記事 http://www…を参照）。現在、国が、海族・山族の身体的特徴をオリンピック事業に活かそうと動き始めているなんて不穏な噂もあり、注目度はますます高くなるばかりだ。

もう一つは、地図から消された島として秘境マニアの間では有名な『嬉泉島』。瀬戸内海に浮かぶこの島は、戦時中、毒ガス製造の拠点として利用され、意図的に地図から削除されていた。現在は国からの特別な許可がないと渡航できないため、島の内実に関しては様々な噂が飛び交っている。

今、この二つの島が同一の島なのではないかという説が、学者たちの間で研究されているのだ。

弓削は、《次のページ》という文字をクリックする。想像していたよりもボリュームのある記事みたいだ。


事の発端は、二〇一二年にまで遡《さかのぼ》る。郷土史家・五木功平《いつきこうへい》さん（91）が地元の図書館に寄贈した古文書資料の中に、明治時代初期の海軍にまつわる記録が紛れていたことが地元の大学生らによる分類調査で発覚したのだ。そこに、本土を追われた者たちが行きつく場所として、〝瀬戸内地方の鬼仙島〟という記載があったことが確認された。

鬼仙島という言葉自体は海山伝説発祥の地としてすでに有名だが、それは卑弥呼《ひみこ》がいた場所といわれる邪馬台国のように、あくまで仮説であり、どの地方にある島なのかということも判明していなかった。しかし今回発見された記録の中に〝瀬戸内地方の鬼仙島〟という記述があったことから、毒ガス製造によって地図から消されていた嬉泉島こそが〝鬼仙島〟なのではないかという説が浮上したのだ。

日本エッセイスト協会賞を受賞した『海山伝説のすべて』によると、たとえば縄文時代には山の民〝ヤマノベ〟、そして海の民〝イソベリ〟という二つの一族が対立していたという資料が残されており、その資料が見つかったのが偶然にも瀬戸内海に浮かぶ島だと——

「最後まで読んだか?」

パソコンデスクに伏せていた携帯から、石渡の声が飛んでくる。

「はい」まだ記事は残っていたが、弓削はそう答えた。「面白い話ですけど、どうなんですかね、そもそもこのサイト自体の信憑性《しんぴょうせい》が、ちょっと心配っていうか」

「何がだよ。謎多き嬉泉島が謎多き海山伝説と繋がるなんて、わくわくするじゃねえか」

キセンジマ。ウミヤマデンセツ。

弓削は、ふと、この二つの音に関わる誰かの影が、頭の中を通って行ったような気がした。

「おい」右耳に、石渡の声がぶつかる。「聞いてんのかよ、弓削2」

思考が引き戻される。「あ、はい、なんかちょっと電波が悪いみたいで」すみません、と、誰にも見られていないのに頭を下げつつ、弓削は意識の中核を右耳に戻した。

「視聴者の興味をそそる要素は少しでも多いほうがいいんだよ。それで俺も調べてみたんだけど、今、この二つのキーワードに食いついてる層があるんだと」

「層？」

「過激な思想を持つ若者だよ」

過激な思想。その言葉も、弓削の記憶を刺激する。思い出せそうで思い出せない状態が、とてももどかしい。

「海山伝説の信者っていうのはつまり、すべての争いの原因は海族と山族の対立に起因しているって信じてるわけだろ。今、暴走気味の正義感を持った信者たちが、嬉泉島に私的に渡航しようとしてるらしいんだよ。鬼仙島＝嬉泉島って信じ込んだ奴らが、毒ガスの製造所があった立ち入り禁止区域を完全に破壊することで海族、山族の対立の種を駆逐できるって喧伝《けんでん》してるんだと。なんでそうなったんだよって感じだけど、島に行って世界平和を実現させる戦士として生きる、みたいな奴らがマジでいるらしいんだわ。それを聖戦って言うみたいだけど、本気だとしたら頭おかしいわな」

キセンジマ。海山伝説。過激な思想。暴走気味の正義感。あらゆる言葉が、記憶の中のとある一点にどんどん積み重なっていく。

だけど、その一点が何なのか、それだけが思い出せない。

「で、そいつらが共同生活を送ってるシェアハウスが都内にあるらしい。俺もよくわかってねえんだけど、長老って奴が仕切ってるらしくて、貼り紙とかで入居者を募集してるみたいでな。危ない匂いぷんぷんだけど、俺、そいつらのインタビュー映像っていうのもあったら面白いと思うんだよな。嬉泉島の悪魔的な魅力を伝えるには格好の素材だろ」

「長老」

この言葉も、積み重なる。

「ん？　なんか言ったか？」

「あ、えっと、シェアハウスの調査、ですよね」

弓削は、メモを取りながら返事をする。毒ガス製造の過去を持つ地図から消された島というだけでもかなりチャレンジングな企画なのに、石渡はそこに海山伝説という真偽のわからない要素まで乗っけようとしている。自分が担当した番組が炎上しないよう炎上しないよう、過剰にコンプライアンスを意識する普段の姿勢を忘れるくらい、石渡はこの企画に没入しているみたいだ。海山伝説発祥の地を破壊することで世界平和をもたらしたいなんて語る若者にカメラを向ければ、一般の視聴者は引いてしまうのではないだろうか。いや、インターネットの情報を鵜呑《うの》みにして偏った思考に染まってしまう人々、と見えるよ

うな演出にすれば、作品にとっていいスパイスになるかもしれな
「余計なこと考えんなよ」

弓削の逡巡《しゅんじゅん》を見抜いたように、石渡の声のトーンが下がった。

「お前は、俺の言った映像を撮ってくればいいんだから」

下がった、というよりは、落ちた、というほうが正しいくらいだった。

「地上波の枠で放送させてやるだけじゃなくて、そのあと賞もくれてやるんだよ、もう才能のないお前に。散々お前を干してきた志のぶちゃんにも、あのスーパー後輩にも一矢報いることができるんだ」

低い声は、そのまま、骨を伝って全身に行きわたる。

「お前は、俺の言う通りに動けばいいから」

返事をする前に、電話が切れた。石渡が放った最後の文字が、まだ、弓削の耳元でビチビチと血を撒《ま》き散らしながら飛び跳ねている。

利用されていることなんて、わかっている。弓削は携帯をデスクに置くと、大きく息を吐いた。

テレビ局で石渡と対面したあと、人づてに聞いた噂がある。

社内結婚ののち社内不倫をして独身となった石渡が、距離を縮めようとしていた林に正式に拒否され、ストーカーまがいの行動に出始めているという話だ。

石渡が林に言い寄っていることは、その周辺で仕事をしている者ならば誰もが知っていた。それはテレビ局と制作会社という立場を利用した、ひどく上から目線の誘いだったらしい。ただ、コンテンツを制作する会社とそれを放送する局という関係性を考えると、林は石渡を無下《むげ》にもできず、精神的な負担があったのだろう、体調がすぐれない日が増えていった。

そんな林の変化に気づいたのが、晃子だった。

それからは、石渡と林の会食などには晃子が同席するようになり、仕事の話以外のフィールドに会話が流れないよう、さり気なくストッパーとしての役割を果たしていたらしい。そのせいもあり、石渡は今、林と晃子をまとめて業界から干そうとしており、林は晃子に目をかけている。

いや、違う。弓削は自分の思考が都合よく流れるよう変形した回路に、鞭《むち》を打つ。林が晃子に目をかけているのは、この男性優位の業界で共闘している女性同士だからでもなく、自分を助けてくれたからでもない。晃子に、映像を創る才能があるからだ。

そして、石渡が自分に声をかけてきたのは、デビュー作の無人島ドキュメンタリーが彼の胸を打ったからではない。才能ある女性に立場を脅《おびや》かされそうな男同士で、かつ、石渡を脅かすことは絶対にない存在だからだ。

弓削は、朝起きて顔を洗うように、Google Chrome の新たなタブを立ち上げた。そしてブックマークバーからFacebookを選択し、画面をスクロールしていく。家族で過ごした夏休みの思い出、転勤に伴う送別会、子どもがいる家族同士での食事会、新たにローンチしたサービスの紹介……全盛期を過ぎたSNSには若い人間は寄り付かなくなり、そこには周囲に喧伝したいことで両手がいっぱいの同世代しか残っていない。

四十を前にした旧友たちは、学生のころはあれほど自由に振り回していた両腕で、その二本ではもう足りないくらいのものを抱えている。原付のハンドルを握っていた手で子どもの頭を撫で、麻雀牌《パイ》を操っていた指でゴルフクラブや革靴を磨き、夢を語り合う友人ではなく仕事上の苦楽を共にしてきた仲間たちへビールのジョッキを差し出す。みんな、顔が、年相応のものになっている。顔や体に生まれる皺《しわ》は、老いを示す印ではなく樹齢を表す年輪のようだ。

大学を卒業するころ、これから社会に出る友人たちとは違い、すでに自分の能力が作品として評価されていた弓削は、周囲から一目置かれる存在だった。入社一年目から即戦力として動き続けていた弓削は、上司のもとで命令されたことしかやらせてもらえない、研修や電話番がつまらない等と愚痴る同級生たちに、一丁前にアドバイスを繰り出していた。将来やりたいことへの熱い気持ちを持つこと、そしてその気持ちを行動に移すことが一番大事だと思う、そうすれば時間はかかるかもしれないけど周りがわかってくれるようになるし、いずれ評価もついてくる、自分がそうだったから——同級生はみな、マスコミと呼ばれる業界で、ドキュメンタリー界の若手ディレクターとして活躍する弓削の言葉を有り難がった。弓削は関わった作品が放送されるたび、友人たちに連絡をした。あのころは、周囲に喧伝したいことが沢山あった。

今、かつての友人たちは多くの部下を抱える地位に就いている。弓削が今どんなものを撮っているかなんて、誰も興味を示していない。弓削も彼らと同じように太ってきているが、それは蓄えるべきものを蓄えてスーツが似合うような貫禄が出てきたわけではなく、好きなものばかりを周囲に並べた結果、幼さが物質化して体にこびり付いてしまっただけだ。

久しぶりの地上波放送が決まりました、原点回帰の無人島ドキュメンタリーです、気合いを入れて作りましたのでぜひ観てみてください――ここに、そんな文章を投げ込んだら、みんな、また自分のことを気にかけてくれるのだろうか。雪乃はこの家に戻ってきてくれるのだろうか。

やらなければ。

弓削は椅子に座り直した。今は、とにかく、石渡の命令に従いつつ、この番組を撮る立場を絶対に手放してはならない。それがどれだけ惨めなことでも。

弓削はとりあえず、先ほど途中までしか読むことができなかった記事の続きに取り掛かる。今は、石渡の興味関心のレベルに自分のテンションを追いつかせなくてはならない。

日本エッセイスト協会賞を受賞した『海山伝説のすべて』によると、たとえば縄文時代には山の民〝ヤマノベ〟、そして海の民〝イソベリ〟という二つの一族が対立していたという資料が残されており、その資料が見つかったのが偶然にも瀬戸内海に浮かぶ島だといわれている。古代史でいえば、藤原《ふじわら》氏が長屋王《ながやおう》を打倒するために仕組んだ奈良時代を代表する政治的陰謀事件【長屋王の変】は、藤原氏が海族であること、長屋王が山族であることが対立の原因であるという説が浮上しているのだ。その他にも、遺された文献などから読み取れる、海山伝説が遠因とされる歴史上の対立は無数にある。その一部を紹介しよう。

《次のページ》

・平安時代、源平合戦　平 教経《たいらののりつね》（海族）と、源 頼朝《みなもとのよりとも》（山族）
・鎌倉時代、南北朝の対立　楠木正成《くすのきまさしげ》（海族）と、足利尊氏《あしかがたかうじ》（山族）
・室町時代、応永《おうえい》の乱　大内義弘《おおうちよしひろ》（海族）と、足利義満《あしかがよしみつ》（山族）
・安土桃山時代、本能寺の変　織田信長《おだのぶなが》（海族）と、明智光秀《あけちみつひで》（山族）
・戦国時代、豊臣秀吉《とよとみひでよし》（海族）と、徳川家康《とくがわいえやす》（山族）

これらの仮説は全国の歴史学者たちにより今まさに解明されようとしているが、中には本能寺の変や関ヶ原の戦いなど、日本人ならば誰もが知っている出来事も含まれており、「早急に日本史の教科書の改訂を検討すべきだ」という意見も多い。これがもし事実ならば、これまでの日本の道程はまさに海族山族の対立の歴史であり、海族山族が存在し続ける限り、これから先も私たちは対立を繰り返していくしかないということになってしまう。

嬉泉島が本当に海山伝説発祥の地なのだとしたら、立ち入り禁止などと言っていないで国は今すぐ調査に乗り出すべきでは？

相変わらず、ネットニュースを構成する無責任な文面にはうんざりする。何一つ断定しないことで責任からは逃げ、読み手の感情を煽るだけ煽る。しかし、と、弓削は足を組む。海山伝説がここまで現実を侵食し始めているとは知らなかった。源平合戦や南北朝の対立だけならまだしも、この仮説が明治時代以降の戦争の歴史、そしていま世界中で繰り広げられている戦争や紛争に当てはまるとなると、確かに暴走気味の正義感を持った若者たちが過激な行動に出てもおかしくないかもしれない。現に、ある特定の国の出身者というだけでその人を口汚く罵っていいと考えている人は、年齢関係なく多く存在している。

南北朝の対立。弓削の両目が、なんとなく、その部分に吸い寄せられる。南北朝。やがて、真ん中の文字に、弓削の視界のピントが合う。

北。

北大。

北大の、恵迪寮。

ガタ、と大きな音がしたと思ったら、パソコンの画面が揺れていた。思わず椅子から立ち上がった弓削の太ももが、デスクに当たったのだ。思い出した。キセンジマ。海山伝説。過激な思想。暴走気味の正義感。長老。この言葉たちが積み重なっていた一点は、あいつだ。

学生自治存続問題に関しては俺に何でも聞いてください——弓削たちが構えるカメラに向かってそう宣言した男。北大祭の最終日、ストームが行われている最中、大きな旗を振っていた男。そして、放送されたドキュメンタリーには、一秒も映っていなかったあの男。

リサーチで北海道を訪れていた最終日のことだ。

最後なんだから少しだけ、と、晃子の提案で一行はジンギスカンの店に入った。弓削は、早めに新千歳《しんちとせ》空港に向かっておいたほうがいい、食事は空港内でもできると主張したが、入った店で偶然、恵迪寮の学生たちに遭遇した。「こういう偶然が集まるの、いい企画の証拠なんですよ」晃子はそう言うと、レコーダー片手に彼らの集まるテーブルへと入っていった。

彼らは、度数の高くないお酒を飲みながら、大学側はいつも学生を弾圧するとか、これは平成の学生運動だとか、そういうことを嘯《うそぶ》いていた。その集団の中に、あの男がいないことに気が付いたのも、やはり晃子だった。

不在の理由を尋ねてみると、寮生たちは揃って表情を曇らせた。やがて、そのうちの一人が小さな声で呟いた。

「俺ら、あいつのことよく知らないんですよ。いきなり首突っ込んできて、リーダーぶって……そもそも寮生でも何でもないですからね、あいつ」

弓削は思わず、晃子と顔を見合わせていた。学生自治存続問題に関しては俺に何でも聞いてください。彼は間違いなく、カメラに向かってそう言ったのだ。

「俺この前会ったとき、キセンジマとかウミヤマデンセツとかめっちゃ語られて、もう全然なに言ってんのかわかんなくて焦ったわ」

「あー俺も！　俺は長老に選ばれた人間なんだとかマジな顔で言ってて、引いた」

「あいつなんかいっつも暴走気味っつうか、過激派って感じで。ストームのときに振ってた旗だって、いきなり作って持ってきたんすよ、なあ」

もっと詳しく話を聞きたかったが、飛行機の時間が迫っていた。弓削たちは彼らの分も支払いを済ませ、志半ばで店を出るしかなかった。空港に向かう電車の中、晃子は「次はあの子に取材したいですね。なんか気になります」と呟いた。弓削も同じ気持ちだった。

そう思っていた矢先、制作の中止が言い渡されたのだ。

やっと放送された恵迪寮のドキュメンタリー。そこに映っていなかったあの男。石渡発案の嬉泉島のドキュメンタリー。海山伝説発祥の地と言われている、鬼仙島。様々な方向から降ってきた要素が、どこか一点で、ぴたりと重なるような気がする。だけど、こんな偶然があるのだろうか——そう思ったとき、ここにいるはずのない林と晁子が、弓削の目の前を通り過ぎていった。

ドキュメンタリーの神様は、面白い企画に素敵な偶然を集めてくれるって言うから。

こういう偶然が集まるの、いい企画の証拠なんですよ。

二人の声が、耳の中でやわらかく混ざる。その心地よさをもって、弓削はやっと、石渡の低い声が耳から剝がれ落ちてくれた気がした。

「俺、その男、知ってるかもしれません」

前田の予想外の発言に、弓削は思わず「え？」と大きな声を上げてしまう。周りのテーブルに座っていた何人かが、迷惑そうな視線を投げかけてくる。

「だから、その恵迪寮？に関わってたっていうヤバめのやつ、俺の知り合いかもしれません」

前田は事も無げにそう言うと、氷が二つ入った水をごくごくと飲んだ。その姿を見ながら弓削は、若いときは冷たい水がやけにうまかったな、と思う。

制作会社でアルバイトとして働いている前田一洋は、まだ大学生ということで、弓削の知らない世間の流行にも詳しい。その世代のことを勉強するために、という名目でたまに一緒に昼食を摂ったり夜には飲みに連れて行ったりしているが、本当は、転勤族らしく何度も転校を経たことで身に付いたというそのざっくりとした性格が、話していて気持ちいいだけなのかもしれない。

これまでの学生バイトに比べると事務処理能力が高い前田は、バイトの域を超えた仕事を任されることも多く、今日も少し疲れた顔をしている。独学で編集技術を身につけ、今は誰かの作品のテロップ入れを手伝っており、アルバイトとはいえ立派な戦力になりつつある。だが、おっちょこちょいなところも多く、未だに弓削と晃子とでメールを送り間違える常連だ。でも、「え、俺また間違えてました？　すみません、確認したつもりだったんですけど」なんて定食の唐揚げを頬張りながら言われると、怒る気も失せてしまう。

「知ってるって……そいつ、北海道に住んでる大学生だけど」

弓削は、今度は視線が集まらないように、必要以上に小さな声で言った。

「俺、転勤族だって話したじゃないですか」前田もなぜか声のボリュームを落とす。「小学生のとき、四年生とかだったと思うんですけど、北海道に住んでたんですよ。そのときのクラスメイトだと思います」

今日前田を誘ったのは、あれから昼夜を問わず海山伝説と鬼仙島・嬉泉島について調べ続けた結果、弓削たちの世代よりも、今の二十代のほうがそれらとの距離が近く、訴求力のあるテーマだということがわかってきたからだ。

特に、『帝国のルール』の話になると、前田は饒舌になった。「俺らの世代だと大体の奴が読んでたと思うんで、そのドキュメンタリー、話題になると思いますよ。牧瀬仁と鬼仙島とか、作者=長老説とか、海山伝説関連で色々ありましたからね。懐かしいっすね、それこそ映画とかやってたころ、俺、札幌にいたんですよ確か」札幌、というキーワードから、弓削は、恵迪寮の話をした。寮の存続問題に携わっていた男子学生が海山伝説の信者っぽかった、今の若い人って結構その説信じてるもんなの——何気なく投げかけた質問に、前田は、まさかの回答を返してきたのだ。

「俺も最近そいつのこと気になってたんで、いま弓削さんがそいつの話始めて鳥肌立ちましたよ。こんな偶然ってあるんすね」

店員が、飯粒ひとつ残っていない食器類をテーブルから下げる。二つのグラスだけが残されたテーブルに、弓削は両肘をついた。

「いや、俺の言ってる奴とお前の頭に浮かんでる奴、マジで同一人物か？　俺、名前も顔も覚えてないけど」

「堀北雄介、だと思います」

　ほりきたゆうすけ。

　弓削は、氷を取り除いてもらった水を含んだ口の中だけで、一度、発音してみる。

「みんなやると思うんですけど、俺、高校生のときSNSで昔の同級生検索しまくってて。まあこれまで通った学校にいたかわいい子が今どうなってるのかとか調べてただけなんですけど、何すかその顔〜、弓削さんもそれくらいやるでしょ？」

　SNSでの同級生の近況調査を楽しいことと捉えている前田の健《すこ》やかさに、弓削は少し、嫉妬する。

「つーか、女子って顔変わりますよねマジで、みんなアプリで加工しすぎで本人かどうかも全然わかんなかったんですけど、別の意味で気になってたのが堀北雄介で」

　前田も、テーブルに両肘をつく。自然と、声が近くなる。

「小学生のとき、三人グループで仲良かったんですよ。出席番号の前後にいた二人が転校生の俺にやさしくしてくれて、それが堀北と、もう一人の男なんですけど、『帝国のルール』も三人で回し読みしたりしてて。なんか、でも、その二人の関係性がずっと気になってたんすよね」

　デキてたとかじゃなくて、と、前田は話を続ける。

「その二人、仲良いんですけど、なんで仲良いのかわからないっていうか。性格とかも真反対で、本当は対立してもおかしくない感じなのに、堀北雄介じゃないほうがいつも堀北雄介を許してて、なんであいつから離れていかないんだろうってずっと思ってて」

当時の違和感を正しく伝えられていない自覚があるのだろう、前田はもどかしそうに言葉を重ねるが、そのたび聞き手からすると凡庸なエピソードにしか思えなくなってくる。

「まあ、小学生なんてそんなもんだろ」

「うーん、なんか口で話すと普通に聞こえますよね、他にも棒倒しのときとか体育のときとか、ん？　って思ったときの話はいくつかあるんですけど、まあいいや」前田は話を進める。「とにかく頭の片隅でずっと気になってた奴だったんですよ。で、ツイッターで色んな人検索してたら、関連したアカウント、みたいな感じで、そいつが出てきて、なんか俺、フォローしちゃって」

前田の話し方が、ジンギスカンの店で出会った恵迪寮生のそれと似てくる。

「確かフォローしてすぐくらいのときに、俺は自衛隊に行きます、受験していい大学入って未来の自分を甘やかすんじゃなくて、今このときの民のために命を注ぎます、みたいなこといきなり言い出したんですよ。何言ってんだって感じですけど、でもなんとなく、変わってないなっていうか、こういうこと言いそうだったなコイツって思わせる何かがあって……かと思ったら大学受かりましたって報告があって、そしたらすぐジンパ復活運動？のリーダーになりました、汚い大人たちの権力に徹底的に抗《あらが》うことに命を注ぎますみたいなこと言い始めて、なんかドリンクバーぐらいすぐ命注ぐんすよ、そうだ、そのときなんかちょっとテレビ出て持て囃されたりしたらしくて、めちゃくちゃ告知ツイートしててウザかったなー」

二十四時間新しい情報を差し出し続けなければならないテレビは、稀《まれ》に、偽物側の人間を放送してしまうことがある。そして、テレビで放送されたという事実を印籠のようにして、偽物側の人間はいとも簡単に本物側に回る。

「ジンパ復活運動？　について急に何も言わなくなったと思ったら、恵迪寮の学生自治問題ですよ。若者の気持ちを代弁する戦士として大学と争います、そのために命を注ぐと決めましたみたいな、また命注ぐんですけど、で、学祭の最終日にそれを宣言するとか言って、なんか自作の旗みたいな写真アップしてて」

学祭、最終日、旗。前田の口から矢継ぎ早に飛び出す言葉たちが合わさると、確かに、あの男が形作られる。切れ長の一重瞼、細い顎、大きめの耳。朧気《おぼろげ》だったあの男の外見が蘇ってくる。

「写真、ある？」

弓削がそう訊くと、「あー、なんか顔写ってるやつアップしてたと思いますよ」と前田が携帯をいじり始めた。そしてすぐに、信頼している占い師に手相を見せるみたいに、弓削の目の前で掌を開いた。

「今から二年くらい前の写真になっちゃいますけど、この右から二番目です」

場所は居酒屋だろうか、男女六、七人くらいの集合写真だ。カメラに向かって陽気に舌を出している短髪の男。

「こいつだ」

記憶の中の面影よりも少し幼い印象だが、間違いない。画面をタップすると、第一回革命家飲み、という文字が現れた。

革命家。

「ですよね？　うっわマジすげえ偶然、こんなことあるんすね」前田は堀北雄介についてまだまだ言及し足りない様子で、驚くリアクションもそこそこに早口で話し続ける。「で、またパタッと何も言わなくなって。次どうすんだろうな〜って、もう楽しみになっちゃって、次はどんな虚言吐く、もう虚言って言っちゃいましたけど、次は何かな〜って思ってたら、結構最近すよ、それこそさっき言ってた海山伝説、俺はこの世の対立の源を殲滅《せんめつ》させるための戦士となる、世界平和のためなら自分の身が犠牲になったっていい、見て見ぬふりだけはできないみたいな超カッコイイこと言い出してて。他の同級生はみんな就職決まったとか院試受かったとか呟いてるのに、なんかゲームのキャラみたいなこと言ってんすよ、一人で」

ジンパ復活のため。学生自治存続のため。国のため。この世の対立の源を殲滅させるため。世界平和のため。

「あの感じ、何なんでしょうね」

ふと気が付いたら、周りのテーブルから客がいなくなっている。

「要は言ってることがコロコロ変わって気持ち悪いって感じなんですけど、でも他にもそういう人はいっぱいいるじゃないですか。それとは違う気持ち悪さなんですよね……意見をコロコロ変えるくせにいちいち本気っぽいからかなー。すぐ命注ぐ感じが不気味なのかなー、うーん」

急に、前田が、「あ、わかった」と顔を上げた。

「あいつが言ってることがコロコロ変わるのが気持ち悪いんじゃなくて、立ち向かう相手をいきなり定めて、それに合わせてさも昔からずっと腹立ってましたって怒りを急造する感じが気持ち悪いんだ」

ありがとうございましたー、と、店員の声が響く。誰かが出ていった出入り口の扉が、寂しい音を立てて閉まる。

「それなのにいちいち命注いで、それこそテレビとか出ちゃったりするところがザワザワポイントだったんすね」

あーなんかスッキリした、と、前田は一人、晴れやかな表情で水を飲みほした。先ほど出ていったのが最後の客だったのか、店の中には弓削たち以外誰もいない。

弓削は、画像を閉じ、堀北雄介の最新の投稿をチェックする。

【大学を辞めました。嬉泉島に行く準備をすべく、東京で同志との共同生活を始めます。世界のために、未来のために。この投稿が最後になると思います。では。】

「マジで辞めたっぽいんですよ、大学」

北大辞めるとかもったいないっすよね、と、ボヤく前田をよそに、弓削はそのツイッターアカウントを自分の携帯に打ち込む。同じ文章が、テーブルの上に二つ並ぶ。

同志との共同生活ってどういうことだ——思ったことがそのまま口に出ていたのか、「多分、これですよ」と、前田が事も無げに弓削の携帯を操り始めた。

「ほら、こいつ、最近ずっとこの〝長老〟ってアカウントとやりとりしてたんですよ。ちなみに長老って、海山伝説信者の中では何でも知ってる神みたいに言われてる存在なんですけど。で、この〝長老〟アカウントの中の人は、長老の魂を降ろせるとか言い張ってるらしくて、それを信じてる人も中にはいるみたいで」

前田が見せてくれる過去のツイートを確認すると、堀北雄介は確かに、〝長老〟と名乗るアカウントと頻繁にやりとりをしているようだ。肝心の〝長老〟がアカウントに鍵をかけているので、やりとりを全て見ることはできないが、雄介が〝長老〟に送っているリプライは読むことができる。

〝長老〟への最後のリプライは、【DMさせていただきました。ご連絡お待ちしております】。

「このアカウント、長老様を降ろせますとか言ってる時点でかなりヤバイんですけど、ヘッダーの画像がなんか気味悪くって」

前田が、〝長老〟のホーム画面にアクセスする。一件も投稿のないタイムラインには、全ての国が消え去ってしまった地図のような、奇妙な滑らかさがある。

「これです」

前田が、ヘッダーに設定されている画像をタップし、ひとさし指と中指でその中心部を拡大する。どこかの書店だろうか、古い建物の壁に、一枚の紙が貼られている。その紙には、まるでアルバイトでも募集するかのように、こんな文言が記されていた。

求人
勤務地：嬉泉島
職種　：戦闘員
目的　：海山伝説解明、ひいては世界平和（渡航前に都内アジトでの研修あり）
詳細　：DMにて

備考　：面談時、思想チェックあり

ここだ。

石渡が言っていた、海山伝説を妄信する者たち、そして嬉泉島の悪魔的な魅力に惑わされた若者たちの受け皿となっているシェアハウス。

絶対に、ここだ。

弓削は、昂《たかぶ》る気持ちを落ち着かせる。こんな偶然があるだろうか。いや、これだけの偶然が集まるということはつまり、嬉泉島周辺にはドキュメンタリーの神様がいるに違いない。興奮の中で、弓削は、不思議と懐かしさも感じていた。予想外の偶然の連なりに自分が運ばれていくこの感覚。ドキュメンタリーを撮る者の醍醐味、良い作品が出来上がるときの手応え。久しぶりだ。

「なんか俺、時間の無駄だってわかってんのに、定期的に堀北雄介の近況チェックしちゃうんですよ。見たらイライラするのわかってるのに、もうイライラするために見てるっていうか」

誰もいなくなった店内で、前田の声だけが響く。

「なんか、気になるんですよね」

弓削は顔を上げる。

「こいつが、どこに辿り着くのか」

前田と目が合う。

「恵迪寮に入り込んで、失敗して、今度はこのアジト？　に入り込んで、多分また失敗して。こいつマジで何と戦ってるんだろうって感じなんですけど、なんか、自分は絶対こうはならないって言いきれない気持ち悪さもあるっていうか。自分の中にもいるんですよ、堀北雄介が。いつも何かと戦ってるように見せかけて、本当は別のものから逃げ続けてるこの感じ、わかりますもん」

前田が、ふ、と、口元を緩める。

「いつか、ついにどこにも逃げ場がなくなって、無人島とか行っちゃって、俗世を捨てて初めて自分自身と向き合えましたとか、ここに来てやっと命の意味がわかった気がしますとか、そういう系のこと言い出すんじゃないかなって」

前田が椅子から立ち上がる。

「そうなったら、いよいよ笑いものですよね」

そろそろ出ましょうか、と財布を手に取る前田を見ながら、弓削は、そんなドキュメンタリー作品をどこかで観たことがあるような気がした。

F5キーを押す。画面には何の変化もない。

弓削は椅子の背もたれに体重を預け、両目に掌を当てる。気休め程度の効果しかないとわかってはいるが、体温の熱で瞼を温め、眼の疲労が取れないか試みる。

海山伝説信者のアジトらしき場所、わかりました——そう連絡をすると、石渡は「それだけ？　取材許可取れましたって連絡がそろそろ来るかと思ってたんだけど」とあっさり言い放った。大ニュースとばかりに連絡をしたことが、途端に恥ずかしくなる。

石渡から釘を刺されているのか、林は弓削に新たな仕事を振ってこなくなった。そのおかげで嬉泉島企画に付きっ切りでいられることが、今の弓削にはありがたかった。やるべきことがあると、たとえオフィスのデスクに座っているだけの時間であっても、心が安定する。仕事に忙殺される辛《つら》さと暇な時間を持て余す辛さは種類が違うが、後者のほうが実は飼いならすことが難しい。自分より後輩の立場である人たちが、忙しそうに振る舞っている様子を見られる場所にいるとなおさらだ。

弓削はもう一度、F5キーを押す。〝長老〟からの返事は、やはり来ていない。何もしていないように見える今こそ、誰かに「いま何やってるの」と訊かれたいところだが、そんなことを訊いてくる人は石渡以外にいない。

〝長老〟のアカウントのヘッダー画像にある通り、弓削は、取材用に新しく作ったツイッターアカウントからダイレクトメッセージを送信した。会社名や氏名を含め、自分の立場を明かし、電話番号も添えたうえで、嬉泉島と海山伝説について取材をさせてほしいと申し出た。これまで様々な人にカメラを向けてきた経験からすれば、このような少し特殊な思想を持った人はカメラを受け入れてくれやすい。世間に向かって主張したいことがある人ほど、取材を引き受ける可能性は高くなる。

だが、もうずっと、ダイレクトメッセージへの返事はない。

石渡からは、国から正式に渡航許可が下り次第、島ロケのスケジュールを固めると言われている。それまでに十分なリサーチを終え、作品を構成する要素を集めておかなければならない。嬉泉島の歴史、海山伝説との関わり、調べなければならないことはたくさんあるが、やるべきことがあるときほど、人間の集中力は途切れがちになる。

F5を押す。まだ来ていない。堀北雄介のアカウントを覗いてみるが、アジトに行くと宣言している投稿を最後に、更新されていない。

弓削は、休憩がてら、堀北雄介の過去の投稿をプリントアウトしておくことにした。石渡の言う、嬉泉島の悪魔的な魅力、とやらを演出する素材として活躍してくれるかもしれない。

印刷、の文字をクリックすると、プリンターが荒い音を立てて動き出したのがわかった。今の席はプリンターまで遠く、この往復による小さなストレスは積み重なるとバカにならない。

プリンターは制作部共有なので、誰が印刷したものでも、誰宛てのファクスであったとしても、一度、同じトレイに吐き出される。タイミングによっては二重プリントや取り忘れによる印刷物がトレイに溜まっていることがあり、それに出くわした人は、プリンターの近くにある共用テーブルにそれらを移動させ、遺失物拾得所のような状態にしておくことが暗黙の了解となっている。

弓削は、ちょうど溜まっていた印刷物をテーブルに移した。電子機器の発達でビジネスにおける紙の使用は減ると言われているが、なんだかんだ、文書は印刷物でチェックしたくなるものだ。重要なメールは結局画面を印刷してメモを書き加えながら読むことも多く、仕事のやりとりにおいて紙が減る予感はまるでない。弓削は、自分がプリントアウトしたものだけをつまんだつもりだったが、何枚かまとめて裏返してしまった。

弓削様。いつもお世話になっております――パッと、視界に飛び込んでくる文字列がある。自分へのメール画面か、と思ったが、そんなものを印刷した記憶がない。同じ弓削でも晃子のほうか、と理解したとき、疲労が溜まっている両目がこんな文章を捉えた。

新企画、めちゃくちゃおもしろそうですね。話聞いてるだけでゾクゾクしちゃいました。もうひとりの弓削さんには、事前に許可とか取られるんですか？

新企画、めちゃくちゃおもしろそうですね。もうひとりの弓削さんには、事前に許可とか取られるんですか？

もうひとりの弓削さんには、事前に許可とか取られるんですか？

もうひとりの弓削さんには。

何だ。

何だ。

何だ。

「それ」

後ろから、声がした。

「私のですかね？」

晃子だ。

「あ、やっぱり私のだ。すみません」

弓削の手から紙を一枚抜き取ると、晃子は足早にその場を去っていく。晃子のメール画面のプリントアウト。に、あった文章。事前に許可って、何だ。俺は何も聞いていない。めちゃくちゃおもしろそうな新企画って何なんだ、それに俺の何が関わっているのか。

「おい」

「弓削さーん、あ、晃久さんのほうでーす」

晃子の後ろ姿に呼びかけたそのとき、電話番をしているアルバイトが大きな声を出した。

「電話です、バイトの前田さんから」

間もなく、弓削のデスクの内線電話がプルルルと音を立てる。バイトの前田から電話？あいつは今日休みのはずなのに、どうして？　それよりさっきのメールの文面は一体どういう意味なんだ――プルルル、プルルル、鳴り続ける弓削の電話に、何人かが迷惑そうな視線を向け始めている。

「弓削です。前田、ちょっと待ってく」

「弓削さん！　あのアジト、潜入できそうです！」

「え？　何？」

前田がいきなり話し始めるので、弓削は保留ボタンに置いていた指を離す。とりあえず電話はいったん中断して、晃子にさっきのメールの内容について詳しく訊こうと思っていたのに――デスクで作業をしている晃子の姿を確認しつつ、弓削は椅子に腰を下ろした。

「だから、あのアジトですよ、長老がやってる海山伝説信者のためのシェアハウス」

前田がいつもよりも早口になっている。弓削はもう一度F5キーを押してみるが、相変わらず〝長老〟からの返信はない。

「俺だって取材依頼くらいしてるよ。でも全然返事が来なくて」

「そうじゃなくて、これからあのアジトに行く人を見つけたんです。そいつ、〝長老〟とやりとりしてるんです、今」

「え？」

弓削は、受話器を自分の右耳に押し付ける。

「俺、あれから堀北雄介のことがやけに気になっちゃって、札幌時代に仲良くしてた別の同級生に連絡してみたんです。智也っていうんですけど、そしたらそいつがタイミング良く東京に来ることがわかって、どうして東京来るのって聞いたら、大学の研究のためめって言ってて、何の研究って聞いたら、海山伝説だったんですよ！」

興奮しているのか、前田が珍しく要領を得ない話し方をしている。弓削は、前田の大声が他の人に聞こえないよう、受話器をさらに右耳に押し付けた。

「焦るな、落ち着いて話せ。それで、取材できるかもしれないっていうのは？」

「あ、すみません」そうは言ったものの、前田の話す速度は変わらない。「実は、その智也が、嬉泉島と海山伝説の関係を研究しているイチ学生として〝長老〟とやりとりしてるらしいんですよ。海族山族も含めた歴史学研究のために話を聞きたいって依頼したら、そのアジトに行けることになったみたいで。今度東京来るのもそのためだって」

〝長老〟とやりとり。

〝長老〟と会える。

聞こえてくる言葉が、目の前にあるパソコン画面の、閉じられた封筒のマークにぶつかって跳ね返る。誰もが知っているテレビ局からの取材は徹底無視で、名も無い大学生からの依頼にはすぐに応える。なぜだ――弓削の頭に浮かぶ疑問点などもちろん誰にも伝わらず、前田はそのままの速度で話し続ける。

「智也は、ちゃんとした奴なんですよ。むしろ、いつもちょっとおかしな行動をしかける雄介をさり気なく止めてたんです。俺、それめちゃくちゃよく覚えてて、棒倒しのときとか体育のときとか、いつも智也が雄介のストッパーになってたんですよ。だから今回も、本人は大学の研究のためって言い張ってますけど、もしかしたら、雄介を助けに行くんじゃないのかなって」

じゃあ前田にもそう言えばいいのに、どうして大学の研究だと言い張るのだろうか――新たに浮かび上がった疑問を吟味する時間を、また、前田の声が奪っていく。

「それって、おもしろくないですか？」

「おもしろい？」

弓削は聞き返す。

「嬉泉島の悪魔的魅力を伝えるためのストーリーとして、おもしろくないですか？」

弓削は、頭の中を整理する。

今起きている全ての争いの原因は、縄文時代以前より二つに分かれていた人類・海族と山族の対立に起因しているとする海山伝説。その発祥の地として注目を集めている、毒ガス製造の過去により地図から消されていた島・嬉泉島。海山伝説に傾倒し、嬉泉島に渡航しようとする男と、それを助け出そうとする友人。

「俺、そんなドキュメンタリー、ゾクゾクしちゃいますけどね」

ここ数日のうちに慌ただしく出現したキーワードたちは、一つの絵に繋がるようでそう簡単には繋がらない。どれも歪《いびつ》な形をしていて、ひとつひとつ、丁寧に鑢《やすり》をかけたくなる。

「そうか」

あくまで冷静に返事をしながら、弓削は、こういうとき、カメラが鑢の役割を果たすことを思い出していた。人はカメラを向けられれば、発する言葉の形を整える。そして、カメラを構える側も、対象をより細部まで把握しようと努める。

「ちなみに」

前田は少し、声のボリュームを落とした。

「智也は、カメラの同行もテレビの取材も大丈夫だって言ってます。弓削さん、さっき、〝長老〟から全然返事が来ないって言ってましたよね。これはもう、智也に同行して、内部を隠し撮りするしかないんじゃないですか」

弓削の視界の片隅で、晃子が席を立った。

「俺、観たいですもん、その映像。最近そういうヒリヒリしたやつ、テレビで観てないですし。隠し撮りは人権侵害だーとか今うるさいですけど、そういう道徳的なルール飛び越えて、純粋に観たいっす」

晁子の視線の先には、林がいる。

「弓削さん」

晁子を呼び止めたいが、もう間に合わない。

「面白い企画には素敵な偶然が集まるって、俺、最近誰かから聞きました」

充足した表情で会議室に消えていく林と晁子の後ろ姿を見つめながら、弓削はスケジュール帳を広げた。

9　弓削晃久　―後編―

メーターが一つ上がった。ということは、その分、目的地に近づいているということだ。それなのに弓削はなぜだか、自分たちが乗っている車は世界のどこにも繋がっていない場所に向かっているような気がした。そんな感覚を抱くのは、さっき初めて会った男と狭い空間に閉じ込められているからだろうか。非日常的な状況は、予想以上に脳を緊張させる。

タクシーの中、カバンに隠したカメラがきちんと稼働しているか、外から見てカメラが隠されていることがわからないか、弓削は何度も確かめる。ボストンバッグの紐の長さ、自然な持ち方、角度。いざこれから本当に〝長老〟のアジトに潜入するとなると、何度も確認した部分こそ不安になってくる。

「すみません、ちょっとだけ急ぎ気味でお願いできますか？　すみません」

目上の人間に対して絶対に低姿勢を崩さない青年は、携帯電話の画面に表示されている地図をこまめに確認している。住所が示す目的地は、池袋《いけぶくろ》といっても駅からは離れた住宅街で、東京のタクシー運転手でもなかなか苦労しそうだ。

「もう結構近づいてきた感じ、だよね？」

弓削の質問に、「はい」と青年は頷く。

「時間的にも、遅刻にはならないと思いますけど……都会の渋滞、ちょっとなめてました」

タクシーのカーナビによると、あと十五分前後で目的地に着くらしい。〝長老〟が指定してきたのは、平日の十五時という、一般の社会人ではなかなか自由に動きづらい時間帯だった。

隣に座る青年――南水智也は、前田が話していた通り、初めて会ったときからとても礼儀正しく、話し方や言葉遣いも丁寧だった。弓削は智也に名刺を渡しながら、心の中でガッツポーズをしていた。

こいつは、〝正しい〟側の人間だ。

ドキュメンタリーの中に現れる〝正しい〟側の人間の存在は、それが作品の主人公であっても脇役であっても、物語を加速させてくれる。正しさだけではどうにもならない現実を、図らずも〝正しい〟側にいるその人自身が浮き彫りにしてくれるからだ。

「このタクシー代は僕が出しますので」

おもむろに財布を取り出しはじめた智也を、弓削は制止する。

「それは大丈夫。リサーチにかかったお金は領収書もらえば経費にできるから、安心して」

そう言いながら、弓削は、学生のころは領収書や経費という言葉の意味がよくわからなかったことを思い出す。思い出しておいて、あえて、詳しく説明しない自分がいる。

「ありがとうございます」

智也は財布をカバンの中に戻すと、「交通費も宿泊費もお世話になってしまって、本当にすみません。助かります」と、もう何度目になるのかわからない礼を改めて伝えてきた。

弓削さんの今回の企画ってテレビ局案件なわけですし、ちゃんとした予算下りるんですよね？　だったら、智也に乗っかって〝長老〟のアジトに行く代わりに、智也の交通費とか宿泊費、経費でどうにかなりません？　あいつ、学生なんでお金があまりないみたいなんですよ。そうすればこの件、弓削さん一円も損せずに智也に恩売れるじゃないですか

――あの日の電話の最後に前田が振りかざしてきた狡賢《ずるがしこ》さは、同じ業界で働く仲間としては頼もしい限りだったが、昔の同級生に対し〝損せずに恩売れる〟なんて言ってしまう点には少しドキッとさせられた。

よし。弓削は、カメラを忍ばせたカバンを、さりげなく智也のほうに向ける。

「南水君は、研究のために東京まで来てるんだよね？　だったら、この調査に関して大学から予算が出たりしないの？」

智也の横顔に、ほんの一瞬、緊張が走った。

「今、全国的に大学の研究費って不足気味なんですよ。特に国公立はなかなか難しいみたいで……それに、今は院試が終わったばっかりでまだ学部生なので、どこかの研究室に正式に所属してるわけじゃないんです」

「そっか」弓削は、院試、という言葉に反応してみる。「大学四年生ってことは、就職か院か、とかもう決まってる時期か。前田、どうすんのかな」

うちにそのまま就職すんのかな、と呟いてみると、智也は「前田君が今テレビの仕事してるなんて知らなかったので、びっくりしました。東京に住んでることも初めて知りました し」と少々早口気味に答えた。大学の研究のことから話が変わったことに安心しているのだろう。人間にカメラを向け続けていると、そのような微細な変化を目ざとく見つけられるようになる。

言わせたい。弓削は、実はもう録画を始めているカメラの位置を確かめる。本当は、海山伝説と嬉泉島のせいで変わってしまった友達を助けに行くためにここまで来た、と、言わせたい。研究のため、なんて理由よりも、友達を救うためのほうが、絶対に面白い。

「そういえば」

弓削が次の一手を思案していると、智也がさらに声色を整えて、言った。

「前田君、いま制作に関わらせてもらってる作品がうまくいけばそのまま就職できるかもって、嬉しそうに話してました。その企画もすごく面白くて、やりがいがあるって」

「制作に関わるようなこと、誰かあいつにやらせてるかなぁ」

バイトの身分で、もしかしたら、友達の前で見栄《みえ》を張ったのかもしれない。弓削は前田のことを微笑ましく思ったが、確かに、最近の前田は映像へのテロップ入れなどバイトの域を超えた仕事を任されていることも多く、一緒にランチをした日だっていつもより疲れた顔をしていた。誰かの作品の正式なスタッフに入ったとしても、おかしくはないかもしれない。

「おかしいな」

智也が、首をひねりながら言葉を絞り出す。

「前田君、確か、弓削さんって人の新企画を手伝ってるって言ってたんですけど、僕の勘違いかもしれないですね」

弓削さん。

弓削さん。

弓削晃子。

——新企画、めちゃくちゃおもしろそうですね。話聞いてるだけでゾクゾクしちゃいました。もうひとりの弓削さんには、事前に許可とか取られるんですか？

あれか。

弓削は、肉体を置いて、自分の五感だけがオフィスに瞬間的に移送されたのかと思った。それくらいはっきりと、晃子のメールのプリントアウトを見てしまったときの感覚すべてが蘇った。体温が上がり、鼓動が速くなる。結局、あの新企画が何なのか、聞けていない。あれに前田が関わっているのか。そして、久しぶりに連絡した友達に話してしまうほど、すごく面白くてやりがいがあると思っているのか。俺に事前に許可を取るかどうか部外者が窺《うかが》うってどういう企画だ。林の満足げな表情、晃子の自信に満ちた姿。

石渡のあの発言。

――みんな、あの後輩ちゃんのことじゃなくて、お前のこと弓削2って呼んでるからな。

何なんだ。

みんなして晃子晃子晃子晃子晃子晃子晃子晃子。

何なんだよ、ほんとに。

「弓削さん」

また晃子か。晃子ばかり声がかかる。賞も、企画も、インタビューも、全部晃子晃子晃子晃子晃子晃子晃子晃子晃子晃子晃子晃子晃子晃子晃子晃子。

「弓削さん」

肩に触れられる。

自分の体が車の外にある。

いつの間にか、目的地に到着していたらしい。弓削は智也に上半身を揺すられて、やっと、池袋の路上に立っていることを自覚した。目の前に広がるのは静かな住宅街、この中のマンションのどれかが、〝長老〟のアジトなのだろうか。そもそも、俺はきちんとタクシー代を払ったのだろうか、領収書はもらっているだろうか。五感が少しずつ肉体に戻ってくる。

「大丈夫ですか？　確かに、直前にこんなこと話すのはフェアじゃないこと、わかってます。驚かせてすみません。だけど、施設に入る前にきちんと話しておきたいと思って」

智也が、真剣な表情で自分のことを見ている。

「もう一回わかりやすく説明しますね。僕らが今から会う〝長老〟は、詐欺師です」

「え？　何って？」

全く予想していなかった言葉を、戻ってきたばかりの聴覚がなかなか咀嚼《そしゃく》してくれない。詐欺師。弓削は無意識に、肩に掛けている黒色のボストンバッグの中身を確認する。

大丈夫、カメラはきちんと動いている。

「この施設のリーダーの〝長老〟は、何の特別な力もない、もちろん嬉泉島とのパイプもない、ただの中年男性です。海山伝説に出てくる全知全能の存在〝長老〟と会話ができると言い張ることで、海山伝説の盲目的な信者や、生き方を模索している若者を呼び寄せてるんです」

理路整然と話す智也の姿からは、頭の中でこの文章を何度も何度も練習していたことが窺える。ただ、正直、そこまでは弓削も予想していた内容だった。

「確かに、俺も、〝長老〟はインチキだろうとは思ってた。嬉泉島への渡航は私的には認められてないし、そもそも海族とか山族とか趣味の悪い都市伝説、本気で信じてるほうがおかしいわけだし」

「そうなんです」

智也が突然、弓削の発言に言葉を被せてくる。

「海族とか山族とか、そんな言説があること自体おかしいんです。ましてやそれを信じるなんて、そんなことあり得ない」

自分の前のめりな姿勢に自分で驚いたのか、智也は「とにかく」と口調を整える。

「問題は、〝長老〟が、お布施《ふせ》と称して、ここに来る若者たちから高額の金銭を奪い取っていることです」

金銭。弓削は思わず、音を立てて唾を呑み込んだ。確かに、そうなると話が変わってくる。

「〝長老〟は、嬉泉島に渡航する戦士になるためには準備が必要だと言い張って、この家に信者たちを住まわせ、高額なお布施を徴収しているんです。お布施は入居時に前払いすることになっていて、二人分のお布施は僕が用意してきています。だから、交通費と宿泊費を援助していただけたこと、本当に本当に助かりました」

智也が突然、一枚の紙を差し出してくる。

「これが〝長老〟のプロフィールです」

【本名、鵜飼幸嗣《うかいゆきつぐ》。名門開清中高を卒業し、東大理学部数学科に入学。サークル「世界戦史探究部」の幹部だった。東大を卒業せぬまま除籍。実家は資産家、祖父は北九州で新興宗教を開いていた。大学除籍後は親から斡旋《あっせん》された団体職員の職に就いていたが、数年で辞職。その後、親戚のもとで不動産管理の仕事をしていたが、それも数年で辞職。実家が所有するマンションの一室を与えられる代わりに、親族からは縁を切られ、金銭的な援助も途絶える。やがて自ら〝長老〟と名乗り、迷える若者たちを招き入れ金銭を騙し取るようになった】

どうやってここまで調べ上げたのか、一体なぜ警察に連絡しないのか、このタイミングで突然この話をし始めたのはなぜなのか——湧き上がる数々の疑問が、智也の冷静な声に押し倒されていく。

「〝長老〟は信者たちを一週間ほど住まわせたあと、長老を降ろすと言って、会話を始めます。そして、信者たちに不合格を言い渡すんです。長老様がそう仰《おっしゃ》っている、の一点張りで、お布施だけ手に入れ、一方的に信者をこの家から追い出しているみたいなんです」

　智也が、腕時計に一瞬、視線を落とす。

「前田君から久しぶりに連絡があって、制作会社でドキュメンタリー系を担当しているって聞いたときは驚きました。すみません、言葉は悪いですけど、これは利用するしかない、と思いました。鵜飼が警察に逮捕されるだけでは駄目なんです。海山伝説は事実無根で、歴史的に検証されるような価値もないものだって世間に広く知ってもらいたいんです。海族と山族が対立し続ける運命にあるなんて、そんなの馬鹿げてるってもっと伝えるべきなんです」

　約束の十五時が近づいてきている。

「前田君には言わなかったんですが、僕は今、入居希望者として〝長老〟とやりとりをしています。つまり、海山伝説の強烈な信者のフリをしています。弓削さんのことも、信者仲間であり、入居希望者というふうに説明しています。そうしないと、〝長老〟は接触を許してくれないんです。自分にとって客になりそうな人としかコンタクトを取らないんです。だから弓削さんも、このマンションに入ったら、信者の演技をしてください」

「わかった、言いたいことはわかったんだけど」

弓削は、智也を落ち着かせるためにも、ゆっくりとしたテンポで尋ねた。

「どうして？」

「え？」

今度は、智也が呆気《あっけ》にとられる番だった。

「どうして君がそこまでするの？」

そう問いながら、弓削は、自分の頭の中身にようやく鑢がかけられているような気がした。

「君の友達が詐欺に巻き込まれたから？　もともと正義感が強いから？　直接被害を受けたわけでもない君が、世間にある海山伝説の誤解をなくしたがってるのは何で？　どうしてここまでするの？」

言おうか、迷っている。弓削は、言葉に窮している目の前の青年の目を見て、そう思った。この青年には、まだ秘めている何かがある。おそらく、これから助けに行く友人にも話していないだろうレベルの、秘密が。

弓削は青年の目をじっと見つめ続ける。よく見ると、どこか青く光っているようにも感じられるその両目。その背後に広がる澄んだ青空に、真昼の月が浮かんでいる。

いつもと変わらない東京の街。

ふっと、弓削の全身から力が抜ける。

そもそも、この企画は、わからないことだらけだ。

石渡の個人的な復讐で成立してしまう企画、視聴率低迷、スポンサー不足と叫ばれながらも局からあっさり下りる予算、確保される放送枠。どうしてそんなことがまかり通るのか、弓削にはわからない。そもそも嬉泉島上陸が視聴者にとってキャッチーなテーマなのか、海山伝説との繋がりは構成に含めるべきなのか、もう、初めから何もわからなかった。

堀北雄介という男、重なり続ける偶然、前田も関わっているらしい晁子の新企画、雪乃が自分から離れていった理由、デビュー作以来ずっと評価されない人生、いや、デビュー作がなぜか評価されてしまった人生、個人名での活躍なんて追わず家庭も仕事も手に入れて幸福そうに見える同級生たち。わからない。わからない。本当は、永遠にわかりたくないのかもしれない。

「わかった」

智也の返事を待たずして、弓削は頷いた。

「乗りかかった船だ。とりあえず、全部、君の言う通りにする」

言葉にしてみると、思考がとてもシンプルになった。今は、わからないことに頭を悩ませても仕方がない。ここまで来たのだ。進むしかない。

「ありがとうございます」

智也は頭を下げなかった。そうすれば零《こぼ》れ落ちてしまう何かを守るみたいに、まっすぐ前を見ている。

「その代わり、全部終わったら、きちんと説明してくれ。俺をちゃんと納得させてくれ」

弓削も、智也の目を見つめる。

「わかりました。約束します」

智也がそう答えたとき、弓削は、両手で固く固く握手をしたような気持ちになった。

「行きましょう。時間厳守と言われています」

マンションのエントランスに向かう智也の後ろ姿に、肩から掛けたボストンバッグを向ける。そのとき弓削は、目の前を歩く青年にスポットライトを当てているようにも、その後ろ姿に銃口を向けているようにも思えた。


いい豆を使っている。

出てきたコーヒーを一口飲んで、弓削はそう思った。一瞬、石渡と顔を合わせた会議室の風景が頭を過る。

「遠いところからわざわざ……お疲れでしょう」

テーブルを挟んで斜め向かいに座っている鵜飼は、長老と会話ができるという自ら定めた設定に外見から近づこうとしているようだ。波打つ長い髪の毛を後ろで一つにまとめており、少年のように細い顎には似合わない鬚《ひげ》が蓄えられている。浴衣なのか袈裟なのか名前はわからないが、誰の頭にもぼんやりとイメージできる長老めいた服装に身を包んでおり、細い手首にはまたわかりやすく数珠のようなものが巻かれている。正体を知っている身からするとその貧困な発想に笑いそうになるが、海山伝説に傾倒し、その世界における全知全能の神と呼ばれる長老の存在を信じている者からすると、その声を聞けると言い張る痩せぎすの男の無精鬚も、説得力の一つに数えられてしまうものなのだろうか。

「いえ、こちらこそ、受け入れてくださってありがとうございます」

隣に座る智也が、恭《うやうや》しく頭を下げる。「ありがとうございます」弓削も続いて、頭を下げる。

「ずっとずっと、ここに来たいと思っていました。今はもう、早く聖戦に参加したくて仕方ありません」

智也は決して演技がうまいわけではなかったが、棒読みにも聞こえるその話し方が逆に、自分自身を見失っている若者の演出として効いているように見えた。弓削は余計なことを言わないよう、「僕もそうです」と茫然《ぼうぜん》自失気味に続ける。

すると、鵜飼の顔が弓削のほうに向いた。その表情は、智也に向けられていたものよりも優しい。

「失礼ですが、あなた、年齢はいくつですか？」

「三十八です」

　思わず、本当の年齢を答えてしまった。

「ご職業は？」

「無職です」

　これは、智也と事前に打ち合わせをしておいた回答だ。鵜飼は、一週間以上姿を消したとしても、そこまで大ごとにならない人間としかやりとりをしない。そうなると、一人暮らしの大学生や非正規雇用の社会人、ニートなどがターゲットとなる。

「そうですか」

　鵜飼の表情が、よりやわらかくなる。弓削は苛立ちを顔に出さないよう、心のコアの部分に力を込めた。

「もう大丈夫です。これまで、自分は何のために生きているのか、自分の価値はなんなのかと自問自答を繰り返したことでしょう。でも大丈夫です、やっとあなたに伝えられます。あなたはこの場所に辿り着くためにこれまで生きてきたのです。今日ここで私たちがこうして顔を合わせることは、ずっと前から決まっていたことなのです」

　何の変哲もない平日の午後、拍子抜けするくらいありふれた部屋で、洗脳めいた言葉を浴びせられている。そしてこのあと、金銭の受け渡しが行われるのだ。頭ではわかっていたつもりでも、いざその場所に身を置いてみると、なかなか現実味が湧いてこない。

はい、と頭を下げながら、弓削はテーブルの上に置いたボストンバッグの向きをさりげなく確認する。

マンションに入る前、取材内容の路線変更を伝えるため、石渡に電話の一本くらい入れることはできた。だけど弓削は、それをしなかった。ある対象物を追っているうちに、その背景にある詐欺などの巨悪に辿り着く——こんな展開、海外のドキュメンタリーみたいだ。ただの嬉泉島上陸モノよりも面白くなるに決まっている。何も言わずに決定的な素材を持ち帰って、石渡を驚かせるのだ。

「こちらにいらっしゃったからには、あなたたちには世界平和を成し遂げる戦士となっていただきます。嬉泉島への渡航、そして海山伝説発祥の地の殲滅は身の危険を伴います。ご存じでしょうが、私たちが破壊しようとしているのはもともと毒ガスを製造していた場所であり、現在も国により立ち入り禁止となっているエリアです。ここには、隠遁した海族山族の生き残りや、毒ガス製造による土壌汚染の影響で異常な生態系となった生物たちが潜んでいます。この世界の対立の源を消し去るには、彼らへの攻撃もやむを得ません。もちろん抵抗されるでしょう。聖戦には身の危険が伴います。しかし、たとえ身を滅ぼすことになろうとも、あなたたちは世界を救った戦士として歴史にその名を刻むことになるでしょう」

鵜飼の言葉に、はい、と返事を揃える。

「あなたたちはもう、自分は何のために生きているのかなんて、悩む必要はありません。自分が生きていることに対して疑問や、後ろめたさを感じる必要はありません。なぜなら、自分が選ばれし戦士だということに、やっと気づけたのですから」

「ありがとうございます」

そう言って、弓削は、驚いた。

自分は今、御礼なんて、言うつもりはなかったのだ。

先ほどのように、はい、と事務的に頷くつもりだった。だけど今、自分の耳には確かに、ありがとうございます、という十文字分の音が入り込んできた。

三十八歳、無職。

智也と考えた設定は、あながち、間違っていないのかもしれない。

弓削は想像する。あのとき無人島のドキュメンタリーが誰の目にも留まっていなかったら。制作会社に入ることもできず、見向きもされない創作欲だけを抱え続けていたら。周囲の友人たちが社会的にも人間的にも幸せになっていく様子を、独りで見ていたら。社会に対する生産性を持たない自分への虚栄心ばかりを募らせ、これまで発揮する機会がなかったパワーを注ぎ込める場所として、ここに辿り着いていたら。

ありがとうございますと言うだろう。弓削は、自然にそう思った。体の芯から甘く震えて、勃起すらしてしまうかもしれない。

だって、生きる意味を、人生に価値を与えてもらえるのだから。もう、何も考えなくていいのだから。

「これからあなたたちには、嬉泉島渡航計画、ひいてはこの世のすべての争いの根源である海山伝説駆逐計画における戦士候補として、この場所で共同生活をしてもらいます。数日間にわたって幾つかの試験を行ったあと、聖戦に参加する資質があるかどうか、審判が下ります」

鵜飼の顎がかくかくと動き、頼りがいのない声が生み出される。

「最終的な判断は、長老様がなされます。私は長老様の言葉を天から受け取り、皆さまに伝えるだけです。なので、下された審判への抗議を私にされてもどうすることもできませんので、それだけ理解しておいていただければと思います」

鬚の似合わない少年のように細い顎は、歯ごたえのある経験を飲み下したことのない人生を象徴しているかのようだ。

「では、ご理解いただけるということであれば、入居の印としてこちらにサインと捺印《なついん》をいただければと思います。その瞬間、私たちの体には光が宿ります。生きる意味が芽生えます。命の使い方が定まり、世界平和の名のもとに精神がひとつになります」

そのとき弓削は、強烈なデジャヴュを感じた。

長い髪の毛、細い顎、そこから伸びる鬚。そんな風貌の人物が、生きる意味を、命の使い方を語っている。その姿に、カメラを向けている自分。

自分は、この感覚を知っている。

「弓削さん」

智也に、ペンを渡される。智也はもう、提示された書面に自分の名前を記し、判子を押していた。

弓削はゆっくりとサインをしながら、書類の文面に目を通す。なるほど、親戚のもとで不動産管理の仕事をしていた過去がここに活きているみたいだ。一人あたり二十万円という金額はこの部屋で暮らす日数分の家賃、紹介料、敷金礼金の合計額に相当すること、サインと捺印をした時点で返金は不可能であることが、小さな文字で記されている。それ以外の項目が「世界を救う意志がある」「この世の全ての対立をなくすべく、聖戦に身を投じる覚悟がある」等、大仰な言葉の連なりばかりなので、金銭に関わる項目は余計に目に留まりにくい。

「それでは、長老様へのお布施の献上をお願いします」

智也が、カバンから茶色い封筒を取り出す。この中に、二人分の入居費である四十万円が収められている。

「よろしくお願いします」

「ありがとうございます。こちらは私が責任をもって、長老様のもとに届けます」

鵜飼はそう言うと、封筒から取り出した札の数をゆっくりと数え始めた。

一万円が四十枚。学生にとってはあまりにも大金だ。相手に金を渡さずに目的を果たす方法はないものかと思ったが、智也は「怪しまれず居住スペースに入り込むことが最優先です」と言って譲らなかった。詐欺師にとって重要なのは、金が自分の手元に渡るかどうか、この一点だ。その段階さえクリアしてしまえば、ガードは一気に緩くなる。

案の定、金を数え終えた鵜飼は、作業の山場を越えたからだろう、その全身を包んでいた緊張感を一気に緩ませていた。当たり前だが、髪の毛が長かろうと鬚が生えていようと袈裟のようなものを着ていようと、もう、何の神秘性もない。ただの、幼い顔立ちをした猫背の男がそこにいた。

「それでは、ひとまず二階の部屋へご案内いたします。長老様からの言葉が降りてきましたら島と伝説についての預言を伝えますので、それまでは部屋の中で待機ということになります。なお、部屋には嬉泉島や海山伝説に関する教材が揃っております。長老様のお言葉を受け取る前に、そちらを読んでおくことをおすすめいたします。そしてここからは、部屋の外に出ることは禁止です。食事は私が用意します。お手洗いなどは一階にありますので、使用したいときは部屋の中にある無線で連絡をしてください」

このマンションはいわゆるメゾネットタイプというやつで、部屋に入ってすぐ左側に階段があった。弓削はテーブルの上に置いていたボストンバッグを肩に掛け、その場でゆっくりと一回転してから、鵜飼、智也に続いて階段を上った。

上りきると、一つ、茶色いドアがあった。二階はこの部屋だけみたいだ。

「今、中にいる戦士候補は、あなた方を除いて一人だけです」

半回転した鵜飼が、ドアを背にして話し始める。

「なかなか長老様のお許しが出なくてですね……残念ながら、島への渡航が叶わず帰られる方も多いです。私としては全員を戦士として送り出したいところなのですが、なかなかそのようなお告げをいただけないので」

あのドアの向こうに、堀北雄介がいる。大勢の人の前で学生自治の存続を訴える旗を振っていた男が、今はこの部屋の中で長老のお告げを待っている。

「それでは、先ほどの契約書にもあった通り、荷物を預からせていただきます」

「え？」

そんなことが書いてあったのか――携帯くらいは没収されると思いフェイクを用意していたが、荷物を丸ごと没収されるとは考えていなかった。カメラやｉＰａｄが入っているボストンバッグが、突然、肩をねじ切るくらいに重く感じられる。

「携帯電話やパソコンなど、外の世界と交信するものは特に、長老様のお言葉を受信するうえで邪魔になります。そのようなことを予《あらかじ》め防ぐ上でも、荷物は全てこちらでお預かりいたします」

どうする。

考えろ。どうすればいい。バッテリーの熱が、バッグの生地を伝って弓削の頭のてっぺんにまで辿り着く。こういうとき、沈黙が一番不審がられる。弓削はとりあえず口を開いた。

「あの」

「彼の荷物の中には、薬が入っています」

先に話し始めたのは、智也だった。「薬?」すっかり和らいでいた鵜飼の表情に、再び、緊張が走る。

「長老様、聞いてください、長老様」智也は突然、顔を真上に向け、天井に向かって叫び始めた。「彼は先天性の血友病で、決まった曜日の決まった時間に自己注射をしなければならないんです。このカバンの中にはその道具が入っています。なので、準備も含めて二十分、いや十分だけでいいので、荷物を部屋の中に持ち込むことを許可していただけないでしょうか? ご安心ください、その注射以外は、彼は問題なく動けますので、戦士としての役割はきちんと果たせるはずです」

智也の声の抑揚が、どんどん大きくなっていく。目を大きく開き唾を飛ばすその姿は、どこからどう見ても自我を長老に預けた信者そのものだ。

「必ず十分で終わります。長老様！　聞こえていますか！　注射が終わったらすぐに荷物はお渡しします。お願いします。病気だからといって彼を戦士候補から外さないでください！　長老様、お願いです、長老様！」

弓削は、咄嗟にこんなウソが出てくる智也の度胸と知識に感心した。だけど、どうして一般的に知られていない病気にこんなに詳しいのだろうか――そんな疑問を抱きつつも、弓削は、智也の賭けに乗ることにした。

「長老様、聞こえていますか。わがままを申し上げてすみません、だけど注射を打たないと体がおかしくなってしまうんです、お願いします、長老様！」

「長老様、お願いします！　お願いします！」

「わかりました。落ち着いてください」

勝手に天に願い始めた信者ふたりの言動を鎮めつつ、鵜飼はその表情に余裕の色を滲ませている。長老への心酔具合を見て、簡単な駒だと改めて確信したのかもしれない。

「今、声が聞こえました。長老様が、荷物を室内に持ち込むことを特別に許可すると仰っています。ただし、十分間というタイムリミットは必ず守っていただきます」

鵜飼はそう言うと、ドアノブに手をかけた。

「では、どうぞ」

ドアが開く。

隣にいる智也の喉が、心臓のように脈打つ。

その足が、一歩、踏み出す。

部屋に入っていく二人を見守る鵜飼が、「では」と声を出す。

「十分後、また伺います」

弓削は部屋の中で振り返り、ドアを閉める直前の鵜飼に、カメラを向けた。

長い髪の毛、細い顎、そこから伸びる鬚。そんな風貌の人物が、生きる意味を、命の使い方を語っている。その姿に、カメラを向けている自分。

やっと、思い出した。

弓削は、閉められたドアに相対したまま、その場に立ち尽くした。ガチャ、と、外から鍵がかけられる音が聞こえた途端、全身が風に包まれ、視界いっぱいに海と星空が広がった。

大学生のときに、無人島で出会った老人。久留米明彦を撮っていたときに、似ているんだ。

「は？　智也？　何で？」

初めて捉える声が、新鮮に響く。弓削は、カメラが動きすぎないよう、ボストンバッグを腕で押さえたまま、百八十度、体の向きを変えた。

そこには、二段ベッドの下の段で、寝転んだ状態から上半身だけを起こして本を読んでいる青年がいた。上下グレーのスウェット姿、顎と頬を覆う無精ひげ。その顔は、智也や他の同世代の人間に比べて、ひどく幼く見える。

　これが、堀北雄介。

「何でお前が」

「静かに」智也が素早くしゃがみ込み、雄介の目線と同じ高さに自分の目線を合わせる。

「下に聞こえる」

　堀北雄介は、その場から動かない。眼球以外の全身の神経をずるりと引き抜かれたみたいに、黒目だけが細かく動いている。弓削はそれぞれの表情を収めようと、二人の間に腰を下ろした。

「雄介、帰ろう」

　弓削は、ボストンバッグを智也のほうに向ける。

「ここにいたって、どこにも行けない」

　続いて、雄介のほうを向く。一日の大半をそこで過ごしているのか、雄介の体が白い布団にすっかり馴染んでいるように見える。

「嬉泉島に私的に渡航できるなんて、そんなことありえない。雄介はあいつに騙されてる。嬉泉島に行って戦士になるなんて、そんなバカげたこと現実にあるわけがない」

　ちょっと考えたらわかるだろ、と、頼み事をするように智也が言う。

雄介は、声を荒らげることも、暴れることもしない。大声で反論するだろうと踏んでいた弓削は、その落ち着いた姿が意外だった。

「帰ろう。こんなところにいたって何にもならない」

代わりに、智也の声がどんどん大きくなっていく。

「あの人は詐欺師だ。雄介もここに来たとき金払わされただろ？　あの金だけ奪って、あとは戦士の資格がないとか適当なこと言って駆け込んできた信者を追い出すんだよ。長老の声が聞けるとか、嬉泉島と特別な繋がりがあるとか、そもそも海族とか山族とか、全部全部ウソなんだよ」

「ウソじゃない」

雄介が、真っすぐに智也を見つめている。

「ウソだ」

「ウソじゃない」

「ウソだ！」

「ウソじゃない」

雄介が、智也から目を逸らした。

「って、思わせてくれよ」

今度は、智也のほうが動きを止める番だった。

ウソじゃないって思わせてくれよ。雄介は確かに今、そう言った。

「なあ智也、邪魔するなって」

雄介が、まるで、物わかりの悪い生徒を諭《さと》すように話す。

「あの人がウソつきなんて、わかってるよそんなこと」

まるで、押したら音が鳴る玩具みたいだった。「え？」部屋の中、智也の口から漏れた声は、ものすごく間抜けに響いた。

「あの人が詐欺師なんてこと、俺だってわかってるって言ってんだよ。二十万ぼったくられたことも、嬉泉島に行けるわけないってことも全部わかってる。そのうえでここにいるんだから、邪魔すんなよ、マジで」

雄介はそう言うと、やっと体を動かした。読んでいたらしい本を開いたまま裏返し、ベッドの上に置く。

本のタイトルは、『海山伝説のすべて』。

「何なんだよ、よりによってこのタイミングで」

はあ、と、心底面倒くさそうにため息を吐く雄介は、まるで母親から早く風呂に入れとでも叱られた子どものようだ。

「ずっと俺につきまとってきやがって。まじで何なんだよ東京まで来て」

どういうことだ。

何が起きてるんだ。

弓削は、想像と異なる展開に頭が追いつかない。ボストンバッグを挟んでいる脇が、じわっと湿る。

堀北雄介には、海山伝説を、嬉泉島の存在を妄信してもらっていなければ困る。悪魔的な魅力に取りつかれ、何が何でも嬉泉島に行きたい男と、それを止める〝正しい〟友人。その構図を撮るために、安くない金を払って智也に同行してここまで来たのだ。弓削は二人の表情を見比べる。この腑抜けた展開は何だ。全部ウソだってわかってたなんて、嬉泉島に行けるわけないってこともわかってたなんて、今更そんなことを言われても困る。

弓削の瞼の裏に、石渡の顔が浮かぶ。ゴルフ焼けをした肌を、ゴキブリのように黒く光らせるあの大きな顔。

「アーッ、もう」

雄介がぼさぼさの髪の毛を掻きむしる。そうしたいのはこっちのほうだと思いながら、弓削は、ボストンバッグからカメラを取り出すことにした。もう、カメラの存在はバレてもいい。とりあえず、この画をいい構図で撮っておこう。編集すれば発言の内容はどうにでもなる。

ジッパーを開け、その中で赤いランプを灯すカメラに手を伸ばしたときだった。

カメラのすぐそばにあるｉＰａｄに、メールが届いた。

新着メール１件
送信者：前田一洋
件名：テロップ付の動画データです。

テロップ付の動画データ？　前田から？

「雄介、何言って」

「マジで全部台無しだわ、お前のせいで」

送り間違いだ。

弓削は、そう気づくと同時に、タクシーの中で智也から言われた言葉を思い出した。

――前田君、確か、弓削さんって人の新企画を手伝ってるって言ってたんですけど、僕の勘違いかもしれないですね。

前田は、弓削晃子に送ろうとした動画データを、俺に送り間違えている。

迷わずメールを開く。

【弓削様　お疲れ様です。ちょっと時間かかってしまってすみません、「生きがい探し症候群」冒頭のインタビュー二人分、言われた通りテロップ入れてみました。確かにこっちのほうが観やすいですよね。でもやっぱ林さんも言ってたみたいに、ちょっと久留米さんパートに時間割《さ》きすぎのような……って下っ端が生意気にスミマセン（笑）以下の限定URLに動画アップしてますので、ご確認お願いします】

どん、と、心臓が鳴る。

これは、弓削晃子の新企画の動画データだ。

動悸が激しくなる。

観たい。

「全部ウソだって気づいてるんなら、何でこんなところに」

メールの本文には、動画がアップされているらしい限定URLが表示されている。

――新企画、めちゃくちゃおもしろそうですね。もうひとりの弓削さんには、事前に許可とか取られるんですか？

観たい。

観たい。観たい。観たい。観たい。観たい。観たい。観たい観たい観たい観たい観たい観たい

観たい。

観ちゃえ。

iPadに、動画の再生画面が現れる。音は聞こえないので、映像とテロップを頼りに内容を理解するしかない。

まず映し出されたのは、真っ白いベッドに寝転ぶ老人の横顔だった。その顔に生気はなく、一視聴者として、その老人が再び元気に動き回るようになる姿は想像しがたい。

「とにかく、俺は帰らないから」

やがて画面には、背もたれのない椅子に腰掛ける中年女性が映し出された。女性は、ベッドに横たわっている老人を、何も言わずに見下ろしている。

【久留米淳子《じゅんこ》さん（46）】

女性の横顔のすぐ下に、そんなテロップが表示された。

「俺は、あの人に戦士失格だって追い出されるまで、帰らない」

久留米。

慣れない編集ソフトでその名前のテロップを打ち込んだときの記憶が、弓削の脳裏に鮮明に蘇る。

画面の中で、口を動かし始めた女性の横顔のすぐ下に、別のテロップが表示される。

【父は、無人島に行けば、命の尊さに向き合う唯一無二の存在になれると思っていたんですよ】

「そうすれば俺は、変な都市伝説に洗脳されて世界平和のために死ぬ覚悟まで固めたけど、その後再生した人間、になれるんだよ」

弓削は、自分の視覚と聴覚が、強大な力で頭蓋骨のちょうど真ん中まで引き寄せられ、ぐしゃっと一つに融合したような気がした。

これは、久留米さんの娘だ。

無人島で出会ったあの老人の、娘。

【なんか昔ちょっとテレビに出ただけでチヤホヤされてましたけど、体調崩したらすぐに帰ってきましたよ。今じゃ、こんなにも設備が整ったところで入院生活ですから】

再生画面の中、久留米淳子の口元が歪む。

何だこれは。

これは何なんだ。

「雄介が何を言いたいのか、意味がわからない」

意味がわからない。

「お前にはわかんねえだろ、そりゃ」

どうしてあの老人の娘が映っているのか、どうしてこんな動画が前田から弓削晃子に送られているのか、何もかもわからない。

【母は四年前に亡くなりました。最後はもう父のこともわからなくなってましたね。でも、こうなる父を見る前に逝ったので、それはそれでよかったのかもしれません】

映像の中で、久留米淳子の背後にあるドアが開いた。

弓削は、はっと、後ろを振り返る。

晃子が、自分の背後にあるドアからいつしか入ってきていて、カメラを構えている気がしたのだ。

晃子は、背後から、撮り直そうとしている。

弓削は、雨が止んだことに気づき傘をこっそりと畳むように、冷房の効いた部屋の中で捲《まく》っていた袖を戻すように、そう思った。

晃子は、あの無人島ドキュメンタリーを、当時の俺のずっとずっと背後からカメラを構えて、撮り直そうとしているんだ。

「俺、お前が思ってるようなヤバイ状態じゃないから」

雄介の声が、ただの音として鼓膜に当たる。

「嬉泉島に行って争いの種を焼き払おうとか、本気で思ってねえから」

「じゃあ、何でここに」

「何でって……強いて言えば、二十万払って【怪しい信仰に洗脳されて世界平和のために全てを手放そうとした過去】を手に入れるため、かな」

【この人、無人島に行って命の大切さに気づいたとか言ってましたけど、本当は、命の大切さに気づいた人になりたくて無人島に行っただけなんですよ。順序が逆なんです】

テロップの文字が、ただの記号として網膜にぶつかる。

弓削はもう、iPadに触れてもいなければ、カメラを操作してもいなかった。智也と雄介の間に座り込んだまま、井戸の底を覗き込むように、カバンの中をぼんやりと見つめていた。

【実際、無人島に行った経験でお金稼いでましたからね、この人。あのドキュメンタリーが放送されたあと、インタビューとか講演の依頼がどんどん来て、講演料が高いものからちゃっかり引き受けていったんですよ。無人島に行ってやっと、仕事やお金から離れた人間本来の生きる意味、命の使い方、生きがいを見つけたとか、偉そうに語ってました。それで仕事とお金を得ていたんですから、よくできた昔話みたいですよね】

「今、自分の人生経験から得た学びや気づきを還元したいとか言って金稼いでる奴、ゴロゴロいるんだぜ。ロクに社会人経験のない奴がさ、〝自分〟を仕事にしています、私がこれまでの経験から得た気づきを皆さんに伝えたいんですとか偉そうに語ってんだよ。でも、どいつもこいつも結局同じようなことばっかり言ってんの。一度地獄を経験して知った今そこにある豊かさとか、自分の心に正直に生きるとか、人と比べない生き方とか自分をメディアにするとか会社に属さず個人で生きるやらなんたらかんたら。結局、大した中身のない奴が他人に説けることなんてそれくらいしかないんだろうな。結婚して子どもがいる奴はそれ前面に押し出して自分の説得力かさ増しして、品の欠片《かけら》もねえよ。でも、それなら俺もできるなーって思ってさ。足りないのは、一度地獄を経験して立ち直って、ってところで、その実績さえあれば、ヤバイ洗脳からどう解放されたかとか、そういうことを売りにしてやっていける」

一画面当たりのテロップの文字量が多い。弓削は冷静に、頭の中で前田にアドバイスをする。

「やっとうまくいきそうだったのに」

【やっとうまくいったんでしょうね】

弓削は、気づけば、首を真下に折ったまま、人間の形をした何かから空気が漏れていくように、息を吐いていた。

「ここに来て、やっと、実績ができるところだったのに。周りから、どんなことでもいいから、何かを成し遂げた人だって思ってもらえるところだったのに」

【無人島に行って、やっと、何かを成し遂げた人になれたんでしょうね。人間本来の生きる意味なんて、普通の暮らしの中で見つけられるのに。命の使い方なんて、生きがいなんて、どこにいたって感じられるはずなのに】

何かを成し遂げた人。

に、なりたかった、もう一度、自分も。

項垂《うなだ》れた頭が、どんどん重くなっていく。

初めて撮ったドキュメンタリーが評価されたときみたいに、誰よりも早く就職先が決まったときみたいに、自分から何も言わなくても、いま自分が何をしているのか認識されるような人で在《あ》り続けたかった。才能ある若手に抜かれて、審美眼のある上司に認められなくなっても、自分はそれまでの人間だったんだと納得しようとも試みず、私利私欲にまみれた話に乗っかってしまうくらい、何かを成し遂げた人に、もう一度、なりたくてなりたくてたまらなかった。

「雄介」

智也が口を開く。

「そもそも、どうして何かを成し遂げないといけないんだよ」

弓削の頭が、一瞬、持ち上がりかける。

「昔からずっと思ってたよ。雄介はいつも何に立ち向かって、何をしようとしてるんだろうって。棒倒しの相手、組体操の歴代記録、テストの順位表、ジンパ復活運動、学生自治存続運動……いつも何かに立ち向かってたけど、その先にあるものは何なんだろうって。そもそも何かを成し遂げるって、何かに立ち向かうことだけじゃない。自分のやりたいことをやり通す、ってことでも成り立つはずだろ。雄介はいつも、その必要もないのに無理やり立ち向かう相手を生み出してるように見える」

【父は、昔からそうだったみたいです。母が一度、訊いたことがありました。次から次に目標を立てて、達成できなくて、また追って……昔はそのがむしゃらさに惹かれたけれど、今はちょっと不思議に思うって。どうしてそんなふうにしか生きられないのって】

「俺は逆に」

雄介が口を開く。

「お前はどうしてそんなふうにたらたら生きてられるんだって思ってたよ」

【そうしたら、こう答えられたそうです】

久留米淳子が口を開く。

【お前と違って男だからだって】

「俺と同じ男なのに」

久留米淳子の横顔が、ふっと緩む。

【私、それ聞いてもう呆れちゃって】

雄介の声色が、ふっと緩む。

「俺、今でもたまに思い出すんだよ。ガキのころ行ってた、地元の夏祭りの風景。町の男たちが神輿担いで、大鳥居を勢いよくくぐるのが一番盛り上がるところでさ。女と子どもが周りできゃあきゃあ騒いでて、親戚のおばさんとかが雄介くんもおっきくなったらアレやるんだからねーって。まだ危ないからダメだけどねー楽しみだねーって」

弓削の頭が、また、重くなっていく。

「俺は別に楽しみでもなんでもなかった。でも、男は、神輿を担がないといけないんだなって思った。それを楽しみに思う男になったほうが楽だって思い込んで、言い聞かせた。だって、どうせ、担ぐっていう選択肢しかないんだから」

カメラを担がなくなった弓削から、雪乃は離れていった。

「それでやっと、そこにいるって認識される。女は神輿を担がなくてもいいし、担いでもいい。むしろ、女が担いだら、男が担いだとき以上に盛り上がる。女は選べる。男は選べない。担がないほうを選んだ男は、どこにもいないのと同じだ。俺の親父は、一回も神輿を担いだことがないって、親戚にいつもバカにされてた。そんな親父が、かっこいい名刺を持って帰ってきたときは、すげえ嬉しかったのに」

【父は、男だから稼がないといけない、男だから出世しないといけない、この気持ちがお前にはわからないだろうって言うんです。こっちからしたら、なんて言うんですかね、女にだって女だからってだけで強いられていることはたくさんあるわけじゃないですか。しかも、稼げなかったり出世できなかったりするマイナスの方向で。父は、勝手にひとりで自滅していっているようにしか見えなくて】

自滅。

その言葉が耳の中を流れていったのは、一秒にも満たない時間だった。だけど弓削は、その一瞬で、自分を包む大きな大きな何かを丸ごと言い当てられたような気がした。

【父は、男とか女とかそういうことに関係なく、自分自身と向き合えなかっただけなんだと思います。誰かから何か指摘されれば全部、自分が勝手に理想としている〝男〟に達していない自分への嫌味だと捉えて、女のお前にはわからないだろうって自滅していく。男とか女とかじゃなくて別の人間同士なんだから、それぞれ別の辛さがあって、比較なんてできないのに。稼げないんだったら、出世できないんだったら、別のやり方でそこにいれる自分になる方法を見つけようとすればいいのに。そもそも、父が思うように出世できないことを、母は一言だって責めなかったんですよ】

久留米淳子が、ベッドの上で眠る父の姿を見下ろしたまま、呟く。

【最近、夫がそういうモードなんですよ。望まない出向を命じられたらしくて。私と目が合うだけで、何だその目は、俺をバカにしてるのかって……父の無人島行きは、今の夫から漂う負のオーラを煮詰めて煮詰めて出来上がるもののような気がするんです。すべてを捨てて無人島に行くっていう、常識から外れて見える決断さえすれば、その常識の中で競争してきた人たちに対して一矢報いることができるとでも思ったんでしょうね。常識に縛られすぎた人間がする、典型的な行動ですよね】

とは言っても、と話す久留米淳子の表情が、ほんの少しだけやわらかくなる。

【父に関しては、少し同情する部分もあるんです。特に当時は男の人生の選択肢なんて一家の大黒柱以外になかったんでしょうし、そこから外れる恐怖心も凄まじかったんだろうなって。今でこそやっと、人それぞれ自由に生き方を選べるみたいなことを口に出せる感じがありますけど、でも、誰もが自分だけの確固たる物差しを持てるほど強くはないじゃないですか。結局、人と比べなくていいよ、自分だけの生き方を、なんて言われても、人はどうしたって色んなものと自分を比較してしまうんだと思います】

久留米淳子が黙る。すると、雄介の声が、弓削の耳の中に戻ってきた。

「あの夏祭りの風景を思い出すたび、俺は、男は神輿を担ぐ側にいなきゃダメなんだって思うんだよ。そうじゃないと存在を認めてもらえない。担がなかったら、親父みたいにバカにされる。女ばっかりの職場で、いつ役に立つのかもわからないものを準備させられ続ける」

弓削は、項垂れたまま、思い出していた。

ディレクターとして期待され、様々な作品に携わっていたころに感じていた、肩にかかる物理的な重さ。あらゆる機材が入った大きなカバンを肩から下げて一日中動き回っていたころは、まるで神輿を担いだあとのような心地よい疲労に包まれていた。

その重さは、疲労は、あまりにも甘やかだった。

担当する作品が減ると、自然と、オフィスにいる時間が長くなる。何も担いでいない自分を、何かを担いでいる誰かに見られる時間が、長くなる。勝手に比較が始まる。誰の口からも出ていない言葉が自分を締め付ける。心が滅んでいく。

あいつはたくさんの仕事を抱え、いつもカメラを担いでいる。自分は何の企画も通らず、もうずっとカメラを担いでいない。何も生んでいない。支える家族もいない。そんな自分が生きている意味は何なのだろう。この人生の価値とは何なのだろう。守られたこの場所で生産はせず消費だけし続け、のうのうと生きていていいのだろうか。

「いいんだよ」

耳に、智也の声が届く。再生画面いっぱいに、久留米淳子の父が映る。

「担ぎたくないなら、担がなくたって」

もう、髪も眉も鬚も白い。弓削が撮っていたころの面影は、どこにもない。

「本当は誰も、神輿を担げ、なんて言ってないんだよ。雄介が勝手に、自分を周りの誰かと比較して、そう言われた気になってるだけだ。担ぎたくないなら担がないでいいんだよ、担がない自分を認めてあげられれば」

カメラが、ゆっくりと、病室の全体像を映し出す。

「それって」

雄介が、智也の言葉を乗っ取る。

「いま流行りの、生きる意味なんてなくていい、人間は生きてるだけでじゅうぶんなんだからって、そういうやつ？」

弓削晃子のナレーションでも入っているのだろうか、しばらくテロップが表示されない。

「それ言うの、生きる意味見つけてる奴らばっかなんだよな」

雄介はそう言うと、智也に右手を差し出した。

「院試合格おめでとう」

空中に、雄介の手だけが在る。

「大学院生っていいよな。実際何してるのかよくわかんなくても、社会人ってわけじゃなくても、何かすげえことしてるように見える。実物は見えないのに、めちゃくちゃでかい神輿の影だけ見えるっつうか」

握り返されることはないと判断したのか、雄介が右手をすとんと下ろした。

「生きてるだけでいいんだよとか言ってる奴は、その状態には絶対ならねえんだよ」

弓削は、あ、と小さく声を漏らした。

「お前も恵迪寮の奴らと同じだよ。学生の自由を守れとか、社会の理不尽に立ち向かえって叫びながら、ちゃっかりいいとこ就職決めて。学生自治存続運動って神輿を下ろしたとき、手ぶらになったのは俺だけだった」

再生画面が、真っ暗になる。

「智也、さっき言ってたよな」

ここには別の動画がインサートされるのだろう、ランニングタイムが画面の真ん中に表示されている。

「何かを成し遂げるって、何かに立ち向かうことだけじゃないって。自分のやりたいことをやり通すってことだと思うって」

弓削は、映像が途絶えてやっと、頭を上げることができた。

「俺、人間は三種類いると思ってる」

弓削の目の前で、雄介が、ひとさし指を立てている。

「一つ目は、生きがいがあって、それが、家族や仕事、つまり自分以外の他者や社会に向いてる人。他者貢献、これが一番生きやすい。家族や大切な人がいて、仕事が好きで、生きていても誰からも何も言われない、責められない。自分が生きる意味って何だろうとか、そういうことを考えなくたって毎日が自動的に過ぎていく。最高だよ」

雄介の中指が立つ。

「二つ目は、生きがいはあるけど、それが他者や社会には向いていない人。仕事が好きじゃなくても、家族や大切な人がいなくても、それでも趣味がある、好きなことがある、やりたいことがある、自己実現人間。このパターンだと、こんなふうに生きていていいのかなって思うときが、たまにある。だけど、自分のためにやってたことが、結果的に他者や社会をよくすることに繋がるケースもある。自分のために絵を描くことが好きだった人が漫画家になって読者を楽しませる、とかな」

雄介が、二本の指をしまう。

「三つ目は、生きがいがない人。他者貢献でも自己実現でもなく、自分自身のための生命維持装置としてのみ、存在する人」

弓削はやっと、自分が何をしようとしていたのか、思い出した。

「俺、思うんだわ」

カメラ。カメラを取り出そうとしていたんだ。

「つらくても愚痴ばっかりでも皆とりあえず働くのは、金や生活のためっていうよりも、三つ目の人間に堕《お》ちたくないからなんだろうなって。自分のためだけに食べて、うんこして、寝て、自分が自分のためだけに存在し続けるほうが嫌な仕事するより気が狂いそうになること、どこかで気づいてんだろうなって」

撮らなければ。

「俺、自分のためにやりたいことも、誰かのためにやりたいことも、何もないんだよ」

ぼうっとしている場合ではない。

「昔みたいに決められたルールがないと、自分からは何も出てこないんだ。小学校で俺の言いなりだった奴も、中学で俺より頭悪かった奴も、俺より偏差値低い大学行った奴もみんな、ルールが変わった次の世界で俺を抜いていった。智也のバイト先で集まって飲んでた社会貢献人間たちも、次の生きがい見つけ出して楽しそうに活動してる。もうこうなったら、あいつらとは違うやり方で戦うしかない。同じところに居続けたら、どんどん進んでいくあいつらに笑われ続けるだけだ」

弓削は、バッグの口に指をかける。

「俺は、社会に貢献しなきゃと思いすぎて、世界平和のために一度すべてを捨てる覚悟を決めた人間、さらにそこから抜け出した人間として、無理をせずありのままの自分で生きることとか、今そこにある豊かさとか、そういうことを説く世界でトップになる。あいつらにもう一度勝つためには、それしかない」

会話が思った通りのものでないならば、せめて、いいアングルの映像を収穫しなければ。

「俺は、死ぬまでの時間に役割が欲しいだけなんだよ。死ぬまでの時間を、生きていてい い時間にしたいだけなんだ。自分のためにも誰かのためにもやりたいことなんてないんだから、その時々で立ち向かう相手を捏造《ねつぞう》し続けるしかない。何かとの摩擦がないと、体温がなくなっちゃうんだよ」

弓削は、バッグの口を全開にする。

「だから、邪魔すんな。お願いだから」

すると、真っ暗になっていた再生画面に、再び久留米淳子の顔が映っていた。

【この人、無人島に住んでたころのドキュメンタリーで、生きがいがやっと見つかったって言ってましたけど】

「雄介が探してるものって、生きがいっていうより」

【実際に見つかったのは、生きがいって名前のものじゃないと思います】

「死にがい、なんじゃないの」

画面から、久留米淳子が消えた。

動画が終わったのだ。

「お前にはわかんねえよ」

カメラ。

弓削は、バッグの底で健気《けなげ》に働き続けていたカメラに手を伸ばす。

「お前は二つ目の部類の人間だから俺のことなんてわかんねえよ。大学一年のときから進みたいコースまでもう決めてたもんな。研究したいことがあるから院に進むんだろ？　幸せなことだよ」

「だったら雄介も」

「何か没頭できるものを見つけろとか言うつもりかよ。そんなのもうこっちは何度も何度も試してんだよ。そういうのって見つけ出そうとして見つかるもんじゃないってことも、もう痛いくらいわかってんだよ。お前が何を研究したいのか知らねえけど、そういうことに出会ってるってだけでお前は俺とは違う。この世界が全く違うものに見えてる」

カメラに触れる。

「いま何してるのって訊いてくるんだよ、やりたいことを見つけてる奴は。ＮＰＯとかやってる奴らもそうだったし、お前もそうだよ。大学入ってからもしつこく連絡してきてさ、近況報告しようとか言って。何なんだよ。何もねえんだよこっちは。何か報告することがなきゃ生きてちゃダメなのかよ。じゃあ無理やりにでも何か報告できるようなこと創りだしますよって話だよこっちからしたら」

カメラが冷たい。

「雄介、聞いてくれ」

電源が入っていない。

「俺が工学部の生体情報コースに進んだのは、遺伝子の研究をしたかったからだ」

改めて、本体を観察する。

「海族と山族に関係する、遺伝子の研究」

赤いランプが点いていない。

レンズを覗いてみても、真っ暗だ。

「は？」

ボタンを押す。動かない。

「海山伝説も嬉泉島も、全部ウソだって言ったのはお前だろ?」

バッテリー切れだ。

弓削は、心臓が体から消えたような気がした。

「嬉泉島は、本当に、ただ毒ガス製造に利用されただけの島だ。そこに行ったたって世界中の対立がなくなるなんてことはありえないし、聖戦なんてもちろん起きない。海族、山族の生き残りが嬉泉島にいるなんてのも、当たり前だけど、デマだ。だけど」

一瞬、沈黙が満ちる。

「海族、山族の研究自体は、実際にある」

いつからだ。

いつから撮れていなかったんだ。バッテリーはフルで充電していたはずなのに、どうしてこんなことが起きたんだ。

「俺は遺伝子研究の視点で、海族、山族にまつわる仮説や、それに基づく歴史観は誤りだと証明したいと思ってる」

冷静になれ。

冷静になれ。

カメラが壊れたり、バッテリーが切れたり、そんなトラブルはこれまで何度も経験している。これまでも、そのたびに乗り越えてきたじゃないか。

「は？」雄介が笑う。「誤りだと証明したいってことは、そもそも、このへんの本に書かれてることがマジだと思ってるってこと？」

雄介が、布団の上に置いた本を再度、手に取る。

「『山賊と海賊の日本史』、『海山伝説のすべて』……やることなさすぎて何回も読んじゃったよ、これ。洗脳用のトンデモ本とはいえよくできてるんだよ。読んでると、あれ俺山族なんじゃねとか思う瞬間があって気味悪いんだよな。まあこういうのって誰が読んでも当てはまるように書いてあるんだろうけど」

「その本書いたの、俺の親父なんだ」と、智也。

そうだ。

「え？」と、雄介。

替えのバッテリーを持ってきているはずだ。

「著者のところ、『海山伝説研究会』ってなってるだろ。俺の親父、その学者一派のリーダーなんだ」

沈黙。

静かな部屋の中で、弓削がバッグの中身を漁る音だけが響く。

どこだ。どこだ。

「いきなりこんなこと言い出してごめん。俺、てっきり、雄介が海山伝説に傾倒してここに来たと思ってたんだ。だけどそうじゃなかったってわかって、実は今めちゃくちゃ安心してる」

ほんの少しだけ声がやわらかくなった智也が、「それ、貸してもらっていい？」と、雄介が持っていた本を手に取る。

「俺、物心ついたときから、人間は海族と山族に分かれているとか、人類は海族と山族の対立の歴史で成り立っているとか、そんな話ばっかり聞かされて育ったんだ。本気でそんなこと言ってる親父が心底気持ち悪かった。あの家は山族の血筋だから仲良くしたらダメだとか言われて、嫌で嫌で嫌でたまらなかった」

智也が、あるページを開く。

海族、山族の身体的特徴。智也が開いたページには、そう書かれている。

「俺の目を見てくれ」

智也はそう言うと、両目にそれぞれ、右手のひとさし指を近づけた。

両目から何かを取り外し、雄介を見つめる。

「青い」と、雄介の声。

弓削はバッグの中を漁り続ける。底が深いので、持ち物すべてを一度に確認することができない。

「ずっとカラコンで隠してたけど、俺の目が生まれつき青いのは、親父に言わせれば海族の特徴らしい。サッカーやスキーが苦手で、水泳だけ得意なのも、親父は全部、お前が海族の人間だからだって言ってきかない。バカみたいだろ？　親父はそういうこと本気で言ってるんだよ。たまにネットとかであの震災は政府が人工的に起こしたものだとか言ってる人いるけど、もうそういうレベルでヤバイよな」

「もともと身分制や部落差別の研究に従事してたんだけど、いつしか海族とか山族とか特殊な身体的特徴を持つ人々がいるっていう考え方に取りつかれたみたいなんだ。親父に言わせれば、雄介は山族の人間らしい。耳が大きいこと、地上での身体能力が高いこと——その本の中にも書いてあっただろ？」

「バカみたいだよな、本当に。親父、大真面目に言うんだよ。雄介に近づくなって。海族と山族の人間は近づいてはならないんだって、真剣に、本気で。いい加減にしてほしいよ」

弓削は、バッグの底を引っ掻く。

「その本だって、物珍しさで賞とか取っちゃって変に注目されただけなんだよ」

弓削は思わず、あっ、と声を漏らす。

「ネットで海山伝説と『帝国のルール』に重なる点があるとかいう話が広まってるけど、それも全部偶然なんだ。政府の陰謀説とか言ってる人も出てきてるけど、ありえないんだよそんなこと」

替えのバッテリー、外のポケットに入れてたんだ。

「さっき雄介は、研究したいことがある、生きがいがあるお前は幸せだって言ってたけど」

弓削はバッグから手を引き抜き、外についているポケットのジッパーをつまむ。

「俺は、自分の研究で、親父の研究を否定したいんだ」

ジッパーをスライドさせると、

「それを生きがいだって言うなら、俺はそんなものいらない。お前が捏造してまで欲しがってる生きがいなんて、全っ然必要ない」

そこには、探し求めていたものがあった。

「海族とか山族とか、そういうふうに人を分断しない世界で生きられるんだったら、俺はそれだけでいいよ」

予備のバッテリー。

「帰ろう、雄介」

何かに気が付いたように、智也が腕時計を見た。

時間。

「雄介、もう時間がないんだ。とにかくここを」

「俺、ずっと」

雄介が、ゆっくりと口を開く。

「この部屋にある本を読みながら、全部本当だったらいいのにって思ってた」

弓削は、ポケットから予備のバッテリーを取り出す。

「海山伝説も、嬉泉島も、そんな漫画みたいなことあるわけないって思いながら、でもこれが現実で、自分が何かしらの形で当事者だったらいいのにって、そしたら今までみたいに無理やり生きがいなんて探さなくていいのにって思ってたんだ」

そして、カメラから、冷たくなった心臓を取り出す。

「すげえ、この研究ってマジなんだな。マジの教授とかがやってるんだな。そんで俺、マジで山族の人間の特徴に当てはまるんだな。世界のキーパーソンじゃん。ウィンクラー大佐みてえじゃん」

新しい心臓を手に取る。

「俺、ジンパとか恵迪寮とか、ずっと遠回りしてたんだな。俺はそういうスケールの人間じゃなかったんだ。立ち向かうべき本当の相手は、ずっとずっと、目の前にいた……うわっ、この展開も漫画みてえ」

カメラの真ん中に空いた穴に、心臓を埋め込む。

「雄介、聞いてくれ」

弓削は、カメラの電源ボタンを押す。

「海族、山族の研究は確かに行われている。だけどそれは、俺の父親が始めた宗教みたいなもんなんだ。全部ウソなんだ、そんなことあるわけないんだから。俺がそれを必ず証明する」

「智也」

雄介が口を開く。

「さっき、親父の研究を否定することが生きがいだとしたら、そんなものいらない、必要ないって言ったよな」

雄介の顔面に、みるみるうちに血が巡る。

「お前は、その頭のおかしい親父のおかげで、今日まで精神的に健康でいられたんだよ」

雄介が、ゆっくりと立ち上がる。

「親父っていうわかりやすく立ち向かうべき相手がいたお前は、俺みたいに無理やり生きがいを捏造しなくたって、親父の研究を否定するっていう立派なゴールを自然に手にしてたんだよ。親父が普通の思想だったら、お前、院まで進んで遺伝子の研究をしたいなんて思えてたか？　他のこと考えずに一心不乱に勉強頑張れたか？　ヤバイ親父のおかげで、自分が生きる意味を存分に感じられてたんだよ」

　カメラの機能が、ゆっくりと立ち上がる。

「お前だって、本音では、人は生きてるだけでいいなんて思ってねえんだよ」

　カメラが起動した。

「黙んなよ。なんか言えよ」

　ドン。

「まずはここを出よう、雄介」

　ドン、ドン。

　ドアが、心臓のように脈打っている。

「約束通り、十分経ちました」

　鵜飼だ。

　ガチャ、と、鍵が回る音がする。

　智也が、雄介に手を伸ばす。

「北海道に戻って、ちゃんと話そう」

　雄介が、智也の手を振り払い、叫んだ。

「触んな！　海族が」

　弓削は、録画ボタンを押す。

ドアが動く。
手を振り払われた智也が、体のバランスを崩す。
弓削は、カメラを構える。
智也が、後ろ向きに倒れていく。
勢いよくドアが開き、鵜飼が現れる。
開いたドアのノブに、智也の後頭部がぶつかる。
ごん、と、鈍く、重い音がした。
弓削は、レンズを覗く。
視界の真ん中で、智也が仰向けに倒れている。
仰向けに倒れたままでいる。

10　南水智也

死ぬとき、最後まで機能しているのは聴覚だ。

五感がすべて正常に機能していたころ、何度かそんな話を聞いたことがある。そのたび、病院などで誰かが亡くなる瞬間に立ち会うときは最後まで声をかけ続けるべきだとか、逆に、亡くなった直後から葬式や遺産相続の話を始めるとそれも本人の耳に届いてしまうとか、本当かどうかよくわからない話で盛り上がったものだ。

智也は、両耳が捉えるなけなしの世界の中で、ふと、そんな一説を無邪気に疑ったり怖がったりした過去を思い出していた。

「だったら」

息を吸う音がする。

「今日が、何かが変わる前日なのかもしれないって、思おうよ」

雄介の声が聞こえる。

「前日?」

ショウタ、と呼ばれる男の子が、語尾のトーンをくいっと上げる。「明日は絶対に出会える、その次の日は絶対に出会えるって、一日ずつ、クッキーの生地みたいに、命を引き延ばしていくんだよ」淡々と話す雄介を、背の低いショウタが、じっと見上げている様子が目に浮かぶ。

ベッドに寝転がっていると、ほぼすべての声や言葉が、全身に平等に降ってくる。南水智也は、彼らの声と言葉が、脆《もろ》い水平線のようになっている自分の輪郭にゆっくりと割り入っていくイメージを抱いた。音を耳で聴いているというよりも、全身に染み込ませている感覚。そして、それを一切拒否することのできない自分の状況を、改めて認識する。

「一日ずつ……」

雄介の話が終わり、ショウタがぽつりと呟く。小学校高学年の男子特有の、声変わりのグラデーションの中にある声はよるべなく、ショウタがいま心も体もとても揺らぎやすい時間を生きていることがよくわかる。五感がすべて正常に働いていたときよりも、今のほうがずっと高い解像度で人の気持ちを想像できている気がすることが、智也はとてももどかしい。

「そしたら、絶対、出会える?」

すがるような、絶対、ショウタの声。

「タカノリくんみたいな友達に？　絶対？」

小学生男子の声。

そうだ、あのとき蘇ったのは、小学生のときの雄介だった。

あのとき――少なくとも三十六日は前だよな、と、自分の身体の形をした暗闇の中で智也は思う。聴覚だけが戻ってから、南水さんおはようございます、という声を聴いたのは、今日で三十六回目のはずだ。聴覚以外のすべてが機能しなくなっていることを悟ってから、智也は、カーテンが開けられただろう音と、それに続く「おはようございます」という女性の声が聞こえた回数を、数え続けている。そうでもしないと、時間をX軸、空間をY軸としたこの世界の中で、自分がどの座標に存在しているのかさえわからないのだ。その不安と絶望は、子どものころ、スーパーの中で親の手を離し迷子になってしまったときの一億倍ほどの体積で迫ってくる。

智也は、記憶の輪郭を明確にしようと試みる。今、ショウタと呼ばれる少年の声をきっかけにこの暗闇の中で混ざり合ってくれた、新しい記憶と古い記憶。

最も新しい記憶の背景は、東京は池袋にある鵜飼のマンションだ。立ち上がった雄介が、差し出した手を振り払いながらこう喚いた。

――触んな！　海族が
叫ぶ雄介の表情は、あまりにもそっくりだった。

小学六年生の四月、雪の残る校庭。体育のサッカーを中断させ、こちらに詰め寄ってきた雄介のそれに。

――お前、わざと引っかけたんだろ！

智也はあのとき、自分が妙に落ち着いていたことを覚えている。

――棒倒しで勝つために俺にケガさせたんだろ！　なあ！

赤組、という背景が見えた途端、智也を、白組の自分にとっての敵だと認識した雄介。

――触んな！　海族が

海族、という背景が見えた途端、智也を、山族の自分にとっての敵だと認識した雄介。同じ表情だ。そう思ったとき、智也は、疑い続けた父の教えが脳裏を過り行く摩擦音を聞いた。そして、これまで長い時間をかけて何とか踏み固めてきた足場が、一瞬で崩落するような感覚に陥った。やっとここまで来たのに振り出しに戻ってしまうのか――全身がぐらつくのは精神的なショックからくるものかと思っていたが、すぐに、実際に自分の体が後ろ向きに倒れていることに気付いた。だからといってどうすることもできず、むしろ、背後でドアが開く音がしたときなど、このドアノブはどんな形だっただろうと冷静に考える余裕すらあった。銀色で、わりと角ばっていたな、そんなことを思いながら、この体にかかる重力がどこにも分散しないままある一点に集中していく感覚をゆっくりと味わっていた。

「原因は後頭部の強打、重度の脳挫傷による植物状態」

何かを読み上げるようにそう呟く両親の声が真上から降ってきたのは、一度目のおはようございますを聴いたあとだった。「五感が機能していても、全身麻痺のため、植物状態だと思われてしまっているケースもある、か」混乱するだろう両親に向けて、担当医師が書面にでも要点をまとめてくれたのかもしれない。口を開けば海族、山族と話す父の声で、全身麻痺、や、植物状態、という単語が奏でられていることが、智也にはとても不思議だった。

父は大きく息を吐くと、呟いた。

「もしかしたら智也は、今、この声を聴いているかもしれないってことか」

聴いてるよ。

聴こえてるよ。

智也は自分の形をした暗闇の中で、全身を暴れさせた。だけど結局、脳が出した命令のすべてが、体内のどこかで千切れてしまうことがよくわかっただけだった。

いつのまにか、何の音も聞こえなくなっている。

さっきまでそこにいたはずの人間の気配がない。もう全員、この部屋を出て行ったのだろうか。智也はいつしか、捉えられる音だけで、病室の中に存在する人数などを把握できるようになっていた。さっきまでいた、常に小さく声を震わせていたあのショウタという少年は、初めての来訪だったはずだ。担当看護師との会話の内容と、看護師の声がいつもよりやわらかかったことから察するに、彼は看護師の年の離れた弟なのかもしれない。

今日はショウタと一緒に、雄介も帰宅したのだろうか。となるとこのまま、次のおはようございますまで、自分に向かって生まれる音は一つもない可能性が高い。

じゃあ、もう一度最初から。

智也は、何も変わらないとわかってはいるけれど、気持ちだけでも姿勢を整える。ずっとずっと繰り返し続け、さすがに飽きているが、もうこれくらいしかできることはない。そして、この行為すらやめてしまうと、無数の結び目があるはずの時空の座面の中から、自分だけが底も見えない巨大な宇宙に落ちていくような気がして怖かった。

智也は、暗闇に閉じ込められてからずっと、これまでの自分の人生を振り返り続けていた。物心ついたときから、聴覚以外を失うその瞬間までを、定期的に訪れるおはようございますを数えながら、何度も何度もなぞり続けていた。せめて口だけでも自由に動くようになり、脳からの命令が千切れることなくすべての細胞に繋がるようになったとき、自分の言葉ですべてを説明できるように。

今日がその前日だと思いながら、全てを投げ出しそうになる心をどうにかその場に踏み止まらせながら、何度も何度も。

智也は深く頷くと、ふうと深呼吸をする。その肉体は、実際には全く動いていない。

よし、もう一度最初から。

物心ついたときから、父はある絵本を読み聞かせてくれていた。

表紙にかたつむりのヒーローが描かれているもので、題名は『アイムマイマイ』。人一倍正義感の強いかたつむりのヒーローがいろんな諍《いさか》いを解決しようと奮闘するのだが、そのトラブルが解決したと思いきや解決の仕方が原因で新たな対立を生んでしまい、どれだけ頑張ってもヒーローの仕事は終わらない——そんな内容だった。かわいらしいタッチの絵と親しみやすい話し言葉で物語が進むので、小さな子どもでも馴染みやすかった。ただ、ハッピーエンドではない終わり方以上に、最後のページに決まって描かれる絵が、智也の頭に強烈な印象を残した。物語の終盤、大体、かたつむりのヒーローが大粒の汗を飛ばしながら「みんなが仲良くなるって、難しいなあ」「でも、そんな未来のために、まずは明日をがんばろう！」と読者に向かって微笑みかけてくれるのだが、最後のページでは必ず、ヒーローが背負っている殻皮《かくひ》が描かれているのだ。シリーズのどの作品でも、最後のページに殻皮のぐるぐる模様がアップで描かれていることが、智也は不思議で仕方なかった。

父は、特段に遅い時間ではない限り、仕事から帰ると『アイムマイマイ』を読み聞かせてくれた。ただ、物語の展開にどれだけドキドキしても最終的にはぐるぐる模様のアップで終わるということに少しずつストレスを感じていた智也は、別の絵本、もっと言ってしまえば絵本以外のもので遊びたくなっていた。だけど父は智也を『アイムマイマイ』から逃がさなかった。一日一冊のペースで、終わることのない物語を何周も何周も巡らせた。

そして、智也が幼稚園に通い始めて数か月が経ったころ。いい加減嫌気が差していた智也は、自分が父に付き合ってあげているという気持ちで、ほとんどの内容を聞き流していた。ある日、それまでは本編に書かれている文章を読み上げるだけだった父が、突然、こんなことを言い出した。

「智也。幼稚園で、みんなと仲良くできてるか?」

母が専業主婦で、一人っ子の智也は、保育園には通っていなかった。それまでたまに児童館や公園に遊びに行くことはあったものの、同じ地域に暮らす同世代の人間の集団と継続的に触れ合うという行為は、幼稚園に通い始めてからが初めてだった。

「できてるよ」

ソファの隣に座っている父が、ぱたんと絵本を閉じる。そのとき起こったかすかな風が、智也の額をうっすらと撫でた。

「正直、苦手だなって思う子も出てくるだろう?」

ニガテ? と繰り返しながら、智也の脳裏には、ある人物の名前が思い浮かんでいた。膨らませている最中に手を離してしまった風船の軌跡のような線で書かれた、とある名前。

だが智也は、それを無視して「別にいないよ」と返した。いくら抵抗しても『アイムマイマイ』ばかりを読み聞かせてくる父に対して、明確な反発心が芽生えていた。

「そうか」父は、閉じた本をそのままに、何度か呼吸をした。ある特定の言葉が、浅瀬を撫でるさざ波のように、父の口の周りを行き来しているのがわかった。

やがて父は、観念したように言った。

「堀北雄介くんっていう子がいるだろう」

ばさあと大きく波打ったのは、智也の心のほうだった。

胸に付ける名札に乱暴な書体で書かれている、ゆうすけ、という四文字。「苦手」という単語が父の口からこぼれ出たとき、真っ先に思い浮かべたのはその映像だった。

「いるけど、別に、苦手じゃないよ」

智也はウソをついた。

「本当か？」

父が何か話すたび、智也の中でイライラが募っていく。どうしてわざわざそんなことを訊いてくるのか、よくわからなかった。

「心のどこかで、その子のこと苦手だなって思ってるんじゃないのか」

「たまにそういうときもあるけど」想像以上に大きな声が出て、智也は自分で驚いてしまった。「嫌いとかじゃないもん」

雄介は素行に乱暴さがあり、確かに智也は少し苦手に思うときがあった。だけどそのたびに思い出したのは、何度も何度も読み聞かせられた『アイムマイマイ』だった。あの絵本に出てくるかたつむりのヒーローは、汗を飛ばしながらいつも言っていた。

みんなが仲良くなるって、難しいなあ。

でも、そんな未来のために、まずは明日をがんばろう！

「それに、水遊びが始まったら、もっと仲良くなったもん」

「水遊び？」

父が、ソファに預けていた背中をぐいと起こした。

「ほんとは、お父さんの言う通り、雄介くんはなんかやんちゃな感じだし、外で遊ぶときもすぐに一番になりたがるからイヤだったんだけど」智也もソファから背中を離し、思っていることを隠さずに話し始める。ウソをつかずに正直に話すことが大事、ということも、『アイムマイマイ』の中でかたつむりのヒーローがよく言っていたことだ。「でも、プール遊びのときだけ全然仲間に入ってこないから、一緒に遊ぼうって声かけたんだ。なんか、水が苦手で、お風呂とかもキライなんだって。僕は大丈夫だから、バタ足のやり方とか教えてあげて、そしたら」

——ありがとう。

雄介は、智也に対してそう言った。智也はそのとき、雄介からありがとうと言われることを全く想像していなかったことに気づいた。そして雄介はこう続けた。

――おまえ、冷たいやつじゃなくて、いいやつなんだな。

冷たいやつ。無意識のうちにあまり関わらないようにしていた姿が、雄介にはそう見えたのかもしれない。智也は、「雄介くんも、ちょっと怖いと思ってたけど、そうじゃないんだね」と返した。雄介は、こわい？　と意外そうに繰り返すと、照れたように笑った。

プールの水しぶきが夏の陽差しを弾き飛ばしていて、とてもきれいだった。

「みんなが仲良くするのは難しいけど、でもがんばろうって、『アイムマイマイ』にも書いてあったもん」

「智也」

隣に座っていた父が、いつのまにか、体を智也のほうに向けていた。

「その子とのこと、これから、お父さんに話してくれるか」

父は低い声でそう言うと、智也の両肩に掌を置いた。大きくて広い掌がじんと熱を持っていることが、Tシャツの布越しでもよくわかった。

大丈夫、まだ、きちんと思い出せる。

智也は、一度、深呼吸をする。だけど実際には、口から生えた直径数センチの管が、微動だにせず存在し続けているだけだ。

病室からは人がいなくなったが、外の廊下を流れていく音は聞こえる。靴を履いた人間の足音、スリッパを履いた人間の足音、台車が運ばれる音、金属が触れ合う音。様々な音を聞き分けながら、智也はまた、自分の身体の形をした暗闇を、記憶を掘り出すことで満たし続ける。

ドアの外側から、母が階段を下りていく音が聞こえてくる。部屋のベッドの中で智也は、体の向きを変えた。額に貼られている冷却シートがぺろりとめくれたその瞬間、なぜか、自分は今日幼稚園を休み、みんなと一緒に卒園式に出られなかったという事実がこれまで以上に濃く香り立った気がした。

「卒園式に出られなかったのは残念だけど、みんな同じ小学校に行くからね。そこでまた会えるから」

母はそう言って微笑んだ。智也も、卒園式に出られなかったことが悲しい、という顔をして「うん」と頷いた。だけど実は、起きてすぐ、自分の身体が風邪を引いているということを自覚したとき、智也はほっとしていた。

プールでの出来事を経て、智也と雄介はその距離を縮めていた。とはいえ、だからといって雄介のやることなすこと全てを快く受け入れられるかと言ったらそういうわけではなく、遊びでも何でも競争に仕立て上げるような性格には少し疲れていた。そんな雄介の一面にうんざりしかけたときはやっぱり、父が読んでくれた『アイムマイマイ』を思い出した。みんなが仲良くなるって、難しいなあ。でも、そんな未来のために、まずは明日をがんばろう——そう唱えながら智也は、雄介との衝突を回避していた。

だが、卒園式の前日に行われた最後の練習で、智也は雄介とついにけんかをしてしまった。式のメインイベントである、先生からひとりずつ卒園証書をもらうパートの練習をしているときだった。雄介は仲良しの男子たちと、先生から名前を呼ばれて立ち上がるときに誰が一番大きな声で返事をできるか、という遊びを始めた。雄介の発言は男子全体を覆うルールとなり、一番声が小さかった人は罰ゲーム、という条件が、いつのまにか雄介と特に仲良しではない男子たちにまで当てはめられていた。

昨日の時点で智也は少し、喉の調子がおかしかった。それでも卒園式は明日だから、と、かすれる声で練習に参加していたのだが、満足に返事もできない智也をつかまえて、雄介は楽しそうにこう喚き始めた。

——はい、今日のビリは智也！　一位はまた俺だったな！　罰ゲーム何がいいかな〜。

いま思えば、昨日の時点で少し熱もあったのかもしれない。頭がくらくらしていて、苛立っていたのかもしれない。いつもは、雄介に対しておかしいと思うことがあっても『アイムマイマイ』の台詞を思い出してグッと堪えるところだったが、そのときはふと気づくと「もう、そういうのやめようよ」と口を開いていた。

誰が一番大きな声で、とか、罰ゲームとか、本当はみんな別にやりたくないんだよ。前から思ってたけど、何でも順位付けて誰が勝った負けたとか、やらなくていいよ。

智也が話している間、雄介は、智也の両目をじっと見つめていた。智也はなんとなく、目線を逸らしてはいけない、と思った。じりじりと近づいてくる雄介に負けじとその場に立ち続けていると、智也の両目を覗き込むようにして、雄介が言った。

「私は反対です」

――智也だけ、なんか、違う。

パッ、と、目が開く。ドアの向こう側から、両親が話している声が聞こえてくる。いつのまにか眠ってしまっていたらしい。智也は視界に広がる天井の白が、白いままゆっくりと鮮明になっていくのを見ていた。

「熱も下がったばっかりだし、いきなりそんな話しても混乱すると思う」

「いや、こういうことは、早いうちからきちんと説明しておくことが大切なんだ。卒園したら話すって、二人で話し合って決めたじゃないか。小学校に入る前の準備期間は一日でも長いほうがいい」

「そのときはそう言ったけれど、やっぱり私、あなたの研究内容について智也に話すのはちょっとどうかと――」

コンコン、と、ドアがノックされる。「智也、入っても大丈夫かな」父がドア越しにそう問うてきた声は、ダメ、という返事なんて全く想定していないように響いた。

「今日は卒園式に出られなくて残念だったな」

枕元に腰を下ろした父が、智也の前髪を指でそっと分けた。冷却シートがいつのまにかなくなっている、と思ったとき、露《あら》わになった智也の額に父の掌が着地した。

大きくて広い掌が、じんと熱を持っている。

あのときと同じだ。智也は、ベッドに寝転んだまま、ソファで父に両肩を摑まれたときのことを思い出した。

「智也ももう、小学生になるな」

今から何か、大切なことを話される。智也はそう、直感した。

「これからどんどん、周りの友達との違いがわかるようになってくる」

違い。

「今はきっと男の子も女の子も一緒に遊んでると思うけど、これからどんどん体格も変わってくるし、体育とかいろんな場面でも、男女が分けられるときが出てくると思う。それは男の子同士、女の子同士でも一緒。みんながサッカーを好きなわけじゃないし、みんながリボンを好きなわけじゃない。違いがどんどん出てくる。違いに気づくようになる」

昨日の雄介の声が蘇る。

「そうなると、どこかで必ず、諍いが生まれる。違いがあると、争いが生まれる。宗教の違い、貧富の差、人種、文化、性別……いま世の中で起きている対立は、突き詰めれば、人と人との違いが原因になっていることが多いんだ」

——智也だけ、なんか、違う。

「智也と堀北雄介くんは、〝違う〟」

「昨日も、それ、言われた」

気づくと、智也は話し始めていた。

「こいつだけ目の色が違う、なんか変だって」

昨日、雄介は智也の両目をじっくり覗き込んだのち、「こいつ、なんか目の色変じゃね?」と言った。おいみんな見ろよ、と仲良しの男子たちを集め、そしてみんなに智也の両目を覗かせた。なんか青い? 怖い、前からなんか変だと思ってた、智也くんだけ違う、変だ——声は、どんどん広まっていった。

「それで、けんかした」

普段なら、そんなことで我を忘れるほど怒ったりしない。普段なら、ヒートアップする雄介をなだめて、いつもの空気に戻せる。だから先生も、さほど雄介と智也のことを気にしていなかった。だけど目の色のことを指摘された途端、智也は、自分の心がぐりんと裏返ったような衝動に駆られた。気づくと、先生に体を押さえられていた。どうやら、雄介に飛び掛かろうとしたらしい。幸いどちらにもけがはなかったが、智也は、自分がまるで雄介のような行動を取ったことをとても怖く感じた。

「やっぱりそうか」

父はそう呟くと、どこか納得がいったような表情を浮かべた。慰めてもらえると思っていた智也は、その後ろに立っている母に視線で助けを求める。だが、母は母で、言葉にできない思いを顔中に滲ませているような表情をしていた。そういえば、これまで堀北雄介の話をするとき、母はあまり姿を見せなかったな、と智也は思った。

何か、大切なことを話される。智也は布団の中で、体の中の心臓の位置をぐっと整えた。

「智也、これは、お守りだ」

父がそう言いながら何かを手に取ると、立っていた母がベッドの脇にしゃがみこんだ。顔が近づくと、母が、熱が三十八度を超えていたときよりも心配そうな表情をしていることがわかった。

「これは、コンタクトレンズだ」

父は、液体の中に入っている小さな丸い物体を持っていた。「コンタクトレンズ？」その言葉は聞いたことがあったけれど、どういうものなのかよく知らなかった。

「普通は目の悪い人が使うものなんだけど、智也の場合は違う。これは、智也の目の色を、みんなと同じ黒色にしてくれる魔法のシールだと思ってくれればいい」

目の色、と智也が繰り返すと、眉を下げた母が「今日はつけなくていいからね。元気になってからお母さんと一緒に練習しよう」と、智也の頭を撫でた。あとから知ったことだけれど、角膜などを傷つける心配があるため、本来ならば小学生の時点で使用するべきではないのだ。

「小学生になったら、これまで以上に、みんな、違いに敏感になる」

いつのまにか、智也の頭を撫でる掌が、父のそれに代わっている。

「違いは、やがて対立を生む」

掌の熱。

「このコンタクトレンズは、みんなとの違いをなくしてくれるお守りだ」

頷きたくても、上体を起こしたくても、父の掌のもと、体を自由に動かすことができない。智也は、いま自分は頭を撫でられているのか、その場から動かないように押さえつけられているのか、どっちなのだろうと思った。

「違いを隠すお守り」

違いを隠す。

違いは、あらゆる対立の原因となる。だから、〝違い〟は、隠さなければならない。父はそう言っているのだ。

「智也は、お父さんの仕事が何なのか、まだよくわかっていないと思う」

そう話す父は相変わらず、大きな掌を頭の上から動かしてくれない。智也は無言で頷く。

「今から一度目の説明をするから、落ち着いて聞いてくれ」

父の熱い掌の下で、智也はやっと頷くことができた。父の背後で、母が、『アイムマイマイ』をはじめとするたくさんの書籍を、何かを諦めたような表情で取り出す姿が見える。

父の話は、自分が行っている仕事のことから始まった。ベッドに寝転びながら話を聞いた当時はその内容をほとんど理解できなかったが、父は自著や独自で作成した歴史の教科書などと併せて、それから何度も何度も根気強く説明を続けた。

父の思想を把握することができるようになったころ、智也は、自分の父親という男を一人の人間として、とても不気味な存在に感じるようになっていた。

北海道大学の博士課程に在籍していたときから、部落や身分制の研究に従事していた。その後は民間企業に就職することなく、研究分野に詳しい教授に師事する形で秋田大学の助教授に就任した。そこで、部落差別や身分制はある特定の身体的特徴に基づいていたのではないか、という考えに至る。研究を進めるうち、海を中心に生活をする民族と山を中心に生活をする民族には身体的な差異があり、原始、古代、中世、近世、各時代において、その差異が発端で様々な対立が発生していた可能性に思い至る。当時刊行した学術書『海人の歴史』は学会でも相手にされないようなものだったが、数年後、北海道内の私立大学の准教授に就任、さらに深めた分析を『日本の天災』と題して上梓する。するとそれは角川特別振興会賞に選ばれ、学術書としては異例の拡がりを見せる。それまで誰にもまともに取り合ってもらえていなかった説は少しずつ支持を集め始め、複数の学者で分野を越境した研究を進められるようになると、海族、山族それぞれに共通する身体的特徴があること、平成の今でも地域によっては双方の血を濃く継ぐ家系が存在している可能性が高いことなど、新たな事実が明らかになってきた。

この地域ではそれが、南水家と堀北家である可能性が高い。人類の歴史とはすなわち海族と山族の対立の歴史なのだから、智也と堀北雄介は今後、何かしらの形で対立する運命にある。だから――

「だから、何?」

当時の智也は、父の話をほとんど理解できなかった。だけど、あまりにも現実味のない話の主語が突然自分になったからだろう、そこで、智也の上半身に反射的に力が入った。

「だから仲良くするなって言うの? 僕が、そのウミゾクで、雄介くんがヤマゾクだからって、そんな意味わかんない理由で?」

智也は上半身を起こそうとするが、熱を持ったままの父の掌が、粘土《ねんど》細工の形を整えるように智也の頭を押さえこむ。

「智也、実際、昨日、彼とけんかしたんだろう。目の色が違うって言われたとき、智也は、これまで抱いたことのないような衝動を感じたんじゃないのか。そんな自分を、怖いと思ったんじゃないのか。このままだとこれから何が起きるかわからないって、ほんの少しでも思ったんじゃないのか」

あのとき全身を包んだ、自分が自分ではなくなったような感覚。

「智也、友達が減るのは嫌だっていうのはわかる。だけど」

初めて会ったときに抱いた、言葉にできない独特の不快感。

「海族と山族とはそういうものだから、仕方ないんだ」

智也は、ぐいっとお腹に力を込めた。父の力を、自分の身体が突破していく。

「そういうものだから？」

智也は幼稚園で、『アイムマイマイ』だけではない、いろんな絵本に触れた。かたつむりのヒーローは出てこなくても、どの絵本も共通して、同じようなことを代わる代わる伝えてくれた。みんなで仲良く、みんなでひとつに、みんなにやさしく。違いを隠すのではなく、違うことを認め合う。理解し合うことはできなくても、そういうものだから、と片付けない。そんなことが、かたつむりのヒーローではない様々なキャラクターを通して書かれていた。

「けんかするかもしれないから初めから離れておくって、ちがうと思う」

智也は、これまで様々な絵本からかき集めた言葉たちを、必死に繋いでいく。

『アイムマイマイ』でも言ってたよ。みんなが仲良くなるって難しいけど、そんな未来のためにがんばろうって。けんかするから初めから離れ離れにしておくって、それ、何もがんばってない。他の絵本にもそんなこと書いてなかったもん。けんかして、仲直りして、けんかして、仲直りして、そんなのをたくさんしたあとにいつか」

「智也」父の低い声が、智也の言葉に覆いかぶさる。「『アイムマイマイ』が、どの本も最後のページがかたつむりの渦巻き模様なこと、ずっと不思議がってたよな」

智也の頭から離れた父の手には、『アイムマイマイ』がある。ゆっくりと、最後のページが開かれる。

「この、かたつむりの殻皮――終わらない螺旋模様は、こういうことを表してるんだ」

父の背後にいる母が、ふ、と、顔を俯かせた。

「かたつむりのヒーローがどれだけがんばったって、対立は永遠に終わらない。人間の歴史のように、同じことをずっとぐるぐるぐるぐる繰り返すだけ」

「え?」

思わずこぼれた声が、ページいっぱいに描かれている殻皮の中心に吸い込まれていく。

「調査では、この絵本の作者も海族か山族、どちらかの生き残りだってことがわかってる。長く続いたこのシリーズを結局終わらせなかったのも、対立は巡り、終わりがないってことを表したかったからなんじゃないか、って」

「お父さん」ずっと寝転んでいたためぼうっとしていた頭が、どんどんはっきりしてくる。「言ってること、よくわからない」

父の眼差しが、ぐっと強くなる。

「さっきから何度も言っているだろう。お前は海族で、堀北雄介は山族の人間なんだよ。お前たちはどうやったって対立する運命にあるんだ。そういうものだからもう仕方ないんだ。だったら初めから距離を置いたほうがいい」

「じゃあ、今の僕の中にある、仲直りしたいって気持ちは？」

父の背後にいる母が、はっと、顔を上げた。

「確かに昨日けんかしたし、今日休めてラッキーって思ったけど……でも、やっぱり、風邪が治ったら、ちゃんと仲直りしたいって思ったよ。寝てるときも、雄介くんとか、みんなの夢いっぱい見た。僕、またみんなと仲良くしたい」

水遊びを通して仲良くなれたあの日。苦手だなと思うこともあるけれど、いいやつだなと思うときだってもちろん、ある。そんな繰り返しは、同じところをぐるぐる回っているように見えて、実は、描かれている輪の直径を少しずつ大きくしていっているような気がする。

「雄介くんだけじゃない。お父さんのことだって、いやだなって思うときも、好きだなって思うときもあるよ。お母さんにもそう思うこと、ある。海族とか山族とかじゃなくて、誰にだって、好きになったり嫌いになったり、いろんな気持ちを感じるんじゃないの？ずっと好きなだけとか、ずっと嫌いなだけとか、そっちのほうがおかしいんじゃないの？」

「お父さん」

ずっと黙っていた母が、突然、その口を開いた。

「あなたの活動そのものを批判するわけじゃない。あなたなりに歴史を繙《ひもと》きたい気持ちはわかる。だけど私、今は、智也の気持ちを尊重したい」

母が、父の手を握っている。

「確かにこれまでは、あなたの言う通り、海族と山族が対立してきたのかもしれない。それが人類の歴史そのものだったって、もっときちんと証明されるのかもしれない。だけど、今日が、何かが変わる前日なのかもしれない気もしたの、私。笑われちゃうかもしれないけど、今、智也の世代でいろんなことが変わるのかもしれないって思えたの」

父よりもずっと小さな母の手が、今は何よりも頼もしく見える。

静かな空間の中で、父が、低い声で呟いた。

「条件が一つだけある」

音が減った。

夜になったのだろうと思う。

病室の外、白いリノリウムの上を行き来する音の種類も、発生する頻度も、少なくなった。聴覚以外が消えた暗闇の中にいると、変わりゆく時間と空間が全身の肌から一ミリだけ離れたところを通り過ぎていき、自分は底のないどこかへ沈み続けているような気持ちになる。

だから、それに抵抗できる気がする唯一の試みだけは、やめてはならない。智也は、もう何度目かもわからないけれど、当時は言語化できなかった部分に言葉と思考を当てはめながら、ひとつの作品を仕上げるように、これまでの歩みを振り返り続ける。

小学校に入ってから感じたことは、自分たちの生活からは〝対立〟がとことん省かれているということだった。

通知表の成績は、相対評価ではなく絶対評価。昔に比べると授業の数も少なくなり、給食も、完食の強要に対してPTAから抗議があったらしく、苦手な食材に関しては同じ班のメンバーと分け合うことを、それでも食べ切ることができない場合は残すことだって許された。誰かと競い、順位がつけられ、対立が発生しうるシチュエーションはどんどん省かれていき、それよりも、それぞれの個性を伸ばしていこうという風潮が強まった。学校では誰も海族とか山族とかそういう話をしていなくて、その中にいると、毎日どんな報告をしても「対立が人類の歴史だ」という考えを変えない父の存在は日に日に不気味に感じられたし、何より、万が一自分は海族で雄介が山族であるという話が事実だとしても、それに何の意味があるのだろうと思うようになった。

父の出した条件とは、毎日、文章でも口頭でもいいのでその日の堀北雄介の言動を報告する、というものだった。智也は毎日、大きな変化のないすごろくのような日々を報告し続けた。前田一洋という転校生が来て仲良くなったこと。神奈川から来た一洋が教えてくれるアニメや遊びは馴染みがなかったけれど、『帝国のルール』という漫画が大流行し、雄介も含めた三人で楽しめるようになったこと。運動会が近づいてきて、運動神経のいい雄介はいつにもまして張り切っていること。雄介とは言い合いになることもけんかをすることもあったけれど、同じ分だけ肩を組むことも仲直りをすることもあった。そしてそれは、海族、山族などと関係なく、他のクラスメイトにも他学年の生徒にも当てはまることだった。そのことを父に伝えるべく、智也は毎日ウソをつくことなくありのままを話した。

だが父は、どんなエピソードでも「堀北雄介がサッカーを得意とするのは山族の特徴に当てはまる」「お前が水泳だけやけに得意なのは海族だからだ」等と、自分の研究内容に無理やり話を繋げてしまう。その姿が智也にとってはひどく不気味だった。

父の書斎に報告に行くたび、智也は、そこにある海山伝説——海族、山族にまつわることはまとめて〝海山伝説〟と呼ばれている――に関する資料や書籍を部屋に持ち帰った。父の言う通り、自分が海族、雄介が山族だとしても、対立を避けるためにあらかじめ離れ離れになるべきだという主張にはどうしても頷けなかった。ただ、完全に父の考えに反駁《はんばく》できるほどの知識もなかったため、まずは自分で海山伝説について学ぶことに決めた。

その中には、著者として父の名前が記されている本もあった。『海人の歴史』も『日本の天災』も当時の智也には難しすぎてよくわからなかったが、小学校六年生になったころに出版された一般読者向けの『海と山の古文書』という新書は、比較的読みやすかった。ただ、その内容はやはり海族と山族の対立を煽るようなもので、智也は自分の父親がそんな研究内容を世に発表していることを恥じる気持ちが強くなっていった。それまで漫画の立ち読みは友達同士での遊びのひとつだったけれど、次第に書店に行くこと自体を避けるようになった。

父の本を、雄介には絶対に読ませたくない――そう強く感じたのは、運動会での棒倒しの中止が知らされた日だった。

家に帰り、ご飯を食べたあと、「体調が悪い」とウソをつき、智也は部屋にこもった。その日智也は初めて、父への報告をサボろうと思った。実際、父が部屋のドアをノックしても、眠っているふりをした。「明日、話そうな」諦めた父が階段を下っていく音を聞きながら、智也は報告をサボりたい気持ちの百倍くらい、自ら父にすがりついて雄介の話をしたい衝動に駆られた。

——お前、わざと引っかけたんだろ！

雪の残るグラウンドに倒れ込んだ雄介の、あの、目。

——組が別々になったから、お前、わざと！

あの目を見たとき、智也はまず、身体に覚えのある感情を抱いた。

卒園式の前日、雄介から目の色が違うことを指摘されたとき。あのときに感じた、自分が自分でなくなるような、未知の自分が既知の自分を塗り替えようとしているような。

血が沸騰するような。

そう思ったとき、似たような文章を何かで読んだな、と思った。それは、『海と山の古文書』だった。

海族の人間と山族の人間が接見すると、お互いに、身体的変調を起こすケースが多数報告されています。怒り、恐怖、気うつなど、抑うつ的あるいは躁状態に類似した症状が現れます——そんな記述が、確かにあったのだ。

海族、山族なんて、ばかばかしい。父は頭がおかしい。自分と雄介にはそんなこと関係ない——自分の心の真ん中にあった核のようなものが、ぐらっと揺らいだ気がした。クラスの中でも浮き彫りになり始めた雄介の凶暴性が、一瞬、山族、という言葉と手を繋ぎかけた気がした。

もし雄介が、自分は山族の人間だ、と自覚したら。智也を指して、「お前は海族の人間だ」と言ったら。あの、血液が沸騰するような凶暴性を秘めた両目で、こちらを睨んできたら。

智也は、布団の中から体を引きずり出すと、勉強机の引き出しの、一番下の段を開けた。そこには、卒園式の夜、両親から受け取ったコンタクトレンズが入っていた。使用期限がとっくに切れているそれを握りしめながら、智也は、「お守り」と、小さな声で呟いた。

三十七回目の「おはようございます」のあと、聞こえてきたのは亜矢奈の声だった。

「今日、急きょ休講になったんですよ」

亜矢奈がいつもの落ち着いた声で、担当看護師と会話をしている。「平日の昼間にいらっしゃるなんて珍しいですよね。院ってやっぱりお忙しいんですよね」「病院でのお仕事に比べたら全然ですよ」もう何度も会っているからか、二人が話しているときは、声の角のようなものが取れている。かつてほぼ毎日聞いていた亜矢奈の声の波長に触れると、鼓膜が涙でじんわりと滲みそうになる。

院での研究はもう始まっているのだろうか。三十七回というカウントが正しければ——そこまで考えたあと、智也は電源の抜かれたパソコンのように、その思考が途絶えたのがわかった。もう何度この流れを繰り返しただろう。おはようございますのカウントを始めるまでに、何日間眠っていたかは、わからないのだ。聴覚が復活してから三十七回目の朝、ということしか、今はわからない。

引き戸がごろごろと滑る音がしたかと思うと、一人分の気配が消えた。看護師が病室から出て行ったのだろう。亜矢奈の存在が、あっという間に密室を満たす。

「智也」

亜矢奈。智也は、心で、呼び返す。

「鵜飼幸嗣、逮捕されたよ」

取れていたはずの角が、その小さな声に、再び還ってきたようだった。

「マンションでの出来事が、新聞で小さな記事になってた。テレビでは特に報道されてない。嘘ついて若者から金を騙し取った資産家の息子、っていう書かれ方だったよ。その中で怪我人も出た、くらいの。あのとき一緒にいたテレビ局のディレクターさんのビデオカメラにほんのちょっとだけ部屋の中の映像が残ってたみたいで、それが、鵜飼の開けたドアのノブに智也が頭を打ち付ける瞬間だったんだって。だから、智也の怪我に関しても鵜飼が責任を問われてるみたい。実家が裕福らしいから、賠償金は十分とれるだろうって」

亜矢奈は、口にする機会の少ない言葉を扱いかねているようだった。声が不安そうに揺れている。

「報道では、海族とか山族とか、長老とか、そういう言葉は使われてなかった。若者を心酔させているカルト集団、みたいな扱いだったかな。いっそ、海山伝説を信じる若者を食い物に、くらいのこと伝えてほしかったところだけどね」

智也はせめて、頷くか、安心している表情を亜矢奈に伝えたいと思った。安心して、と言いながら、亜矢奈自身の心がひどく強張っていることが、その声から痛いほどに伝わっていた。

「あと、これは予想外だったんだけど」亜矢奈の声の角が、また、増える。「その決定打になった映像を撮ってたっていうディレクター、弓削さんだっけ、あの人も、ちょっと前に逮捕された」

弓削さん。

智也は、祈るように名前を呼んだ。

「あのマンションの件とは関係なくて、会社に放火したとかで……同僚の女性ディレクターへの嫉妬でやった、みたいな供述が話題になって、むしろこっちのほうが面白おかしく取り上げられてたかな。あのドキュメンタリーも、白紙になったって」

――全部終わったら、きちんと説明してくれ。俺をちゃんと納得させてくれ。

あのマンションの前で向き合った弓削の顔を、智也は思い出す。そして、マンションの部屋に入り、雄介と向き合った途端、持参していたカバンの中に顔を突っ込むようにしていた姿も。カメラも構えずに何をしているんだろうと思ったけれど、あのときは自分のことしか考えられなかった。

「これで、あの場にいた人で話を聞けるのは、堀北君だけになっちゃったね」

亜矢奈の声が、さらに揺れる。

「智也のお父さんね、堀北君の話を信じ始めてる。今までは、あんなに自分の研究を妄信してたのに」

亜矢奈の声が揺れているのは、彼女もまた、自らの足場が崩落しかけているからだろう。智也は、今すぐその震える体を心ごと抱きしめることができない自分がもどかしくてたまらない。

両親にこれまでの経緯を説明する雄介の泣き声も、今みたいに、暗闇の中で聞いた。

自分にとって、智也は一番大切な親友である。小中高大ずっと仲良くしてくれた同級生は、智也くらいしかいない。大学に入って、いろんなボランティアや社会的な活動に参加するようになり、最終的に叶えたい夢は世界平和だと気づいた。その気持ちを昂《たかぶ》らせすぎてしまい、この世界の争いの種をすべて消し去ることができると豪語する怪しげなシェアハウスに傾倒してしまった。そんな自分を助けに来てくれたのも、やっぱり智也だった。なのに、智也が詐欺師と揉み合いになっているとき、助けてあげることができなかった。智也がこんな状態になってしまったのは自分の責任だ。せめて、目が覚めるときには智也のそばにいたい、一番に感謝を伝えたい――嗚咽《おえつ》しながらそう話す雄介の背中を、母は何度も撫でてあげているようだった。「ねえお父さん、智也ははじめから、こういうことを言ってたんじゃないの？」掌が背を擦る音の隙間から、そんな声が漏れ聞こえてきた。

「これまで、海族山族自体を信じないって言ってた私が彼を疑い続けて、海山伝説を妄信してた智也のお父さんが彼を信じ始めてるなんて、なんかすごく皮肉な話だよね」

亜矢奈がゆっくりと息を吐いた。

「ねえ、智也」

あれ、と智也は思う。

「堀北君って、平日の午後にしかここに来ないんだってね。それって、平日の午前か週末に来る私を避けてるからじゃないのかな」

亜矢奈の声は、確かに揺れているし、ボリュームも小さい。

「私、今までずっと智也と一緒に彼のこと見てきたけど、やっぱり、あの人がそんなきれいな気持ちでこの病室に通ってるとは思えない」

だけど不思議と、音の強度は、むしろ高まっているように感じられる。

「ねえ智也」

亜矢奈が、ぎゅ、と拳を握りしめた音が聞こえた気がした。

「あのマンションで、一体何があったの？」

中学校に上がると、雄介はそれまで以上に人気者となった。勉強ができて、運動神経が良くて、勝負事に熱くなる。そんな特徴は、これまでのような同性からの人気だけでなく、異性からの人気も集めた。同じ水泳部の礼香が雄介に惹かれていることは、智也にだってすぐわかった。雄介は、礼香やそれ以外の女子からの好意を全身いっぱいに浴びながら、それに気づかないふりをすることで、好意の最大値を巧みに引き出しているように見えた。

そんな中で、智也は密かに、同じく水泳部の亜矢奈に惹かれていることを自覚していた。クラスにも部活にも他に女子はたくさんいたが、亜矢奈が視界に入ると全身の細胞が甘く震えるような感覚に陥った。なぜこんなにも亜矢奈が気になるのか、そのときの智也はよくわからなかった。

その理由について考え込むようになるきっかけの一つは、ゴーグルを外したあとの動作だった。

プールから上がり、ゴーグルを外すと、人はまず顔に付着した水を手で拭う。コンタクトレンズを着けていなかったころ、智也は、何も気にせず顔を拭っていた。だけど中学に上がり、水泳部の練習が本格的に始まると、レンズが瞳からズレることを避けるため、顔を拭うときの手つきが少し優しくなったのだ。目の周りを強く押しすぎないようにしていること、目を開けたあとレンズの位置を完全にもとに戻すべく何度か瞬きをすること。亜矢奈は、ゴーグルを外すたび、智也と全く同じ動作をしていた。

もしかして、と思った。でもそれ以上に、まさか、と思った。

中学二年生の夏休み、雄介と礼香を含めた四人で職場見学に行った。雄介の父親が勤めている会社で、緊急地震速報機の誤作動が発生し、その場にいた全員がデスクの下に身を隠した。そのとき、亜矢奈は雄介と同じデスクの下に潜っていた。智也は二人の様子を、向かいのデスクから見ていた。亜矢奈は、頭がというよりも体が雄介を拒否しているといった感じで、小さく震えていた。

もしかして、と思った。でもそれ以上に、まさか、と思った。

職場見学のあと、四人で夏祭りに行った。雄介と礼香からはぐれ、二人で神社の境内に腰掛けたとき、亜矢奈は突然、「痛っ」と目を押さえた。そして、心配する智也に向かって、こう言った。

「私、生まれつき目の色がちょっと珍しくって。小学生のころとか男子にからかわれててさ、それが嫌で中学に上がるときに黒いカラコン入れ始めたんだ」

まさか、と思った。でもそれ以上に、やっぱり、と思った。

雄介と礼香が帰ったあと、智也は亜矢奈を呼び止めた。祭りの残響に包まれた神社で、智也は恐る恐る、夜空に浮かぶ星座の名前を確かめ合うように、亜矢奈にいくつかの質問をした。その答えは、智也が父の書斎で手に取った様々な文献から得た海族と山族の知識に、きれいに当てはまっていった。

生まれつき目の色が青い可能性が、日本人の一般的な子どもに比べて高いこと。子どものころからなぜかお風呂を怖がらなかったこと。誰に教えられるでもなくあらゆる泳ぎ方が得意で、水泳部に入ることもとても自然な選択だったこと。雄介に対して、言葉にならないような、自分でもどう表現すればいいのかわからないような圧倒的な嫌悪感を抱く瞬間があること。

やっぱり、と思った。でもそれ以上に、だからか、と思った。

二日後、智也は亜矢奈に、家に来ないかと誘った。亜矢奈以外の女子だったらきっと、突然家に誘ったりすればとても気味悪がられるだろう。だが亜矢奈は、「わかった」とすんなり頷いた。智也はそのとき、いま自分は自分が想像しているよりもずっと切迫した表情をしているのだろうなと思った。

智也は椅子に座った。亜矢奈はベッドに腰かけた。向き合うと、もうずっと前からそうなることが決まっていたかのように、これまで誰にも話したことのない言葉が、何の摩擦もなくすらすらと溢れ出てきた。

父が従事している、海族と山族にまつわる研究の存在、そしてその内容。自分は父の行っている研究を否定したいが、日々過ごしていくにつれ、その内容に沿った事象に出会うことが増えていること。亜矢奈の身体的特徴は海族のそれにすべて当てはまり、その確率は国内でも一パーセントを切るというデータがあること。その人が海族か山族か、明確に判断する方法はまだ科学的に確立されていないが、歴史学者たちは今後遺伝子の研究が進めばきっとはっきりわかるようになると考えていること――亜矢奈は、にわかに信じ難い数々の説明を、真剣な表情で聞いてくれた。

父の主張を百パーセント頭から打ち消そうとするたびに思い浮かぶ、一パーセントの不都合な心当たり。そんなわけないと思いつつ、だけど誰にも話せず、これまでずっと独りで抱え続けるしかなかったことを共有してくれる人が、目の前にいる。それだけで、智也は胸がいっぱいになった。

智也は話を続けた。海族と山族の存在が万が一真実であるとしても、対立の歴史は否定したいこと。血という、生まれながら決まっているもの、自分が選べないものが原因で何かが決定づけられるなんて、あってはならないと思っていること。だからこそ、雄介に嫌悪感を抱くことはあっても、そばに居続けていること。

一通り話し終えても、亜矢奈は、話し始めたときの姿勢から一ミリも動いていないように見えた。しばらくの沈黙のあと、亜矢奈は、

「私、外、歩きたい」

と、突然立ち上がった。柔軟剤の匂いがふわりと広がる。

「考えごとするとき、なんか、いつも散歩しちゃうんだ」

そう話す亜矢奈の声は、か細く震えていた。十四歳になると、性別が違うだけで声の高さも全く違う。

人と人との違いは、どんどん大きくなっていく。

家を出た途端、蟬の声と熱気で織られたベールに全身を包まれたような感覚に陥った。智也と亜矢奈は、二人、無言のまま歩いた。自転車を引く亜矢奈に合わせて、智也は歩幅を小さく調整する。いろんな話を一度に聞かされた亜矢奈が、混乱するのは当然だと思った。だけど、どれだけ説明が不十分でも、伝えたいことはきちんと伝わっているような気もした。

やがて、からからから、と、小さく鳴り続けていたタイヤの音が止まった。

「あそこ、座ろ」

亜矢奈が指す先には公園があり、その端にはベンチがあった。亜矢奈は空色の自転車を止めると、智也より先に座った。

亜矢奈に倣《なら》い、智也もベンチに腰を下ろす。亜矢奈の身体が、すぐそばにある。そう思った途端、二日前の夏祭りの記憶が蘇った。屋台の光が見える境内でふたりきり。遠くから聞こえる神輿の鈴の音。

亜矢奈がきゅっと握りしめた拳を胸に、智也に向かって「ねえ、南水くん、私」と話しかけてきたあの瞬間。

「あのとき」

亜矢奈が、まっすぐに前を向いたまま、言う。

「私に向かって恋じゃないって言ったのは、私が自分と同じ海族かもしれないって思ったから？」

——それ、多分、恋じゃない。

夏祭りの夜、智也が亜矢奈に向かって放った声は、誰もいない神社の境内にむなしく響いた。智也はあのとき一瞬、強烈に思ったのだ。自分が亜矢奈に惹かれていたのは、恋心ではなく、二人が父の言う海族同士だからなのではないか、と。それならば、きっと亜矢奈も抱いているだろう想いを、簡単に受け入れるべきではないのではないか、と。一日と途絶えず父の研究内容を否定し続けていたのに、あの瞬間だけ、そう思ってしまったのだ。

「確かに私は、海族ってのが本当にあるとして、その特徴に当てはまるし、何より堀北くんに対して、なんかゾッとする感じとか、そういうのあったりもする」

八月の公園は、世界中の太陽に照らされているように暑い。ベンチは木の影に覆われているけれど、それでも肌の上を汗が滑り落ちていく。

「でも、私は、海族同士だからって、南水くんに惹かれてるわけじゃない、と思う。だって私、さっき海族と山族とか初めて聞いたわけだし、正直全然意味わかってないし」

智也は、亜矢奈の横顔を見る。その頬が赤いのは、きっと気温が高いからだ、と、無理やり思い込もうとする。

「だから、私の気持ちは、恋だと思う」

誰もいない公園は、何の誤魔化《ごまか》しも許してくれない。むきだしのまま降ってくる蟬の声を両耳から取りこぼしながら、智也は目線を自分の足元に戻した。

「血とか、そういう、生まれながらに決まっているもの、自分が選んだんじゃないものが原因で何かが決められるのはおかしいって、私もそう思う。なんか、私も、男子だったら体調とかもっと気にせず部活の練習できるのにとか思うとイライラするし、大会で外国人の子に負けたときとかは、そういうものだから仕方ないなとか考えちゃうとき、確かにあるんだけど」

亜矢奈の細い喉が、小さく音を鳴らす。

「そういうものだから、でいろいろ片付けちゃうの、やめないとなって思った、今」

鳥の影が、足元を通り過ぎていく。

「だから、私が南水くんを好きな気持ちも、そういうものだからってことで、片付けないでほしい」

一瞬、鳥の影によって、二人の影が一つに繋がった。

「うん」

智也は、自分の足元を見つめたまま、頷いた。

「俺も、そうする」

これからもこの足で歩いていくしかない二人の人間の形を見ながら、言った。

そのあと、二人で少し沈黙した。それは、並んで歩いているときの沈黙とは、全く種類が違った。言葉にしなくてもその人が考えていることがわかる沈黙もあるのだと、智也はそのとき初めて知った。

「私、思うんだけど」ふいに亜矢奈が、口を開いた。「さっき、南水くんの部屋で、堀北くんはやたらと順位付けを求めたり立ち向かうべき相手を設定したがるって話があったじゃん？　それも、山族だからってわけじゃないような気がする」

「え？」

「だって、海族と山族の対立が繰り返されてるんだったら、どっちかだけが戦闘好きみたいなのっておかしいじゃん。海族の人間にだってそうなる可能性があったわけだけど、私も南水くんも、そういう人間じゃない。ってことは」

亜矢奈が息を吸う。

「堀北くんが単純に、自分から対立を求める人、なんじゃないのかな」

何か後ろめたいことを告白するように呟くと、亜矢奈はため息をつきながら「ていうか、堀北くんみたいな女の子って、いっぱいいるんだよ」と続けた。

「雄介みたいな女の子？」

「そう。何もないところに無理やり対立を生んで、やっと、自分の存在を感じられる子」

風が吹いた。

Tシャツの襟首から入り込んできた風が、汗に濡れた智也の腹を撫でる。

「運動会の朝にその髪型あの子と被ってるからやめといたほうがいいよって言ってきたり、修学旅行のバスの中でその私服あの子と被ってるから着替えたほうがいいんじゃないとか言ってきたり……あの子それ嫌いみたいだからやめたほうがいいよとか、あの子その子のことウザがってるっぽいからあんまり仲良くしないほうがいいよとか、そういうことばっかり言って回って、自分のおかげでいろんなトラブル防げてるって思いこんでる子」

いつのまにか、亜矢奈の声が少し後ろから聞こえるようになっていた。

「本人たちは髪型被るとかそこまで気にしてないのに。周りでけしかける子が、本人の気持ちとは関係ないところで、大きな雰囲気を作っちゃうんだよね」

見れば、亜矢奈は、ベンチの背もたれに思い切り体重を預けている。足も投げ出していて、さっきよりもずっと、体から力を抜いているように見える。

つまり、本音で話しているということだろう。智也は、学校ではあまり見たことのない気の抜けた亜矢奈の姿に、今更ながら少し緊張した。

「そういう子たちって、運動会とか修学旅行とか、トラブルが起きそうなイベントが何もなくなると、ヒマになっちゃうんだよね。で、無理やりターゲット見つけて、反発する理由どうにか生み出して、対立構造作って、ハブる。そうでもしないと生きがいがなくなっちゃうっていうか」

ふ、と、亜矢奈が頬を緩ませる。

「タイプの違う私と礼香が一緒にいるの、不思議に思ったことない？」

別に、と、智也は小さな声で答える。

「礼香は女子グループのそういうのが面倒くさくなって、私のところに降りてきたの」

降りてきた、という表現が智也にはよくわからなかったが、あえて質問はしなかった。

しないほうがいいような気がした。

「堀北くんの、テストの結果が貼り出されるような状況に自分から飛び込んだり、神輿にわざわざ参加したりするのって、火のないところに煙を立たせるのが好きな女子たちとちょっと似てる気がする。煙が上がるような摩擦がないと、自分がどこにいるか自分で確認できないあの感じ」

智也は、亜矢奈の話を聞きながら、この街の影という影が、すべてこのベンチへと集まったような気がした。

組体操も棒倒しもなくなり、体育祭の勝敗もつかなくなり、テストの順位が貼り出されなくなり、相対評価ではなく絶対評価で通知表が作られるようになり、このままいけばあらゆる対立の種が排除され、ナンバーワンよりオンリーワン、それぞれの個性を大切にしようという風潮が強くなり、そのまま海族と山族の対立の歴史だって打ち止めになるような気がしていた。誰とも競わなくていい、比べなくていい、対立なんてしなくていい世界が訪れるものと信じていた。

だけど人間は、自分の物差しだけで自分自身を確認できるほど強くない。そもそも物差しだってそれ自体だけでこの世に存在することはできない。ナンバーワンよりオンリーワンは素晴らしい考え方だけれど、それはつまり、これまでは見知らぬ誰かが行ってくれた順位付けを、自分自身で行うということでもある。見知らぬ誰かに「お前は劣っている」と決めつけられる苦痛の代わりに、自ら自分自身に「あの人より劣っている」と言い聞かせる哀しみが続くという意味でもある。

「私ね」亜矢奈がまた、背もたれから身体を起こす。「大切なことでもあると思うの、人と対立することって」

対立って言葉は正しくないかもしれないけど、と、亜矢奈が一度、言葉を噛み砕く。

「部活でも、隣のレーンが誰かによってタイムが変わったり、競うべき相手がいるからこそ自分が磨かれるってこと、あるもん。大会だと急にタイムが伸びたり、そういうの」

智也は頷く。

「ただ、大切なのは、その、人と競ったり対立する気持ちっていうのが、その人自身や他者を傷つけることに向かないことなのかなって」

一瞬、蝉の声が、一斉に遠ざかった気がした。

「だから、堀北くんに対立を好む習性があるとして、それ自体はダメなことじゃないと思う。誰かを傷つけたり貶《おと》めたり、そういうことにならなければ」

亜矢奈の声が、とてもクリアに聞こえる。

「だから、むしろ今みたいに、勉強とか学校行事とかそういうことに堀北くんのエネルギーが向いてるうちはいいんだよ。対立による摩擦が、自分や誰かを高めることに繋がってる感じがするし」

蝉の声どころか、あんなにも全身を包んでいたはずの熱気も、どこかへ消え去ったように感じられる。

「怖いのは、堀北くんが、さっき聞いた海族とか山族とか、そういう話を信じちゃうことじゃないかな。ネットにもいるじゃん、CMに出てる芸能人が日本人じゃないってわかった途端、なんかすっごく攻撃し始める人。それまで普通に見てたのに、急に敵対心むき出しにして」

肌に慣れた夏休みの公園が、自分自身からどんどん遠ざかっていく。

「堀北くんって、自分が山族なんだって思い込んだら、自分の中にある〝対立したい〟っていうエネルギーを正当化して、とんでもない行動に出る気がするんだよね。誰かを傷つけたりするような、そんな感じの」

亜矢奈の声は、二人の間に吹いた風に乗って、だけど少しも消え去らなかった。

がらら、と、引き戸のキャスターが転がる音がした。

「あ」黙り込んでいた亜矢奈が、どこか気まずそうな声を出す。「すみません、何か作業されます？　私、出て行ったほうがいいですか？」

慌てているだろう亜矢奈に、看護師が「大丈夫ですよ、今から行うのは午前の運動プログラムなので、そこにいていただいても特に問題ないです」と余所《よそ》行きの声で対応する。

運動プログラムとは、自律神経系のコントロール機能の向上を目指して行われるもの、らしいが、聴覚以外が機能していない智也は、聴覚刺激に〝反応している〟と示したくても、その意思表示ができない。それがとてももどかしい。

「南水さんは幸せですね」

「え？」

突然の看護師の言葉に、亜矢奈の声が少し鋭くなる。

「いや、身体が動かない状況でそんなこと言うのはおかしいですね」すみません、と、慌てて看護師が謝る。「ただ、こうやってほぼ毎日誰かが来てくれて、熱心に話しかけ続けてくれるなんて、なんか自分はそういう人間関係を築けてるのかなって思わされちゃいます」

「ああ」

亜矢奈が少し、疲れたような声を出す。そういう、励まされるようで何の足しにもならないことを、きっとこれまで何度も言われてきたのだろう。

「この前堀北さんが、今日が、何かが変わる前日なのかもしれないって思うようにしようって話をしていて……明日は絶対に、明日は絶対にって思いながら一日一日を引き延ばし続けてるって。自分にはそんなふうに、絶対に絶対にって何かを強く願い続けてくれる人がいるのかな、とか、この仕事してるとなんかいろいろ考えちゃうんですよね」

「そうですか」

亜矢奈の声が、どんどん冷たくなっていく。看護師はそれに気づいていないのか、「堀北さんって本当に熱心で」と話し続ける。

「植物状態でも全身麻痺でも聴覚だけは機能してることがあるってお話ししたら、病室に来るたび、南水さんが昔好きだった音楽を耳元で流してあげてるんですよ」

「音楽？」

あ。

智也は、自分の心臓が、自分の肌の裏面に当たった気がした。どん、という衝撃音が、暗闇の中でわんわんと響く。

「はい。小学生のころ好きだったアニメの主題歌らしいです。なんか、転校生の男の子が教えてくれた海外のアニメにハマっちゃったらしくて、よく三人で歌ってたって。その子は中学に入るタイミングでまた転校したらしいんですけど、だからこそ強く記憶に残ってるみたいで、その曲を耳元で繰り返し流していて……ここだけの話、隣の病室から同じ曲ばっかり聞こえてきてイライラするって苦情が来たことがあるくらい。でも、これが少しでも目を覚ますきっかけにつながればって話す姿見てると、やめてくださいなんて言えないですよね」

「転校生の男の子が教えてくれたアニメ、ですか」

亜矢奈が、いくつかの言葉を丁寧にピックアップする。

「はい。ご両親からすると南水さんは海外のアニメを観るイメージはあまりないみたいですけど、自分たちの知らない一面を知ったって嬉しそうにされていました。お二人と、その転校生の方にしか通じない貴重な思い出なんだなって思うと、それもなんかたまらなくて」

看護師は、運動プログラムの準備をしながらのんきに話し続けている。亜矢奈は、何も言わない。

やはり、絶対に、この暗闇から脱出しなければ。

改めてそう認識したとき、智也は、いま自分は久しぶりに、絶対に、という言葉が伴うほど強く何かを願ったのだと思った。

絶対に、目を覚まさなければ。


北海道大学工学部に合格したとわかったとき。二年生に進級し、工学部の生体情報コースに進めることが確定したとき。院試に合格し、遺伝子にまつわるさらに専門的な知識を持つ教授に師事できると決まったとき。あらゆるタイミングで、智也は、一枚のプリントを思い出した。高校二年生のときに配られた、文系か理系かどちらに進むかについての回答用紙だ。クラスと出席番号と氏名、そして選択するコース名くらいしか記入する部分はなかったが、たったそれくらいの情報で自分の人生から削ぎ落とされるものの多さが、あとから考えると恐ろしかった。

あのとき理系を勧めてくれたのは、亜矢奈だった。

「歴史学の観点から海山伝説を研究するお父さんの主張に立ち向かうなら、私たちは自然科学の観点からアプローチするべきだと思う。たとえば遺伝子とかDNAとか、そういう、数値で表せる揺るがない情報によって成り立つ観点っていうか」

偏差値の高い高校に進学し、これまで以上に個人主義の風潮が高まった結果、雄介が教室内での存在感の大きさで周囲との違いを認識しようと試み始めたとき。だけど、進学校に通う生徒の間ではこれまでのやり方が通用せず、雄介の変わらない幼さだけが浮き彫りになっていったとき。大学に入り、したこともないジンパを復活させる運動に傾倒し始め、雄介がやたらと生き生きしていたとき。その冠《かんむり》を掲げてテレビにまで出演し、同じように様々な活動に従事する仲間たちと連帯し始めたとき。知らない学生に出し抜かれたことをきっかけにジンパ復活運動を簡単に手放し、いつのまにか恵迪寮の存続運動に関わり始めていたとき。恵迪寮の寮歌「都ぞ弥生」が鳴り響くストームを指揮するように、寮生たちのすぐそばで旗を振り回していたとき。

雄介が、自分の存在を実感するためだけに生きる場所を転々と変えるたび、不安を鎮め合ったのも亜矢奈だった。

「大丈夫。彼のエネルギーが人を傷つけない形で発散されているうちは、今まで通り静観してよう。とにかく避けなきゃいけないのは、彼が自分は山族なんじゃないかって思い始めること。誰の目にも見える形で生きる意味を掲げていないと不安な人が、誰かを攻撃する理由を手に入れる――これが一番怖い」

とりあえずこのまま、雄介の動きに注意していれば大丈夫だろう。智也と亜矢奈は、そう言い合っていたし、実際にそう思っていた。智也の父が智也の大学進学と同時に東京の大学へ拠点を移しており、物理的に雄介との距離が離れたことも安心材料として大きかった。

だから、父が著者のひとりとして名を連ねる『山賊と海賊の日本史』や『海山伝説のすべて』のヒットと、それに絡んだ『帝国のルール』の再ブームは不都合な誤算だった。海山伝説はそれまで、オカルト話の一種としてネット上で小さく話題になっていた程度で、現実世界で真面目に話せば笑われるような類いのものだった。だが、『帝国のルール』の内容が海山伝説に当てはまるという噂がたちまち広がり、一気にその知名度を上げてしまった。

「念のため、雄介の動きを気にしたほうがいい。いつ、自分は山族の人間だって思い込むかわからない」

雄介より建設的な方法でジンパ復活を試みる団体を見つけてもその存在を教えないなど、智也はできるだけ、雄介の興味の矛先がブレないように心がけた。北大祭で雄介が恵迪寮存続に身を投じている姿を見つけたときは、相変わらず自ら無関係な対立構造へ飛び込んでいく幼い凶暴性に若干呆れつつも、これで当分、父の研究には興味が向かないだろうと安心した。その間にブームが過ぎ去ってくれればいいと願った。

ただ、雄介の言動に目を凝らしているうち、自分が注ぐ視線が雄介個人から少しずつ拡張されていく感覚があった。その感覚は、中学二年生の亜矢奈の声と共にどんどん強まっていった。

——堀北くんみたいな女の子って、いっぱいいるんだよ。

ジンパ復活運動、恵迪寮存続運動、次々と相対する先を変えていく雄介。

——何もないところに無理やり対立を生んで、やっと、自分の存在を感じられる子。

自分の存在を消したくない一心で、対立する相手をこしらえ続ける人間の心。

——そういう子たちって、運動会とか修学旅行とか、トラブルが起きそうなイベントが何もなくなると、ヒマになっちゃうんだよね。

雄介と一緒にテレビに出ていた、あの学生。どのトピックスにも本当は興味がないことがバレバレなのに、レイブという活動を通して政治的な意見を発信したがっていた男。

——無理やりターゲット見つけて、反発する理由どうにか生み出して、対立構造作って、ハブる。そうでもしないと生きがいがなくなっちゃうっていうか。

北部食堂の中を練り歩き、学生自治の存続を主張していた恵迪寮生の集団。その一番後ろでプラカードを持たせられていた一年生。

——本人たちは髪型被るとかそこまで気にしてないのに。周りでけしかける子が、本人の気持ちとは関係ないところで、大きな雰囲気を作っちゃうんだよね。

春を背景にして、冷たい雪を残したままのあのグラウンド。智也が運動会で赤組だとわかった途端、自分を転ばせたのはこいつだと主張してきた雄介の表情。

——ネットにもいるじゃん、CMに出てる芸能人が日本人じゃないってわかった途端、なんかすっごく攻撃し始める人。

対象自身ではなく、対象の背景によって、自分の立ち位置を決める人たち。

――海族とか山族とか関係なく、堀北くんが単純に、自分から対立を求める人、なんじゃないのかな。

十四歳の亜矢奈の声が脳内に蘇るたび、智也は思った。

じゃあ、自分はどうなのだろうか。

こうして延々と雄介に執着している自分は、山族という背景の存在だけで他のクラスメイトとは比べものにならないくらい雄介の人生を追っている自分は、雄介のような人間ではないとどうして言い切れるのだろうか。

考えるたび、智也は思考に蓋をした。常に立ち向かうべき相手を探し求めている雄介の姿は、〝雄介〟や〝父の研究〟という立ち向かうべき相手によって成り立っている自分の存在と重なる予感がした。

自分こそ、生きがいがないと生きていけない人間なのではないのか。

その気づきは、あまりにも不都合だった。ということは、向き合うべき真実なのだった。

「智也、これ」

そんなある日、亜矢奈が携帯電話を差し出してきた。白く光る画面には、雄介のＳＮＳのアカウントが表示されていた。

「最近、大学の色んなところに、恵迪寮存続決定、ってビラ貼られてるの知らない？　大学側と寮が話し合ったとかで、学生自治の問題が解決したらしいの。だから、堀北君、今ごろ次に立ち向かう相手を探してるんじゃないのかなって思ってたら」

画面を見ると、そこには【俺はこの世の対立の源を殲滅させるための戦士となる】や、【世界平和のためなら自分の身が犠牲になったっていい】というような、穏やかではない文章があった。その投稿の数日前には【恵迪寮の学生自治は北大の伝統。誰にも奪われてはならない魂】という血気盛んな投稿があり、存続運動が終わったことについては何も言及されていない。

「この世の対立の源とか、世界平和のためならとか言ってて、もしかしてって思って……投稿だけじゃなくて、他のアカウントとのやりとりの欄も見てみたの」

亜矢奈が画面をタップすると、雄介が他のアカウントに対してメンションを飛ばしている画面に切り替わった。そこには、【DMさせていただきました。ご連絡お待ちしております】と、とあるアカウントに返信をしている形跡が残っていた。

「このアカウント、〝長老〟って名乗ってる」

長老。海族、山族にまつわる研究に明るい者ならばピンと来る言葉だ。亜矢奈の指先が、〝長老〟アカウントのプロフィール画面を表示させる。

「ほら、ヘッダー画像に嬉泉島とか戦闘員とか書いてあるでしょ。私たちからしたら一発で詐欺だってわかるし、こんなのに騙される人がいることが信じられないくらいなんだけど」

亜矢奈がごくりと唾を呑み込む。

「堀北君の最後の投稿が、これ」

【大学を辞めました。嬉泉島に行く準備をすべく、東京で同志との共同生活を始めます。世界のために、未来のために。この投稿が最後になると思います。では。】

「止めないと」

智也はそう言いながら、いよいよ、蓋をし続けてきた思考と向き合うときが来たのだと感じた。

雄介の携帯電話に連絡しても反応がなかったため、智也と亜矢奈は二人で〝長老〟について調べ、接触した。海山伝説に傾倒し、シェアハウスに入居したいと強く願う若者を演じれば、〝長老〟と連絡を取り合うことは簡単だった。シェアハウスの入居費用などを自分たちで工面するのは大変だったが、父に相談すれば止められることは明らかだったので、仕方がなかった。

かつての同級生である前田から突然連絡があったのは、そんなときだった。

話を聞けば、今、制作会社でアルバイトをしており、嬉泉島にまつわるドキュメンタリーの制作に携わっているという。「その周辺調査をしてたら、なんか、雄介のこと思い出したんだよね」と前田が語り始めたとき、智也は、柄にもなく神の思し召《おぼめ》しを感じた。そこから話はとんとん拍子に進み、前田の先輩であるディレクター同行のもと、〝長老〟のシェアハウスへ向かうことになった。これで雄介の暴走を止めることができるし、ドキュメンタリー番組が放送された暁には、海族、山族の存在を信じることがいかにばかばかしいか、世間に広めることもできる。

東京へ発つ前日、荷物を早めにまとめ終え、風呂に入った。時間に余裕をもってベッドにもぐりこむ。ふう、と息を吐くと、そのぶん腹がへこむ。浅く呼吸をしながら、眠気の訪れを待つ。

智也はふと、コンコン、と、今にもドアがノックされるような気がした。

ベッドに寝転び、まっすぐ天井を見つめている自分。それは、自身の研究内容について父から初めてきちんと説明をされたときと同じ状況だった。

あのときも自分は、こうして寝転んでいた。卒園式に出られなかったことを悲しみながら、けんかをした雄介に会わずに済んだことにほっとしながら、それでも小学校が始まったら仲直りをしたいと思いながら。

智也は考える。

あのとき、お前は海族だから山族の雄介とは距離を取るべきだ、なんて真剣に話す父に嫌悪感を抱かなかったら、自分はこれまで何に時間と労力を注いできたのだろうか。

もし父が特殊な思想を持つ研究者でなかったら、休日に隣の家族と一緒にキャンプに連れていってくれるような人だったら、自分はいま何をしているのだろうか。自分の一生を捧げてもいいと思える研究に一心不乱に取り組めているのは、他ならぬ〝雄介〟や〝父の研究〟のおかげではないのか。

生まれ持ったものが原因で分断されなければならない、という現実への反発を抱くきっかけがない人生だったら、内なるエネルギーを何に注いでいたのだろうか。

棒倒しの相手、組体操の歴代記録、テストの順位表、ジンパ復活運動、学生自治存続運動。それらに身を投じなかったと言えるだろうか。やるべきこと、やりたいと思うことが何一つない自分だとしたら、一体――

智也は慌てて目を閉じる。眠ろうとしても、考えることはやめられない。

明日自分はきっと、雄介に、手当たり次第に生きがいを見つけ出そうとしなくていい、と伝えるのだろう。周囲から〝生きている〟と認識されるために敵を設定するような生き方はおかしいと、偉そうに説くのだろう。人生に意味なんかなくたって、命の価値なんか考えなくたって、あなたは生きているだけでいいんだよ、なんて、もっともらしく言うのだろう。

そのときもし、お前も同じじゃないかと問われたら、自分はどう答えるだろうか。生きてるだけでいいなんて嘘っぱちだ、実際にお前はそうじゃないと詰め寄られたら、自分は雄介を説き伏せられるだけの言葉を持ち合わせているのだろうか。

対立する相手との摩擦によって一番体温を感じているのは、自分ではないだろうか。

智也は結局、一睡もできずに東京へ発った。


女性によるノック音と、引き戸が床を滑る音がする。

「あれ」

不思議そうな看護師の声には、いつもの亜矢奈ならこの時間にはもう病室を出て行っているのに、という智也と同じ疑問が含まれている。

「午後までいらっしゃるなんて珍しいですね」

「ええ」亜矢奈が入り口のほうに顔を向けたのだろう、声の向きが変わる。「あの、堀北さんって、今日だったらどれくらいの時間に来――」

そこで、声が途切れた。「あ、えーと」聞き慣れない低音が、病室の入り口のあたりから弱々しく届く。

「初めまして、俺、智也の小学生時代の同級生の、前田って言います」

一洋。

智也は、たった一度の鼓動で、ベッドごと揺れたのではないかと思った。

「さっき廊下で南水智也さんの部屋番号わかりますかって質問されて。聞いたら学生時代の友人だって仰《おっしゃ》るので、てっきり坂本さんともお知り合いかなと思ったんですけど」

「私は中学からの同級生なので、それより前の方だとちょっと……荷物こちらにどうぞ」

亜矢奈の誘導に伴って、「あ、すみません」一洋の声がこちらに近づいてくる。初対面の人たちばかりを相手にしているからか、電話で聞いたときよりもその声にはよそゆきの響きがある。

「ああ、智也」

と思ったのも一瞬のことで、突然迫ってきた一洋の声からは、一切の余裕が失われていた。

「智也、ほんとにこんな」

悲痛そうに揺れる声を聞きながら、智也は、そうか、この姿を初めて見た人はこういう反応をするのか、と思った。耳が聞こえるようになったときには、病室に現れる人は、チューブに繋がれ全身の一切を動かせないこの姿に見慣れていたようだったから。両親も亜矢奈も。

雄介も。

「あの」亜矢奈が、落ち着いた声で言う。「とりあえず、そのリュック下ろしたらどうですか。重そうですよ」

数秒経って、どさ、という鈍い音がした。東京からやってきた足でそのままこの病室に来たのかもしれない。棚かどこかに置かれた物体は、その落下音から、かなり大きくずっしりしていることが窺えた。

「ちょっと、失礼しますね」

看護師が、何かしらの作業を始めたみたいだ。感覚はないが、きっと、今日二度目の口腔内の洗浄だろう。食事は管を通して行われるが、定期的に口の中を清掃するらしい。誰かが両親に向かって説明しているのを聞いた記憶がある。

「あのシェアハウスに行く智也の後押ししたの、俺なんです」

唐突に話し始めたように聞こえるが、亜矢奈はもともとその話をしていたかのように落ち着いた声で「はい」と返した。二人はどうやら、横に並んで椅子に腰掛けているらしい。

「なんか、智也に久しぶりに連絡したら、ちょうど俺がお世話になってる先輩が撮ろうとしてる番組のテーマの話になって、それで俺」

「落ち着いてください。私、彼が東京に行く前に、その話聞いてます」

亜矢奈がそう制したところで、一洋はなおも話し続ける。

「こっちでも上司が頭おかしくなって逮捕されたりして会社めちゃくちゃで、あのシェアハウスの人が逮捕されたり、なんか色んなことが起きてて、俺も警察から話聞かれたりして、何が何だかよくわかんなくて……とりあえず智也があの夜以降入院してるって聞いて、なかなか来られなかったんですけど、なんかやっぱり一回は会いに行かなきゃ気持ちが収まらなくて」

どうにか調べて来てみたんですけど、と言うと、やっと自分だけが大きな声を出していることに気が付いたのか、「いざ目の当たりにすると、やっぱ、なんて言っていいかわかんなくなりますね」一洋は徐々に声を小さく絞っていく。

「ずっと一緒にいる私だって、わからないことだらけです」

亜矢奈が、一洋が時間と言葉を尽くして作り上げた蝶々《ちょうちょう》結びをぎゅっとひと思いに仕上げるように、そう言葉を添えた。

「あれ、もしかして」

作業を終えたのか、看護師が、二人に比べれば明るいトーンで話し始めた。

「前田さんってひょっとして、小学生時代に南水さんと仲良くしてた転校生、だったりします？」

「転校生？」

亜矢奈が聞き返す。

「だって、南水さんや堀北さんと小学校が同じなら、坂本さんと中学校も同じはずですもんね？」

「転校生って」亜矢奈の声が、角張る。「もしかして」

まずい。

智也はまた、どんと強く打った心臓が、自分の身体を揺らした気がした。

「そうそう、堀北さんがよく言ってる人」

まだだ。

まだ早い。

智也は、暗闇の中でもがく。

「雄介が、俺のこと何か言ってたんですか？」

一洋の声に、警戒心のようなものが宿る。

「堀北さん、ここに来るたび南水さんの耳元で子どものころの思い出の曲を流すんですよ」

看護師の声は歓びに満ちている。

「その曲っていうのが、小学生のとき、転校生の男の子と三人だけでハマってたアニメの主題歌だって」

嗚呼《ああ》。

今すぐ、自分の身体を内側から突き破りたい。

「少しでも身体と記憶が元に戻るきっかけになればって仰ってて。その転校生の方に会えるなんてびっくり——ていうか、今日火曜日ですよね？　いつもだったらあとちょっとで、堀北さんいらっしゃる時間ですよ。平日の午後は大体いらっしゃるので。ほんと献身的ですよね」

あれは何度目のおはようございますを聞いた日だっただろうか。看護師が聴覚の話をしたあとすぐ、雄介が全く知らない曲を流し始めたとき、智也は悟った。

「俺と三人だけでハマってたアニメ？」

雄介は、次の生きがいに、〝親友の看病〟を選んだんだ。

そう確信したとき智也は、今もすでに暗闇の中にいるというのに、さらに深い底へ突き落とされたような気がした。

「俺らが三人でよく歌ってたのは、『帝国のルール』の主題歌です」

雄介は、重傷を負った親友を健気に看病する自分、という、自身の存在価値を自動的にたっぷりと感じられる安住の地に、少しでも長くいたいのではないか。だから、植物状態の人間でも唯一刺激を受け取れる可能性のある聴覚を、過去の記憶とは全く無関係のもので埋めようとしているのではないか。

「え？」

雄介は、自分の知らないところで目覚められ、あのマンションで起きたことを話されては困るから、目覚める瞬間に必ず立ち会えるよう、ずっとそばにいようとしているのではないか。

断片的な気づきが然るべき場所に収まるたび、智也は、この身体を目覚めさせようとするエンジンが部品単位で細やかに破壊されていくような気がした。

「なんか、海外のニッチなアニメにハマってたって。私も、他の誰も知らない曲だったんですけど」

看護師の声が、しん、と滲む。

「海外のアニメにハマってたのは、俺だけです」

一洋の声が、じん、と響く。

「智也と雄介に薦めてみたこともあるけど、二人は見向きもしなかった。俺、それは覚えてる」

「やっぱり」

亜矢奈の声が、どん、と落ちる。

「やっぱりあの人は、何も変わってない」

嗚呼。

智也の声は、誰にも届かない。

このことは、自分が目覚めるまでは、気づかれてはいけなかった。

「智也の体を使って、次の生きがいを作り出したんだ」

自分が目覚めてから、明らかにならないといけなかった。だって、この事実によって生まれるものはまた、対立だ。亜矢奈が雄介を告発することから始まるのは、父が主張し続けていた対立の連鎖に他ならない。きっとまた父は言うだろう、やはり海族と山族は対立から逃れられない運命にあるのだと。母はまた黙るだろう、この子たちの世代でも無理だったのかと。自分が目覚めないと、実家のベッドに寝転んでいたあの日とまた同じになってしまう。

早く目覚めなければ。

早く目覚めなければ。

早く目覚めて伝えなければ。

――お前だって、本音では、人は生きてるだけでいいなんて思ってねえんだよ。

東京のマンションの一室でそう突きつけられてから、自分も本質的には雄介と何も変わらないと自覚してから、この暗闇の中でずっと積み上げてきた言葉たち。

早く目覚めて、伝えたい。同じ意見を持ってもらうためではなく、対話をするために、伝えたい。

自分も雄介と同じように、立ち向かう何かに対して命を注ぐことで、死ぬまでの時間に何かしらの意味を付与していないと不安でたまらないこと。

ないこと。

だけどそれは、立ち向かっているものを攻撃して、より対立を深めようという考えでは

なあ、雄介。動かない暗闇の中から、智也は呼びかける。

分断による線引きで自分の存在を確かめるんじゃなくて、完全に混ざり合って一つになるでもなくて、別々なものとして共に生きていくためにはどうすればいいのかを考える、それでは、雄介の言う生きがいには足らないだろうか。

雄介の名を、智也は呼び続ける。

海族、山族だけじゃない。年齢、性別、国籍、思想、そう名付けることもできないような細かなこと、自分とは何かが必ず違う誰かと共にこの世界で生き続けるしかない今、その方法を考え続けることは、考え続けながら生きることは、これまで連綿と続いた分断の歴史という巨大なものに立ち向かうことそのものではないだろうか。

なあ、雄介。本当に立ち向かうべきものがあるとして、それは、目の前の誰かではなく、向かい合う二人の背後に広がる歴史のほうなんだよ、きっと。

そう考えてみれば、言葉にできるような生きがいなんて目じゃなくなる。いま目に見えるような、手で触れられるような敵なんて、立ち向かう相手として相応《ふさわ》しくなくなる。今このとき、何かと何かを対立させているものはきっと、目に見えない、手では触れられない、もっと大きな場所にある。そこに辿り着く自分たちであろうとし続けることはきっと、

今この世界に存在するどんな言葉でも表すことのできない試みだ。

それって結局生きてるだけでいいってやつを言い換えただけじゃないのか――頭の中の雄介が、そう言い返してくる。だけど智也は諦めない。そうかもしれない。だけど実際に、何も特別なことはしなくていいんだ。自分だけにできることも、世の中への多大な影響力もいらない。自分とは必ず何かが違う誰かとここで暮らし、対立しては対話をする。それでいい。その繰り返しの先には、対立を生む原因だった〝違い〟こそが、実は大きな繋がりをもたらすのだという実感が待っているはずだ。

自分がそうだったように。雄介や父について考え続けたからこそ、こんなことになった後も、まだ雄介とも父とも話すべきことが沢山あると感じられているように。

それじゃ足りない、言い方でごまかすな――何を言ってもそう返してくる雄介の姿を想像して、智也は暗闇の中で笑ってしまう。

だけどやっぱり、諦めない。

「亜矢奈さん、どうしたんですか？　顔色悪いですよ」

状況を呑み込めていないらしい看護師の声。

「雄介」

歪んだ声で、ただ名前を呟いた一洋。

浅く呼吸を繰り返している亜矢奈。

が、ふっと、握りしめていた拳を開いた音が聞こえた気がした。

早く。

早く目覚めたい。

早く目覚めて、心身を敗北へと投げ出しそうになっている亜矢奈の掌を、もう一度握り締めたい。

廊下の遥か遠くから、足音が聞こえてくる。

男の足音。

雄介だ。

「智也」

亜矢奈が智也の名を呼んだ。

さっきまでとは全く違う、聞いたことのない声で。

「起きてよ、智也」

——泣いている。

そう思った途端、頭の中で丁寧に丁寧に積み上げていた言葉たちが、一瞬で崩れ去った。

雄介。

智也は叫ぶ。

本当はもう、うんざりなんだよ。

お前と対話することなんて、本当はもう諦めたい。目覚めたら、一発殴ってから、お前の顔を一生見なくていいように、できることなら巨大な壁でも作ってやりたい。昔から何かが気味が悪くてたまらないお前とも、何度話し合ってみたって意味のわからないことばかり言う父親とも、できるならば生きる世界を、暮らす社会を完全に分けてしまいたい。

それでも言葉を積み上げていたのは、分かり合うことを諦めない、なんて美しい気持ちからではない。本当は諦めたいけれど、そうしたところで雄介や父のようなものと対峙することから逃げられないことを知っているからだ。

だって、俺をこんな体にしたお前を一生許さないと叫んだところで、もう金輪際関わり合わないと固く約束したところで、対立する者同士を対立させた背景はこの世界に存在し続けているのだから。

「亜矢奈さん、どうしたんですか、どこか具合悪いんですか」涙を流す亜矢奈に、看護師が話しかける。亜矢奈は応えない。一洋も何も言わない。

廊下を歩く足音が近づいてくる。

線を引いてしまいたい相手を前に抱く絶望なんて、長持ちさせるだけ体力の無駄だ。そうしたところで、その相手を生む環境を備えたままの世界で生きていくしか道はない。

だけど、それはお前も同じだからな。智也は、近づく足音に向かって喚き続ける。

この世界のルールから逸脱したつもりで過激な思想に身を委ねたって、突飛な宣言と共に島に渡ってみたって、そんなものは絶望ごっこにすぎない。世界のルールから逸脱しているように見える、という、結局は世界のルールありきの行動に瞬間的に酔っているだけだ。

俺たちは二人とも、違うまま、脱落できない世界の中で生きるしかないんだよ。

足音が近づいてくる。

智也は慌てて、散らばってしまった言葉たちを掻き集める。この暗闇に放たれてから、ずっとこの繰り返しだ。雄介に対して、自分でも呆れるくらい丁寧に言葉を積み上げては、我を忘れるほどの怒りと絶望で全てが崩壊する。だけど対峙するものが存在しない世界に飛び移ることはできないと何度も気付いて、また、言葉を掻き集め始める。

繰り返している。そうしかできないから。

近づいてくる足音が、夏祭りの真ん中で揺れていた神輿が鳴らす鈴の音となって、耳に届く。

なあ、雄介。

生きがいを感じられない、人生の意味も自分の価値もわからない、誰もいない道をたった独りで歩いている。そう感じても、この世界で生きている以上、誰もが必ず繋がっている。たとえ神輿に触れていなくても、そこに立っているだけで観客をひとり増やすことになり、神輿を担ぐ者たちの士気を上げているかもしれないように。この世界の中で生きてている以上、誰もが繋がって〝しまって〟いる。たとえ神輿に触れていなくても、そこに立っているだけで人間ひとり分の進路を塞ぎ勢いを削いでいるかもしれないように。そのためにやろうと思って取ったわけではない行動が結果的に、担ぐよりも妨害するよりも、そのうねりの行く末を大きく操っていることがある。他者との摩擦熱でしか体温を感じられないほど独りを感じても、歩いているその道は、今この時代を生きる全員で臨む山を乗り越えるための一筋の光でもある。結局は降りられない世界をどうせ歩き続けるしかないのだから、きれいごとに聞こえる話を絶望と一緒に一度呑み込んでみるのも一つの手じゃないか。

病室に、男性の手によるノック音が響く。

亜矢奈が、ひっと、息を呑む。

そんな音を聞くと何度だって、大切なものを脅かす可能性のあるものは力ずくでも人生から遠ざけたくなる。だけど、誰もが繋がっている。繋がってしまっている。遠ざけたいもの自体を遠ざけたところで、それを生んだ背景はそこに存在し続けている。いま目に見える相手を遠ざけたところで、いまは目に見えない新たな相手が現れるだけのことだ。そして自分だって、誰かにとってのどうしたって遠ざけられない何かになり続けている。何度心ごと墜落しそうになっても、その響き合いから完全に逸脱することはできない。

引き戸が床を滑る音がする。

亜矢奈がまた、息を呑む。

早くこの暗闇を突き破りたい。智也は強く思う。一度目の誕生日を迎えたときのように、早くここから飛び出したい。

そして臨むのだ。この世界との対話に、もう一度。

病室に入ろうとした人間の靴底が、きゅっと音を鳴らした。

亜矢奈のいない時間ばかりを狙って病室に来ていた雄介が、亜矢奈のいる空間を目の前にして、足を止めたのだ。自分にとって不都合な存在がいる世界へ参加することを、拒んでいるのだ。

ふざけるな。智也は叫ぶ。お前も、お前にとって不都合なものだらけのこの世界に参加するしか選択肢はないんだよ。そもそも、する、しないを選べる立場にある人間は、どこにもいない。

誰かが立ち上がる音がする。

目が覚めて、これまでのことを明らかにしたところで、対立の歴史も新たな時代も、雄介への嫌悪も父への不快感もそれゆえの対話も、どうしたってすべてが響き合う世界が、ただそこにある。

覚悟は決まった。必要なのは、動く身体だけだ。

誰かが後ずさる音がする。

暗闇が晴れる音がする。
智也の小指が、ぴくんと動いた。

見つけた水辺でひとしきり遊んだ少年が、男のところに戻ってきた。

「これ、カタツムリ。ひさしぶりに見たよ」

葉の裏にいたのだという。殻の渦巻を指でなぞってしまう。

「生まれた時から螺旋を背負ってるんだよな」

「へえ」少年は関心なさそうに答えた。シャツから垂れる水があちこちから滴っている。

男は視線を上げる。二十メートルほど離れた場所に、女たちがいた。

乗ってきたエアスクーターがいよいよ燃料切れで、そこから乾き切った土地を何日も歩き、ここに辿り着いた。ほぼ同じ時に、彼女たちも、反対の方角からやって来たのだ。少女と犬と一緒だった。トーキョー跡地から来たのだろうか。

「どうして、仲良くしないの?」少年が言ってくる。

ほかの人に会うのは久しぶりだった。最初、男は驚きつつも興奮し、挨拶を交わした。自分たちの帰る街はすでになく、高層のビル群もことごとくが崩れ、半壊しており、ともに暮らすべき人もいなかった。一緒に行動するのも悪くない、という思いも頭をよぎった。女のほうも笑顔を見せた。少女は、少年に近寄ると、その昔、クジラが大量の水を噴き出し、数十万冊の本をまき散らした話を、おとぎ話を語るように話した。トーキョーがあった時の物語だろう。

しばらく子供たちと犬は、水遊びをしていた。ぎくしゃくしたのは、男の目が青く、女の耳は先がとがり大きいことにお互いが気づいたからだ。

二人は表情を強張らせ、挨拶を交わした時とはうってかわり、警戒するように離れた。

「海と山だから」男は、少年に言った。古くから伝わる都市伝説で、前世紀には、科学的な根拠も見つかった。トーキョーがなくなった一因が、海と山の血筋にあるとも聞いた。

「一緒にはいないほうがいい」

「何で」

「ぶつかり合うからだ」

「いい人そうだよ」

男は答えなかった。

「出発しよう。水、できるだけ持っていく」男は、少年に言う。もう一度、視線を上げれば、女たちがこちらを見ていた。

「もっとここで休んでいたかったけれど」

一緒にいないほうが、近くにいないほうがいいんだ。男は自らに言い聞かせるようにし、歩きはじめる。

おおる。おおる。おおる。

どこからか奇妙な赤ん坊の泣き声が聞こえた。どこで？　とあたりを見渡してしまう。

「どこかで生まれたのかな。子供」

「ほかに人がいるようには思えない」

男は、少し前に、海と山のあいだで子供が生まれた、という話を思い出した。

そんなこともあるのだろうか。

少年が、少女に向かって、手を振っている。はじめは遠慮がちに、そのうち大きく。「これくらいはいいでしょ？」と男を見た。

男は、ふっと笑みを浮かべて、大きくうなずく。ぶつかり合う決まりだとしても、やり方はある。

少女も手を振り返していた。

――海と山の伝承「螺旋」より

特別付録　本作と螺旋プロジェクトによせて

『死にがいを求めて生きているの』韓国語版（二〇二二年三月刊）特典の著者インタビューを一部加筆修正のうえ再収録しました。

平成は「対立」を排除した時代

『螺旋プロジェクト』という競作企画にジャンルの異なる八作家が集うこと、そこで自分が平成時代を舞台に「対立」を書くこと。それらが決まったときは、いったい何を書けばいいのか迷子になりました。昭和を担当される方は嫁姑や米ソの対立を、中世・近世を担当される方は源平合戦を書くという話を聞く中で、平成では個人間の「対立」も国を挙げての「対立」も、時代を象徴するものがどちらもなかなか思い浮かばなかったんです。そんな自分を無価値に感じて、はじめはプロジェクトの打ち合わせでも全然発言できませんでした。私はすぐ、「生産性のない自分は○○する資格がない」と考えてしまうんですよね。

そんな風に落ち込み続けていたあるとき、平らかに成るという字の通り、平成（一九八九年〜二〇一九年）はもしかしたら「対立」を排除してきた時代なのかなと思ったんです。国が豊かになり、ナンバーワンよりオンリーワンという空気のもと、わかりやすい「対立」はなくなった。でも不思議と生きやすくなったわけではない。このあたりのアンバランス感が気になってきました。

「対立」は見えなくなっただけで、あり続けている

私は平成元年（一九八九年）生まれで、「ゆとり教育」を受けてきた世代です。一つのゴールに向かって全員がしのぎを削って競争するより、自分の個性を大切に磨いていこうという風潮の中で育ちました。自分らしさを大切に、という一見優しい価値観が世間に流布して久しいですが、その個性や自分らしさの正体を実は誰も知らないというところに、平成ならではの苦しみ、「見えない対立」の種が眠っていると思いました。

小説では物語の入り口として、学校の運動会から攻撃性の高い種目がなくなり、テスト

の順位が非公開になっていく様子を書きました。これは私の学生時代の記憶と重なる現象です。教育方針として相対評価から絶対評価への移行があったわけですが、それは、世界から順位をつけられたりする苦しみを手放す代わりに、自分で自分を見つけなければならない終わりのない旅の始まりでもあります。今回は、その旅の先に待っている自滅精神、さらにそれが転じて発生する社会や他者への攻撃性の爆発について書きたい気持ちが強くありました。「対立」は見えなくなっただけで、ずっとそこにあり続けているんです。

すばらしさの裏にある地獄をかき分ける

相対評価から絶対評価への移行、家族主義より個人主義といった変化は、私たちを従来の役割意識から解き放ってくれました。あなたはあなたのままでいいんだよ、という励ましによって生まれた光はもちろん、たくさんあります。ただその光の強さに目が潰されている部分があるとも思うんです。私はもともと、光が生む影みたいなものを感知したくなる癖というか、すばらしさの裏にある地獄をかき分けて見に行ってしまいたくなる習性があるんです。

本作で見つめた地獄というのは、他者や世間の平均値からの差異でしか自分の輪郭を感知できない人間の弱さです。外から順位づけや評価をされる機会が全くなくなると、自分で自分の意義や価値を見出していかなくてはならない。ありのままのあなたでいいと言われたところで、その言葉に安住できる期間は意外と長くなく、人はどうしたって自分と他者を比べてしまう。むしろ、ありのままのあなたでいい、と主張することで周囲との差異化を果たしているケースもあると思います。

決めつけるようにジャッジしてくる存在がいなくなったことによって、「自分はあの人よりもダメ」とか「この人よりはまだマシ」とか、日々、自分で自分をジャッジし続ける地獄が始まったところもあると思うのです。そこで負う痛みこそ私自身が抱きがちな「生産性のない自分は〇〇する資格がない」思考の根にあるものなのでは、と思った時、平成時代を舞台とした小説が生まれる予感がしました。

内側から腐っていく痛み

他者や社会から、たとえば「お前は男だからこうしろ、女だからこうしろ」と言われるつらさは、焼き印を押《あ》さ《か》れるような、外から火傷を負わされるような痛みだと思います。誰が見ても傷の在り処がわかる痛みです。ただ、誰もがありのままでいいと叫ばれる時代に生きながら自分を誰かと比べ続けてしまう苦しみ、自分で自分の意義や価値をジャッジし続ける行為は、心の内側から腐っていくというか、外から見ても傷の在り処がよくわからないんですよね。だから、若者が吐露《とろ》する辛さは時に、甘えのようにも見えてしまう。

私よりずっと上の世代の、ナンバーワンを目指してゴリゴリと競争させられてきた人たちからすると、オンリーワンでいいと言われた平成世代の「内側から腐ってしまう痛み」というのは、こんなに恵まれているのに一体何が不安なの、という感じだと思うんです。

今作のキーとなる重要人物は国立大学に通っていますし、家庭も特に貧困層というわけではありません。友人もいるし、周囲の人から恋愛感情を向けられる章もあります。だけど心の内側に煮えたぎる何かを抱えており、それが作品全体を貫く毒素となっています。彼のプロフィールだけ抽出すると、深刻な悩みなんてなさそうですよね。

それって、日本という国全体にも当てはまる現象なのかなとも思うんです。物質も豊かで街もキレイで、水道をひねれば水が出てスイッチを押せば電気がついて、食べたいものを二十四時間買える環境も整っている。インフラが整っていない国の人たちからすると、「何が生きづらいの？」ということになると思うんです。だけどなぜか、人は「生きている」というだけでは満足できない。あなたはそのままでいい、ありのまま生きているだけでいいと言われても、いつしか目に見えない毒素のようなものが体内に溜まっていく。そんな不都合な部分を、小説ですくい出して描くことができないかと考えていました。

自己否定の先にある「自滅」

今回、その目に見えない毒素には「自滅」という言葉を当てはめました。目に見える形での個人間の競争、対立が奪われていき、自分で自分の意義や価値と向き合い続けた結果、謙虚とも違う、自己否定が積もっていってしまう。その先には、自分なんてこの世界に存在していたって意味がない、と思い込む「自滅」が待っていると思うんです。そして「自滅」の先には、まさに自分を滅しようとする「自殺」と、自分をこんなふうに苦しめている他者や社会もろとも滅してしまえという「爆発」があるような気がしています。実際に、平成のうちに起きたいくつかの残忍な事件の犯人の供述を読んでいると、自滅からの爆発パターンなのでは、と思うことが結構あるんです。自分はこの社会で意味がない、価値がない、という思いが犯行動機の土台にあるケースです。

怖いのは、そのパターンの事件の犯人は、なぜか男性が多いということ。そして、自分の中にも、自滅からの爆発を辿る要素がはっきり存在するのを自覚しているということです。自分はこの社会で意味がない、価値がない、という思いから、たとえば「自分よりももっと価値がないと判断した人」を殺傷したり、「自分にそう思わせている社会や他者」を壊しにかかったり。そのような事件の犯人に私がならない理由を、明確に説明できないんです。そのような恐怖も、この作品には大きく影響していると思います。

印象的だった、受刑者たちのやりとり

漫画『黒子のバスケ』の作者と関係各所に脅迫文や毒物などを送りつけて逮捕された渡邊博史受刑者の最終意見陳述に対して、秋葉原無差別殺傷事件で七人を殺害した加藤智大死刑囚が発表した見解がとても印象的でした。あまりに理路整然としていて絶句しつつ、私が普段考えていたことがそのまま言葉にされている、と感じました。

渡邊受刑者は、夢破れた負け組という設定で、極端な行動に出たり、攻撃する標的を作らないと社会とのつながりが持てない切迫感があった、と話していました。つまり、『黒子のバスケ』の作者を脅迫していたのは、作者を傷つけるためではなく、自分が生きていくためだった、と。でも、逮捕されたことでそれすら失われてしまい「出所後、無意味か

つ無駄だった自分の人生を終わりにしたい。多分自殺すると思う」というようなことまで述べていたんです。[*1]

これに対し加藤死刑囚は「あなたは人を殺さずして有名な犯罪者という肩書きを得られたのだから、それを活かして犯罪者心理の真実を世の中に伝えていけばいいのではないか。犯人という肩書きは、一生消えることのない「つながりの糸」なのだから」というようなアンサーを返していました。[*2]

ありのままでいいと言われても、求めてしまう「つながりの糸」

二人の意見を読みながら、返す言葉がないというか、私の中にある「あえて言葉にしないようにしていた考え」みたいなものをそのまま言葉にされたような感覚がありました。同時に、私にとって社会との「つながりの糸」を保ってくれていたのはきっと小説で、それがなかったら何に「つながりの糸」を託していたのだろう、と考えました。他者を傷つける行為に走らなかった、と自信を持って言えないのです。

「つながりの糸」を求める気持ち自体はおかしなことではないのに、極端な方向へズレていってしまうのはなぜなのか。小説の中では、どちらに振り分けるでもなく、いろいろな例を書いたつもりです。ありのままのあなたでいいと言われたって、人間は何かをしていないと不安になる。どれだけ平成という時代に、口先だけの優しいフレーズはたくさん生まれましたが、何もない人生への焦燥、無価値に感じられる自分への恐怖はそういうまやかしを一瞬で打ち砕いていきます。

「生産性」という言葉が反映するもの

少し前、日本では、人命や性的指向を生産性で測るような政治家の発言が話題になりました。国民の反応はネガティブなものが圧倒的に多かったですが、それは私も含めて、他者を「生産性」という目盛りで測っている部分が少なからずあるからだと思うんです。私はこの作品を書く前、「プロットができていないのだから会議で発言してはいけない」と確かに思っていたし、それまでも「原稿のノルマを達成できなかったから、今日はあったかい布団で寝ちゃいけない」等とよく考えていました。

平成のあいだに本当にいろんなものが便利になって、時代はとんでもない速度で変化しました。世の中が便利になるというのはつまり、効率や有用性、生産性がますます重要な物差しとして機能するということです。その中で人間だけが「ありのままでいい」という精神状態を保つというのは、実は相当の思考や胆力が求められる難しい営みだと思うんです。そのアンバランス感、都合のいい言葉で人間の一筋縄ではいかない精神を誤魔化してきたことのツケが、今、回ってきているのだと感じます。あなたはあなたのままでいい、生きているだけでいいんだよという言葉だけでは救いきれない何かが、今作だけでなくその後書いた何作かの小説に影響している気がします。

＊1　渡邊博史「黒子のバスケ」脅迫事件　被告人の最終意見陳述（『創』二〇一四年九・十月号。創出版）
＊2　加藤智大　犯罪経験者にのみ理解可能な犯罪者心理のささやかな解説（『創』二〇一四年十一月号。創出版）

解説

清田隆之

ナンバーワンよりオンリーワン。まさかあれが〝自己責任〟社会の入口だったなんて、当時はまるで思いも寄らなかった。

白井友里子《しらいゆりこ》、前田一洋《まえだかずひろ》、坂本亜矢奈《さかもとあやな》、安藤与志樹《あんどうよしき》、弓削晃久《ゆげあきひさ》、南水智也《みなみともや》という六人の人物に焦点を当てた本作は、それぞれの人生に様々な形で登場する堀北雄介《ほりきたゆうすけ》との関わりをひとつの軸にしながら、物語の輪郭が少しずつ浮かび上がってくるような筆致で描かれていく。単行本の帯に〈交わるはずのない点と点が、智也と雄介をなぞる線になるとき、目隠しをされた〝平成〟という時代の闇が露わになる――〉とあるように、登場人物の言動を通して見えてくるのは私たちが生きるこの現代社会だ。

キャリア三年目の看護師として働く白井友里子は、機械的に業務をこなす日々にかすかな疑問を感じながら、雄介や弟の翔大《しょうた》が口にする「絶対」という言葉の強度に心を揺るがされている。転勤族の子どもとして智也と雄介の通う小学校に転校してきた前田一洋は、新しい環境に順応する術を駆使して輪の中に入りつつ、そこに存在している人間関係を一歩引いたところから眺めている。智也と雄介と同じ中学に通う坂本亜矢奈は、いつも行動を共にしている礼香《れいか》に何かと振り回されながら、友人の振る舞いを少し醒《さ》めた目で観察している。学生団体の代表を務める北大生の安藤与志樹は、「何者かにならねば」という焦りを抱えながら、周囲から注目されるような何かを必死に探し求めている。制作会社の中堅社員として働く弓削晃久は、気鋭の若手ディレクターと高圧的なテレビ局のプロデューサーに挟まれながら、「俺はまだ終わってない」とばかりに一発逆転を狙っている。幼少期から大学教員の父親に思想を押しつけられてきた南水智也は、それを否定することを人生の目標に据えつつ、父親に反発するかのように雄介と常に近い距離で関わり続けている。

ばらばらな個々人を描いているようで、どの人物にも自分自身を感じるような、そんな不思議な手触りがある。それは様々な人の目線を通して描かれる雄介の姿にも当てはまることで、すぐ何かに感化されてしまう雄介も、効率の悪いやり方で情熱を燃やす雄介も、人とは違う何かを求めた末に凡庸な選択をしてしまう雄介も、自己肯定と自己否定の間で乱高下する雄介も、周囲との比較でしか自分を確認できない雄介も、何かとオールオアナッシング的な思考に陥ってしまう雄介も、次から次へ飛び石を渡るように「生きがい」を変えていく雄介も、とてもとても既視感のあるものだった。それはおそらく、私たちが人生の大部分を過ごしてきた〝平成〟という時代が生み出したものだからではないか。

私は一九八〇年の生まれで、平成を生きたのは八歳から三八歳までの三〇年余りということになる。東京の下町で育ち、中高一貫の男子校へ通い、一年の浪人生活を経て著者と同じ早稲田大学に入学した。友人に誘われて雑誌を自主制作するサークルに入り、そこで文章を書くことのおもしろさを知った。いわゆる「就職氷河期」だったこともあって就活を早々に諦め、同級生と小さな制作会社を立ち上げて出版業界の片隅で働き始めた。雑誌やウェブメディアで記事を書きながらキャリアを重ね、三二歳のときにフリーランスの文筆業として独立。そして学生時代から趣味として続けてきた「恋バナ収集ユニット・桃山《ももやま》商事《しょうじ》」の活動が次第に仕事とリンクするようになり、今は「恋愛とジェンダー」を主なテーマとする書き手として日々を暮らしている。

好きな仕事で生活できている幸運を噛みしめる気持ちもあれば、それは自分の努力と選択によってつかみ取った結果なのだという思いもある。一方で、四〇代になっても生活の不安が拭えない現状が〝人生の通信簿〟のように感じられて落ち込むこともあるし、確固たる才能や専門性があるわけでもない自分に薄っぺらさを感じ、自己否定の波に呑み込まれることもある。でもそれは、私固有の問題というわけではおそらくない。ここには時代や社会の変化から受けてきた影響が多分に染み込んでいる。本作を読みながら、そのことを強く強く実感した。

泥臭さよりスマートさ、主観ではなく客観、やりたいことよりやるべきこと、争いではなく対話、ベストよりジャスト、感情ではなくロジック、カオスより安定、相対評価より絶対評価、コミュニケーション、コストパフォーマンス、セルフプロデュース、セルフコントロール、効率、生産性、時間の有効活用、エビデンス、リスク回避、組織に頼らない生き方……など、こういったものを推奨してきたのが平成という時代の特徴ではなかったかと私は捉えていて（まるで共感できない人がいたらすみません）、適応できた人、できなかった人、無理して乗っかっていた人、流れに抗おうとした人、意識せず生きてこられた人など、そこには人それぞれの反応があり、また、それらは部分部分で複雑に混じり合っていたんじゃないかと思う。

機械的に仕事をこなすことは、高度にマニュアル化された業務に対する最適な向き合い方かもしれないし、一歩引いたところから人間関係を眺めることは、争いを回避し、無用な感情をかき立てないためのスマートな態度かもしれない。他者に期待しすぎないことはクールさの表れとも言えるし、「何者かにならねば」や「俺はまだ終わってない」といった焦りは、個々人に特性や成果を求める社会の副産物とも言える。

勝敗を決めないようになったのも、順位の発表を取り止めたことも、科学的なエビデンスを重視するようになったのも、政治的に正しい方向へ変化していくことも、それ自体はとても素晴らしいことだと思う。でも、そのあとに［※ただし、すべて自己責任で対応してください］という見えないただし書きをつけていたのが平成という時代の闇だったと、私には感じられてならない。

変化に適応できない人はどうなるのか。割り切れなかった感情はどこへ行くのか。人に言えないような欲望はどうすればいいのか。ダサくてずるい自分とどう向き合えばいいのか。制度やシステム、メディアが発するメッセージなど、様々なものを通じて知らぬ間に〝新自由主義〟的な価値観が浸透する過程で、私たちの中に存在していた様々なものが切り捨てられ、行き場を失っていった。

〈だけど人間は、自分の物差しだけで自分自身を確認できるほど強くない。そもそも物差しだってそれ自体だけでこの世に存在することはできない。ナンバーワンよりオンリーワンは素晴らしい考え方だけど、それはつまり、これまでは見知らぬ誰かが行ってくれた順位付けを、自分自身で行うということでもある。見知らぬ誰かに「お前は劣っている」と決めつけられる苦痛の代わりに、自ら自分自身に「あの人より劣っている」と言い聞かせる哀しみが続くという意味でもある〉

今思うと、私が新自由主義的な価値観を強く内面化したのは大学生のときだった。エスカレーター式の一貫校に通っていたにもかかわらず浪人することになった私は、それまでの怠惰な自分を徹底的に見つめ直し、予備校のカリキュラムに沿って極めて計画的に勉強を進め、憧れの学校に合格することができた。しかし、意気揚々と大学に入学するも、自分より勉強できる人がうじゃうじゃいる現実におののき、早々に自信を喪失。そこから長らく「人と違う何か」を求めてもがき苦しんだ。

成績優秀なクラスメイトには「俺のほうがおもしろい」と心の中で張り合い、学内で目立っていたメジャーサークルの面々を「薄っぺらいやつら」と小馬鹿にした。一発逆転を狙って極端な選択をすることもあったし、資格や検定など、わかりやすい成果が得られそうなものに手当たり次第トライした時期もあった。平凡な家庭に生んだ両親を呪い、器用貧乏で絶対的な強みのない自分を嘆き、なんらかの〝当事者性〟を喉から手が出るほど欲した。同世代の人が何かアクションを起こしたり、メディアに取り上げられたりしたら、焦りや妬みでいてもたってもいられなくなった。例えば学生団体のＳＥＡＬＤｓや、それこそ大学生の頃から作家として活躍していた著者がもし同世代だったら、それはそれは嫌な形で嫉妬心をこじらせていたと思う。褒めて欲しい、認めて欲しい、特別扱いされたい、俺も「すごい人たち」の一員になりたい――。そんな気持ちに日々翻弄されつつ、でも表向きにはひた隠しにしながら、いっぱしの学生クリエイターを気取って雑誌づくりに励んでいた。ＳＭＡＰの歌が社会現象になったのは、まさにそんなときだった。

だからすごくわかる。とりわけ堀北雄介や安藤与志樹、弓削晃久なんかの言動は痛々しいほど刺さってくる。新自由主義的な価値観への過剰適応と、そして途中で雄介も自覚すと疼いた。でもそれは決して嫌な痛みではない。ともに平成という自己責任社会を生きてきた者同士のピアサポートのような、不思議な手触りの癒やしがあった。

時代は令和へと移り、社会はさらに変化し続けている。新自由主義的な価値観がよりいっそう浸透した部分もあるし、平成的な感覚が〝時代遅れのもの〟と見なされ始めている部分もある。ジェンダーや多様性にまつわる議論は猛スピードで進み、正しさをめぐる社会的な線引きと、そこからこぼれ落ちてしまう感情や欲望の問題は、今やますます切実なものとなっている（この問題意識を引き継ぎつつ発展させたのが二〇二一年に刊行された小説『正欲』だろう）。もし雄介がYouTuberになっていたら多くの支持を集めるような気がしなくもないし、海族と山族をめぐる陰謀論めいた二元論は、すでに別の形でこの社会に広がっているようにも思う。一人の男性が元首相を銃殺したのは、もしかしたら〝死にがいを求めて〟のことだったかもしれない。

社会構造はとても強固で、その影響から逃れることは難しい。自己責任的なマインドも、ジェンダーの呪縛も、振り払っても振り払っても心身にまとわりついてくる。ここに正解が書かれているわけではないし、解決策が提示されているわけでもないが、打ちのめされるような現実に直面したときこそ、文学の言葉が必要だと私は思う。

（きよた・たかゆき　文筆家）

初出　『小説BOC』創刊号〜十号（二〇一六年四月〜二〇一八年七月）
単行本　『死にがいを求めて生きているの』二〇一九年三月　中央公論新社

この作品はフィクションで、実在する個人、団体等とは一切関係ありません。

口絵デザイン　bookwall